LAISSE TOMBER LES FILLES

Écrivain, éditeur, membre de l'Académie royale de langue et de littérature françaises de Belgique, Gérard de Cortanze a publié plus de quatre-vingt-dix livres, traduits en vingt-cinq langues. Parmi eux, des romans (*Les Vice-Rois*, prix du roman historique ; *Cyclone*, prix Baie des Anges Ville de Nice ; *Assam*, prix Renaudot ; *Indigo*, prix Paul Féval ; *L'An prochain à Grenade*, prix Méditerranée), des essais (*Hemingway à Cuba* ; *J.M.G. Le Clézio, le nomade immobile* ; *Pierre Benoit, le romancier paradoxal*, prix de l'Académie française), et des récits autobiographiques (*Une chambre à Turin*, prix Cazes-Lipp ; *De Gaulle en maillot de bain* ; *Gitane sans filtre*…). Si l'ensemble de son œuvre, divisée en cycles, a pour thème de prédilection ses origines italiennes, celle-ci est marquée par la présence de personnages féminins forts et épris de liberté. La princesse Belgiojoso dans *Laura* ; Josette, la swingueuse réfractaire, dans *Zazous* ; Frida Kahlo, dans *Les Amants de Coyoacán* ; Violette Morris, dans *Femme qui court*. On lui doit également plusieurs ouvrages sur l'automobile. Il est chroniqueur à *Historia* et président du prix Jean Monnet de littérature européenne.

Paru au Livre de Poche :

LES AMANTS DE COYOACÁN
L'AN PROCHAIN À GRENADE
FRIDA KAHLO, LA BEAUTÉ TERRIBLE
LE NEW YORK DE PAUL AUSTER
ZAZOUS

GÉRARD DE CORTANZE

Laisse tomber les filles

ROMAN

ALBIN MICHEL

ISBN : 978-2-253-23796-9 – 1re publication LGF

À Raphaël
À Mélanie

«Une des significations du yéyé est :
nous sommes jeunes.»

Edgar MORIN

«Où que vous soyez, accourez, braves gens.
L'eau commence à monter, soyez plus clairvoyants.
Admettez que, bientôt, vous serez submergés
Et que si vous valez la peine d'être sauvés,
Il est temps maintenant d'apprendre à nager.
Car le monde et les temps changent.»

Hugues AUFRAY

«Sweet little sixteen
She's got the grown up blues
Tight dress and lipstick
She's sportin' high heal shoes
Oh, but tomorrow morning
She'll have to change her trend
And be sweet sixteen
And back in class again.»

Chuck BERRY

PREMIÈRE PARTIE

1963

1

22 juin

Les enfants du siècle sont tous un peu fous,
vilaines filles, mauvais garçons

Lorenzo est dans l'autobus 138. Il est monté à l'arrêt Moulin-de-Cage. À Gennevilliers. À l'angle du boulevard Camélinat et de l'avenue Gabriel-Péri. Dans douze arrêts, il descendra Porte-de-Clichy. Terminus de la ligne d'autobus 138. Voyageur en costume Regent Street prince-de-galles et chemise de couleur à col blanc, il est debout car, à cette heure – 18 heures environ –, sur cette ligne, il y a beaucoup de passagers, et qui parlent entre eux, évoquant les sujets du moment. L'affaire John Profumo, du nom du ministre britannique de la Guerre, qui aurait livré sur l'oreiller de la call-girl Christine Keeler des secrets d'État. L'ouverture de l'hypermarché Carrefour à Sainte-Geneviève-des-Bois. L'envoi dans l'espace de la première femme cosmonaute, la Russe Valentina Terechkova. Et, bien évidemment, l'élection, dix-huit jours après la mort de Jean XXIII, de Giovanni Battista Montini, l'archevêque de Milan, qui a choisi de monter sur le trône de saint Pierre sous le nom de Paul VI.

Tout au long du trajet, durant lequel il traverse une banlieue ouvrière, où subsistent encore quelques vergers, où pointent vers le ciel de hautes cheminées de brique laissant échapper d'épaisses fumées jaunes, où se dressent les longues barres de béton des HLM, Lorenzo a le temps de penser à la jeunesse qui est la sienne et au monde qui l'entoure.

Il appartient à la génération du baby-boom, apparue en même temps que l'arme nucléaire. Dont l'enfance s'est déroulée au cœur de la guerre froide. Et qui est parvenue à l'adolescence au moment où le *Docteur Folamour* de Stanley Kubrick est devenu le symbole de l'épée de Damoclès atomique suspendue au-dessus de l'Europe occidentale. Une génération née alors que les tickets de rationnement n'avaient pas encore disparu de la France de l'après-guerre, mais qui a grandi dans un pays en proie à une métamorphose vertigineuse. Une génération, la première, à n'avoir jamais eu à craindre sérieusement la mort. Pas de famine. Pas d'épidémie. Pas de guerre. Celle d'Algérie vient de prendre fin et mourir pour la patrie n'apparaît plus comme un destin.

Dans cette France apaisée, la génération dont fait partie Lorenzo est en attente d'événements. En attente d'une dose quotidienne d'Histoire. En demande d'épopée. La grève récente des mineurs, qui a éclaté en mars, est une exception dans ce tableau satisfaisant, une tache sombre dans cet apaisement social relatif. Lorenzo le sait : né dans un monde en passe d'être englouti, il a grandi dans une sorte de nouveau monde, une France refaçonnée, s'extirpant du chaos. Sa génération est celle de l'émergence quasi mécanique d'une nouvelle classe d'âge qui est aussi un nouveau groupe social : les adolescents – filles et fils de la prospérité. Le mot existe depuis plusieurs siècles, « adolescent », mais n'a jamais été utilisé dans ce sens. Celui d'une identification entre une jeunesse supposée émerger en tant qu'entité désormais largement autonome et cette génération du baby-boom qui est à la fois l'actrice et l'incarnation de ce processus. Le monde des adultes ne s'y trompe pas. *France Observateur* pose une question teintée de bienveillance ou de condescendance : « La "jeunesse", est-ce que ça existe ? » Et *Esprit*, consacrant un dossier au « temps des copains », conclut que les cohortes du baby-boom arrivent, en rangs serrés. Qu'elles vont tout changer. Qu'elles vont *nous* changer. Ils arrivent, les envahisseurs !

Brinquebalé sur la plate-forme de son bus 138, Lorenzo le pressent : la « nouvelle vague », chantée par Richard Anthony, est déjà dépassée. Seul reste le contenu des articles publiés dans le canard que lisent d'un air très fier trois compères assis dans leur bagnole : « des tas d'histoires écrites par des gens rassis donnant des coups de griffes avec dépit sur la nouvelle vague, nouvelle vague, nouvelle vague… » Cette dernière morte et enterrée, reste à Lorenzo et à ses amis à penser un nouveau monde, un monde de transition qui doit s'inventer. Parfois difficilement. Qui doit trouver de nouvelles références. Une nouvelle identité.

Ce 22 juin 1963, Lorenzo n'a pas encore quinze ans, âge qui sera le sien très exactement dans un mois. Son signe : Lion ascendant Lion. Sa mère, fille d'un maçon napolitain, ne travaille pas. Son père, fils d'un aristocrate piémontais désargenté, est ingénieur chimiste et dispose d'une villa de fonction dans l'usine Carbone Lorraine, à Gennevilliers, rue Jean-Jaurès, là où passe l'autobus 138, à deux pas de l'arrêt du Moulin-de-Cage. Quatre cents mètres carrés dans un parc arboré en plein cœur de l'usine. Une incongruité dans ce monde où règnent la peur, les accidents du travail, les conflits sociaux, les fours qui explosent, la mort des ouvriers maghrébins respirant à pleins poumons la poussière de graphite. Dans quelque temps, il quittera pour plusieurs mois l'institution Saint-Joseph – école privée dirigée par des jésuites en soutane – qu'il fréquente depuis le cours moyen. Lorenzo, comme tous ceux bénéficiant de la croissance d'une scolarité qui s'explique non seulement par le développement économique mais aussi par une volonté nationale de promotion sociale, n'est pas un bon élève. Il a connu plusieurs écoles, a perdu amis et lieux qu'il commençait à apprivoiser, professeurs qu'il aimait, réflexes permettant une scolarité épanouie. Il a dû faire face à plusieurs réformes : Berthoin en 1959, Capelle-Fouchet lors de la dernière rentrée, et a déjà redoublé une fois alors qu'on avait tenté de lui faire sauter une classe. Une seule matière l'intéresse : le français, c'est-à-dire la grammaire et la littérature. Façonné par l'école religieuse, il n'en admet aucun des principes. Lorenzo a le sentiment de n'être à sa place nulle part.

Debout dans son costume Regent Street, et ayant

par précaution laissé chez lui ses deux accessoires destinés à faire plus anglais – un parapluie et un chapeau melon –, il porte cependant, ce qui constitue un exploit et demande une opposition constante à la pression parentale, les cheveux longs. Les oreilles légèrement décollées, un regard perdu dans lequel passe parfois un voile de tristesse, un long nez fin, il ne sait pas s'il plaît aux filles. Il faut dire que la mixité dont on parle depuis quelques années tarde à s'installer dans l'enseignement et que les occasions de rencontrer des représentantes du sexe opposé sont rares. Lorenzo doit se contenter de les regarder avec plus ou moins d'intensité lorsqu'il les croise, en évitant de se mettre à rougir comme un imbécile. Alors il baisse les yeux, et s'il est dans le bus ou le métro il se réfugie dans la lecture du livre qu'il tient sur ses genoux.

Après quarante minutes de trajet, Lorenzo peut enfin s'engouffrer dans le métro, station Porte-de-Clichy. Ligne 13, direction Châtillon-Montrouge. Dans la tête, *Stalactite*, le morceau instrumental des Aiglons. Un groupe suisse très inspiré des Shadows anglais. Formidable de simplicité et d'efficacité : un piano-orgue, une batterie et trois guitares, rythmique, solo et basse. À peine cinq minutes de trajet et trois arrêts. Puis descente de la rame verte à Place-de-Clichy. À grandes enjambées, Lorenzo traverse les couloirs, prend la correspondance ligne 2 direction Nation. Assis, il lève la tête et regarde longuement l'itinéraire indiqué sur le plan : treize stations. Une bonne demi-heure à se faire ballotter : coups de frein, accélérations, virages où la rame gîte comme un bateau, dans ce bruit si particulier du métro qui fonce dans l'artère sombre, laissant pénétrer par les vantaux ouverts des courants intermittents d'air frais et l'odeur de Paris.

À mesure que les stations défilent au gré des arrêts qui racontent l'histoire de la capitale – Pigalle, Barbès-Rochechouart, Jaurès, Colonel-Fabien… –, la rame se remplit de passagers de plus en plus jeunes qui fredonnent les airs à la mode que tous reprennent en chœur : *Mon train de banlieue* d'Alice Dona, *Il a le truc* des Gam's, *Marche tout droit* de Claude François, jusqu'au *Twist du canotier*, chanson dans laquelle Maurice Chevalier est accompagné par les Chaussettes noires… Ils ont tous le même âge. Ils portent tous les mêmes vêtements. Ils sont tous représentants de ce que les adultes, voulant désigner des jeunes filles et des jeunes hommes qui avancent sur cette ligne de crête entre fin de l'adolescence et orée de l'âge adulte, nomment d'un vocable flou « le jeune » ou « les jeunes ». C'est une communauté, une sorte d'État dans l'État. Une vaste phalange qui achète ses propres journaux. Qui adore ses dieux domestiques. Qui a sa langue à elle, sa culture à elle. Qui se laisse pousser les cheveux. Qui voue un culte aux vedettes de la chanson et du cinéma. Qui, aux yeux de certains – leurs détracteurs –, pratique l'extravagance vestimentaire, la paresse et le snobisme. Dont la culture est centrée sur la musique et la sociabilité fondée sur les copains. Dans la rame de métro, certains ont aux pieds les fameux roller skates tout juste importés des États-Unis et beaucoup de filles portent la tenue de Sheila : jupe écossaise qui s'arrête au genou, chemisier blanc boutonné jusqu'en haut. Quant à la coiffure, si les queues-de-cheval, les choucroutes, les cheveux tirés en arrière ou frisés apparaissent ici ou là, la plupart arborent deux magnifiques couettes rehaussées d'un ruban. Beaucoup, filles et garçons, ont à la main un exemplaire de *Salut les copains*, ce qui tend à prouver si besoin en était que ces « copains » ne sont pas une entité abstraite servant de titre à un journal pour adolescents mais un agent économique doté d'un pouvoir d'achat. Beaucoup d'adultes affirment que la « jeunesse » n'est qu'un mot. Il suffirait d'interroger cette foule heureuse qui chante et danse dans la rame de métro pour comprendre qu'il s'agit justement de tout le contraire : les jeunes gens et les jeunes filles nés après la guerre se sont approprié le substantif, savent pertinemment ce qu'il recouvre – ce bref moment entre quinze et vingt ans – et comptent bien en profiter. Station Ménilmontant : il ne reste plus que cinq arrêts avant le terminus.

Lorenzo est heureux et triste à la fois. Pour être ici, dans cette rame bondée de la ligne 2, il a menti à ses parents. Il a menti à ces deux Italiens devenus français, si intégrés qu'ils en ont oublié leur Italie natale. Racines coupées. Langue rayée de leur carte. Histoire enfouie sous d'épaisses couches de mâchefer. Il a menti parce que tous ses amis mentent aussi à leurs parents. Car le monde qui les sépare de ces derniers est un gouffre. Ils arrivent à l'âge de la consommation tandis que leurs géniteurs accèdent à une aisance jusque-là inconnue. Le choc de deux planètes. Rencontre explosive de l'ancien et du nouveau. Le fossé entre parents et enfants ?

Celui de parents qui furent des enfants sages, et leurs enfants – « jeunes », « adolescents » – qui extériorisent bruyamment leurs idées et leurs refus, parce qu'ils ont la liberté de le faire. Les parents sont déconcertés. Envieux. Eux qui ont connu une jeunesse austère : « Tu n'as aucune idée de ce qu'on a vécu ! » Résultat : beaucoup sont dépassés par les événements. Dépassés par leurs enfants, leurs adolescents, leurs jeunes. Leur position dans leur famille est rabaissée. C'est ce qu'ils croient. Veulent croire. Ils nourrissent de la rancœur. Ils éprouvent des complexes face à une progéniture plus instruite qu'eux. C'est un fait : la suffisance des diplômés engendre des tensions latentes. Une rengaine dans les familles : « Je ne suis pas bachelier, moi ! Je n'ai pas tel ou tel diplôme, moi ! Mes parents n'avaient pas les moyens de me faire poursuivre des études ! Tu ne te rends pas compte de la chance que tu as ! »

C'est la grande contradiction : on a pour ses enfants des ambitions scolaires mais on leur reproche de poursuivre des études. Une conséquence pratique : quand les résultats scolaires sont insuffisants, on mise davantage sur le redoublement que sur l'éviction. Dans ce cycle nouveau d'études, où la scolarité obligatoire a été repoussée à seize ans, apparaît un nombre croissant d'élèves « âgés » – comme Lorenzo.

Alors, pourquoi le mensonge ? Une étude publiée dans un quotidien à grand tirage le dit on ne peut plus clairement : pour 82 % des jeunes, le premier sujet de désaccord familial ce sont les sorties. Les parents ont du mal à comprendre le désir des jeunes de se distraire entre eux. Ils trouvent que les loisirs nuisent à la vie familiale. La dispersent. En sapent les fondations. Entre les parents et les enfants, c'est une véritable guerre de génération qui éclate. Forte. Puissante. C'est la première fois dans l'histoire du pays. Et pour gagner cette guerre, l'arme fatale, c'est le mensonge. On masque. On omet. On voile. On slalome. Lorenzo a dit qu'il allait passer la soirée chez Antoine. Son meilleur ami. Son copain de toujours. Son double. Fils d'un ouvrier qualifié de Carbone Lorraine. « Excellent conducteur de four, dit le père, bien que syndiqué à la CGT. » Antoine. Le cœur sur la main. Tenté par les Jeunesses communistes et inscrit comme Lorenzo au Racing Club de France. Antoine et Lorenzo : redoutables coureurs de 800 mètres. Quand l'un gagne, c'est toujours parce que l'autre l'a aidé. Antoine, surnommé Quand-est-ce-qu'on-mange par Lorenzo – question récurrente posée par Averell dans *Lucky Luke.* Lorenzo, surnommé Poor-lonesome-cow-boy par Antoine, en référence à la même bande dessinée. Le métro vient de quitter la station Alexandre-Dumas. Il ne reste plus qu'un arrêt – Avron – avant Nation.

Donc, ce 22 juin, Lorenzo a dit qu'il allait passer la soirée chez Antoine. Qui habite à deux rues de la villa de la rue Jean-Jaurès : rue du Puisard. Là où se trouve encore une des dernières fermes de Gennevilliers. Un mensonge risqué : le père de Lorenzo est de garde à l'usine et peut en théorie revenir à tout moment. Sa mère est allée chez une amie l'aider à préparer ses bocaux de confiture, et en principe doit y passer une partie de la soirée voire de la nuit ; bien que chez elle rien ne soit sûr : elle peut toujours changer d'avis. Mais aussi un mensonge calculé : Antoine de son côté a dit à ses parents qu'il allait chez Lorenzo – le fils du patron. Les parents ne viendront pas déranger le patron et ils n'ont pas le téléphone, comme 80 % des Français. La téléphonie est à l'aube de son expansion. Le 27 janvier de cette année, un annuaire baptisé *Allô Service* a vu le jour. Les renseignements téléphoniques obtenus en composant le 12 s'avérant peu fiables et jamais vraiment précis, il répertorie des centaines de numéros d'appel et adresses d'entreprises indispensables dans la vie quotidienne. Toutes sont situées dans la capitale ou dans ses environs immédiats.

Les deux copains ont quitté leur domicile respectif sans avoir mangé. Tout juste ont-ils avalé un tube de lait concentré Gloria, « lait pur, lait naturel », riche comme les vertes prairies où paissent les vaches normandes des affiches qui en font la réclame.

À Nation, c'est un banc de sardines affolées, une nuée d'étourneaux qui vident la rame de métro. Envahissent le quai. Grimpent en courant les escaliers en hurlant leur hymne éphémère, *L'école est finie* :

Donne-moi ta main et prends la mienne
La cloche a sonné, ça signifie
La rue est à nous, que la joie vienne
Mais oui, mais oui, l'école est finie !

2

22 juin

Arrêtez de nous blâmer, nous dansons ce qui nous plaît

Lorenzo ne risque pas de retrouver Antoine. Ils se sont donné rendez-vous devant le Canon de la Nation. Mais la foule est immense. Houleuse. Multiple. Joyeusement bruyante. En mouvement. Qui va et vient. Qui reflue. Qui tangue. Composée essentiellement de très jeunes gens et de très jeunes filles. Des bandes braillardes de chiens fous. Après trente minutes d'attente, Lorenzo s'avance vers le centre de la place. Sans chercher vraiment Antoine. Comme porté, emporté, poussé par cette marée heureuse rassemblée pour fêter le premier anniversaire de *Salut les copains.* Magazine lancé en juillet 1962 par Frank Ténot et Daniel Filipacchi, il est devenu en moins d'un an une véritable bible pour les enfants du baby-boom.

Organisé sous l'égide d'Europe n° 1, ce concert gratuit est le premier du genre. Daniel Filipacchi en a fait lui-même l'annonce à l'antenne de *SLC (Salut les copains)*, l'émission qui depuis quatre ans draine quotidiennement à heure fixe – 17 h 30 – le public des moins de vingt ans : « Venez tous samedi soir à neuf heures place de la Nation. » On dit que la moitié des « scolaires » écoute *SLC* et qu'environ deux tiers des quatorze-vingt ans lisent le mensuel du même nom. On dit aussi que si la France de 1958 revendiquait deux cent mille transistors, celle de 1963 en compte trois millions. Le petit appareil léger et transportable est devenu un compagnon familier.

Il est à peine 20 heures. Les organisateurs attendaient dix à quinze mille garçons et filles pour une soirée bon enfant. Ils sont plus de cent mille à trépigner d'impatience ! Cent cinquante mille, prétendent certains... Sont conviées nombre d'idoles du moment : Danyel Gérard, Mike Shannon, les Chats sauvages, les Gam's, Richard Anthony, et bien sûr le couple vedette, Johnny Hallyday et Sylvie Vartan. La plupart sont à peine plus âgés que leurs fans. Certains ont leur âge, voire sont plus jeunes.

Au centre de la place, où trônaient jadis des alligators en bronze crachant de l'eau, l'énorme « podium électronique » d'Europe n° 1 – il suivra dès le lendemain les étapes du Tour de France – bat comme un pouls fébrile. Sur la scène : Richard Anthony, qui ouvre le bal avec *Tu peux la prendre,* suivi de *J'irai twister le blues,* et enfin, alors que l'allégresse se transforme progressivement en délire, *J'entends siffler le train.* Lorenzo a perdu tout espoir de retrouver Antoine. Mais qu'importe, les deux amis participent ensemble, chacun à sa place, à la même euphorie. L'arrivée de Johnny Hallyday, l'« idole des jeunes », fait monter la température, déjà très élevée, de quelques degrés. *Retiens la nuit, Souvenirs souvenirs,*

Viens danser le twist, Let's twist again. L'enthousiasme est communicatif et le twist est roi. C'est une vraie marée humaine qui tortille en rythme son bassin et son arrière-train, les bras à demi pliés accompagnant le mouvement, avec alternativement une jambe tendue et l'autre en flexion, voire décollée du sol. Ceux qui, faute de place, ne peuvent se livrer à cette diabolique gesticulation consistant, comme l'indique un de ses promoteurs, à faire « comme si on s'essuyait les fesses avec une serviette de bain tout en écrasant une cigarette avec le pied », chantent et tapent dans leurs mains. Les plus audacieux ou inconscients sont montés au sommet des réverbères. S'agglutinent sur les balcons des immeubles qui donnent sur la place. Les arbres fourmillent d'adolescents qui se pendent aux branches en grappes instables. Les batteries emballent le rythme cardiaque des spectateurs. Les guitares électriques poussent des mugissements à crever les tympans. Il faut dire que les progrès techniques ont permis d'élaborer une sono qui peut désormais braver des espaces infinis.

Alors que Johnny Hallyday entame une dernière chanson, *Elle est terrible*, Lorenzo croise le regard d'une jeune fille dont il ne voyait jusqu'alors que la nuque. Qui ne semblait danser que pour elle-même. Et qui s'est retournée, sans intention particulière. « Hé, regarde un peu, celle qui vient, c'est la plus belle de tout l'quartier… » Simplement parce que tout le monde danse, avance, recule, virevolte. Toujours bousculé. Toujours au bord du malaise ou de la chute. Merveilleusement en proie à un équilibre précaire. « Et mon plus grand désir c'est d'lui parler, elle aguiche mes amis, même les plus petits, pourtant pour elle j'ai pas l'impression d'exister… » La jeune fille sourit à Lorenzo. Des lèvres boudeuses. Un visage rond tout juste sorti de l'enfance. Grands yeux marron. Des cheveux châtains coupés court – à peine plus longs que ceux de Jean Seberg dans *À bout de souffle*, pense Lorenzo le cinéphile. Elle porte une petite robe bleue très légère, mousseuse, qui épouse ses formes naissantes à chaque déhanchement – celle de Sylvie Vartan dans la réclame du spray laque Miss Helen. « Mais tout ceci ne m'empêche pas de penser : "Cette fille-là, mon vieux, elle est terrible !"… »

— Il y a beaucoup de monde, dit-elle.

— Que dis-tu ? demande Lorenzo.

— Il y a beaucoup de monde.

— Oui.

— C'est bath !

— Oui.

— Ça chauffe !

— Ça déménage !

— Oui, ça déménage à mort, insiste la fille.

— Oui, c'est extra.

— C'est dément.

— C'est super !

— C'est super-super, non ? conclut-elle dans un large sourire.

Lorenzo pense que ce qui est « super-super », outre la musique et l'ambiance, c'est cette fille. Et quand Johnny reprend avec la foule le final d'*Elle est terrible*, il ne voit plus que la fille aux cheveux courts et à la robe vaporeuse bleue au milieu de toute cette foule devenue folle.

Maintenant, c'est au tour de Danyel Gérard de chanter *Daniela, Be bop a lula 63, Mais reviens-moi.* Puis Dick Rivers et les Chats sauvages : *Est-ce que tu le sais ?*, *C'est pas sérieux.* L'idéal ce serait que Lorenzo puisse prendre la jeune fille par la main. Se rapproche d'elle. Dans un slow bien lent, à la rythmique contenant juste ce qu'il faut de lourdeur pour qu'il puisse la tenir bien serrée contre lui. Mais la soirée n'est pas aux danses langoureuses. Ni aux confidences. Tout juste peut-elle lui avouer qu'elle déteste les poupées Barbie qui sont en train d'envahir le marché français. Qu'elle n'a plus l'âge certes d'y jouer, mais que jamais, « même petite », elle ne se serait abaissée à une telle niaiserie.

— Pourquoi pas regarder *Bonne nuit, les petits* ou chanter *Papa aime maman* de ce croulant de Georges Guétary, pendant qu'on y est !

— Tu préfères *Âge tendre et tête de bois* à la télé ?

— Oui, bien sûr.

— Moi aussi, tu parles !

Lorenzo n'est pas habitué aux discussions avec les filles. Si seulement Antoine pouvait être là. À deux, ils trouveraient bien un moyen de lui parler. Ah et puis non. Lorenzo est bien mieux tout seul avec elle, à danser au milieu de cette foule épaisse. Moutonneuse comme une mer. Parfois, au détour d'un twist ou d'un madison, les mains de Lorenzo frôlent celles de la jeune fille. Leurs corps s'entrechoquent, poussés par les autres. Elle se retient à son cou. Il la prend par les épaules. La taille, c'est trop intime. Parfois, leurs visages se retrouvent à quelques centimètres l'un de l'autre. Parfois, elle est si proche qu'il sent son parfum. Il se dit alors : Une fille ça sent bon. C'est elle qui fait le premier pas, tandis que Sylvie Vartan, arrivée comme tous les autres chanteurs à bord d'un fourgon de la police qui l'a lâchée au pied du podium, se fait applaudir par les milliers de fans dansant derrière les barrières. *Le locomotion, Madison twist, La plus belle pour aller danser.*

— Tu as déjà flirté ?

— …

— Tu as déjà embrassé une fille ?

— …

Lorenzo ne sait pas quoi répondre. Comment répondre ? On peut mettre son silence sur le compte du bruit assourdissant. La jeune fille voit bien ses lèvres remuer mais que dit-il ? Que veut-il lui dire ? Certes, si l'on en croit l'étymologie et la chronologie, le « flirt » est déjà centenaire. Mais le mot, d'origine française, et revenu par rebond des pays anglo-saxons dans la France du Second Empire où il désignait alors un très chaste échange de regards, puise aujourd'hui à d'autres sources : il arrive tout droit des États-Unis des années 50, et veut dire bien autre chose. Les mains ont succédé aux regards. S'installent des situations amoureuses. Apparaissent des baisers, même furtifs. Le cinéma, la chanson, la presse ont forcément un effet sur les sensibilités et sur les normes. « Tu as déjà flirté ? Tu as déjà embrassé une fille ? »

Lorenzo semble pétrifié. Les filles ont toujours eu un train d'avance sur les garçons. Il pourrait répliquer : Et toi, tu as déjà flirté ? Tu as déjà embrassé un garçon ? Mais il ne dit rien. Lui qui a vu *La Fureur de vivre*, qui a vu et revu *West Side Story* ne connaît rien au discours amoureux qui est en train de s'installer. Si on apprend au cinéma ce que c'est qu'un baiser avant de l'apprendre dans la vie, on apprend aussi ce que peut être l'amour dans les chansons. Johnny Hallyday chante *T'aimer follement.* Mais c'est quoi « t'aimer follement » ? « Tu as déjà flirté ? Tu as déjà embrassé une fille ? » Françoise Hardy ne cesse de répéter une évidence qui n'en est vraiment pas une : « Tous les garçons et les filles de mon âge se promènent dans la rue deux par deux, tous les garçons et les filles de mon âge savent bien ce que c'est qu'être heureux, et les yeux dans les yeux et la main dans la main, ils s'en vont amoureux sans peur du lendemain... » Mais au fond, quelle est la situation de Lorenzo ? La situation objective ? Non, il n'a jamais flirté. Non, il n'a jamais embrassé une fille. Il ne faut pas s'arrêter aux premiers vers de la chanson de Françoise Hardy, mais l'écouter en entier : « Oui mais moi, je vais seule par les rues, l'âme en peine. Oui mais moi, je vais seule, car personne ne m'aime... » Alors que Lorenzo se pose toutes ces questions, la situation sur l'avenue du Trône où le gigantesque podium a été dressé est en train d'évoluer rapidement. Eddy Mitchell, dans une cohue infernale, semble ne pas pouvoir terminer *La leçon de twist.*

Soudain un énorme mouvement de foule sépare Lorenzo de la jeune fille avec laquelle il est en train de danser. Inutile de tenter de la retenir par la main, de lui saisir le bras. C'est comme si on voulait les séparer. En quelques minutes tout a changé. On parle de policiers arrivés en renfort tandis que Jacques Martin, le présentateur de la soirée, commence à demander aux fans de sortir le plus calmement possible de la place, de regagner « sagement » – c'est son mot – leur domicile. Eddy Mitchell est en train de quitter la scène devant plus de cent mille fans qui scandent son nom. Lorenzo tombe à terre, se relève. La jeune fille a définitivement disparu de sa vue. Des rumeurs diverses commencent à circuler. Des bandes de blousons noirs venues de Belleville, de la place d'Italie, de Joinville seraient en train de se mêler à la foule pacifique. On parle de vitrines brisées. De boutiques pillées. De voitures démolies. De spectateurs et de passants blessés ou molestés. Lorenzo n'en croit pas un mot. Une certaine cohue règne sur la place mais il ne faut tout de même pas exagérer. Les adultes sont toujours prompts à s'indigner.

Un dernier regard à la place. Un dernier regard à la foule. Avec le vain espoir de retrouver sa partenaire. Dont il ne connaît même pas le prénom. La bouche de métro est là. À quelques enjambées. Il n'a pas le temps d'hésiter. On le pousse littéralement dans l'escalier qu'il descend en compagnie de centaines d'autres adolescents.

De retour dans sa chambre. Plus tôt que prévu. Ce qui ne tombe peut-être pas si mal. Ni son père ni sa mère ne sont rentrés. Il ne cesse de penser à cette soirée qui restera comme une des plus belles de sa vie. Il en oublie Antoine et leur rendez-vous manqué. Qu'importe, ils se raconteront tout plus tard. Lorenzo est épuisé. Ce n'est pas ce soir qu'il poursuivra la lecture de *L'Écume des jours*, le roman de Boris Vian qui vient de sortir dans la toute nouvelle collection « 10/18 ». Avant de se coucher il écoute sur son Teppaz plusieurs 45 tours. Lui qui est plutôt adepte de la musique anglo-américaine. Qui écoute volontiers les Shadows et les Marvelettes. Qui peut dix fois de suite passer et repasser *Blowin' in the wind* de Bob Dylan ou *The house of the rising sun* chanté par Joan Baez. Qui préfère *Teenage idol* de Ricky Nelson à la version française marmonnée par Johnny Hallyday – *L'idole des jeunes.* Se passe en tremblant les quelques disques de twist et de madison chantés par des Français parce qu'ils lui rappellent une petite robe bleue, légère et mousseuse.

Quand la mère de Lorenzo rentre enfin, il dort à poings fermés. Comme il le faisait lorsqu'il était enfant. Elle pénètre dans la chambre de son fils, remonte la couverture qui a glissé de son lit, le borde, l'embrasse tendrement et stoppe le bras du pick-up qui cogne contre l'axe central. Un 45 tours de Leny Escudero : « Pour une amourette qui passait par là, j'ai perdu la tête et puis me voilà... » En mère attentive et curieuse, elle, la reine du Robot Marie et du combiné Marinette, du compartiment « grand froid » pour les réfrigérateurs, de Moulinex qui « libère la femme » et de Bonux qui « lave si blanc qu'on voit la différence », ne peut s'empêcher de lire la phrase que Lorenzo a écrite à l'encre violette dans son petit carnet noir que sa fatigue lui a fait oublier de cacher : « Maintenant, il faut que je me dépêche de choisir entre la nuit et le jour. »

3

23 juin

On a juste l'âge de tomber amoureux

Michèle déteste le dimanche matin. Et encore plus celui-là. Elle est rentrée épuisée de sa soirée place de la Nation. Et comme souvent le dimanche, ses parents, Mme et M. Joyaux, traiteurs à Asnières, lui ont demandé de venir les aider. Ou plutôt ont demandé à Winnie, puisque c'est le surnom qu'ils ont donné à leur fille depuis qu'elle a six mois, âge auquel selon eux elle ressemblait « comme deux gouttes d'eau » à Winnie the Pooh, le fameux personnage de la littérature enfantine créé par Alan Alexander Milne.

Sans être ce qu'on pourrait appeler des commerçants aisés, ils vivent bien mais en travaillant beaucoup. Ils font partie de ces 30 % de Français qui possèdent une automobile et des 25 % dont le logement est équipé d'une salle de bains, d'un lave-linge et d'un réfrigérateur. L'exode rural ayant vidé les campagnes, ils ont rejoint les héritiers, émigrés à la ville, et les amateurs de vie au grand air qui ont vu dans les maisons ainsi délaissées la possibilité d'assouvir un passe-temps qui fait fureur : le bricolage. La société française – pour ceux qui en ont les moyens – entre dans une ère nouvelle de son histoire : celle de la résidence secondaire. Les parents de Michèle élèvent donc leur fille unique dans cette valorisation du labeur : « Winnie, tu hériteras bien entendu de ce patrimoine. Tu en feras ce que bon te semble. Mais en attendant, il te faut connaître les arcanes de cette vie où rien ne tombera dans ton assiette sans rien faire. Telles sont nos valeurs et nous souhaitons te les léguer. »

Ce 23 juin, au milieu des échafaudages de plats préparés et des clients qui font la queue dans la boutique de l'avenue de la Marne, judicieusement appelée Au gai cochon rose, on ne parle que de cela. Du concert de la veille et de ses débordements.

— Vous avez entendu à la radio ? « Nous n'étions pas assez nombreux, nous avons été dépassés par les événements. » C'est la police elle-même qui l'avoue. Où va-t-on !

— Encore un coup des blousons noirs ! Ils ont tout cassé !

— On dit même qu'une jeune fille de dix-sept ans a été violentée et évacuée à l'hôpital Rothschild…

Une dame, occupée à montrer à l'une des vendeuses la quantité exacte d'œufs mollets en gelée qu'elle souhaite, brandit un journal, *Paris-Presse*, et vante les mérites de l'éditorial de Pierre Charpy intitulé « Salut les voyous ! ». Ce n'est pas le seul. Chacun a lu sa gazette préférée et est prêt à comparer les mérites des éditorialistes. *La Croix* titre sobrement : « Le festival du twist a mal tourné. » *France-Soir* parle d'une « folle nuit » et *L'Aurore* d'un « incroyable chahut ». Quant au *Figaro littéraire*, par la voix de François Mauriac, il déclare avec une pointe de dédain : « La voici livrée, cette jeunesse, à ceux qui, par le film et par le disque, se nourrissent goulûment de ses passions. »

Un monsieur en chapeau, en train de payer ses rondelles d'andouillette enroulées dans un révolutionnaire papier sulfurisé, cite de mémoire, et avec une certaine emphase, la chute de l'article que François Nourissier a donné aux *Nouvelles littéraires* : « Voici que se lève, immense, bien nourrie, ignorante en histoire, opulente, réaliste, la cohorte dépolitisée et dédramatisée des Français de moins de vingt ans. » Un sommet est atteint dans *Le Figaro* avec Philippe Bouvard qui, comme on dit, pousse le bouchon un peu trop loin : « Quelle différence entre le twist de Vincennes et les discours d'Hitler au Reichstag, si ce n'est un certain parti pris de musicalité ? » Propos qui ne manquent pas de choquer la mère de Michèle :

— Quelle affaire, pour quelques blessés légers, quelques évanouissements, quelques bris de vitrines. Il ne faut tout de même pas exagérer ! Même Papon, le préfet de police, a minimisé tout ça.

Les parents de Michèle sont d'habiles commerçants. Chaque dimanche, avant que leur boutique ne ferme, ils proposent leurs plats cuisinés non vendus à prix réduits et offrent le « verre de la clientèle ». Ce 23 juin, parmi les habitués du quartier, de nouveaux venus sont là. Un couple, avec leur fils de l'âge de Michèle.

— Tu étais au concert ? demande M. Joyaux, en s'adressant au garçon.

— Ah non, répond le père du jeune homme.

— Certainement pas ! renchérit la mère.

— Ma fille y était, elle va pouvoir te raconter, hein, Winnie ? dit M. Joyaux en la jetant littéralement dans les bras du garçon.

Pendant que la controverse entre adultes reprend de plus belle, opposant d'un côté ceux qui assimilent ces déprédations à une véritable violence urbaine en passe de voir le jour et ceux qui pensent qu'une jonction médiatique est en train de s'opérer entre musique et jeunesse menaçante – en somme une propagande anti-jeune comme celle menée par la presse collaborationniste pendant la guerre contre les zazous –, les deux adolescents se retrouvent dans un coin de la boutique. Ces rencontres arrangées se soldent souvent par un échec. Nous ne sommes plus en 1900, et l'adolescence est un âge complexe, surtout aujourd'hui où l'apparence compte de plus en plus. Winnie et son jeune acolyte sont tous deux couverts d'acné. C'est du moins ce qu'ils pensent. Même s'il ne s'agit en réalité que de quelques rares boutons plus ou moins bien placés. Il faut dire que la presse destinée aux adolescents regorge de rubriques : « Fini les boutons », « Belles, belles, belles », « Enfin normale et heureuse ». Ça aide mais ça stigmatise. Surtout les filles. Les garçons sont plutôt laissés seuls avec leur acné. Ce bouton sur ma joue gauche, vraiment c'est la tasse, pense le garçon, en regardant Winnie.

— Dément, le concert ! Dément, dit celle-ci, arborant une chemise *made in USA*, achetée au marché aux puces, sur un blue-jean Levi Strauss.

— Je sais, répond le garçon, ajoutant à voix basse dans l'oreille de Winnie : J'y étais.

— Tu ne l'as pas dit à tes parents ?

— Tu es folle, ils ne m'auraient jamais autorisé.

— Moi, j'ai négocié avec eux. On se parle beaucoup.

— Impossible, chez moi.

Une discussion s'engage. Sur fond de brouhaha opéré par les adultes. « Vous avez entendu, le P-DG de Banania vient d'annoncer qu'il offrirait désormais chaque année une bourse d'études de 1 million de francs à un jeune Sénégalais. Un geste symbolique. Une évolution vers la démocratie ! », « Tout augmente, ce n'est pas possible. Le beurre qui va bientôt atteindre la barre des 9 francs le kilo et le super qui a franchi celle du franc ! 1,04 franc le litre : où allons-nous ! L'ordinaire est à 0,98, ce n'est guère mieux », « Et le gigot ? Presque 15 francs le kilo, le gigot ! », « Tout de même ce concert, au fond, c'est l'Austerlitz des twisteurs ! », « Non, leur Marignan ! », « Et les œufs : 3 francs la douzaine… », « Après tout, cette légèreté affichée de la jeunesse, sa naïveté… », « Apparente, leur "naïveté", apparente… Tout ça nous change de la guerre d'Algérie qui hier encore… », « La tragédie du métro Charonne nous… », « Et la sanglante fusillade de la rue d'Isly… », « Cette jeunesse ignore que l'histoire est tragique… », « Avec un peu de bouillon, oui, juste en fond de cuisson, ajouté au dernier moment… »

— Tu as l'air de bien t'entendre avec tes parents, dit le garçon.

— Oui. Mais pas sur tout.

— C'est-à-dire ?

— Par exemple, ils ne sont évidemment pas contre le travail des femmes mais ils pensent qu'elles doivent s'arrêter de travailler sinon au mariage du moins dès que des enfants arrivent.

— Et toi tu penses le contraire ?

— Évidemment ! Pas toi ?

— Je ne sais pas. Je n'y ai jamais réfléchi, je crois.

— Tu es bien un garçon, répond Michèle. Nous les filles, on est bien obligées d'y penser !

Ainsi, au fil des minutes, les deux adolescents se rapprochent. Se trouvent des points communs. Ils raffolent tous les deux des petites boules de chocolat Chocorêve, des gâteaux de riz Francorusse aux fruits confits, des tablettes de Suchard Milka au lait et noisettes entières, et sont tous les deux très attentifs au hit-parade hebdomadaire de *SLC*. Ils se trouvent aussi des différences mais qui ne semblent pas insurmontables. Elle aime Lucky Blondo, notamment ses deux derniers titres, *Multiplication* et *J'ai un secret à te dire*. Il préfère Claude Nougaro – *Une petite fille* ou le très troublant *Le cinéma* –, Léo Ferré, et pour rigoler Bob Azzam et son *Mustapha*. Elle est abonnée à *Mademoiselle âge tendre* et lui à *Nous les garçons et les filles*, le nouveau mensuel des Jeunesses communistes. Les adultes, qui savent tout, disent que ce sont deux mondes qui s'affrontent. Prétendent que les jeunes ouvriers prisent l'accordéon et les rockers, et qu'en revanche Adamo et Claude François plaisent davantage aux habitants des quartiers aisés. Voire que la lutte entre les premiers et les seconds est un dérivatif au conflit entre les ouvriers et les bourgeois. C'est ne rien comprendre. En réalité ils ont en face d'eux une classe d'âge qui, malgré ses différences, sent que tous ses membres avancent vers le même point.

Les deux adolescents ne tombent pas amoureux mais simplement aimeraient se revoir. Le garçon, un peu gauche, ne sait comment formuler son souhait. Michèle, comme toujours, est la plus directe et prend le prétexte des chansons :

— Tu me feras écouter Claude Nougaro et Léo Ferré ?

— Et toi Lucky Blondo ?... Ça veut dire...

— Qu'on pourrait se revoir ?

— Oui. Tu peux m'appeler.

— Je n'ai pas le téléphone.

— Tu m'appelles d'une cabine. Tu tomberas sur ma mère ou mon père, mais ce n'est pas grave, tu demandes Winnie. Ou on peut s'écrire...

— S'écrire ?

— Oui, s'écrire. Tu sais avec un crayon, du papier, une enveloppe, un timbre...

Michèle ne peut s'empêcher de manier l'ironie. C'est sa défense. Sa façon de s'approprier le monde. Au risque parfois de s'attirer de l'hostilité. Mais le garçon sourit, s'amuse de sa remarque. Il faut dire que Michèle est particulièrement jolie, intéressante, agréable. Le garçon ne sait pas si, comme on le dit désormais, il aimerait « sortir » avec cette fille, mais elle ne lui est pas indifférente. Michèle, avant que les clients ne sortent de la boutique, demande à ce si charmant compagnon son prénom. Elle ne va pas commettre la même erreur qu'hier lors du concert à Nation. Car le garçon qui a dansé le twist et le madison avec elle, elle l'aurait bien revu aussi, celui-là, même si, comme la grande majorité des filles de sa génération, elle n'a pas l'intention de se laisser aliéner par l'amour. Françoise Hardy a raison : « J'suis d'accord pour le cinéma, pour le rock, le twist ou le chacha. J'suis d'accord pour tout c'que tu voudras, mais ne compte pas sur moi pour aller chez toi… »

— Tu t'appelles comment ?

— Antoine.

— Tu habites où ?

— Rue du Puisard, à Gennevilliers.

4

26 juin

J'ai tenu dans mes doigts une cigarette

Antoine est arrivé avec une heure d'avance. Ça l'a toujours rassuré d'être en avance. Il paraît que « c'est la tare » comme on dit aujourd'hui, c'est vulgaire, c'est afficher sa méconnaissance des codes et des usages. Peu importe. Lui, Antoine, est toujours en avance ! Il a choisi la terrasse du Scopitone Coffee et ses tables en formica. Le Scopitone Coffee : un des cafés de la place Voltaire. Sur le rond-point qui marque la frontière entre Asnières et Gennevilliers. Il y attend Winnie.

Arrivé par la longue avenue des Grésillons, il a opté pour un emplacement qui lui permette de la voir venir de loin – du côté de l'avenue Gabriel-Péri. Le Scopitone Coffee, c'est un endroit formidable. Un des rares à posséder un ST36 de marque Cameca. Un scopitone de deux mètres de haut avec une diagonale d'écran de soixante-cinq centimètres. Idéal pour regarder les films musicaux fabriqués par les maisons de disques pour promouvoir leurs vedettes. Avant de s'installer à son poste d'observation, il a regardé deux fois le titre nº 25 : Claude Nougaro. En costume de ville et cravate. Orchestre de jazz en arrière-plan. Caméra fixe sur un micro et le visage expressif du chanteur : « Sur l'écran noir de mes nuits blanches, moi je me fais du cinéma… Pour te dire que je t'aime, rien à faire je flanche, j'ai du cœur mais pas d'estomac… »

Pour une fois, Antoine n'a pas hésité longtemps. Il a dépassé ses craintes et a osé appeler Winnie chez elle. D'une cabine téléphonique. Bruits de la rue en fond. Bruit caractéristique des pièces qui tombent dans la fente. Machine qu'il faut alimenter sous peine d'interrompre la communication. C'est Mme Joyaux qui a décroché. Appelant immédiatement sa fille. Après quelques minutes de flottement, d'hésitations, de silences gênés et de rires cachant son émotion, il lui a proposé de la revoir. Dans un lieu intermédiaire entre Asnières et Gennevilliers. Tous deux effectuant ainsi un bout du trajet. C'est le lot des banlieusards qui passent beaucoup de temps dans les transports en commun. Cinq cent mille logements sont construits par an. Les bétonneuses tournent à plein rendement. Le Corbusier, l'architecte pétainiste, a le mot juste pour décrire cette banlieue où vivent ces banlieusards qui ne sont plus des citadins : « La banlieue est le symbole à la fois du déchet et de la tentative, dit-il. C'est une sorte d'écume battant les murs de la ville. » Catastrophe et malédiction. Une turgescence de la périphérie. Une plaie de l'ennui. Une délinquance. Les villes nouvelles ? Le quotidien d'une génération d'adolescents.

À la terrasse du Scopitone Coffee, Antoine attend. Il a revêtu son pantalon Big Chief, marque vantée par

Johnny Hallyday, et enfilé une chemise Camargue 100 000 Chemises, portée lors de ses tours de chant par Frank Alamo. Il a commandé un Coca-Cola et parcourt le journal abandonné par un client : crise dans l'enseignement, sur soixante-sept mille postes disponibles, dix mille sont aujourd'hui vacants ; Gregory Peck a reçu l'Oscar du meilleur acteur pour sa prestation dans *Du silence et des ombres* ; Khrouchtchev accuse la Chine d'avoir aggravé ses divergences avec le mouvement communiste international… Puis il feuillette le livre qu'il a emporté avec lui : Flaubert, *Trois contes*. Au programme de quatrième. « Pendant un demi-siècle, les bourgeoises de Pont-l'Évêque envièrent à Mme Aubain sa servante Félicité… » Il a un peu de mal à se laisser emporter par le texte. À oublier que c'est une lecture exigée par le professeur dans un cadre purement scolaire. Quand il relève la tête, il voit Winnie arriver de loin.

C'est toujours intéressant de voir quelqu'un arriver à un rendez-vous. Antoine fait toujours ça. Il peut observer. Tout observer. Les gestes. La démarche. La façon de traverser une rue. La réalité d'un visage qui ne se sait pas regardé. Jupe jaune à bretelles sur un corsage blanc, petit foulard à pois autour du cou, lunettes de soleil, ballerines aux pieds, Winnie pourrait être élue Miss Twist au concours que vient d'organiser le Golf-Drouot. Quand elle aperçoit Antoine, elle lui fait un signe de la main. Un large sourire se dessine sur son visage. Antoine se demande s'il ne rêve pas. Il a bien rendez-vous avec Winnie qui est bien là devant lui. Une seconde d'hésitation : se serrer la main, s'embrasser, se lever, rester assis ? Antoine se lève. Antoine et Winnie s'embrassent sur la joue. Que vont-ils bien pouvoir se dire ?

— Tu as trouvé sans problème ?

— Ah oui, c'était facile.

Winnie s'assied. Commande un Coca-Cola, comme Antoine. « Avec une paille, monsieur, s'il vous plaît. N'oubliez pas la paille. » Que vont-ils bien pouvoir se dire ? Après avoir parlé du temps, de l'école, des parents, s'être jeté un regard complice en regardant s'asseoir à la terrasse du café des couples de croulants, Winnie sort un paquet de cigarettes. Des Blue Ribbon, lettres gothiques rouges sur fond blanc, celles fumées par Claudine Coppin, la chanteuse du *Twist du bac.*

— Tu fumes ? demande spontanément Antoine.

— Oui, pas toi ?

— Oui... enfin non... En fait...

Antoine, qui fait beaucoup d'athlétisme, n'a jamais fumé. Ne doit pas fumer. D'un autre côté, il se dit qu'il va passer pour un idiot. Il ne va pas délaisser une opportunité pareille sous prétexte que son entraîneur...

— Tu en veux une ? dit Winnie, l'interrompant dans ses tergiversations.

— Oui, bien sûr.

La première bouffée passée, les yeux qui piquent, la gorge vaguement irritée, une sorte de bonheur léger s'installe.

— Tu as entendu ce qu'a dit de Gaulle au sujet du concert de la Nation ?

— Non, répond Winnie.

— « Ces jeunes ont de l'énergie. Qu'on leur fasse construire des routes ! »

— Ou il n'a rien compris ou il fait de l'humour !

— Les deux peut-être ! Je ne l'aime pas, celui-là.

— Tu t'intéresses beaucoup à la politique, on dirait ?

Antoine le reconnaît. Il raconte son enfance dans son milieu ouvrier. Sa mère qui fait des ménages. Son père conducteur de four. Des métiers pénibles, difficiles. Son intérêt pour l'actualité dans le monde mais surtout en France. Les suites de la guerre d'Algérie encore si proche. Il confie que s'il peut faire des études supérieures il intégrera l'UNEF. Winnie ne sait pas ce que c'est. Antoine explique :

— L'Union nationale des étudiants de France, qui lutte pour que les étudiants aient de meilleures conditions de vie, pour réformer les études, pour démocratiser l'enseignement. Enfin, en théorie, parce que tout ça c'est dépassé. Il faut que l'UNEF dénonce le pouvoir gaulliste. En un mot que la centrale étudiante ait des visées révolutionnaires.

Michèle écoute en silence. Antoine semble vraiment passionné. Tout ce qui est politique l'intéresse.

— Tu as vu *Hitler, connais pas* ?

— Non, répond Winnie.

— Un film de Bertrand Blier. Un très jeune metteur en scène, vingt-quatre ans. Il a interrogé des gens de notre âge. La plupart ne savent même plus qui c'est, ce nazi moustachu !

Winnie essaie de minimiser :

— Ils en ont sans doute un peu assez de la guerre de papa. La Collaboration, la Résistance, l'Indochine, la guerre d'Algérie. C'est biologique : la mémoire encombrante des parents nous ennuie. On veut passer à autre chose.

Ce que reproche Antoine à ses contemporains c'est leur dépolitisation.

— On ne peut pas échapper au poids de l'Histoire. On ne peut pas tout dédramatiser comme ça tout le temps. Une génération de moutons !

— Tu dis ça pour moi ? demande Winnie, tout en aspirant avec sa paille.

— Non, pas du tout ! D'ailleurs j'aime aussi des choses plus frivoles comme les feuilletons à la télévision. Le *Chevalier de Maison-Rouge*, par exemple. Et toi, qu'est-ce que tu aimes ?

— Comme feuilleton ?

— Oui.

— *Janique Aimée* !

Antoine exulte. Mais sans doute n'aiment-ils pas *Janique Aimée* pour les mêmes raisons. Antoine est certainement vaguement amoureux de la jeune infirmière qui roule en vélomoteur sur les routes de la France profonde, jambes serrées et fichu sur la tête. Winnie y voit autre chose. Ce n'est pas un simple feuilleton sentimental. L'héroïne qui avale des kilomètres sur son VéloSoleX est une jeune femme moderne qui travaille et est indépendante. L'indépendance de la femme, voilà une question qui intéresse beaucoup Winnie. Bien qu'elle n'ait que quinze ans, elle n'a pas envie de devenir comme sa mère. Si Antoine est avant tout préoccupé par le sort de la classe ouvrière, Winnie l'est plutôt par celui de la femme.

— Voilà de belles différences, dit Antoine, avant de demander : Tu as une détestation ?

— Plusieurs. Mais la plus importante du moment, c'est la réclame pour le robot Charlotte Moulinex !

— Pardon ? dit Antoine, mort de rire.

— Une femme dans sa cuisine. Tablier sur le ventre. Son mari en costume-cravate arrive derrière elle et lui fait une surprise. Il tient dans une main un paquet cadeau et de l'autre soulève le couvercle d'un faitout rempli de tomates farcies. Sourires entendus. Bonheur domestique. Chacun à sa place. La femme au foyer. L'homme qui rentre du travail. Et cette légende : « Pour ELLE un Moulinex, pour LUI de bons petits plats ! » Et toi, ta détestation à part de Gaulle ?

— Les drugstores !

Winnie est aussi surprise qu'Antoine quand elle a cité le robot Charlotte.

— Un vrai piège, explique-t-il. Le drugstore ne vend pas des articles dont on pourrait avoir besoin, mais un style, une ambiance. Tout ça pour nous obliger à acheter n'importe quoi. Couleurs criardes, écrans multiples, vendeuses qui ressemblent à des mannequins. Spots, musiques, lumières. De la nourriture aux vêtements, des médicaments au design. Le drugstore n'est plus un magasin mais une boîte de nuit !

— Et toi tu n'aimes pas ça ?

— Non. On nous prend pour des idiots et cette américanisation progressive ne me plaît pas. Consommer, consommer, consommer… Non, c'est trop. Un jour, on en aura vraiment marre de tout ça.

— D'autres différences ? demande Winnie.

Antoine fait mine d'être anxieux. Peut-être l'est-il

vraiment. « D'autres différences ? », faut-il absolument en trouver ? Il ne répond pas…

Winnie insiste. C'est bien une fille, pense Antoine.

— Tu crois vraiment qu'on est faits pour s'entendre ?

— Oui, répond immédiatement Antoine, car je suis bien avec toi. Et on peut s'échanger nos passions.

— Et puis on aime tous les deux la lecture, Flaubert t'intéresse ?

— Énormément, répond Antoine, en priant pour que Michèle n'essaie pas de savoir pourquoi.

— Je suis en train de lire Victor Hugo, le premier tome des *Misérables*. J'adore les gros livres, poursuit-elle avant d'ajouter : Plus de 58 % des Français ne lisent jamais de livres et parmi eux, cinq agriculteurs sur six et deux ouvriers sur trois ! C'est triste, non ?

Antoine sourit. Le garçon de café vient d'apporter l'addition. Il a fini sa journée. Un autre va prendre la relève. Il faut régler maintenant. Qui va payer ? C'est l'homme qui paie. Dans cette France prospère, toutes les conditions sont réunies pour que les familles consacrent à leur progéniture de l'argent de poche. Variable selon les familles et les moyens. En 1963, le pouvoir d'achat des jeunes gens et des jeunes filles dépasse les 10 milliards de dollars, soit une augmentation depuis dix ans de plus de 30 % ! Les parents de Michèle ont mis au point un barème d'une complexité infinie, lié aux résultats scolaires avec pénalités et tranches de gratification. Les parents d'Antoine semblent avoir opté pour un système simplifié qui octroie une rémunération pour chaque participation aux tâches domestiques : laver la voiture, les vitres, le sol de la cuisine, etc. C'est l'homme qui paie. C'est donc Antoine, malgré les velléités d'indépendance de Winnie…

Avant de se quitter, ils écoutent un morceau sur le scopitone. La belle Gillian Hills, blonde en pantalon fuseau, et sa *Première cigarette* :

J'avais des larmes aux yeux
Et c'était délicieux
Mais je ne sais pas
Si c'était le tabac
Ou bien à cause
À cause
D'une chose
D'une chose
Que Jimmy
Me dit
Ce soir-là
« Je t'aime. »

5

27 juin

Oh les filles, oh les filles, elles nous rendent marteau

Lorenzo est heureux. Il est heureux parce que samedi, dans deux jours, commenceront les longues vacances d'été. Il est heureux parce qu'Antoine, qu'il n'a pas vu depuis le matin du concert de la Nation, va venir le voir. C'est à cela que servent les jeudis : à ne pas aller en classe et à retrouver les copains. Pour fêter l'événement, il a consulté le *Je cuisine vite* de sa mère, « pour une cuisine rapide et bonne », aux pages desserts. Il a rapidement trouvé son bonheur : « Bananes sous neige et nègres en chemise ». Des bananes coupées en rondelles sous une couche de fromage blanc au kirsch, de la purée de marrons mélangée à de la crème Chantilly. Le tout en moins d'un quart d'heure de préparation. C'est l'obsession du moment : la vitesse. Et ce livre offre « aux ménagères pressées et aux femmes qui travaillent mille possibilités de s'en sortir à l'aise »...

À peine a-t-il entendu la sonnette retentir que Lorenzo dévale l'escalier et se retrouve sous le grand tilleul ombrageant l'allée qui conduit à la porte du jardin. Après une brève étreinte, les deux amis remontent immédiatement dans la chambre malgré la désapprobation de la mère de Lorenzo qui trouve « désolant de rester enfermé alors qu'il fait si beau dehors ». Lorenzo se jette sur son lit. Antoine s'affale dans le fauteuil qui lui fait face. Concession à la mère, la fenêtre de la chambre est grande ouverte sur un lilas blanc dont quelques grappes tardives embaument encore.

— Tu n'es pas allé à la Nation ? demande Antoine.

— Évidemment que si. Je t'ai attendu devant le Canon et puis avec toute cette foule…

— Tes parents ne se sont aperçus de rien ?

— Non. Et les tiens ?

— Non plus.

— Je n'ai jamais vécu une soirée pareille. Ça déménageait à mort !

— Tu es resté jusqu'à quand ?

— Jusqu'au bout. Et je n'ai pas vu de bagarre en tout cas, enfin tout ce qu'on raconte dans les journaux.

— Et des filles, tu en as rencontré ?

— Non. Et toi ?

Sans trop comprendre pourquoi, alors que d'ordinaire il raconte immédiatement tout à Antoine, Lorenzo reste plus que discret sur les instants qu'il a passés avec la fille qu'il a fini par perdre dans la foule. Oui, il a dansé avec plusieurs. Aucune en particulier. Tout ça ne présentant pas énormément d'intérêt. Les filles ? « Beaucoup de boudins. Beaucoup de super-super boudins. » Comme s'il craignait le jugement de son ami. Idiot, tu aurais pu les retenir, leur demander leur adresse, leur téléphone ! Imbécile, tu ne les as même pas embrassées. Ou comme s'il ne voulait garder ce souvenir que pour lui, intact. Comme s'il ne pouvait le partager avec personne. Pas même avec Antoine. Lequel, par jeu, par bravade, vantardise, raconte tout de même que lui en a rencontré une, de fille, « et pas un boudin. Une nana extra ».

— À la Nation ? Tu viens de me dire que…

— Non, ailleurs… le lendemain…

Comme pour retarder le moment de la révélation, Lorenzo demande à Antoine s'il a faim. Il a préparé des desserts. Oui, évidemment qu'Antoine a faim, ce n'est pas pour rien qu'il est surnommé Quand-est-ce-qu'on-mange ! Lorenzo file à la cuisine et remonte avec les desserts et deux bouteilles de Coca.

— Alors, raconte ! T'as un ticket ? Un gros ticket ?

Tout en mangeant, Antoine raconte sa rencontre avec sa « super nana ». Mais au fur et à mesure que les détails s'accumulent, il se rend compte qu'il ne dit pas tout. Qu'il cache des aspects. Des moments. Il oublie soigneusement de mentionner leur rendez-vous au Scopitone Coffee. Ne délivre que le strict minimum. Au compte-gouttes.

— Elle s'appelle comment ?

— Je n'ai pas osé lui demander.

— On a l'air malins, tous les deux.

La tête dans leur bol de crème de marrons et de chantilly, les deux copains commettent l'un envers l'autre leur premier mensonge, leur première trahison. Comme si une mystérieuse entente tacite les guidait, chacun abandonne le sujet des filles. Et quand Lorenzo pose à

Antoine une question relative à ses lectures, c'est pour tous deux comme une délivrance. On change de sujet :

— Alors, tu es venu à bout des *Trois contes* ?

— Pas vraiment. Je n'y arrive pas.

— Tu préfères *Salut les copains*, dit Lorenzo en rigolant.

— Tu sais bien que je ne lis que *Nous les garçons et les filles* !

— En fait ce n'est pas Quand-est-ce-qu'on-mange que tu t'appelles, c'est Karl Marx !

— Mais oui, c'est ça, Poor-lonesome-cow-boy !

Lorenzo et Antoine vivent une drôle d'époque. Eux, les baby-boomers. Une époque qui les rend inclassables. Comme beaucoup de leurs camarades. Tous enfants des bandes dessinées ? Rien n'est moins sûr. Oui, leurs parents sont nourris par les photographies de presse publiées dans *Paris-Match.* Oui, leurs mères et leurs sœurs aînées connaissent l'âge d'or des romans-photos. Oui, ils sont sans doute passés sans heurt de *Tintin* et *Spirou* à *Salut les copains* et à *Mademoiselle âge tendre*, ou à *Pilote.* Mais dans cette grande vague identitaire, Antoine et Lorenzo chantent leurs chansons à eux. Leur voix est unique. Ne ressemble à aucune autre. Antoine, le fils de prolétaire, et Lorenzo, le fils de cadre supérieur, tracent chacun une voie qui lui est propre.

— Et toi, je suppose que tu as eu le temps de lire dix bouquins !

— Quatre.

— On peut savoir lesquels ?

Lorenzo se lève et prend les livres qui reposent sur le manteau de la cheminée. Tous publiés en « Livre de

Poche », une collection bon marché qui vient d'avoir dix ans.

— *Vol de nuit* de Saint-Exupéry. *La Bête humaine*, Zola. *Les Enfants terribles* de Jean Cocteau. *Les Mains sales*, Jean-Paul Sartre.

— Tu finiras professeur de français ou poète, ironise Antoine en agitant un cinquième livre, *Les Fleurs du mal*.

— Celui-là, je ne l'ai pas encore lu…

— Tu prends du retard, mon vieux.

— Du retard sur quoi ?

— Sur ton plan de lecture !

— Je n'en ai aucun, en réalité.

Lorenzo sait bien qu'il a un rapport étrange à la lecture. Qu'on lui reproche – son père, sa mère – d'avoir toujours « le nez dans ses bouquins ». Mais pour lui les livres sont comme des amis dont il sait qu'ils ne le tromperont jamais. Qui le sauvent de la solitude. Qui agrandissent son âme.

Lorenzo regarde Antoine. Un ami n'est pas obligé de tout partager avec vous. Un ami peut, doit ne pas être identique à vous. Lorenzo aime le calme des livres, s'y plonger comme on le fait dans l'eau chaude d'une baignoire. Antoine, lui, éprouve une attirance irrésistible pour l'action, pour la lutte. Ce qui les unit, c'est leur complémentarité.

— Ce sont les curés de ta boîte qui t'obligent à lire ?

— Pas du tout.

— C'est toi tout seul dans ton coin ? C'est encore pire ! dit Antoine qui ajoute : L'année prochaine, tu y seras encore, chez tes jésuites ?

— Et toi, tu continues à Jules-Ferry ?

— Oui.

Tous deux sont inquiets. École privée ou laïque, la question reste la même. L'année prochaine, ils seront en troisième. Et à la fin de cette année ce sera le passage au lycée. Compliqué, aléatoire. Le système français n'a rien à voir avec les *high schools* américaines, dotées de bibliothèques, de piscines, de gymnases, de salles de musique. Le système français méprise le corps et les arts. Est sans doute plus ambitieux, plus exigeant dans ses objectifs intellectuels. Mais ne se donne les moyens ni de son ambition ni de son exigence. Pas assez d'établissements. Pas assez de classes. Pas assez de professeurs, et quand ceux-ci manquent les élèves passent des heures en salle de permanence, surchargée et bruyante. La « permanence », quel mot singulier d'ailleurs pour désigner une réalité dénuée de toute consistance. L'arrêté du 23 novembre 1956 modifiant les horaires des diverses matières pour consacrer cinq heures, sur les trente hebdomadaires, aux devoirs faits en classe est resté lettre morte. Antoine et Lorenzo comme nombre de leurs camarades passent toujours des heures chez eux à faire leurs devoirs. Nous sommes en 1963. Dans la meilleure des hypothèses, quatre écoliers sur dix achèveront leur scolarité élémentaire sans aucun redoublement, un tiers redoublera au moins une classe, un huitième deux classes et près d'un dixième connaîtra trois redoublements ou plus.

Comme toutes les fois qu'ils se retrouvent, les deux amis font le tour de leur monde. Des questionnements qui sont les leurs. De leurs états d'âme. Comme toutes les fois qu'ils se retrouvent, ils se font écouter leurs dernières découvertes. Cette fois, c'est Lorenzo. Qui pose sur son Teppaz, en ayant au préalable fermé la fenêtre de sa chambre pour que les bruits de la rue ne viennent pas perturber la cérémonie, *Where have all the flowers gone ?* par Peter, Paul and Mary, et *Mississippi Goddam* chanté par Nina Simone. Deux hymnes pour la paix, contre les guerres, contre le racisme. C'est aussi sur ces idées-là que les deux amis se rejoignent, savent qu'ils sont proches à jamais.

— Il y a des musiques, des chansons qui nous touchent au plus profond et celles qui nous permettent de dire : Voilà, on appartient à cette génération. Le twist, le madison font partie de cette deuxième catégorie.

— C'est exactement ça, acquiesce Lorenzo. Exactement.

L'air encore songeur de ce qu'il vient d'entendre, Antoine sort de la poche de son veston un 45 tours. Sur la pochette, un homme de profil. Cigarette à la main. Cou pris dans une écharpe jaune à pois noirs.

— Jean Ferrat ? Encore un de tes cocos, dit Lorenzo tout en sortant le disque de la pochette et en le posant sur le plateau, son autre main tenant le lève bras.

— Attends avant de le mettre.

— Pourquoi ?

— C'est difficile à expliquer, répond Antoine, soudain grave comme il peut l'être parfois.

— Je vais rester longtemps comme ça ? Que fait-on ?

— Bon, d'accord, on écoute. On parlera après… Un hommage aux victimes du nazisme, aux résistants déportés.

« Ils étaient vingt et cent, ils étaient des milliers, nus et maigres, tremblants, dans ces wagons plombés, qui déchiraient la nuit de leurs ongles battants, ils étaient des milliers, ils étaient vingt et cent… » Antoine et Lorenzo écoutent et réécoutent en silence. La gorge nouée. Rares sont les adolescents de cette génération qui ont une conscience politique. On le leur reproche assez. Encore un point qui les rapproche : leur intérêt commun pour l'Histoire. *Nuit et brouillard* : le titre de la chanson fait évidemment référence à la directive du même nom signée par Hitler en 1941 visant à éliminer tous les opposants au régime nazi dans les territoires occupés par les Allemands.

— C'est aussi le titre du film de Resnais, renchérit Lorenzo.

— Et il lui est arrivé la même chose.

— C'est-à-dire ?

— C'est mon père qui m'a raconté ça. On a voulu interdire la projection du film à Cannes au nom de la réconciliation franco-allemande et on est en train de faire pareil avec cette chanson. Parce qu'on craint un incident diplomatique si on la diffuse sur les chaînes d'État.

Le père d'Antoine, juif non religieux et membre du Parti communiste, est furieux.

— Il n'est pas pour la réconciliation franco-allemande ? demande Lorenzo.

— Non, ce n'est pas ça.

— Alors, c'est quoi ?

— Il dit qu'on mélange tout. Que les camps de concentration n'ont pas accueilli que des résistants communistes ou gaullistes. Il dit qu'un jour, il faudra bien qu'on parle aussi des Juifs.

Antoine et Lorenzo restent abasourdis. Ce que chante Ferrat est un vrai choc. Comme un trou sans fond où on ne cesse de tomber. Un vertige. Un dégoût. « Je twisterais les mots s'il fallait les twister, pour qu'un jour les enfants sachent qui vous étiez… » Avant de se quitter, ils se serrent longuement dans les bras. Ils savent que les vacances vont les séparer de longs mois. Qu'il y aura entre eux, lien ténu mais tenace, l'écoute de cette chanson. Que c'est ça aussi l'adolescence. Que c'est ça devenir adulte. Lentement. Apprendre de chaque moment. De chaque joie. De chaque tristesse. Apprendre qu'on passe sans cesse du silence au bruit, de la paix à la guerre, que rien n'est jamais acquis. Corde raide. Marche sur la crête : côté ensoleillé, côté enneigé. Antoine va passer des vacances dans sa famille en Bretagne. Lorenzo va rejoindre le sud de la France. D'abord seul avec sa mère puis avec ses deux parents quand son père viendra les rejoindre.

Désormais seul dans sa chambre, Lorenzo repense à cette chanson. Il se dit que s'il en parlait à son père ce dernier, ancien résistant gaulliste, ne le laisserait pas finir sa phrase : « Un communiste convaincu, grand admirateur de l'Union soviétique, qui s'élève contre l'asservissement de l'homme et la dictature, laisse-moi rire ! » Alors il ne lui en parlera pas… Le propre de l'enfance est de pouvoir passer dans la même seconde d'un état d'abattement profond à un moment de joie intense. Ferrat est vite oublié, du moins dans l'instant. La tristesse, le poids de l'Histoire sont vite recouverts par une autre sensation, d'autres émotions, d'autres impératifs. Lorenzo redevient malheureux d'un autre malheur – plus personnel. Jaloux de son copain Antoine, tout simplement. C'est ridicule, mais il repense à la fille. Antoine a rencontré une fille, qu'il va revoir, c'est sûr, et lui en a croisé une qu'il a perdue à jamais. Et cette fille-là, Lorenzo ne parvient pas à l'oublier. Parfois il se dit que s'il y pense très fort, il va la retrouver. Après tout, on peut peut-être communiquer par la pensée. Dans la pénombre de sa chambre, alors que le réverbère de la rue projette sur les murs les branches du lilas qui dessinent des formes changeantes, comme des barbelés, il revoit la place de la Nation… « Mes jours comme mes nuits sont en tous points pareils, sans joies et pleins d'ennui, personne ne murmure "je t'aime" à mon oreille… »

6

Juillet-septembre

Twist à Saint-Tropez

Michèle, comme chaque année, passe les mois d'été dans la maison que ses grands-parents maternels possèdent à Saint-Tropez, chemin de Sainte-Anne, à l'ombre de la chapelle du même nom, là où jadis les bastidanes guettaient le retour des marins. D'aussi loin qu'elle s'en souvienne, ce repos estival est placé sous le signe des rituels immuables. Lecture, en compagnie de sa grand-mère, de *France Dimanche* et d'*Ici Paris* avec, cette année, un intérêt tout particulier porté à la « terrible déception de Johnny Hallyday » et à la « folle angoisse de Petula Clark ». Obligation d'ingurgiter, au nom de la modernité, la nouveauté culinaire du moment : cette fois, les petits déjeuners énergétiques aromatisés au chocolat d'Ovomaltine. Cadeau l'attendant dans sa chambre, sur son lit, dès son arrivée : un 45 tours de Frank Alamo, contenant *Biche, ma biche*, *Da doo ron ron* et *File, file, file…* Parcours inévitables : achat d'une glace chez Sénéquier, d'une tarte tropézienne avec son cœur de crème dans la boutique d'Alexandre Micka. Première baignade enfin plage des Salins « parce qu'on dirait la Bretagne ». Autant de passages obligés qui réconfortent Michèle – revenir ici, c'est comme se réinstaller dans un havre que rien ne viendra jamais bouleverser –, mais qui commencent aussi à l'agacer quelque peu. C'est la première fois. Avec autant de force. À quinze ans, on est presque une adulte et ces certitudes, points de repère, balises d'enfance sont vécus comme des entraves.

Le soir au dîner, Michèle est malgré elle le centre d'intérêt vers lequel tous les regards convergent. Comme d'habitude, ses grands-parents ont invité des amis voisins. Tous ont lu les articles que le sociologue Edgar Morin vient de publier dans *Le Monde* à la suite du concert de la Nation qui continue de susciter beaucoup de questions.

— Tu y étais, je suppose, tes parents te passent tout, lui lance sa grand-mère, en lui remplissant copieusement son assiette de ratatouille.

— Oui.

— Il paraît que ça a mal tourné, ajoute son grand-père.

Michèle n'a pas le temps de répondre. Ou plutôt sa réponse est noyée dans les interventions des uns et des autres :

— Des blousons noirs ! Âge mental du public des « idoles », huit ans !

— Et cette musique ! On frappe sur les mêmes rythmes avec toujours les mêmes mots. Quelle rengaine !

— C'est une nouvelle mythologie, vous savez. Avec

ses rites précis, ses interdits. Surtout, on y répudie avec insolence et sottise le monde des adultes.

— Ah oui, ces hurlements, ces tintamarres de casseroles ! Et ces danses : de mornes danses d'ours, fait remarquer une amie d'enfance de la grand-mère de Michèle avant d'ajouter : Une merveille, ta tapenade, moitié thon, moitié anchois, c'est ça le secret. Et de conclure : Non, c'est vrai, quel boucan, cette « musique » !

— Un carnage déplorable !

— Le commerce de la médiocrité !

Le grand-père de Michèle, patriarche trônant en bout de table, a fait les choses sérieusement. Il a souligné les passages selon lui essentiels de l'article, et entreprend de les lire à l'assemblée.

— « Au lieu d'une rupture, sorte de mort de l'enfance et de renaissance à l'état adulte, se constitue un âge de transition, complexe, ambivalent, sorte d'espace biologique-psychologique-social, qui fournit le terrain favorable à l'éventuelle constitution d'une classe d'âge adolescente… » C'est intéressant, tout de même, non ?

— On n'a vraiment pas besoin de lui pour nous expliquer ça ! dit une convive, avant de reprendre du petit farci.

Imperturbable, le grand-père de Michèle continue :

— Il parle d'une mode vestimentaire : blue-jeans, polos, blousons, vestes de cuir, tee shirts imprimés, chemises brodées. Pour les filles, un certain type de maquillage : yeux fardés, fond de teint, pas de rouge à lèvres…

Tous se tournent vers Michèle : blue-jean, tee-shirt

imprimé, yeux fardés, fond de teint, pas de rouge à lèvres.

— Elle est jolie, ma petite-fille, dit la grand-mère.

— Il parle aussi d'accessoires indispensables pour « en être », poursuit le grand-père : électrophone, radio à transistor, 45 tours, photos, revues, guitare électrique… Tu confirmes ?

— Je n'ai pas de guitare électrique, répond Michèle.

— Ah, et le vocabulaire ! « Un langage commun ponctué d'épithètes superlatives comme "terrible", "sensass", "copain", "twisteuse". » Tu es d'accord ?

— Il y en a beaucoup d'autres : « pourri », « pas pourri », « la tasse », « boudin », « croulants »…

— Il vous donne même un nom : les « yéyés ». « Une des significations du yéyé, dit-il, est : nous sommes jeunes. »

— Comme ça on peut nous mettre dans un tiroir avec une belle étiquette dessus, répond Michèle, tandis que sa grand-mère la fusille du regard.

— Donc, on peut dire que vous êtes une « yéyé » ? C'est ça ? demande un des convives.

— Oui, oui. C'est ça.

Lentement l'exaspération monte. On sent qu'à tout moment la soirée peut basculer. Et en effet elle bascule quand Mme Boulès, qui possède un restaurant place des Lices, poursuit l'interrogatoire :

— Tout à l'heure, vous avez dit « croulants », ça veut dire quoi exactement ?

— Il y a d'un côté les copains et de l'autre… les croulants. Ou les PCA : « plus cotés à l'argus ». Ou les PPH : « passera pas l'hiver ». Les vieux, quoi. Ceux qui ont plus de vingt-cinq ans. Ceux qui ne veulent pas nous comprendre. Ceux qui nous rejettent. Les vieux cons, quoi !

— Michèle, s'il te plaît, tu t'excuses ! exige sa grand-mère.

Michèle s'exécute, de mauvais gré, et quitte la table dans le même temps.

— Michèle, veux-tu revenir ! crie son grand-père, en vain. Michèle, s'il te plaît !

« Tout défile, file, file, file, là dans mon rétroviseur, les grandes villes, villes, villes, villes, les bois, les champs et les fleurs… », chante Frank Alamo.

Ce dîner marque une frontière. Il y a un avant et un après ce dîner. C'est un signe. L'année prochaine, Michèle ne reviendra pas à Saint-Tropez. Son enfance est terminée. Dans les jours et les semaines qui suivent, malgré la gentillesse de ses grands-parents qui lui ont pardonné son esclandre, elle s'ennuie. Michèle s'ennuie à Saint-Tropez comme jamais elle ne s'est ennuyée. Et le soir – en cachette –, à la fenêtre de sa chambre, elle fume cigarette sur cigarette. Elle pourrait répondre à Antoine qui lui a écrit une lettre dans laquelle il lui raconte qu'il est allé à la deuxième édition du festival de rock and roll au Palais des sports pour y applaudir les Chaussettes noires, Richard Anthony ainsi que Danny Boy et les Pingouins, mais elle n'a pas envie. Une deuxième puis une troisième lettre suivent, envoyées à son adresse parisienne, que sa mère lui a fait parvenir accompagnées d'un petit mot : « Tu as un amoureux, ma parole ! » Ce qu'il ne fallait surtout pas dire évidemment.

Antoine est effectivement amoureux. Enfin, il le dit sans le dire. Comme tous les garçons, il perd tous ses moyens quand il s'agit de parler d'amour. Antoine, qui aime ce qu'il appelle les « chanteurs à texte », finit sa lettre en citant Alain Barrière : « Elle était si jolie, que je n'osais l'aimer. Elle était si jolie, je ne peux l'oublier. » Michèle trouve ça ridicule. Et cela d'autant plus que depuis quelques jours elle a fait la connaissance, sur la plage des Canoubiers, de François, un grand blond charismatique aux yeux verts dont les parents sont propriétaires de deux magasins de meubles : un à Paris, l'autre à Saint-Tropez, rue Gambetta, à deux pas des arcs-boutants de la chapelle de la Miséricorde. Ce qui l'attire chez lui, c'est qu'il ne ressemble en rien à ses autres copains. En fait, il honnit la musique yéyé. Pour lui, seul compte le rock. Et pas n'importe lequel. Celui des Chaussettes noires ou des Chats sauvages, c'est de l'eau tiède. Pour rien au monde il ne consentirait à esquisser quelques pas de twist, de madison ou de mashed potatoes. Sa danse, c'est le rock'n'roll et ses idoles ont pour noms Vince Taylor, Gene Vincent, Moustique, Larry Greco. Sa culture, ce sont les États-Unis. Le cinéma ? Il y va peu. Excepté pour revoir trois films dont il ne manque jamais les reprises ici ou là : *Graine de violence* de Richard Brooks, *La Fureur de vivre* de Nicholas Ray, *Le Rock du bagne* de Richard Thorpe. François porte un blouson de cuir noir sur un jean râpé, une grosse ceinture cloutée, des bagues et des chaînes de vélo. Seule concession à la légèreté de l'époque : des chaussettes DD rayées bleu et rouge. Pourquoi des DD ? « Parce que, comme dit la publicité, elles ne sont jamais usées ! » Évidemment, il emmène Michèle sur les routes et les chemins de la presqu'île sur son Flandria Ultra Sport, bleu foncé et havane, avec selle léopard. Un cyclomoteur de 50 cm^3 qu'il mettra à la casse quand il aura atteint sa seizième année et qu'il pourra conduire une vraie moto.

La grand-mère de Michèle est hors d'elle :

— T'afficher en compagnie du fils Show Télé, ah non, merci !

— Show Télé ?

— C'est le nom de la boutique de ses parents. Je le connais depuis qu'il est tout petit !

— Et alors ?

— Alors, je l'ai vu mal tourner, d'année en année. C'est devenu un vrai blouson noir.

La grand-mère de Michèle mélange tout. C'est tout juste si elle n'accuse pas le garçon d'avoir participé au hold-up du train postal Glasgow-Londres qui est en train de défrayer la chronique. C'est la grande inquiétude du moment : les blousons noirs vont mettre la France à feu et à sang.

— Gilbert a raison.

— Gilbert ? demande Michèle.

— Gilbert Bécaud : « Elle s'habille comme lui d'un pantalon, d'un blouson. Quand on les rencontre dans la nuit, on dirait deux garçons. »

— Mamy, ça n'a rien à voir, réplique Michèle, et puis je sais me défendre…

— Je préférerais que tu ne le fréquentes plus. Après on flirte. Et puis… bon… tu vois ce que je veux dire… C'est vite arrivé… Et…

Michèle ne suit pas les conseils de prudence de sa grand-mère et rejoint François toutes les fois qu'elle le peut. Quel merveilleux été. Ensemble ils écoutent le rocker au déhanché suggestif et au pantalon blanc moulant, Elvis Presley, Elvis the Pelvis comme l'ont surnommé ses détracteurs. Ils lisent *Disco Revue*, magazine qui représente pour le mouvement rock en France ce que *Salut les copains* est aux yéyés. Sur la plage, ils passent des heures à jouer au tout nouveau Boom Twist, un boomerang ultraléger qui vient tout droit d'Australie. Oui, c'est un été merveilleux. François lui fait intégrer sa bande. C'est un phénomène nouveau que les adultes ont du mal à comprendre que celui de ces bandes où filles et garçons mêlés effacent leurs différences. La grand-mère de Michèle serait horrifiée. Les bandes d'autrefois séparaient soigneusement les deux sexes, chacun y tenant son rôle. Les nouveaux groupes d'adolescents refusent ces distinctions. Le costume les abolit – jean unisexe pour tous et pull-over flottant, tandis que chaque sexe emprunte à l'autre certains de ses signes distinctifs : les filles fument et portent les cheveux courts ; les garçons arborent médaille au cou et bracelet au poignet et laissent pousser leurs cheveux. C'est le temps des copains. Sylvie Vartan, Alice Dona, Romuald, Annie Philippe, Nancy Holloway, France Gall, Jean-Jacques Debout, Rocky Volcano, tous chantent les copains. Et si Nicole invite à danser *Le twist des copains*, Sheila résume l'affaire en une phrase : « Vous, les copains, je ne vous oublierai jamais. » Michèle entend la voix de sa grand-mère lui dire : « Les bonnes femmes sont tondues et en pantalon et les garçons portent des cheveux longs. On n'y comprend plus rien ! »

Un soir, la veille de son retour à Asnières, Michèle va même au cinéma avec François, voir *Lonely Boy.* Plus exactement, elle assiste lors d'une soirée privée organisée par le père de François, qui connaît un ami du producteur, Roman Kroitor, à une projection de ce film. C'est une sorte de révélation. De double révélation. Elle découvre Paul Anka et son langoureux *Put your head on my shoulder…* Mais surtout embrasse pour la première fois un garçon. Après le twist et le madison, une nouvelle danse est lancée à Saint-Tropez, dont François consent à esquisser quelques pas : le letkiss, autrement dit la danse du baiser. Entre deux figures, garçons et filles échangent un baiser, plutôt discret, chaste d'ailleurs. Mais les deux adolescents, profitant de la pénombre – la soirée s'est prolongée dans les jardins boisés de la villa –, se font un vrai baiser de cinéma. Le premier et le dernier. Pour s'amuser, François décide d'appeler Michèle « Diana », comme la chanson de Paul Anka. Pour lui, elle sera Diana. Le lendemain, Michèle doit rentrer à Paris. Fini les vacances, et François est morose : ayant effectué une année scolaire des plus médiocres, son père a décidé de l'envoyer dans un internat de jésuites pour y effectuer sa troisième, dernière année avant le lycée.

Malgré tout, Michèle est heureuse de revenir chez elle, après ces longs mois de vacances. Une lettre d'Antoine l'attend, qu'elle lit puis repose. Elle reste très partagée à son égard. Elle n'aime pas qu'il joue à l'amoureux transi et dans le même temps elle est presque déçue de ne pas faire tout l'objet de cette lettre. Sur cinq pages, quatre sont consacrées à une grande marche pacifique qui a rassemblé plus de deux cent mille personnes dans les rues de Washington le 28 août dernier. Le pasteur Martin Luther King y a prononcé un formidable discours au nom de l'égalité raciale. *I have a dream*, telle est la phrase qu'Antoine cite en capitales rouges sur toutes les pages de sa lettre.

Michèle a encore l'air de Saint-Tropez dans les poumons, les promenades à moto dans les jambes, la sensation du baiser de François sur la bouche. Elle aime cette impression de nostalgie éprouvée dans sa chambre qu'elle retrouve. Objets familiers : disques, électrophone, pile de *Salut les copains*, collection d'ouvrages « Rouge et Or », vêtements, chaussures à la mode, etc. Et son cher journal qu'elle a délaissé tout un été. Qu'elle ouvre à la dernière page écrite : « 23 juin. J'ai dansé avec un garçon formidable. Mais à peine vu, immédiatement disparu. Dans la foule du concert de la Nation. Voilà comment on passe à côté de sa vie. "Douce violence de mes jeunes amours, tendre insouciance de mes premiers beaux jours, quand le temps me fait face au ciel de mes seize ans, c'est mon enfance qui meurt doucement." »

À la date du 13 septembre, elle écrit simplement : « Michèle = Diana. »

7

Septembre-novembre

Comme l'été dernier

François a bien été obligé de suivre le diktat paternel : intégrer une école privée afin de rattraper une année scolaire déplorable. Son père l'avait prévenu, il a tenu parole. Aussi, depuis le lundi 16 septembre, François effectue chaque jour le long trajet entre son domicile, situé avenue Brunetière dans le 17e arrondissement de Paris, et le 1, rue du Bac à Asnières, adresse de l'école Saint-Joseph. C'est un trajet épuisant qu'il ne peut effectuer avec son cyclomoteur : « Le Flandria à Saint-Tropez, oui ; à Paris, non, trop dangereux ! »

Cette année scolaire s'annonce décisive et difficile. Décisive car elle doit aboutir au passage en seconde au lycée. Difficile car le programme élaboré par les jésuites et les frères du Sacré-Cœur n'est pas de tout repos. Deux cent trente points répartis sur douze matières dont certaines avec coefficient : dissertation, orthographe et grammaire, littérature, histoire, géographie, anglais, allemand, algèbre, géométrie, sciences naturelles, éducation physique, et bien entendu instruction morale et religieuse. Selon l'expression consacrée, dans le public comme dans le privé, les classes sont « surchargées », le nombre d'élèves qui était pour chacune de vingt-sept en 1956 est passé à trente-cinq. À Saint-Joseph, il est de quarante et un ! De plus l'épreuve du baccalauréat, bien qu'encore lointaine pour François, vient d'être réformée. Depuis 1874, il était de tradition, pour les adolescents, de passer le bac en deux parties : en classe de première puis en terminale. Un nouveau texte vient de transformer cette règle. Désormais, deux groupes d'épreuves seront organisés successivement à la fin de l'année de terminale, un écrit et un oral de rattrapage pour ceux qui n'ont pas obtenu la moyenne. Les épreuves de français auront lieu à la fin de la classe de première, et les notes obtenues prises en compte l'année suivante. Enfin, la session de rattrapage du mois de septembre est supprimée. Donc, plus aucun droit à l'erreur. Cette année, la proportion de bacheliers dans une génération a été de 15 % et le taux de réussite au baccalauréat de 62 %...

Heureusement, et bien que pour entrer à Saint-Joseph François ait dû laisser à la porte une partie de son attirail de blouson noir – essentiellement son ceinturon clouté et ses grosses chemises à carreaux –, bien qu'il ait gardé l'essentiel – sa large banane maintenue par de la brillantine –, il se fait très vite des amis. Tous unis par le même ciment : la haine des jésuites qui hantent les couloirs de l'école tels des vampires en soutane, et le désir de leur mener la vie dure. Parmi ses amis, un en particulier retient son attention. Un certain Lorenzo, qui habite Gennevilliers, adore le cinéma et est fou de chansons anglo-américaines. Sa passion du moment, un groupe qui est en train de monter dans les hit-parades : les Beatles. Leurs premiers titres, *Love me do, Please please me, From me to you*, sont des chefs-d'œuvre…

L'échange est aisé. Les deux amis se comprennent à demi-mot. Dans un premier temps, leurs échanges portent essentiellement sur la musique. François fait découvrir à Lorenzo le rock'n'roll et Lorenzo initie François non seulement à l'univers des Beatles mais peut-être davantage encore à celui d'un chanteur américain et de son amie, elle aussi chanteuse : Bob Dylan et Joan Baez. Lorenzo n'a jamais rien entendu de semblable. Ce choc, il veut que son ami le partage avec lui. Il écoute sans se lasser *The house of the rising sun* et *Blowin' in the wind*…

— Joan Baez qui chante *Plaisir d'amour* en français, c'est à pleurer de tristesse. Quant à *The times they are a-changin'* de Bob Dylan, c'est bien simple, ça deviendra la chanson d'une génération, la nôtre !

— Tu n'exagères pas un peu, tout de même ? dit François.

— Non ! « Venez, mères et pères, à travers le pays, et ne critiquez pas ce que vous ne pouvez pas comprendre, vos fils et vos filles sont hors de votre contrôle, votre vieux chemin décline rapidement, alors quittez la nouvelle voie si vous ne pouvez y prêter la main, car les temps changent… »

L'amitié qui est en train de naître entre François et Lorenzo ne passe pas que par la musique. Dans la cour de Saint-Joseph, comme dans toutes les cours d'école de France, les élèves ne se mélangent pas. On peut repérer facilement chaque groupe formé. Les snobs d'un côté, les guides et les scouts de l'autre, le milieu ouvrier ailleurs, les riches entre eux. François et Lorenzo dépassent ces clivages et entraînent avec eux une partie de leur classe. François, fils d'un riche marchand de meubles, héritier d'une entreprise familiale florissante et naviguant comme un poisson dans l'eau entre Paris et Saint-Tropez ; Lorenzo, fils d'un aristocrate italien déclassé qui a émigré en France et obtenu un poste de direction à force de ténacité et d'abnégation.

Ensemble, ils vont au Salon international de la radio-télévision de la porte de Versailles, passent plusieurs heures sur le stand où l'on présente pour la première fois des images de la future deuxième chaîne de télévision qui doit émettre avant la fin de l'année, et s'attardent devant un meuble haute fidélité stéréophonique et les nouvelles gammes de transistors parmi lesquelles le Tropic d'Océanic qui les fait tant rêver. Le lundi, dans la cour de l'école, ils évoquent avec appétit les épisodes virevoltants de *Thierry la Fronde*, le nouveau feuilleton qui passe chaque dimanche à 19 h 30. Ils s'échangent les stylos à deux couleurs que la marque Baignol & Farjon vient de lancer sur le marché. Ils dissertent sur les futurs locaux d'Orly qui seront capables d'abriter des animaux polaires ou africains débarqués ou en transit. Tous deux sont d'accord : c'est formidable d'avoir quinze ans en 1963 ! Tout est bon pour rire, s'amuser, et ils n'oublient jamais de regarder *Les Raisins verts*, émission dans laquelle Jean-Christophe Averty passe des bébés en celluloïd à la moulinette ou brise des écrans de télévision pour les transformer en clapiers à lapins ! Et puis ils ont les mêmes détestations. Le hully-gully, cette danse imbécile. Ou Dalida qui chante *La leçon de twist* : quel pensum ! Ou Danyel Gérard qui ennuie tout le monde avec son *Petit Gonzalez*. Ou cette invention ridicule, le Tournidol, ce centreur de 45 tours qui s'adapte au centre du tourne-disque et maintient la galette en vinyle : haut de quelques centimètres, il est surmonté de la tête d'une idole en caoutchouc. Sans compter une somme phénoménale de gadgets idiots : agendas à l'effigie de France Gall, disques de stationnement Sheila, jeux de cartes Johnny Hallyday, briquets jetables Dick Rivers, baromètres avec des photos de Sylvie Vartan, calendriers à l'effigie de Gillians Hills, la chanteuse de *Zou bisou bisou* ! Et ils ont les mêmes soucis, à commencer par le premier de tous : combien obtenir d'argent de poche ?

Le 22 novembre, un événement soude leur amitié naissante, à jamais : John Fitzgerald Kennedy, le président américain qui avait lancé l'idée magnifique d'une expédition américano-soviétique vers la Lune, vient de se faire assassiner. Les deux amis sont littéralement suspendus à leur poste à transistor ou à leur télé. « Maintenant, on peut le dire : qui que vous soyez, vous vous souviendrez toujours du lieu où vous étiez et ce que vous faisiez lorsque vous avez appris la mort du président Kennedy…, répète en boucle le journaliste de NBC. C'est alors qu'il traversait Dealey Plaza dans une limousine décapotée que des coups de feu ont retenti. Il était très exactement 12 h 30. À cette heure, les… »

François est seul chez lui. Le nez sur l'écran de la télévision, il regarde la même image qui repasse plusieurs fois, ou plus exactement il semble que la même image repasse plusieurs fois : celle d'une Lincoln noire décapotable qui sort lentement d'un virage, et dans laquelle un homme, atteint de trois balles, s'effondre, mortellement touché, tandis que sa femme se dresse pour essayer de le protéger et qu'un garde du corps monte à l'arrière du véhicule. D'autres images montrent une ville soudain frappée de stupeur. Visages figés de ses habitants. Policiers. Soldats. Soleil de plomb. Gens qui courent, hagards. D'autres qui pleurent. D'autres qui hurlent ou se taisent. Frayeur diffuse. Horreur. Bruits et silence à la fois. La télévision enchaîne en noir et blanc toutes les questions et toutes les hypothèses sur les origines et les raisons de l'attentat. On ne sait rien. On parle. On conjecture. Mais en réalité, on ne sait pas grand-chose. Complot des Soviétiques ? Complot de la CIA ? Complot du complexe militaro-industriel ? Complot de la mafia américaine ? Complot des membres des Minutemen, des Birchers et autres Ku-Klux-Klan ? Un ou plusieurs tueurs ? L'attaché de presse de la Maison Blanche, Malcolm Kilduff, lit aux journalistes assemblés dans la salle de cours des infirmiers de l'hôpital le communiqué suivant : « Le président John F. Kennedy est décédé à environ une heure de l'après-midi, heure centrale américaine, à Dallas. Il est mort des suites d'une blessure par balle au cerveau. » Kennedy est mort, le tailleur réséda de Jackie est couvert de sang. À la radio le commentaire de l'AFP est on ne peut plus succinct : « Après avoir reçu une balle dans la tête, le président s'affaissa sur le siège de la voiture. Du sang coulait sur son visage. »

François et Lorenzo font partie de ceux qui ont vu la tuerie à la télévision, face à ceux qui ne l'ont pas vue. La télévision coupe la France en deux. D'un côté, les témoins ; de l'autre, ceux à qui on a raconté l'événement. On parle de « télé-tragédie planétaire ». Quelques jours plus tard, la cérémonie funèbre est suivie par 93 % des foyers américains ! Cercueil tiré par six chevaux. Pleurs du général de Gaulle. Son lugubre des tambours. Jackie, hiératique, qui tient la main de Caroline et de John-John, le petit homme en culottes courtes qui salue au passage de la dépouille de son père…

À partir de là, c'est une autre histoire qui commence. Pour chacun différente. Ainsi, le père de François, qui a rempli ses magasins de bonnetières, commodes, buffets, vaisseliers et autres confituriers décorés de paniers de fleurs et de fruits, d'entrelacs de roses et d'attributs animaliers à la mode normande parce que peu de temps avant les Kennedy avaient décidé de faire décorer leur maison de campagne dans ce style, créant un effet de mode, se demande s'il ne va pas rester avec son stock sur les bras, ce qui pourrait l'entraîner vers une forme de faillite. Si dans la classe de 3e M de l'école Saint-Joseph d'Asnières, force est de reconnaître que la grande majorité des élèves se moquent de la mort du président américain, trop occupés qu'ils sont à comparer les performances de leur Bic en carbure de tungstène et de leur stylo à bille Reynolds au capuchon et au poussoir de pur style carré, il en est tout autrement pour François et Lorenzo. Ils ont vécu ce drame ensemble. Les voilà plus soudés, plus unis, plus intimes sans doute. Et ils commencent à se confier leurs secrets. François raconte à Lorenzo qu'il a rencontré en vacances à Saint-Tropez une « fille terrible » : Diana. « Diana, comme la Diana de Paul Anka ? » demande Lorenzo. « Oui », répond François qui écoute attentivement ce que lui confie son copain : sa rencontre éphémère, lui aussi, avec une « fille terrible » le 23 juin à la Nation. Mais dont il ignore tout et qu'il n'a jamais revue. Les deux garçons rêvent tout haut. François voudrait faire connaître Diana à Lorenzo, et ce dernier lui présenter Antoine, son autre grand ami.

À cet âge, les ciels immaculés sont changeants, peuvent se couvrir de lourds nuages noirs à la moindre brise contraire. Un jeudi, François vient passer l'après-midi chez Lorenzo qui lui fait écouter *Derniers baisers*, le nouveau titre des Chats sauvages : « Quand vient la fin de l'été sur la plage, il faut alors se quitter peut-être pour toujours, oublier cette plage et nos baisers… »

— Une merde ! dit François.

— Tes arguments ?

— Tu ne peux pas comprendre.

Lorenzo en effet ne comprend pas le ton cassant de François. C'est la première fois que son ami réagit aussi violemment depuis qu'ils se connaissent. Lorenzo prend ça sur le ton de la plaisanterie :

— Je ne suis pas totalement idiot, monsieur le professeur…

— Je me demande parfois !

Très vite le ton monte. François finit par arracher

le 45 tours du tourne-disque. Par le jeter à terre. Par quitter la chambre. Par se retrouver dans le jardin de la villa. Par ouvrir le portillon. Par partir en courant dans la rue comme s'il fuyait on ne sait quel poursuivant… Assis sur son lit, non décidément, Lorenzo ne comprend pas. Tout ça pour une histoire de derniers baisers sur une plage. Les chansons en sont pleines, de derniers baisers sur une plage. Surtout au retour des vacances. Après tout, lui, il ne l'a même pas embrassée, la fille du 23 juin. Il ne cesse d'y penser et n'en devient pas pour autant hystérique.

8

Décembre

Tombe la neige

Lorenzo marche sur un immense tapis moelleux et blanc qui crisse sous ses chaussures. Une neige de plein hiver, fine, pulvérisée, lui pique les yeux, crible son visage de cent petites aiguilles glacées. C'est une fin d'année silencieuse et froide. Il voit moins Antoine et davantage François, lequel, il le reconnaît, le fascine. Sans doute son côté blouson noir, ce qu'il n'est pas réellement, tout juste en possède-t-il l'attirail : vêtements, posture, cyclomoteur, guitare Gibson Les Paul Goldtop, même s'il n'en joue pas. Le grand regret de François : ne pas avoir pu participer, en janvier 1961 – il n'avait alors que treize ans –, au premier festival de rock and roll donné au Palais des sports et qui avait vu quatre mille jeunes briser fauteuils et barrières avant que la police n'intervienne.

À l'issue du premier trimestre, François est dernier de sa classe. Si le classement de Lorenzo le situe en vingt-quatrième position sur quarante et un, ses notes ne sont guère brillantes. 8,95 de moyenne avec une appréciation cinglante du frère directeur : « Aptitudes limitées, devra travailler énormément pour se hisser au niveau. » Pour ses parents, cela ne fait aucun doute : François a une mauvaise influence, François est une mauvaise fréquentation, François est la cause de la dégringolade scolaire de leur fils. D'ailleurs les exactions attribuées aux blousons noirs emplissent les colonnes des journaux. Trente-sept mille jeunes délinquants en 1962, quarante mille un an plus tard. Quant aux fugues, leur nombre a été multiplié par deux dans le même temps, pour passer à cinq mille par an.

— Un bon à rien, un voyou.

— Ce qu'il faudrait c'est mater toute cette engeance dans les bataillons d'Afrique.

Inutile d'essayer de convaincre ses parents. Lorenzo se tait. Il sait bien, lui, que François n'est pas vraiment un blouson noir. Tout juste se contente-t-il parfois de dévaliser quelques appareils à sous, de voler des autos-scooters, de participer à des courses de motos ou de voitures. Tout ça, c'est pour braver la société, comme un pied de nez au danger. Ça ne va pas plus loin. Quant à gonfler son Flandria, ce n'est pas bien méchant. D'ailleurs, quand son père lui laissera utiliser son Solex, Lorenzo s'est promis de mettre de l'éther dans l'essence pour le faire aller plus vite.

— Une fois trafiqué, il monte à combien, ton Flandria ?

— Soixante-dix kilomètres-heure. Une fois rodé, il tapera le cent.

— Chrono ou compteur ?

— Chrono. À partir de soixante-dix, le compteur déconne, on ne peut plus s'y fier.

Non, inutile d'essayer de convaincre ses parents. Mieux vaut se réfugier dans la lecture, comme celle du *Procès-verbal*, un livre qui vient d'obtenir le prix Renaudot et que la marraine de Lorenzo lui a offert, car la vieille dame ne lui offre que des livres ayant obtenu des prix littéraires. Elle affirme : c'est un gage de qualité. Lorenzo se dit que par bien des côtés il ressemble à cet Adam Pollo aux prises avec le vertige du monde qu'il observe de sa fenêtre, jusqu'à ce qu'il décide d'y descendre et rencontre une jeune Niçoise prénommée… Michèle. Adam Pollo qui veut plus que tout vivre se retrouve rejeté par la société qui l'enferme dans un asile d'aliénés. Adam Pollo est comme un frère. Si ce n'est que, contrairement à Lorenzo, il n'a pas pour le sauver de sa morosité de 45 tours des Beatles. C'est fou ce que la musique peut aider à vivre. Les paroles des chansons nous touchent. Leur rythme est le nôtre. Pour la première fois de leur courte histoire, les Beatles ont fait leur entrée au hit-parade britannique avec *She loves you*.

— Tu écoutes encore ça ! s'exclame le père de Lorenzo. Tu n'en as pas assez, toujours le même morceau ?

— Tu écoutais bien du swing. Chaque génération a sa musique, non ?

— Je ne comprends pas ce que tu peux trouver à ces Anglais ! Tiens, j'ai découpé pour toi un article dans *France-Soir*, ajoute-t-il en lui tendant le quotidien que Lorenzo parcourt en riant.

C'est sa conviction contre la « perspicacité » du chroniqueur. Ce dernier fait des Beatles de « vieux zazous rénovés par le yé-yé ». Et poursuit doctement : « Leur yé-yé est le pire que nous ayons entendu depuis quatre ans. Et physiquement, ils sont encore plus démodés que leur musique. Il n'est rien que le public puisse moins supporter que des vedettes démodées. »

Régulièrement, Lorenzo tente de se réfugier dans son journal, son réel confident. Mais la plupart du temps, il abandonne et se laisse entraîner par les joies passives de la télévision. À peine 28 % des ménages possèdent un téléviseur. Sa famille en fait partie. Même si cela n'est en aucun point comparable avec ces quinze millions d'Américains qui baignent depuis leur petite enfance dans une atmosphère saturée de sons et d'images relayés par les antennes de télévision. Bien que sa génération soit sans doute davantage celle de la radio Europe n° 1 que du petit écran, Lorenzo ne peut rater un seul épisode d'*Âge tendre et tête de bois*, l'émission d'Albert Raisner. Un soir, il ouvre son journal. Une phrase trotte dans sa tête. Qui ravive son attention. Une phrase qu'il écoute et qui marche dans la neige de son crâne. Elle dit : « Aujourd'hui, il y a décidément quelque chose de funeste dans l'air et mon sommeil est tout sauf tranquille. » Cette phrase, il ne cherche pas à la comprendre. Ni à la vivre. Tout juste la constate-t-il. Et attend-il que le jour se lève. Alors, il la jette sur la page quadrillée de son journal. Comme pour s'en débarrasser.

Pourquoi cette sensation de flottement, en classe, à la maison ? Cette insatisfaction permanente ? Le souvenir de la fille du 23 juin ? Il la voit partout, la sent partout, pense l'avoir croisée, l'avoir entendue parler dans un café. Même les choses les plus anodines le font verser dans un état curieux. Comme cette chanson de Sylvie Vartan : « Qui vient dans mes rêves, qui vient me voir, posant sur mes lèvres un baiser d'espoir… Oh Baby, c'est vous. »

Quand les vacances arrivent, le vendredi 20 décembre, puis les fêtes de fin d'année, et malgré Alice Dona et son *Noël des copains*, puis les derniers jours de 1963, il éprouve un ennui pour lequel il trouve un adjectif nouveau, « moravien », du nom de l'auteur du livre intitulé justement *L'Ennui*, Alberto Moravia. Lorenzo est Adam Pollo mais aussi Dino, le peintre raté du roman italien, amoureux de Cecilia, incapable comme eux d'accepter le monde extérieur et de communiquer avec lui. Au fond c'est peut-être ça le problème de Lorenzo : il ne sait pas comment communiquer avec la réalité du monde. Hésite entre pureté et indifférence…

Dans les rues de Gennevilliers illuminées par les décorations de Noël, il passe devant le magasin de jouets du boulevard Camélinat qui, enfant, le fascinait. Il pensait alors qu'il s'agissait de l'endroit stratégique d'où partaient les hottes du Père Noël. Il se promettait d'y travailler lorsqu'il serait adulte. S'y étalent les jouets plébiscités par les plus petits : biberons à double paroi qui semblent se vider tout seuls, bébés qui bavent quand on leur fait avaler de l'eau savonneuse, dalmatiens porte-pyjama, Cute Puppy, un chien en peluche qui se couche, jappe, remue la queue et brille des yeux, locomotives à piles qui évitent les obstacles, panoplies de Cléopâtre et de Marc Antoine inspirées par le succès du film. Les jouets en disent toujours beaucoup sur une époque. Au pied du sapin familial et malgré des résultats scolaires désastreux, les parents de Lorenzo, pour l'encourager à se dépasser les deux trimestres restants, ont déposé un magnétophone Sony à bandes miniaturisées pouvant enregistrer jusqu'à trente minutes de son.

Le 31 décembre, toute la famille réunie écoute religieusement le général de Gaulle qui vient juste d'inaugurer la Maison de la radio et de la télévision – le Palais gruyère, disent les initiés. Un immeuble de cinq cents mètres de circonférence surmonté par une tour d'aluminium de soixante-quatre mètres de haut. Une fantastique réussite française : onze kilomètres de couloirs, neuf cent soixante-quatorze bureaux, des auditoriums destinés aux émissions en public, en direct ou enregistrées, cinquante-huit studios, etc. Dans son discours, le président de la République évoque un bilan positif dans tous les domaines. La France, débarrassée des deux grands enjeux qui ont marqué les quinze années précédentes, les guerres de décolonisation et la guerre froide, vit désormais dans un monde animé par la coexistence pacifique. De Gaulle insiste cependant sur un point : la population française a augmenté de six cent mille âmes. « Il nous est né environ neuf cent mille bébés, se félicite-t-il, ajoutant : La proportion croissante de jeunes devant progressivement accélérer ce processus, on peut penser que parmi les enfants qui sont venus au monde récemment, beaucoup verront un jour une France de cent millions d'habitants. »

Lorenzo, qui d'ordinaire écoute avec beaucoup d'attention les discours du Général, serait ce soir bien incapable d'en faire un résumé intelligent. Lorenzo a la tête ailleurs. Il faut dire qu'alors qu'ils se souhaitaient de bonnes vacances de Noël, François lui a annoncé qu'il avait enfin écrit à Diana.

— Diana ?

— Oui, Diana, la fille de Saint-Tropez.

— Ah oui, la fille de Saint-Tropez, a-t-il acquiescé.

— Une nouvelle déclaration à Diana… on dirait un titre de chanson, non ? Tu veux que je te lise ce que je lui ai dit ?

— Non, merci.

— Tu es jaloux ?

— Tu es idiot ou quoi ! Bien sûr que non !

— Tu crois qu'elle va me répondre ?

— Comment veux-tu que je sache ?

— Tu es mon ami, et un ami devrait savoir ce genre de chose…

— Oui, oui, elle te répondra, a lancé Lorenzo qui en réalité espérait que Diana ne lui répondrait pas.

— Si je la revois, cette fois je te la présente.

— Et tu lui offriras une bague en diamants ?

— Pourquoi dis-tu ça ?

— Parce qu'il paraît que plus de 55 % des Françaises reçoivent une bague en diamants pour leurs fiançailles.

— Je n'ai pas envie de me fiancer. Tu es fou !

— Tu aurais pu y penser avant.

— Merde, je n'aurais peut-être pas dû lui écrire cette lettre…

DEUXIÈME PARTIE

1964

DEUXIÈME PARTIE

IX

1

Février

J'aime à rêver d'un garçon dont le regard en dit long

Michèle a revu Antoine de loin en loin. Elle sent bien qu'il est vaguement amoureux d'elle. Mais elle le trouve trop gentil, trop prévenant. Et surtout, décidément, obsédé par la politique. Alors qu'elle essayait d'écouter le dernier 45 tours de Danny Boy et ses Pénitents, il n'a cessé de lui parler de la reconnaissance de la Chine populaire par le gouvernement français et du congrès extraordinaire de la SFIO favorable à la candidature de Gaston Defferre à la présidence de la République. Et il n'a pas du tout apprécié qu'elle lui fasse remarquer que tout ce qu'il était en train de lui raconter, c'était vraiment pour elle comme du chinois.

En réalité, elle aimerait beaucoup connaître ses copains. Je te présente mes copines, tu me présentes tes amis. C'est vraiment bizarre, Antoine assure vouloir le faire, en parle à chacune de leurs rencontres mais ne fait jamais suivre ses propos d'effet.

Michèle pense d'ailleurs que certaines similitudes existent entre Antoine et François. Tous deux lui parlent d'amis qu'ils ne lui présentent jamais. Tous deux lui écrivent des lettres. D'habitude, ce sont les filles qui écrivent des lettres, qui y mettent des fleurs, qui les parfument, qui confèrent à leurs phrases de multiples sous-entendus, qui soupirent, qui minaudent, qui appâtent. Mais là, ce sont les garçons qui adoptent des poses alanguies. En ce mois de février, certains commerçants astucieux ont profité de l'imminence de la Saint-Valentin pour décorer leurs vitrines de grands parapluies en forme de cœur. François, le blouson noir au cœur tendre, a révélé à Michèle qu'il trouvait cette idée « extra », même « super extra » et que s'il osait il lui en offrirait un !

— Un peu ridicule non ? dit Michèle à ses copines.

— Pas du tout.

— Je ne suis vraiment pas d'accord avec toi, renchérit une autre.

— Un garçon qui écrit et qui n'a pas peur d'être tendre, il faut le revoir, affirme une troisième.

— Oui, il faut répondre à sa lettre !

— Ou sinon je lui écris, et je le vois à ta place.

C'est exactement ce qu'il fallait lui dire pour qu'elle change d'avis.

Alors, c'est d'accord. Elle le verra le 15 février. Juste le lendemain de la Saint-Valentin. Comme ça, la date fatidique sera passée. Et certainement pas au Scopitone Coffee mais dans un lieu qu'elle-même aura choisi. À Asnières. Au café Les Aventures extraordinaires. Du nom du feuilleton radiophonique diffusé sur Radio-Luxembourg afin de faire concurrence à celui diffusé sur Europe n° 1 et qui a pour nom *Les*

Malheurs de Sylvie. Les « aventures extraordinaires », ce sont celles de Sheila. Chaque soir après les cours, quatre jeunes gens – une jeune fille (Sheila) et trois garçons – se réunissent dans un café et évoquent leurs tracas quotidiens. Dans le café de Michèle, pas de scopitone mais des baby-foot et des flippers et surtout des juke-box. Toute une gamme de juke-box rutilants comme des voitures américaines : des Wurlitzer 1015, des Rock-Ola Tempo 1475, des Rock-Ola Regis, des AMI Continental 2, avec en prime les nouvelles chansons de Dalida, *Achète-moi un juke-box* et *Un juke-box sur la plage* de Tony Massarelli. Ça devrait plaire à François car le juke-box, au même titre que la guitare électrique ou le micro, fait partie de la légende du rock and roll. C'est lui qui l'a propagé, qui a fait que les jeunes de la génération née non pas après la guerre mais pendant ont choisi les cafés pour écouter leur musique favorite.

Quand François lui téléphone, la veille de leur rendez-vous, pour être sûr qu'il tient toujours, Michèle explique qu'elle ne peut pas venir, se confond en excuses et lui demande de le reporter à la semaine suivante. François, qui dans un premier temps fait la mauvaise tête, se met presque en colère, répond sèchement, par onomatopées, par syllabes, et redevient un vrai garçon bien muet, bien buté, finit par acquiescer :

— Le samedi 23, d'accord. Oui. Alors bonsoir.

— Excuse-moi encore.

— Oui, d'accord, ce n'est pas grave.

— Alors à bientôt.

— Oui.

— On s'embrasse quand même.

— Oui. Je voulais…

— Oui, quoi ?

— Non… Rien…

Le combiné de bakélite noire raccroché, Michèle se sent un peu coupable. Peut-être a-t-elle été trop dure avec François. Mais elle ne pouvait pas faire autrement que de reporter leur rendez-vous. Car ce 13 février est un jour particulier. Pour certains, c'est le jour où les sœurs Goitschel médaillées aux Jeux olympiques d'Innsbruck ont été reçues à Matignon. Mais pour Michèle, c'est celui d'un autre événement, essentiel dans son existence et qu'elle ne peut partager qu'avec sa mère, dans un premier temps, et plus tard – et encore – avec ses copines.

Partager sa souffrance : des maux de ventre horribles et des maux de tête. Partager sa joie : ces taches rouge foncé dans sa culotte ne sont pas le signe d'une hémorragie mais d'autre chose.

— Tes premières règles. Tu es une femme, maintenant. Ma grande fille, lui dit sa mère, visiblement émue.

Michèle est une privilégiée. Pour certaines de ses copines, ça ne se passe pas aussi bien, aussi simplement. Leur mère n'est pas aussi empathique, aussi affectueuse. Même si la sienne laisse entendre qu'elles arrivent « un peu tard », ces fameuses règles. Même si elle n'a pas une très grande connaissance du fonctionnement du cycle menstruel. Même si, comme nombre de femmes de son temps, elle est bien incapable d'expliquer le cycle de reproduction féminin, elle a une connaissance empirique du phénomène qui permet, dans un premier temps du moins, de rassurer sa fille. Elle la fait même rire malgré la légère angoisse qui habite alors Michèle, en lui expliquant que jadis on disait aux femmes qui avaient leurs règles qu'il ne fallait ni manger de glace, ni faire de la mayonnaise, ni se baigner, et que dans certaines religions on en faisait bien évidemment des êtres impurs qu'il ne fallait ni toucher ni approcher. Elle lui confesse que sa mère, qui ne lui avait évidemment absolument rien expliqué et lui avait même reproché d'avoir mis du sang partout, au nom d'une coutume ancestrale, l'avait giflée « pour fêter l'événement »...

En ces moments, Michèle se sent très proche de cette mère qu'elle connaît assez peu. Effacée qu'elle est toujours derrière la figure du père. Coincée entre les fourneaux et la caisse du Gai cochon rose. Mais qui rit avec elle de la vie de femme libre que semble mener Michèle Mercier, l'actrice vedette du film de Bernard Borderie, *Angélique, marquise des Anges.* Après avoir refusé la demande en mariage du shah d'Iran pour vivre avec un poète, en attendant une nuit de réveillon son fiancé, elle a croisé par hasard la route d'un autre homme qui lui a demandé sa main et avec lequel elle a décidé de s'enfuir !

— Une femme libre. Qui fait ce qu'elle veut, dit Michèle qui ajoute : Je serai comme ça plus tard.

— Oui, mais commence par faire attention.

— Attention ?

— Avec les garçons ! Tellement de femmes se retrouvent enceintes sans l'avoir voulu. Et l'avortement n'est pas une solution. Aucune femme ne se fait avorter par plaisir. Et de toute façon c'est toujours un délit puni par la loi. Tu sais que le serment d'Hippocrate prêté par tout médecin comporte encore cette phrase : « Je ne remettrai à aucune femme un pessaire abortif. » Plus d'une centaine de personnes sont condamnées en France chaque année pour avoir pratiqué un avortement.

— Maman, tu vois toujours tout en noir.

— Quand j'ai rencontré ton père, j'avais dix-sept ans et lui dix-neuf et je n'avais évidemment jamais fait l'amour. La première fois a été la bonne. On a été obligés de se marier avec une dérogation car nous n'étions pas majeurs. Tu es née neuf mois plus tard.

— Alors tu regrettes ?

— Mais non, imbécile !

— Et papa ?

— Lui non plus !

Michèle aura seize ans cette année. Sur le chemin qui la mène au café Les Aventures extraordinaires, elle pense à tout cela. À son âge. À l'avortement. À la vie de ses parents. Aux garçons. À la liberté affichée de Michèle Mercier. Cet hiver, le créateur Daniel Hechter a fait défiler ses mannequins en veste de tailleur portée sur un pantalon. Ça a créé une véritable révolution. Il paraît qu'une tradition veut que cette tenue soit interdite dans les bureaux. Michèle en a assez de toutes ces interdictions, de ces restrictions, de ces brimades à l'encontre des femmes. On dit qu'une certaine loi datant du règne de Napoléon n'a toujours pas été abrogée. Elle précise que s'habiller ainsi, pour une personne du sexe faible – déjà quelle expression ! –, c'est-à-dire en pantalon et veste tailleur, est passible de prison. C'est pour ça qu'elle a décidé de s'habiller en tailleur-pantalon pour aller retrouver François. Et puis, pourquoi ne pas mettre en prison, plutôt que les femmes qui portent des pantalons, tous ces gens qui, dans le métro, dans les autobus, dans les cafés, sur les bancs, fabriquent ces interminables boudins colorés, carrés, polygonaux, droits, torsadés appelés « scoubidous » !

2

23 février

Biche, ô ma biche, lorsque tu soulignes
au crayon noir tes jolis yeux

François a beau passer et repasser entre les tables du café Les Aventures extraordinaires, passer et repasser entre les rangées de flippers et de juke-box, il ne trouve pas Diana. Sans doute a-t-elle changé d'avis. Peut-être a-t-elle eu un nouvel empêchement. Tout à coup son regard est attiré par une jeune fille plongée dans la lecture d'un numéro de *Nous deux* qui, pour la première fois de son histoire – François le sait car les murs de Paris sont couverts d'affiches avisant la population –, lance un roman-photo ayant pour personnage central une vedette, et pas n'importe laquelle, l'idole des jeunes en personne : Johnny Hallyday. Quand la jeune fille relève la tête – œil charbonneux, rimmel, faux cils, teint pâle, bouche pulpeuse de la même couleur que son fond de teint –, il ne la reconnaît pas immédiatement. Sur l'AMI Continental, un disque de France Gall, la nouvelle coqueluche de *Salut les copains* : « Ne sois pas si bête, bête, bête, serre-moi plus fort, et plus fort encore… »

— Diana ?

— Tu en fais une tête ! Tu n'es pas content de me voir ?

— Je ne t'avais pas reconnue…

— Le maquillage ? Le pantalon ?

— Peut-être…

— Tu trouves que je n'en ai pas fait assez ? Tu aurais voulu que je porte une robe Cardin décolletée ou des bas parfumés – c'est le dernier chic parisien ?

— Non, pas du tout.

— Alors quoi ?

Tandis que François s'apprête à répondre, jaillit du juke-box le dernier succès de Vic Laurens et les Vautours, *Tu peins ton visage* :

Avec du noir, du rouge, du bleu
Sur tes joues, tes lèvres et tes yeux
Tu as l'air d'une cannibale
Et non d'une fille que j'emmène au bal

Tu peins, tu peins ton visage
Tu peins, tu peins ton image
Tu confonds l'Amérique et Nanterre
La route de Nogent et le sentier d'la guerre.

Diana et François éclatent de rire.

— Tu as payé quelqu'un, ma parole !

— Non.

— Je ne te plais pas ? demande Diana tout en lui tendant une cigarette qu'il allume immédiatement.

En réalité, la réponse à la question, l'un et l'autre

la connaissent sans la formuler, comme malgré eux. Qu'on ait seize ans, trente ou quatre-vingts, en 1964, on est le fruit de la même société, évolution des mœurs ou pas, et dans cette France issue d'une Libération encore proche, le statut de la femme n'a pas beaucoup changé. Certes, toute cette génération de yéyés danse sur une même ligne égalitaire le mashed potatoes et le madison, est unie lorsqu'il s'agit de s'opposer aux adultes, aux croulants, mais chez ces mêmes yéyés une fille reste une fille et un garçon un garçon. Chacun à sa place. C'est le garçon qui est assis sur le devant du Flandria et la fille, couettes au vent, qui est derrière, serrant le pilote par la taille.

D'un autre côté, François n'a guère le choix. Un peu trop libre pour lui, Diana ? Certainement. Un peu trop maquillée ? Une évidence. Jolie fille qui rendra jaloux tous ses copains si elle se promène à son bras ? Sans aucun doute. Alors, il se lance :

— Bien sûr que si, tu me plais…

Phrase suivie d'un silence que chacun comble en tirant sur sa cigarette et en rejetant un nuage de fumée qui flotte entre eux comme une ouate protectrice.

— Si je t'invite à un concert, tu m'accompagneras ?

— Ça dépend au concert de qui.

— Les Rolling Stones.

Diana en a vaguement entendu parler. Comme tout le monde. Sans trop savoir vraiment qui ils sont, ce qu'ils chantent. François explique. Enthousiaste. Disons, les anti-Beatles avec leurs gentils costumes gris à col Mao ou leur gabardine. Au fond, chacun a sa tenue particulière : les Noirs américains du rhythm'n'blues portent des tenues pailletées d'or ou d'argent, Elvis Presley un costume de cuir blanc, et de toute façon les musiciens sont toujours en complets ou en uniformes de la même couleur. Règne une certaine unité. Les Rolling Stones, ça n'a rien à voir. Mick Jagger porte une veste de tweed informe, Brian Jones un pull qui lui tombe jusqu'aux genoux, Bill Wyman une longue veste à carreaux, Charlie Watts un jean et une chemise noire, et Keith Richards un costume de velours. Aucune unité. Ce qui veut dire : On est comme on est. On fait ce qu'on veut. Qui nous aime nous suive.

— Mais leur musique, leurs chansons ? demande Diana. C'est le principal, tout de même.

Pour François, la réponse est simple. Il n'est que d'écouter les deux versions de *I wanna be your man.* Celle des Beatles est « gentillette, mélodieuse : de l'eau de rose ». Celle des Rolling Stones, qu'il appelle les Stones, « agressive, dure, sauvage, comme ton maquillage ». La première est celle de garçons bien coiffés, la seconde d'une bande de rebelles aux cheveux longs mal peignés. La première est primitive, la seconde préhistorique !

— Le concert a lieu où et quand ?

— À l'Olympia. Le 24 octobre.

— On a tout notre temps, alors !

— Il vaut mieux prendre les places maintenant. Mais il faut venir. Les spécialistes ont raison : les Beatles, on les écoute ; les Stones, on va les voir !

— D'accord, dit Diana en embrassant François sur la joue.

Un geste spontané qui ne dit rien d'autre que ce qu'il

dit, mais que François interprète immédiatement. Se souvenant de leur baiser à Saint-Tropez. Mais le letkiss n'est déjà plus à la mode, remplacé par une autre danse, comme le baiser de Diana ne signifie pas qu'il n'est que le prélude à autre chose. François, croyant être invité à engager plus avant cette relation, demande à Diana de passer à l'étape suivante. En un mot de flirter. De devenir sa petite amie. De sortir avec lui.

— Je ne peux pas.

— Tu ne peux pas ?

— Non.

— Mais pourquoi ?

Diana hésite. Écrase son mégot dans le cendrier. Reprend une gorgée de Coca. Regarde ses ongles. Se mord les lèvres :

— J'ai un copain.

— Tu as un…

— Copain… Oui…

— Tu ne m'en avais jamais parlé.

— Non, en effet.

— Tu te dis libre, indépendante, moderne et tu es fidèle. C'est un peu dépassé aujourd'hui la fidélité, non ?

— Pas pour moi. Comme le dit un romancier à la mode, j'ai des « fidélités successives »…

Lentement, le ton monte. On dirait un vieux couple. François pense à ses parents toujours en train de se disputer, pour un oui, pour un non. Disputes domestiques qu'il pensait n'être réservées qu'aux adultes : eau du thé pas assez chaude, table mal mise, produit acheté à la place d'un autre, retard à un rendez-vous, itinéraire routier défectueux, etc. François, qui avait même envisagé de parler à Diana de l'ouverture imminente de la Locomotive, un club pouvant accueillir mille deux cents personnes, ouvert place Pigalle, dans les sous-sols du Moulin Rouge, entièrement consacré au rock et avec une piste de danse surélevée en verre translucide lumineux, ne dit rien. Au contraire, il attaque la jeune fille sur la fin des yéyés. Des chanteurs et des chanteuses sans originalité. Plus rien d'audacieux. De personnel. Tous entrés dans l'ère du conformisme. Bientôt les yéyés auront disparu. Comme ceux qui les défendent. Michèle se ferme, regarde les affichettes « santé-sobriété » vantant dans le café les mérites de l'alcootest qui est en train d'arriver en France. Pour l'instant elle ne veut plus parler à François, qui finit par se lever. Et par s'éloigner. Le juke-box relance les Vautours :

Ne pense pas que ces peintures
Que tu te mets sur la figure
Vont m'inciter au badinage
Je te ferais plutôt un bon débarbouillage

Tu peins, tu peins ton visage
Tu peins, tu peins, quel dommage !
Hâte-toi de redevenir
La fille de naguère dont j'ai souvenir.

3

15 juin

Tous les garçons et les filles de mon âge

Lorenzo y pensait depuis longtemps : réunir ses deux meilleurs copains, François et Antoine. Ça a pris du temps mais aujourd'hui, c'est chose faite. Dans la villa de Gennevilliers, sous le tilleul. C'est un jour à marquer d'une pierre blanche. La mère de Lorenzo, en mère au foyer attentive, a apporté une citronnade fraîche et des madeleines qu'elle a fabriquées elle-même. Il a dit devant ses copains que c'était une « maman gâteau », ce qui en somme a plu à tout le monde !

Avec François, il évoque devant Antoine, qui a l'air d'apprécier particulièrement les madeleines, les mois passés à Saint-Joseph. Les brimades permanentes des jésuites. La cantine immonde. Grimaud, le prof d'histoire, surnommé Adolf, un nostalgique de la guerre d'Algérie et du IIIe Reich. Celui de français, M. Léger dit Poids lourd, qui un jour a dit à Lorenzo qu'il ne comprenait pas pourquoi il était là puisque tous ses ancêtres avaient dû être guillotinés. Le prof de mathématiques, frère Louis, dit Bison à cause de sa bosse dans le dos, qui l'a traité de « spaghetti ». Le frère directeur, dit Croûton ou encore la Biffe parce qu'il a l'air d'un chiffonnier, craint mais non respecté.

Avec Antoine, il évoque devant François leur complicité lors des séances d'entraînement au stade de Colombes, sous le maillot rayé bleu et blanc du Racing Club de France. Et leur rivalité lors des courses au départ desquelles sont alignés des athlètes du Paris Université Club, la grande opposition RCF contre PUC, et Jean-Luc Marion, leur coureur vedette, grand ami de Michel Jazy. Et leur distance de prédilection, le 800 mètres. Deux tours de stade. Avec la foulée qu'il faut garder jusqu'au bout. Ni trop courte ni trop longue. En accord avec le souffle, la respiration. En accord avec le mouvement des bras, du buste. Et les départs toujours dangereux à cause des coups possibles des chaussures à pointes. Et le train qu'on assure pour l'un ou pour l'autre. Et la tactique d'équipe qui permet au plus frais des deux de filer dans la dernière ligne droite. Le 800 mètres : la distance la plus belle du monde. Premier record de France de la distance : décembre 1892, Paul Blanchet, 2,14 minutes. Record actuel : Michel Jazy, 1,47 minute.

Tout au long de l'après-midi, chacun parle des sujets qui lui tiennent à cœur. Certains très personnels, d'autres moins. Ainsi, quand Antoine aborde le rassemblement des six cents mineurs venus revendiquer de meilleurs salaires, de bonnes retraites et la semaine de quarante heures payées quarante-huit sur le trottoir du ministère du Travail, il est évident qu'il trouve peu d'écho chez ses deux autres amis. Quand Lorenzo parle du tournage du *Gendarme de Saint-Tropez*, avec Louis de Funès, il trouve immédiatement une écoute attentive et amusée. Et tous se réunissent sur leur absence commune à la deuxième fête de *SLC* le 9 juin dernier. Leurs parents, traumatisés par la première fête qui s'était terminée par les dégâts que l'on sait, leur ont cette fois tout bonnement interdit d'y aller. Ils ont eu tort. Était-ce la présence dissuasive de six cars de police, la destination de la recette au profit d'une association venant en aide aux jeunes aveugles, toujours est-il que tout s'est déroulé dans le calme et n'a donné lieu à aucun débordement. Leur seul grand regret : ne pas avoir assisté, en direct, à l'éclosion d'une nouvelle chanteuse, encore mineure, Michèle Torr, qui a chanté deux titres, *Dans mes bras oublie ta peine* et surtout *C'est dur d'avoir seize ans* :

C'est dur d'avoir seize ans
On est trop jeune ou trop vieux
Et l'on n'sait pas ce qu'on veut
On sait bien qu'les parents
Nous donnent de très bons conseils
Mais les copains n'disent pas pareil
Et l'on est hésitant
C'est dur d'avoir seize ans…

Et tous de reprendre ensemble :

Mais si cet âge nous ennuie
Il y a une chose qui nous ravit
Inévitablement
Un jour on a vingt ans.

Un sujet les réunit immédiatement. C'est une sorte de test. Qui refuse d'y jouer peut être exclu du trio à peine formé. C'est Antoine qui lance l'idée. Après tout, il ne faudrait pas que Lorenzo se rapproche trop de François. Après tout il y a antériorité. Même si Antoine a moins vu Lorenzo ces derniers temps, le vieux copain, c'est lui. L'équipier des 800 mètres victorieux, c'est bien lui.

— Jeu des onomatopées !

François est surpris. De quoi s'agit-il ? Lorenzo comprend immédiatement ce qu'Antoine est en train de faire. Trop tard pour inverser le cours des choses.

— Je te dis *Bang bang*, tu réponds ?

— Une chanson de Sheila, dit François sans hésiter.

— C'est exactement ça. Tu as tout compris. Tu réponds juste : « Sheila », pas besoin de dire : « Une chanson de Sheila. » Celui qui trouve pose la question suivante. Vas-y, tu commences.

— *Da doo ron ron* ? demande François.

— Facile : Frank Alamo, répond Antoine. *Wap dou wap* ?

— Johnny Hallyday, lance François. *Dady da da* ?

Antoine est une fois encore le plus rapide :

— France Gall. *Boing boing* ?

— Les Chaussettes noires ! répond immédiatement François.

Kili watch ?

Antoine poursuit l'onomatopée :

— « Kili kili kili kili watch watch watch watch, ké um ken ké ala, ali a tsalma, a tsalma poli watch, ali a tsalma, a tsalma poli watch… » Les Cousins ! Johnny Hallyday ! Bob Azzam ! *Loop de loop* ?

— Frank Alamo, dit François.

— Richard Anthony, dit Lorenzo en même temps.

Antoine tranche. C'est lui le maître du jeu et force est de reconnaître que ce n'est pas dans ce domaine que Lorenzo brille le plus :

— Lorenzo vainqueur. À toi. Tu es d'accord, François ?

— Pas de problème.

— *Ouki kouki* ?

— Sheila, répond Antoine en chantant : « Quand les gens me demandent si je suis bien portante, et si je suis contente, de vivre et de m'amuser, de danser et de chanter, je leur révèle mon secret, je dis ouki kouki… »

Test réussi. Il ne reste plus une seule madeleine, plus un seul verre de citronnade. Lorenzo part chercher du pain d'épice, des canettes de Coca et une tablette de chocolat. Cette fois, les deux duos sont devenus un trio. À la vie à la mort. D'autant qu'il est un domaine qui fait plus que souder ces nouveaux mousquetaires, un sujet dont ils pourraient parler des heures : les filles. Chacun a son histoire à raconter. Après tout, si on est vraiment des copains, on se raconte tout. Et c'est exactement ce qui se passe, sous les branches protectrices du tilleul de l'avenue Jean-Jaurès à Gennevilliers.

François a rencontré une fille formidable à Saint-Tropez, il a passé l'été dernier avec elle. Il lui a écrit. Il l'a revue. Dire qu'il en est amoureux, il ne faut pas exagérer. Quand on porte un blouson de cuir noir et qu'on conduit un Flandria gonflé, on ne tombe pas facilement amoureux. Mais enfin, disons qu'elle lui est plus que sympathique. Bien qu'elle se maquille beaucoup.

Trop, à son goût. Elle lui a dit qu'elle avait une sorte de fiancé, mais il n'en croit pas un mot. Les filles sont compliquées. Son nom ? Diana, comme la chanson de Paul Anka.

Antoine, c'est une autre histoire. Il a croisé une fille en allant faire des courses avec ses parents. Comme François, il l'a revue, lui a écrit. Ils se sont un peu perdus de vue puis se sont retrouvés. Une fille très secrète, très belle. Qui fume un peu trop. Qui semble très libre pour son âge. Qui est allée seule à la fête de la Nation l'année dernière.

Lorenzo écoute en silence. Il a déjà raconté à ses deux copains sa rencontre justement à cette fête de la Nation. Une fille qu'il n'a jamais revue. Elle aussi très belle, qui dansait magnifiquement. Qui fumait, mais elles fument toutes aujourd'hui. Habillée d'une robe légère, vaporeuse. Il ne retrouvera jamais une fille pareille. Lorenzo est triste. Il dit à ses copains qu'il est le Poulidor de l'amour, qu'il fera toute sa vie figure d'éternel second. Celui qui vient après. Qui accumule les déboires, qui tombe, qui se blesse juste avant le départ, qui se trompe de route. Lorenzo la poisse, Lorenzo la guigne.

— Oui mais c'est Poulidor qu'on aime, fait remarquer François. Ce n'est pas Anquetil. Anquetil, il gagne tout le temps, et pourtant les Français ne l'aiment pas.

— Ça me fait une belle jambe.

C'est évident, Lorenzo finira bien par rencontrer une fille. Antoine propose un pacte :

— Dès que tu en as rencontré une, on se retrouve tous avec nos copines. On fait un serment. Le serment sous le tilleul.

— C'est elle que je veux et pas une autre, dit Lorenzo.

— Alors, c'est encore plus simple, rétorque Antoine. Tu la veux si fort, cette fille, que tu la recroiseras un jour ou l'autre.

— Je crois beaucoup à l'énergie qui circule entre les gens, dit François. Une même chaîne. Une interdépendance… Entre les gens et les gens… Entre les gens et la terre…

— Alors, tu vois, dit Antoine, vaguement ironique mais pas trop pour ne pas blesser son ami, tu penses beaucoup à elle, et la fille finira par te retrouver. Tu peux être pour elle comme un aimant.

— Et à ce moment-là, une fois que tu l'as attrapée dans tes filets, ajoute François, on se retrouve tous les trois.

— Et en attendant ? demande Lorenzo.

— On va au cinéma, répond Antoine. Tu as bien un film à nous proposer, hein, *Herr Professor Unrat*, mais dans le genre navet, pour rigoler.

— *Patate*, une version filmée d'Au *théâtre ce soir*. Un vrai navet pour les croulants ! *Spartacus et les dix gladiateurs*, un peplum italo-franco-espagnol de Nick Nostro…

François est dubitatif :

— Tu as autre chose ?

— *Cherchez l'idole*. Avec tous les chanteurs en vogue : Sylvie, Johnny, les Surfs, Frank Alamo, Nancy Holloway… Nul…

— Quoi d'autre ? dit Antoine.

— Tout ça a l'air tout de même très mauvais, ajoute François.

— La *Panthère rose*, l'histoire d'un flic français gaffeur et maladroit, baptisé Clouseau, qui multiplie les catastrophes. Plutôt rigolo. Mais ce n'est pas, au sens strict, un «navet».

— Un film français ? demande Antoine.

— Non, britannique. Avec Peter Sellers.

— C'est parfait, dit Antoine. On va tous au cinoche. Une bonne façon de finir l'année scolaire et de préparer les vacances !

— Et quelles vacances ! renchérit François, il paraît qu'à Saint-Tropez, sur les plages, les femmes se promènent en monokini…

— En quoi ? demande Antoine.

— En monokini.

— Je ne sais pas ce que c'est.

Lorenzo essaie de comprendre et entame un raisonnement :

— Les femmes se baignent en bikini. «Bi», c'est deux… Bicyclette, bipède. Bikini, c'est un maillot de bain deux pièces…

— Bivalve…, dit Antoine.

— Bisextile…, renchérit François.

— Je peux finir ma démonstration ? demande Lorenzo.

— Oui, répondent François et Antoine d'une même voix.

— Et «Mono», c'est un. Monopole, monochrome, monocle… Donc, ça veut dire que dans un «monokini», il manque soit le haut, soit le bas…

— Ah, merde ! fait Antoine.

— Le haut, confirme François. Elles enlèvent le haut.

— Alors, on voit les seins ! dit Lorenzo en rougissant.
— Merde, les seins nus…, rêve Antoine, les seins nus…
— Il y a le ciel, le soleil et la mer, et le monokini, chantonne Lorenzo.

4

Novembre

Plus fou d'elles, d'elles, d'elles de jour en jour

François, qui a encore dans la tête la ballade de François Deguelt qui a fait danser la France couverte d'Ambre solaire tout l'été et qui a depuis longtemps perdu ce hâle, « gage de santé accumulée pour l'hiver », est en train de comprendre que les réformes scolaires sont parfois une bonne chose. Sa troisième a été une catastrophe, tout comme celle de son copain Lorenzo. Au lieu de passer en seconde, c'est-à-dire d'intégrer le lycée qui les conduirait au baccalauréat, les deux copains ont été dirigés vers un collège d'enseignement secondaire, un CES, dans une classe de transition qui devrait permettre aux « meilleurs des plus mauvais » – c'est ce que prétend François – d'intégrer l'enseignement secondaire. En somme, la réforme Berthoin ayant échoué, le nouveau ministre de l'Éducation nationale, Christian Fouchet, aidé de son directeur général de l'organisation et des programmes, le recteur Capelle, viennent d'accorder à François et Lorenzo une chance de ne pas sombrer définitivement.

Il faut dire que l'appréciation de Croûton, rageusement inscrite au stylo rouge au dos de leur bulletin trimestriel dans la partie nommée « Décision du conseil des professeurs », ressemblait fort à la lame de la guillotine sur le cou du condamné. Des cinq possibilités offertes aux élèves aucune n'ayant été retenue, Croûton en avait proposé une sixième : « À orienter ». C'est-à-dire, tous deux ayant seize ans, à sortir de l'école et à entrer dans le monde du travail. Mais heureusement, grâce à Fouchet et Capelle, François et Lorenzo pourront continuer leurs études même si cela commence par une année de redoublement de leur troisième.

Oui, les réformes scolaires ont parfois du bon. Introduction du tiers temps pédagogique, réforme radicale des horaires et des programmes… dans cette France où désormais plus de dix millions d'enfants, d'adolescents et de jeunes gens entrent dans les écoles, collèges, lycées et universités du territoire, où 60 % des jeunes Françaises et Français sont scolarisés après quatorze ans, François et Lorenzo vont pouvoir saisir leur chance. Et quelle chance, quelle surprise des plus inattendues. Non seulement ils retrouvent Antoine mais aussi constatent que le CES Gallieni n'est fréquenté que par des filles ! Quatre cents filles pour trois garçons. Trois mousquetaires dans un harem. De quoi resserrer leurs liens. Qu'est-ce-qu'on-mange et Poor-lonesome-cow-boy, réunis, affublent le troisième compère d'un surnom : Rock'n'roll.

Pour fêter l'événement ils se retrouvent au café du coin. Boivent des Coca. Exceptionnellement, fument des Camel Filters. Mettent sur le juke-box *Les filles du bord de mer* de Salvatore Adamo et écoutent l'étrange Le *nabout twist* de Claude François et une nouveauté qui les ravit : la version arabe de *Ya ya twist* chantée par Malika, la jeune prodige marocaine, accompagnée par les Golden Stars… Tout est nouveau. Follement incongru. Ne sont-ils pas en train de rêver ? Trois qui feraient le même rêve : ce n'est guère possible. Et pourtant cette irréalité est bien réelle. Bien concrète.

Certes, toutes les filles du CES Gallieni portent des blouses roses en nylon – les garçons sont en bleu –, mais rien n'interdit de rêver, d'apercevoir, de saisir au vol, d'imaginer. François, comme ses deux autres amis, déchiffre leurs messages, leurs odeurs corporelles, enivrantes durant les cours de gymnastique. Leurs courbes mystérieuses découvertes à la piscine puisque les performances de Kiki Caron sont en train de créer une génération de nageuses. Le galbe de leurs seins naissants quand les tenues se font plus légères. Leurs mouvements de hanches quand elles esquissent un pas de danse. Les plis éphémères de leur petite culotte et de leurs bas quand elles croisent et décroisent les jambes. Quelque chose est en train de se passer durant ce bel automne de la rentrée scolaire 1964 : le temps de l'enfance s'éloigne lentement pour laisser place à celui de l'adolescence. Et dans ce temps, avant de passer leur blouse rose ou après l'avoir retirée, les filles laissent entrapercevoir leur dos nu. Portent de la mousseline de soie rose. De l'organza plissé. Des corsages en crêpe blanc. Des tenues échancrées. Des robes en lamelles imitant le métal. Des tailleurs en tergal ou en tercryl. Leurs lèvres écarlates sont maquillées de

Rouge plaisir. Elles s'aspergent de *Câline* de Jean Patou. Répandent dans leur chevelure des ruisseaux de Dop Tonic à l'huile de calophyllum. Lorenzo a trouvé une formule elliptique : « Elles pratiquent l'amour défendu à fleur de peau. » Qu'il précise au fil des jours : « Elles sont comme ces oiseaux qui se mettent à chanter en pleine nuit quand on ne s'y attend pas, à tel point qu'on se demande soudain si on a rêvé, et si ces gazouillis dans les arbres jaunes de l'automne sont bien réels, tu ne crois pas, Rock'n'roll ? »

Quel changement depuis Saint-Joseph et les soutanes jésuites ! Et bien entendu les notes s'en ressentent. François devient un bon élève, et pas seulement parce que plusieurs enseignants du CES Gallieni, estimant que la télévision – dont la fameuse deuxième chaîne diffuse désormais ses programmes sur tout le territoire français – va devenir un excellent moyen d'éducation, engagent les élèves à la regarder voire l'utilisent en cours lorsque les horaires le permettent. Non, François suit, écoute, travaille. Certes, il n'a pas quitté son blouson de cuir, vient désormais en Flandria Ultra Sport, mais sans doute pour plaire à certaines admiratrices se range dans la catégorie sinon des élèves brillants, du moins des travailleurs que les professeurs citent en exemple.

François a deux ans de retard mais qu'importe. Il a compris qu'il fallait trouver de la joie et du bonheur là où c'était possible. Même dans les faits les plus anodins comme la nouvelle de ce premier twist en français enregistré à Londres, et interprété par les Downbeats. Son titre : *On est cinq copains*. Lorenzo et Antoine se moquent de lui. Et alors, où est le problème ? Qu'est-ce que ça peut leur faire si cette nouvelle le réjouit ! Au fond, chacun fait miel de ce qu'il veut. Antoine ne cesse de parler de l'attribution du prix Nobel de la paix à Martin Luther King. Lorenzo espère que l'article de Jean-Paul Sartre paru dans *Le Nouvel Observateur* va réveiller une jeunesse de France qui selon lui est trop indifférente à la vie politique. Alors lui, François, dit Rock'n'roll, peut bien se réjouir de cet enregistrement des Downbeats ! Chacun a ses centres d'intérêt, ses obsessions. Ses bouées auxquelles raccrocher sa vie. Ainsi, une majorité de Français préfère s'intéresser à la sortie du *Gendarme de Saint-Tropez*, film qui aborde par la gaudriole la question du monokini, plutôt que d'accorder la moindre importance à la présentation à la presse, par le docteur Pierre Simon, de son invention, le stérilet, « sorte de crosse d'évêque finissant en grains de chapelet » qui, selon lui, pourrait éviter nombre de grossesses non désirées. Mais silence : dans la France d'aujourd'hui, toute propagande anticonceptionnelle est interdite…

François n'est pas le seul à avoir bien travaillé. Lorenzo semble renaître. Il est comme méconnaissable. Ou plutôt – c'est son analyse, contenant une dose nécessaire de prétention – enfin reconnu à sa juste valeur… Pour l'encourager, ses parents l'ont autorisé à faire une boum chez lui. Dans la cave, pas dans les salons de la villa. Ce qui est encore mieux. Rares sont les personnes au courant. Mais l'une d'entre elles a parlé et la nouvelle est parvenue jusqu'aux oreilles de la directrice du CES, qui arrête Lorenzo à la sortie alors qu'avec Antoine et François ils partaient en courant pour ne pas louper la séance, à l'Alhambra d'Asnières, du film de Richard Lester *Quatre garçons dans le vent*.

— Alors, monsieur Lorenzo, vous allez organiser une surprise-partie…

— Oui, madame.

— Oui, madame la directrice.

— Oui, madame la directrice.

— Vos parents sont au courant ?

— Je ne l'aurais jamais fait sans leur autorisation.

— Ils savent qu'elle aura lieu dans une… une cave ?

— Oui. Mais le sol est cimenté. Elle est très propre. C'est mon père qui…

— Vous vous moquez de moi !

— Non, madame la directrice.

— Dans une cave, on flirte…

— On danse surtout.

— Nous en reparlerons. Je vais appeler vos parents.

Les trois mousquetaires sont ravis. Quel film, quelle séance ! Cette balade entre Liverpool et Londres en compagnie des Beatles, quelle merveille ! Et tous ces fans, quelle folie ! Mais soudain l'atmosphère euphorique s'assombrit. Antoine pose deux questions. Toutes deux liées à la « surprise-partie », comme dit la directrice du CES. Comment faire lorsqu'on danse un slow pour cacher l'inévitable érection ? Même quand on danse avec un super-boudin. Comment faire ? C'est très gênant. François n'est pas de cet avis :

— Elles aiment ça. Ça prouve à la fille qu'elle te plaît.

Ni Antoine ni Lorenzo ne sont entièrement d'accord avec cette analyse à laquelle selon eux il faudrait apporter une certaine nuance…

— Alors, et l'autre problème ? demande François.

— Doit-on inviter nos copines ?

— Dois-je inviter Winnie ? demande Antoine.

— Et toi Diana ? ajoute Lorenzo à l'adresse de François.

Les trois mousquetaires tombent d'accord. Assez vite. La discussion n'a même pas lieu. La réponse est non. Amoureux de Winnie et de Diana, oui certainement, mais ce serait dommage de s'interdire d'autres opportunités. Les filles du CES vont voir que les garçons ont des copines. Les copines vont leur faire une crise de jalousie. Alors on ne dit rien, résume François au nom de tous.

5

Novembre

C'est ma première surprise-partie

Lorenzo a passé toute la matinée à préparer la cave. Lumières tamisées, bougies placées aux endroits stratégiques, tapis moelleux, coussins. Le décor ainsi créé est aux antipodes de celui du *Manège enchanté*, l'émission pour les petits : il s'agit d'une surprise-partie où des adolescents libres vont flirter… Lorenzo a disposé aux murs des posters pris dans *Salut les copains* et le tout nouveau *Mademoiselle âge tendre*, mais aussi venus de l'hebdomadaire *Paris-Match* pour montrer qu'il ne s'intéresse pas uniquement aux chanteurs et aux chanteuses yéyé. Lorenzo veut affirmer sa personnalité. Donc, comme il le dit lui-même : ne pas enlever le clou dans sa chaussure, mais au contraire le garder, voire l'exhiber, car ce clou c'est lui, c'est ce qui le fait lui. Deux photos le touchent particulièrement. Une sur laquelle on voit un groupe d'hommes âgés franchir le mur de Berlin, assortie du commentaire suivant : « Le Mur s'ouvre provisoirement pour les plus de 65 ans. » L'autre où des Noirs américains, dans une rue de La

Nouvelle-Orléans, défilent en agitant des pancartes hostiles au candidat républicain à l'élection présidentielle : « Dieu nous aime aussi, Mr. Goldwater. »

Lorenzo a particulièrement soigné la sono en ajoutant un haut-parleur à l'électrophone familial et a même, sur les conseils de sa mère, accroché dans le long couloir qui conduit de l'entrée de la cave à la salle où a lieu la surboum un miroir, car contrairement aux filles de sa génération, elle sait que les copines yéyé se maquillent. En France, 60 % des quinze-seize ans disent consommer des produits de beauté. Comme pour la mode, le maquillage des jeunes filles n'est pas celui des femmes adultes. Finis le rouge à lèvres voyant et la poudre. Place au fond de teint, baptisé « make-up », mais surtout à l'eye-liner, au ricil, au fard à paupières, car l'œil se porte charbonneux. « Je suppose que toutes tes copines ont des yeux de biche ! » Qu'importe la tendre moquerie maternelle, le culte des apparences est moins futile qu'il n'y paraît, ou seulement égocentrique : il forge une identité collective, la culture jeune, celle de Lorenzo et de ses copains.

L'aide maternelle ne s'arrête pas à ces considérations esthétiques, c'est elle aussi qui a fourni à Lorenzo les assiettes d'« amuse-gueule » – terme détestable utilisé par ses parents pour désigner les petits sandwichs mis à la disposition de ses copains et de ses copines –, ainsi que des boissons non alcoolisées et des verres en plastique.

Alors que dans peu de temps maintenant la cave va commencer d'accueillir les invités, Lorenzo opère les dernières vérifications. Coussins ? Au bon endroit.

Boissons ? Quantité suffisante. Sono ? Tout fonctionne. Les Tournidol ? Parfait. Les piles de disques classés par genre. Tout va bien.

Le père a été on ne peut plus clair : pas plus de vingt personnes. Chiffre non négociable. Donc dix couples. Autant de filles que de garçons pour éviter les ennuis, les jalousies, les jérémiades. Garçons : que des amis des trois mousquetaires. Filles : que des élèves de 3e A du CES Gallieni.

François arrive le premier. Seul. Marie-France, qui devait l'accompagner, ne vient pas. Ses parents ont insisté pour venir la chercher à la fin de la surprise-partie. Elle a préféré renoncer pour éviter l'humiliation. Quant à Anne, sur laquelle Lorenzo avait des vues – « T'as la barre », lui a affirmé Antoine –, elle téléphone pour dire qu'elle a dû renoncer : sa mère lui a interdit de venir quand elle a compris que dans cette surprise-partie il y aurait des garçons !

Ces problèmes, en réalité, en annoncent d'autres. Deux en particulier, de taille. Le premier touche au choix des musiques et de l'alternance slow/madison, twist/slow, rock/slow, mashed potatoes/slow. Une question récurrente. Les tenants du rock pur refusent de danser le twist et le madison. Ceux qui ne jurent que par le mashed potatoes estiment qu'il n'y en a jamais assez. Quant au slow, quand en mettre et combien ? Le slow casse l'ambiance car une fois que les couples se sont formés et que les lumières ont été baissées, voire les bougies éteintes, c'est une autre forme de surboum qui s'installe. On ne s'amuse plus, on flirte. Les trouble-fête sont les malvenus, les blagueurs exclus. Il y en a toujours un ou une pour rallumer la lumière ou pour arrêter le slow au moment où le garçon qui s'est lentement rapproché de la fille peut enfin l'embrasser et où la fille qui a longtemps hésité finit par accepter que le corps de l'adolescent se plaque contre elle. Le slow à la mode c'est *Sag warum* de Camillo Felgen. La langueur teutonne fait des ravages. « La nuit, je m'en vais seul, et je me demande pourquoi, pourquoi... » Cette fois, dès le deuxième *sag warum*, un certain Jean-Luc arrête tout, prétextant qu'il a trouvé sa voie : il va faire des études de philosophie pour pouvoir enfin répondre à la question *warum ?*. Ça ne fait rire personne. Surtout qu'il en profite pour mettre à fond *Petit Gonzalez* de Danyel Gérard puis *Tu mets le feu*, piaillé par les Pirates et le blondinet Dany Logan.

C'est ce qui déclenche le deuxième grave problème de ce début de surboum. Avec l'arrêt des danses viennent les discussions. Rock, madison, twist ? Par quoi reprendre la fête ? Irène, une petite boulotte dont Lorenzo commence à se demander pourquoi il l'a invitée, lance une véritable bombe :

— Et si on dansait le sirtaki ?

Une question innocente qui fait l'unanimité et en dit long sur les moyens de fédérer les groupes. Depuis le succès de *Zorba le Grec*, la danse qui égaie la scène finale du film connaît un succès sans précédent. Même les yéyés s'y sont mis ! Irène propose qu'on commence par danser en ligne, les mains sur les épaules de ses voisins, avant de se mettre en cercle ouvert, montrant à ceux qui ne les connaissent pas les pas de base : pas lents près du sol au début, qui deviennent plus légers puis sautés. Musicienne, elle en rajoute même dans l'érudition, évoquant le rythme qui passe de 4/4 à 2/4…

— Inutile de perdre ton temps, dit Lorenzo à Irène.

— Pourquoi dis-tu ça ?

— Je n'ai pas le disque.

— Tu n'as pas le disque !

Tout en disant cela, et alors qu'il croise le regard d'Antoine, Lorenzo comprend qu'il est en train de se déconsidérer. Qui propose une surboum doit savoir contenter ses invités. Tu vas passer pour un imbécile, semble lui souffler Antoine. Demain, tout le CES va le savoir. Une surboum sans sirtaki ! C'est la tasse ! C'est la tare !

— Bon, je vais le chercher. Je vais l'acheter chez le disquaire de l'avenue des Grésillons…

Le père de Lorenzo a fixé des limites strictes : « À 18 heures, quand je rentre du travail, tout le monde doit être parti. » Ce que n'a pas prévu Lorenzo, c'est cette demande unanime du 45 tours sur la pochette duquel on voit Anthony Quinn habillé en Grec et dansant sur une musique de Mikis Theodorakis. En compagnie d'Antoine, il finit par trouver le fameux disque mais après avoir fait plusieurs disquaires et marché des heures sous la pluie. Il n'en peut plus et cela d'autant plus que durant tout le trajet, Antoine n'a cessé de lui parler du drame que constituait à ses yeux la disparition de *Libération*, « un des derniers journaux parisiens nés de la Résistance… Tu te rends compte ! Créé par d'Astier de la Vigerie… Remarque, sans les subsides du Parti communiste, il serait mort depuis longtemps». Quand ils reviennent, trempés jusqu'aux os, il est 17h30. Le temps de danser ce foutu sirtaki, de mettre *Santiano* d'Hugues Aufray et de danser un dernier slow, non pas *Sag warum* mais l'adaptation française du tube des Animals, *The house of the rising sun*, devenu *Le pénitencier* chanté par Johnny Hallyday, et la surboum prend fin.

À 18 heures tapantes, le père de Lorenzo, couvert de la tête aux pieds par une fine couche de poussière de graphite, fait une entrée théâtrale par la trappe d'accès à la cave qui est aussi celle par où sont livrés les sacs de charbon alimentant la chaudière, et met tout le monde dehors, sans ménagement. Si la fuite des garçons se fait en rangs serrés, comme à l'armée, qu'ils finiront tous par intégrer un jour prochain, celle des filles est plus désordonnée. Lorenzo, en observateur malheureux, croit assister à un défilé de mode à l'envers. Les mannequins ne s'avancent pas vers les journalistes mais partent en courant en les apercevant. Vol de tourterelles, troupeau de gazelles qui fuient en tous sens. Défilé de jeunes filles vêtues comme la mode du moment l'exige. La grande majorité arborant une garde-robe sportive – ciré ou caban –, toutes sont en jupe-culotte en tissu synthétique Odilène ou mousseline de tergal, et chaussées d'inévitables mocassins. Règne chez les garçons une uniformité bien masculine : depuis que Johnny Hallyday est apparu sur la pochette d'un disque en chemise ouverte, pantalon clair et chaussé de tennis, quel que soit le temps les adolescents portent tous la même tenue.

Maintenant, Lorenzo doit tout ranger. C'est le pacte

signé avec ses parents. Remettre sur les étagères les pots de confiture soigneusement dissimulés. Enlever les affiches, les photos, les posters. Rassembler les assiettes, les verres, les bougies qui ont coulé un peu partout. Remonter les coussins, les tapis. Passer un coup de balai. Trotte dans sa tête la chanson de Stella, *La surprise est partie* : « La fête est finie, la surprise est partie, on a chanté, dansé et bu toute la nuit, on a cassé les verres et taché les tapis, mais au petit matin les amis sont partis. Maintenant il faut ranger, et il faut balayer, et il faut nettoyer, ou je ne pourrai jamais plus recommencer… »

La trappe entrouverte laisse passer le froid de novembre, dissipe l'odeur de tabac flottant dans la pièce. Ne restent plus dans la salle que l'électrophone Teppaz et le disque de sirtaki. Dehors, la pluie s'est arrêtée de tomber. Lorenzo a le sentiment d'être passé à côté de quelque chose. Il se dit qu'une vie peut être comme cette surboum, manquée, loupée. Il se dit qu'il ne se sent décidément pas comme les autres. En fait, tout le monde s'est amusé, même Antoine qui pourtant l'a accompagné dans sa recherche du 45 tours. Tout le monde sauf lui. À quoi a servi cette surboum ? Il n'a presque pas dansé. Il n'a pas flirté. N'a embrassé aucune fille. Quand il remonte, sa mère prépare le dîner, son père regarde le programme de télévision. Lui, il aurait bien regardé un nouvel épisode des *Incorruptibles* ou les gags bon enfant de *La Caméra invisible*. Mais son père en a décidé autrement : toute la famille suivra les programmes de la deuxième chaîne de l'ORTF. « Seulement 20 % des Français peuvent la recevoir, ce serait dommage de ne pas en profiter alors que nous faisons partie de ces privilégiés », proclame-t-il, lui qui, lors d'une séance de travail, est monté au sommet du mont Pilat où les services techniques de l'Office viennent d'installer un nouvel émetteur.

— Alors, tu t'es bien amusé ? demande la mère de Lorenzo.

— Oui, oui.

— J'espère que tu en as bien profité, dit son père.

— Oui, oui.

— Tu as intérêt, parce que je te préviens, tu ne vas pas en faire tous les quinze jours, de tes surboums. Tes études d'abord.

6

31 décembre

Where have all the flowers gone ?

Lorenzo est heureux et inquiet. Heureux parce que le temps qui a passé entre sa surboum et aujourd'hui, dernier jour de l'année, a vu ses bons résultats scolaires se confirmer et son amitié avec Antoine et François se consolider. Inquiet, ou plutôt chagriné, parce que ses parents ont décidé d'inviter pour la soirée du Nouvel An un ancien camarade de service militaire de son père, perdu de vue et retrouvé. Lorenzo s'attend à une soirée ennuyeuse durant laquelle les deux anciens soldats, engagés dans les troupes françaises d'occupation en Allemagne sur les bords du lac de Constance, vont raconter leur guerre.

Le camarade de régiment a une fille « qui a ton âge », précise, triomphal, le père. Ce qui en réalité n'annonce rien de bon. Ce n'est pas parce que la demoiselle a le même âge que lui qu'ils vont s'entendre. À quinze-seize ans, le temps des jeux innocents est terminé. Lorenzo se dit qu'il va devoir supporter une péronnelle à laquelle il n'aura évidemment rien à dire. Rares sont les filles avec lesquelles il peut discuter. Il en fréquente si peu. Trop compliquées, trop différentes des garçons, les filles. On ne comprend rien à ce qu'elles veulent, à ce qu'elles pensent. Leurs attentes, leurs désirs, leurs minauderies, leurs cachotteries... Dans la cour du CES Gallieni, elles se réunissent en grappe, toutes revêtues de leur blouse en nylon rose. Et ne parlent que d'épilation à effectuer une fois par mois. De lavage des cheveux – trois fois par semaine alors que beaucoup, hommes et femmes, en sont encore à un shampoing hebdomadaire. De démaquillants et de lotions, doux et traitants, et qui remplacent les lavages vigoureux à l'eau et au savon préconisés par leurs mères. D'« hygiène intime », mot prononcé à voix basse, que les garçons ne doivent pas entendre : tampons Obé, Tampax, « Pourquoi baisser les yeux pour parler de Modess ? » dit la publicité, évoquant les serviettes hygiéniques. Les filles et les garçons : deux mondes irréconciliables. Chacun sur son île. Chaque île avec ses rites, ses coutumes, ses usages, ses religions. Entre les deux : la mer, où ils se croisent parfois. En réalité, les trois copains ressemblent à trois types perdus dans un gynécée. « Des cobayes ! » enchérit François. « Des Noirs dans une réunion du Ku Klux Klan », décrète Antoine. « Trois moucherons perdus au sein d'une colonie d'abeilles », conclut Lorenzo qui, pour mesurer le degré de crédulité des filles du CES et se venger de sa propre difficulté à vivre en bonne intelligence avec elles, leur fait croire qu'il est batteur dans un orchestre – pas encore assez au point pour qu'elles viennent assister à ses répétitions – et qu'il est le traducteur attitré des Beatles en

France ! Lorenzo l'ombrageux – mais ça, il n'en parle à personne, c'est son secret –, qui a même commencé à écrire des poèmes et des chansons et lit *L'Express* plus volontiers que *Salut les copains.*

Pour faire « bonne impression » les parents de Lorenzo lui ont demandé de s'habiller sobrement et pour un soir d'oublier dans son armoire ses « tenues de blouson noir » ! Quand la sonnette retentit, il est dans sa chambre en train de lire *Le Ravissement de Lol V. Stein* de Marguerite Duras, un livre que lisait une femme dans le métro qui lui était apparue si énigmatique et si belle qu'il avait eu soudain envie de lire le même livre qu'elle. Il ne comprend pas tout mais il trouve le roman envoûtant. Et l'histoire de ce Jacques Hold qui invente la vie de la femme qu'il aime – Lola V. – pour tenter de la comprendre, il la trouve passionnante. N'est-ce pas ce qu'il a plus ou moins tenté de faire avec la fille de la fête de la Nation dont il ne parvient à arracher le souvenir de sa tête ? Il se dit aussi que puisqu'il a commencé à écrire des poèmes, il pourrait écrire comme cette Marguerite Duras. Une écriture nerveuse, très nouvelle pour lui. La prochaine fois que le professeur de français leur donne une dissertation, il essaiera de reproduire le style de Marguerite Duras. Il lit, et bien entendu écoute de la musique en même temps. Tous les adolescents font de même. Lire Duras en écoutant Pete Seeger chanter *Where have all the flowers gone ?*, il n'est rien de mieux dans la vie. Sa mère doit l'appeler trois fois pour l'extirper de sa bulle.

Alors qu'il sort de sa chambre, Lorenzo entend sa mère dire à ses invités :

— Je ne sais pas comment est votre fille, mais mon fils passe des heures enfermé dans sa chambre et on doit hurler pour l'en faire sortir !

— Exactement la même chose, répond une voix féminine.

— Voilà l'énergumène, dit le père de Lorenzo comme celui-ci apparaît en haut de l'escalier.

S'il est un élément de la vie des hommes que Lorenzo ne peut envisager, parce qu'à ses yeux il n'existe pas, à moins de le considérer comme une épreuve ou une récompense, ou pour le moins comme la cause ignorée d'un effet connu, c'est bien le hasard. Aussi, lorsqu'il descend à pas lents les marches de l'escalier, engoncé dans un costume gris et une chemise blanche immaculée, il sait que ce qu'il est en train de vivre à cette seconde précise – il faudrait pouvoir arrêter toutes les horloges du monde – restera à jamais marqué dans sa jeune existence. Même si tout à la fois il n'en croit pas ses yeux et admet qu'il ne pouvait en être autrement, ce qui lui met le rouge aux joues, il ne peut que sourire, sous la lumière tamisée de l'entrée qui le sauve de la honte. La jeune fille de son côté ne peut cacher son trouble en tous points semblable à celui de Lorenzo. Bien évidemment aucun des parents présents ne s'aperçoit de ce qui est en train de se passer.

— Lorenzo, dit la mère de Lorenzo à la jeune fille.

— Michèle, dit la mère de la jeune fille, s'adressant à Lorenzo.

Alors qu'ils se serrent la main, du bout des doigts, se touchant à peine, la jeune fille sait qu'elle a retrouvé son partenaire de la fête de la Nation et Lorenzo peut enfin mettre un prénom sur ce visage qu'il n'a pas oublié depuis tant de mois.

Durant tout le repas – « équilibré » comme l'a recommandé le premier Salon international de l'alimentation qui vient de se tenir au Palais des expositions de la porte de Versailles –, et bien que placés côte à côte, les deux adolescents s'adressent à peine la parole. Trop de choses à se dire. Comment formuler ce flot de pensées ? Proximité des parents qui interdit toute intimité, et qui de toute façon monopolisent les conversations. Passant de Jean-Paul Sartre qui vient de refuser le Nobel au premier numéro du *Nouvel Observateur* sorti en novembre, sans oublier les feuilletons télé – *Rocambole, L'Abonné de la ligne U* – et l'éloge funèbre prononcé par André Malraux lors du transfert des cendres de Jean Moulin au Panthéon – « Aujourd'hui, jeunesse, puisses-tu penser à cet homme… » Mais surtout souvenirs des deux pères, amis enfin retrouvés, survivants de la guerre, soudain projetés presque vingt ans en arrière, du temps de leur étrange vie de vaincus devenus vainqueurs, et se disant qu'au fond ces jours anciens furent sans doute parmi les plus beaux, les plus vivaces, les plus porteurs d'espoir de leur vie déjà bien entamée. Chacun parle de l'autre, affine le portrait devant des épouses qui découvrent des pans d'existence qu'elles ne connaissaient pas. Des épouses qui sont comme au théâtre, comme au spectacle. Et des adolescents qui, sans perdre un mot de ce qui se déroule sous leurs yeux, suivent l'action du film de la vie de leur père avec malgré tout une forme d'indifférence, voire de gêne.

Aussi, quand la mère de Lorenzo, une fois le dessert terminé, dit aux deux adolescents de monter dans la chambre de Lorenzo parce que leurs conversations d'adultes doivent les « raser », ils n'hésitent pas une seconde.

Porte close, rideaux tirés, bougies allumées montées sur des fiasques de chianti, assis côte à côte sur le lit après avoir un peu hésité à s'y vautrer, Lorenzo et Michèle peuvent enfin parler :

— Je n'arrive pas à y croire, dit Lorenzo.

— Tu te souvenais de moi ?

— Évidemment. Et toi, tu te souvenais de moi ?

— Oui, répond Michèle en souriant, presque gênée, tout en sortant de son sac un petit objet oblong entouré d'un papier cadeau.

— C'est pour moi ?

— Oui. Je n'ai pas osé te le donner devant mes parents.

Lorenzo prend le cadeau tout en se disant qu'il n'en a pas pour elle et que décidément, pour tous ces petits arrangements magiques de la vie quotidienne, les garçons sont vraiment des nuls.

— Ouvre-le.

C'est l'époque des gadgets : couteaux anti-larmes pour éplucher les oignons, briquets-montres, *time call* permettant de minuter ses conversations téléphoniques. Michèle a offert à Lorenzo un stylo gigogne en plastique transparent qui contient douze mini-stylos de couleur, facilement interchangeables. Comment la remercier ? Lorenzo hésite. Il ne va pas lui serrer la main, lui dire simplement merci. Il opte pour un baiser sur la joue qui les fait rougir tous les deux. Et il improvise :

— Je n'ai pas eu le temps de l'emballer, lui dit-il en lui tendant le 45 tours de Pete Seeger. Je l'ai écouté avant de te l'offrir. Un de mes chanteurs préférés.

Michèle trouve l'intention charmante. Le côté empêtré de Lorenzo adorable. Elle est séduite et lui rend son baiser. Sur l'autre joue.

— Tu le mets ?

Where have all the flowers gone, long time passing ?
Where have all the flowers gone, long, long ago ?
Where have all the flowers gone ?
Young girls have picked them, everyone !
When will they ever learn ?...

Pour Michèle, c'est une vraie découverte. Tous deux tombent d'accord, sans se le dire vraiment : il faut sortir de cette émotion. De toute cette nostalgie qui s'empare d'eux. Michèle prend les choses en main. Propose à Lorenzo de mettre un autre disque. Leur choix commun se porte sur le dernier 33 tours de Trini Lopez : *La bamba, America, Guantanamera, This land is your land, If I had a hammer...* De quoi danser toute la soirée, aller s'embrasser avec les parents quand sonnent les douze coups de minuit et vite remonter dans la chambre, laissant les adultes à leurs souvenirs d'anciens combattants et à leurs discussions sur le prix de la baguette de pain passé à 0,44 franc et de la redevance radio-télé désormais à 25 francs. « Et la place de cinéma à 3,60 francs, et le paquet de Gauloises bleues à 1,35 franc ? Non vraiment ça devient infernal ! »

Il leur faut toute la nuit pour échanger leur premier baiser. Toute une nuit pour vaincre leur timidité et se faire leurs premières confidences.

— Tu as un copain ?

— Non, pas vraiment. Des amis. Rien de très sérieux…

— Et toi, tu as une copine ?

— Non. J'ai des très bons copains. Deux. Mais pas de copine.

Michèle sourit. Laisse un silence s'installer. Comme si chacun se demandait si l'autre dit la vérité. Il n'a pas de petite amie, un type extra comme lui ? Elle n'a pas de copain, une fille terrible comme elle ? C'est Lorenzo qui brise le silence :

— J'aime tout chez toi, dit-il, emphatique.

— Tu ne me connais pas.

— Et toi, tu me connais peut-être ?

— Un peu. J'ai une longueur d'avance. Ta chambre parle pour toi.

Lorenzo fait semblant de ne pas comprendre.

— Ma chambre ?

— Oui. Ces boules à neige ramenées de tes voyages, tous ces livres, les disques – Bob Dylan, Joan Baez, les Beatles, Rick Nelson… Cette affiche de film : *Le Guépard*, Visconti. Cette photo punaisée de la 34e Biennale de Venise et de son prix attribué à Robert Rauschenberg…

— Ce n'est pas important.

— Mais si, Lorenzo. Et ça, des chaussures à crampons…

— Non, à pointes ! Tu ne peux pas courir le 800 mètres sans ça. Les crampons, c'est pour le football !

— Des livres sur le cinéma…

— J'adore le cinéma, c'est tout.

— Des recueils de poèmes… Tu connais beaucoup de garçons qui lisent des poèmes ? Tu en écris ?

— Oui, dit Lorenzo après quelques secondes d'hésitation, parce qu'il vient de révéler un secret intime qu'il n'a jusqu'alors avoué à personne.

— Tu me les feras lire ?

— Un jour… Peut-être… Pas maintenant…

— Tu vois bien, tu as un univers à toi. Très différent de celui des autres. Alors on aime ou on n'aime pas.

— Ce qui veut dire ?

— Que j'ai envie d'apprendre à l'aimer, cet univers.

— Et tu vas t'y prendre comment ?

Lorenzo ne connaîtra pas la réponse. Du moins pas cette nuit. Alors que Michèle s'apprête à lui répondre, peut-être même en l'embrassant, la mère de Lorenzo frappe à la porte et comme à son habitude – mauvaise – entre en même temps.

— Allez, les enfants, les parents de Michèle s'en vont. Il faut que vous descendiez.

Du bas de l'escalier, une voix se fait entendre. Celle du père de Michèle :

— On s'en va.

Tandis que sa mère est déjà repartie dans l'escalier, Lorenzo prend le 45 tours de Pete Seeger et le glisse dans le sac de Michèle. La remerciant une nouvelle fois pour le stylo gigogne. Michèle embrasse Lorenzo, sur la bouche. Un baiser un peu gauche, tendre. Tous deux étonnés de s'embrasser.

— Les enfants, dépêchez-vous !

Plus tard, alors que le jour se lève, Lorenzo n'est toujours pas couché. Il regarde sa chambre comme le lieu où vient de se dérouler un événement fondamental. Il ne voudrait rien bouger des bougies qui finissent de se consumer. Du stylo gigogne déposé sur son bureau. Des affiches que les yeux de Michèle ont regardées. Des boules à neige qu'il lui a montrées et qu'il ne se résout pas à remettre à leur place. Des plis du dessus-de-lit. Des coussins placés contre le mur et qui portent encore la marque du corps de Michèle. De son parfum qu'il essaie de retrouver. Il a presque envie de pleurer, puis il sourit : où vont aller toutes les fleurs de cette nuit ?

TROISIÈME PARTIE

1965

1

Mars

Chante, danse, Baby Pop

Michèle est-elle amoureuse ? C'est ce qu'elle se demande chaque jour depuis ce Nouvel An qu'elle a passé chez Lorenzo. C'est quoi être amoureuse ? Être moins attentive en classe ? Écouter *Sur ton visage une larme* de Lucky Blondo, la tête chargée de nostalgie ? Refuser de danser la bostella, non parce que ces nouveaux pas, inventés par un pilier de chez Castel, se moquent des yéyés mais parce qu'elle voudrait que Lorenzo soit le premier à la danser avec elle ? Écrire dans son journal que certaines périodes de la vie sont destinées à rester inoubliables, et que ces mois qui viennent de passer, ces lieux précis, ces sensations, ces faits pourtant proches qui sont déjà entrés dans la catégorie des souvenirs, elle sait qu'elle les emportera avec elle toute sa vie ?

De janvier à février, elle n'a revu Lorenzo que deux fois. La première, ils se sont longtemps tenus par la main en marchant le long des quais de la Seine, tandis qu'il lui parlait des mouvements de contestation qui commençaient à agiter la jeunesse américaine :

— Ne sommes-nous pas comme elle ? N'appartenons-nous pas à cette génération qui ne manque de rien, qui poursuit tranquillement ses études mais qui éprouve un malaise à la vue du monde dont nous avons hérité ?

— Mais nous en profitons, de ce monde. Tu en profites aussi, de ce monde.

— C'est vrai.

— Alors quoi ?

— Alors, une révolte a éclaté à Berkeley au cri de « Le bonheur, c'est le pouvoir étudiant ». La police a arrêté huit cents personnes.

— Tu crois vraiment que « le bonheur c'est le pouvoir étudiant » ? On est en troisième, faisons déjà en sorte d'entrer, l'année prochaine, au lycée…

La seconde fois, Lorenzo l'a invitée au cinéma. Elle voulait voir *Viva Maria !* mais il lui a proposé un autre film. Il voulait absolument être parmi les premiers spectateurs à assister à la projection de *Pierrot le fou*, un film de Jean-Luc Godard. L'histoire de Ferdinand Griffon, qui décide un soir de tout quitter – métier, femme et enfants – pour partir avec Marianne Renoir, une ancienne amie, dans le sud de la France. Un film violent, coloré, romantique. « Elle est retrouvée. Quoi ? – L'Éternité. C'est la mer allée avec le soleil. » Lorenzo ne tarit pas d'éloges. Lorenzo est un fou de cinéma. Un jour, dit-il, il dirigera plusieurs ciné-clubs pour voir des tonnes de films gratuitement. Un jour, il sera membre de la Fédération française des ciné-clubs. Ils se sont un peu embrassés, quand la bobine a pris feu et qu'il a fallu attendre quelque temps avant que le projectionniste ne la recolle. Mais c'est tout. « Pendant un film de Godard, on ne s'embrasse pas», a décrété Lorenzo, moitié ironique moitié sérieux.

Durant la même période, Michèle n'a parlé qu'une seule fois au téléphone avec Antoine, qui consacre pratiquement tout son temps libre à ses entraînements d'athlétisme : «Musculation, technique, régime, c'est l'hiver qu'on prépare les victoires du printemps et de l'été.» Et elle a reçu plusieurs lettres incompréhensibles de François qui continue de lui déclarer sa flamme au milieu d'un fatras de considérations politiques qui l'ennuient : conséquences de l'assassinat à New York du leader noir Malcolm X, prise de pouvoir de l'armée au Sud-Vietnam, nouvelle loi électorale en France qui conduit socialistes et communistes à passer des accords électoraux en vue des prochaines élections municipales. Les garçons l'attirent. Mais comme ils sont parfois assommants !

Le soir, alors qu'elle est seule dans sa chambre et que ses parents dorment, Michèle sort son journal. Elle y écrit qu'elle a trois hommes dans sa vie, et que comme la Salomé de la chanteuse Gélou, elle ne voudrait que des amants qui ne l'oublient jamais parce qu'elle est «faite pour être aimée» ! Elle écrit aussi qu'elle est certaine d'une chose : les ambitions et les rêves de la jeunesse – donc les siens – alimentent la morale véritable d'une société que sa génération, celle des yéyés, est en train de bouleverser.

Mais le grand événement des prochains jours, alors que le printemps est doucement en train d'arriver, c'est le rendez-vous que Lorenzo lui a fixé. Il veut absolument lui présenter ses deux meilleurs copains. Elle a évidemment accepté mais à une seule condition : il n'a pas intérêt à la présenter comme un trophée. Elle n'appartient à personne d'autre qu'à elle-même. Elle n'est certainement pas la « poupée de cire, poupée de son » de France Gall. Elle n'est pas un jouet. Un accessoire qu'on trimbale à l'arrière d'une mobylette ou qu'on exhibe dans une boum. C'est ce qu'elle était en train de lui expliquer quand il a dû raccrocher précipitamment car son père est entré dans la pièce à ce moment-là en hurlant qu'il en avait assez que son fils passe des heures au téléphone avec ses copains à leur faire écouter les nouveaux titres de sa discothèque : « Ça me coûte une fortune ! »

Pour ce rendez-vous au sommet, elle a décidé de porter des collants. C'est la nouvelle mode qui est en train de balayer les bas et porte-jarretelles portés par les mères et les grands-mères, à tel point que la marque Escapade a riposté en plaçant à certains points stratégiques des grandes villes de France des distributeurs proposant différentes tailles de bas sans couture couleur chair à des prix très modiques. Mais Michèle, décidément, préfère les collants. Quand elle se regarde dans la glace, elle trouve qu'ils lui font une belle silhouette, des pieds à la taille. Qu'ils font d'elle une jeune fille libre de ses mouvements et de sa vie. Elle se dit qu'elle n'est pas si moche que ça et qu'elle commence à se rendre compte qu'elle fait un certain effet aux garçons. Quand elle essaie ses collants devant sa glace, elle se dit que demain Lorenzo et ses copains vont tomber de leur chaise. Elle met à tue-tête le 45 tours de France Gall *Baby Pop* et se déhanche en chantant :

Chante, danse, Baby Pop
Comme si demain, ô Baby Pop
Au petit matin, Baby Pop
Tu devais mourir…

2

Avril

Tu peux la prendre sans plus attendre

Lorenzo forme avec Antoine, au sein de l'équipe d'athlétisme du Racing Club de France, un duo imbattable sur 800 mètres. Ils se sont préparés tout l'hiver pour réussir cette première épreuve qualificative des championnats de France cadets. Leur objectif : terminer premier et deuxième de leur série – peu importe lequel des deux montera sur la plus haute marche du podium.

Antoine, sac à dos sur l'épaule, et François, venu soutenir ses amis, continuent de penser que la décision de Lorenzo de leur faire rencontrer, deux heures avant le départ de la course, celle qu'il présente comme sa fiancée n'est vraiment pas une bonne idée. Mais les trois copains ont revêtu leurs vêtements les plus à la mode. François a même sorti sa chaîne en or et Antoine une gourmette en argent frappée de son prénom. Tous trois exhibent de longues chevelures, prouvant si besoin en était que si la génération précédente marquait avec beaucoup de fermeté la différence des rôles masculin et féminin, la nouvelle l'efface.

Le Rendez-vous des sportifs, café qui fait face au stade Charléty, avec sa déco d'avant-guerre, suinte l'ennui, et son juke-box ne passe que des âneries: *Guantanamera*, hululé par Joe Dassin, et *Nathalie*, du croulant Gilbert Bécaud !

— On n'y va jamais, dans ce tripot, pourquoi lui avoir demandé de nous rejoindre ici ? demande Antoine.

— Ah, tu n'es jamais content, répond Lorenzo.

— Allez, les champions, on se calme. Vous n'allez pas vous disputer avant la course. Gardez vos forces pour tout à l'heure, dit François, ajoutant afin de détendre l'atmosphère: Et si on jouait à notre jeu idiot favori ?

— Les surnoms des idoles, répondent en chœur Lorenzo et Antoine.

— Le papy du rock ? commence François.

— Richard Anthony, en raison de son embonpoint !

— La reine du play-back ?

— Sheila !

— L'endive du twist ?

— Françoise Hardy !

— Le bulldozer chantant ?

Lorenzo qui s'apprêtait à répondre: «Rocky Volcano» se tait. Faisant face à ses deux amis qui tournent le dos à la jeune fille qui se dirige vers eux, c'est lui qui la voit en premier. Après quelques secondes d'hésitation. Car c'est comme si elle lui apparaissait sous un nouveau jour. Sûre d'elle, radieuse, indépendante, comme échappée des pages de *Mademoiselle âge tendre*. La mode à la garçonne était le symbole des Années folles, la coupe de cheveux à la Vidal Sassoon, carrée, courte et sans mise en plis, est devenue le porte-étendard des jeunes filles de cette génération – celle adoptée aujourd'hui par Michèle. À ses yeux, d'ailleurs, la coupe de cheveux n'est pas qu'une mode, un acte de consommation. Elle pénètre presque dans l'espace des idées. Pour Michèle, les femmes qui l'ont précédée, qui ont précédé les jeunes filles comme elle, donnaient le mauvais exemple – sa « théorie » en fait sursauter plus d'un, voire plus d'une. Oui, le mauvais exemple, des cheveux artificiels allant de pair avec de faux sentiments, avec des mariages sans amour, avec des foyers sans intimité. Porter des cheveux courts, assure fièrement Michèle, s'habiller de vêtements qui ne contraignent pas signifie : Nous, les jeunes femmes yéyé, nous voulons des carrières et de l'indépendance, nous rejetons la culture bourgeoise de la France de De Gaulle et aspirons à une liberté totale. Les statistiques le disent : 53,4 % des femmes qui travaillent sont mariées et ont plusieurs enfants ; 58,4 % d'entre elles sont des fonctionnaires et 20 % gagnent plus d'argent que leur mari ; la moitié des épouses actives ont épousé un collègue, 26 % ont choisi de s'unir à un ouvrier, 4,8 % à un cadre supérieur et 0,8 % à un paysan.

Au milieu de toutes ces coupes à l'artichaut, de ces cheveux gonflants, de toutes ces choucroutes, ondoyant comme une mer, le visage de Michèle se détache, que Lorenzo trouve d'une beauté sans nom.

— Bonjour, dit-elle en embrassant Lorenzo sur les deux joues, déclenchant chez François et Antoine un moment de stupeur.

— Winnie ! s'exclame Antoine.

— Antoine !

— Diana ! s'écrie François.

— François !

Lorenzo ne comprend plus rien. Comme tous les protagonistes de l'histoire.

— Je vous présente… Michèle…

Les trois garçons se regardent. Michèle va de l'un à l'autre. Un silence gêné s'installe jusqu'à ce qu'elle prenne la parole, faisant référence au feuilleton télévisé qui est en train de tenir la France en haleine :

— Hé, les copains, je ne suis pas Belphégor. Je ne suis pas le spectre qui hante le Louvre.

Devant leurs mines déconfites, elle est la seule à rigoler. Un vrai rire de gorge, lumineux, joyeux. Dans le juke-box, Danny Boy et les Pénitents entonnent *Le twist de Schubert*, celui qui rend « fou et romantique » et qui fait que « tout s'arrange »…

— C'est eux, tes deux meilleurs copains !

Lorenzo fait oui de la tête.

— Arrêtez de faire vos têtes d'enterrement ! lance Michèle.

Scène d'un film avec Louis de Funès ou tragédie grecque ? Bien malin celui qui pourrait dire ce qui est réellement en train de se passer. Les trois garçons sont toujours aussi muets. Comme empêchés de parler. Mais leurs regards semblent tous dire la même chose : « Tu nous expliques ? Tu nous expliques ce qui est en train de se passer ! »

Visiblement, sans que rien soit dit, pour les petits mâles, Michèle-Diana-Winnie est en train de tomber du piédestal sur lequel ils l'avaient mise. Elle qui n'avait que des qualités a soudain tous les défauts. Ressortent les vieux poncifs masculins. Toutes les mêmes, à mener les hommes par le bout du nez. À n'en faire qu'à leur tête. À nous emmerder avec leur histoire d'abrogation de la loi de 1920 sur l'avortement. À regarder l'émission *Pour les femmes et pour les hommes*, pourtant affublée du carré blanc et durant laquelle les téléspectateurs ont pu voir en gros plan une pilule contraceptive. Et à porter des vêtements aguicheurs, comme ces fameux collants. Et à arborer des coupes de cheveux provocatrices. Ce qui était radieux devient ténébreux, attirant, repoussant. Toutes les mêmes, comme cette Noëlle Noblecourt, speakerine de la deuxième chaîne, renvoyée pour avoir porté une jupe s'arrêtant au-dessus du genou. Toutes à regarder *Dim Dam Dom* avec son générique qui montre des femmes en jupes très courtes s'agitant en cadence. C'est étrange comme les choses peuvent se retourner, aussi vite qu'un gant, et dire dans la seconde le contraire de ce qu'elles avançaient avant. Guy Mardel a bien raison : « N'avoue jamais, jamais, jamais, jamais, jamais… que tu l'aimes… »

— C'est plutôt drôle, non ?

— Pas vraiment, dit Antoine.

— Pas du tout, dit François.

— Ah non alors ! dit Lorenzo.

— Je ne pouvais pas savoir. Et puis je ne vois pas ce qu'il y a de grave.

— Enfin, tu as couché avec nous trois ! dit François.

— Vous êtes fous ! J'ai couché avec toi ?

— Non, répond François.

— Avec toi ?

— Non, répond Antoine.

— Avec toi ?

— Non, répond Lorenzo.

— Conclusion : je n'ai couché avec personne ! Et puis même si c'était arrivé, où serait le problème ? Mon corps m'appartient ! Et je ne suis la petite amie d'aucun de vous trois !

Antoine commence une phrase immédiatement coupée par Michèle :

— Enfin…

— Enfin quoi ! hurle Michèle.

— C'est quoi, tous ces prénoms ?

— Winnie, c'est le surnom que m'ont donné mes parents. Diana, c'est François qui m'appelle comme ça. Et Michèle, c'est mon vrai prénom. Ce n'est pas la peine de chercher midi à quatorze heures ! Oh, et puis vous savez, on se reverra, si vous en avez envie, quand vous vous serez calmés, mais moi, pour l'instant, je retourne chez moi.

Le vide laissé par Michèle est vite comblé par une violente dispute entre les trois copains. Chacun accusant les deux autres de lui avoir volé sa fille. Alors qu'ils sont sur le point d'en venir aux mains, l'entraîneur qui rôdait autour du stade pour aller chercher les retardataires leur évite le pire :

— Qu'est-ce que vous foutez, les gars ! Vous voulez courir sans vous échauffer avant et vous claquer ? Vous participez à une course qualificative pour la phase finale des championnats de France ! Ce n'est pas une promenade de santé !

Dans les gradins, François regarde ses deux copains retirer leurs survêtements, faire quelques étirements tandis que les épreuves s'enchaînent et que la pluie commence à tomber. Les deux compères préfèrent le temps sec. Ils en ont souvent parlé avec lui. La piste boueuse, la piste qui s'enfonce, les coureurs qui s'éclaboussent, la pluie qui ruisselle dans les yeux, très peu pour eux. Ils sont comme Michel Jazy adeptes du beau soleil et de la piste sèche. Quand on aime le temps sec et que la pluie est là, le moral en prend un coup. C'est comme partir avec un handicap. Et quand en plus les deux membres d'une même équipe se font la tête, on voit mal comment une victoire pourrait venir couronner la course.

Du haut des gradins, François voit ses deux copains discuter avec Joseph Maigrot, l'entraîneur qui est venu les chercher au café. Il imagine qu'il leur fait ses dernières recommandations, qu'il leur prodigue ses derniers conseils. Antoine et Lorenzo partent chacun de son côté, ne se parlent pas. François a compris : la course d'équipe n'aura pas lieu. Ce qui vient de se passer avec celle qu'il appelle encore Diana est tellement idiot. Il voudrait leur faire signe, les encourager, leur dire de se réconcilier.

Tous deux partent très vite. Trop vite sans doute, distançant les autres concurrents d'une quinzaine de mètres. Antoine en tête avec, dans sa foulée, Lorenzo. Ce devrait être le contraire. C'est toujours Lorenzo qui assure le train. Le premier tour est bouclé dans les temps de la qualification. Alors que la cloche indiquant le dernier tour retentit, Lorenzo place un démarrage terrible et passe devant Antoine, qui réplique et le double dans le premier virage, ce qui est suicidaire. On ne double jamais dans un virage. Les deux copains sont au coude à coude. À deux cent cinquante mètres de l'arrivée, ils commencent à payer le prix de leur effort trop violent, trop rapide, mais ont encore une dizaine de mètres d'avance sur leurs poursuivants. À la sortie du dernier virage, ils sont toujours en tête mais l'un comme l'autre se mettent à dodeliner de la tête. Un observateur non averti pourrait penser qu'ils s'aident de la tête, que c'est une façon de prolonger la mécanique des bras et des jambes. De plus ils regardent derrière eux, et quand on regarde derrière soi c'est qu'on sait qu'on est en train de faiblir. C'est qu'on a peur. C'est qu'on entend le galop de la meute qui se rapproche. L'horreur qui s'annonce. La défaite en vue. Plus de jambes. Plus de force. Les deux se font passer par un coureur du PUC puis par un deuxième, qui font barrage, qui bloquent la course. Comme elle est longue, la dernière ligne droite. À trente mètres de l'arrivée, l'un des deux peut encore espérer terminer sur le podium. Mais ni Antoine ni Lorenzo n'ont les jambes pour finir la course. Deux autres coureurs les dépassent et un troisième vient leur souffler la cinquième place. Antoine finit sixième et Lorenzo septième. Seule satisfaction : ils ont imprimé à la course un tel rythme qu'ils sont dans un temps qui leur permettra de participer au repêchage.

Tout deux sont effondrés. Du haut de sa tribune, François sait ce que ses deux amis éprouvent. Ils lui en ont si souvent parlé : le cœur qui retrouve doucement son rythme, les jambes qui se détendent, le corps qui redevient lourd, la sueur glacée qui coule, la honte d'avoir perdu, la course qu'on refait, en vain, la colère mêlée de tristesse. Erreur monumentale de tactique. Jean-Luc Marion, évidemment toujours lui, le coureur du PUC qui est arrivé en tête, leur grand rival, passe à côté d'eux en rigolant. C'est normal. Ils font tous ça. Ils auraient fait pareil. De la pure provocation. Une façon aussi de faire retomber la pression. Et il en rajoute en sifflotant le tube de Camillo Felgen *Sag warum*, qui prend ici tout son sens. Pourquoi ? Dis, pourquoi on a perdu cette foutue course ?

Les amis avaient projeté de se retrouver après la course pour fêter leur victoire. Lorenzo avait même secrètement pensé que Michèle serait là, avec eux. De tout cela, rien n'est advenu. Les trois copains se séparent. Se disent à peine au revoir. Chacun rentre chez soi, mélancolique et déçu.

Revenu épuisé dans sa chambre, après plus d'une heure passée dans le métro et l'autobus, Lorenzo se réfugie dans l'écoute de l'album *Another Side of Bob Dylan*. Est-ce l'incident qui vient de se passer et dont il ne mesure pas bien quelles en seront les conséquences, toujours est-il qu'à l'écoute des morceaux, Lorenzo se dit que le *protest song* vient de perdre son porte-voix. Dylan se fait plus poétique, plus autobiographique. Il chante l'amour, les itinéraires sentimentaux. Comme dans « My back pages » : « Half-wracked prejudice leaped forth. Rip down all hate ! I screamed. Lies that life is black and white spoke from my skull… » « Des préjugés à demi ruinés me poussaient vers l'avant. Mettez la haine en pièces ! je hurlais. Des mensonges disant que dans la vie tout est blanc ou noir parlaient de sous mon crâne… » Dylan est en train de changer. Comme Lorenzo, dont l'entraîneur, Joseph Maigrot, lui serine à longueur d'entraînement que la course, c'est apprendre à perdre. Un itinéraire de vie en somme. Oui : apprendre à perdre.

Un instant Lorenzo a songé à appeler Michèle. Puis il a vite renoncé. Il écoute maintenant un autre disque de Bob Dylan, le dernier, *Mr. Tambourine Man.* « I'm ready to go anywhere, I'm ready for to fade into my own parade… », « Je suis prêt à aller n'importe où, prêt à disparaître en ma propre parade… » L'homme au tambourin, c'est lui, Lorenzo. Déboussolé, perdu. Qui cette nuit rêve de Michèle. Rêve qu'il se promène à New York avec elle. Erre avec elle dans les rues du Village, dans les petits cafés du Village. Il la tient par la main. Lui sourit. Puis il la perd, la retrouve. La perd de nouveau. C'est un vrai rêve mélancolique. Avec en toile de fond une belle chanson de Paul Simon que personne ne connaît mais qu'il chante parfois quand il se sent très seul comme cette nuit : *Bleecker Street.* « Voices leaking from a sad café, smiling faces trying to understand. I saw a shadow touch a shadow's hand on Bleecker Street… », « Des voix qui filtrent hors d'un café triste, des visages souriants qui essaient de comprendre. J'ai vu une ombre effleurer la main d'une ombre sur Bleecker Street. » Dans son rêve, Michèle n'est plus qu'une ombre. Finit par devenir une ombre. Par se fondre dans la fumée du café de Bleecker Street, noir de monde et de voix.

3

Mai-juillet

I hope I die before I get old

Michèle, qui est seule dans l'appartement de ses parents en train d'essayer de se confectionner une robe Mondrian inspirée des « mobiles dans l'espace » d'Yves Saint Laurent, décroche le téléphone. Ce qui est très rare. La plupart du temps, elle doit passer par le filtre de l'un d'eux. Tiens, c'est pour toi. Ou : Oui, c'est à quel sujet ? Ou : Je vais la chercher, ne quittez pas. Mais aujourd'hui, elle est seule :

— Allô ?

— C'est Lorenzo.

— Tu en as mis, du temps… Un mois…

— Tu aurais pu m'appeler, toi aussi !

— Ah non, après votre crise d'hystérie au café !… Alors, vous l'avez gagnée, votre course ?

— Non. Un vrai désastre… Tu n'avais vraiment pas envie de m'appeler ?

— Si. Évidemment !

— Et tu ne l'as pas fait.

— Non.

— J'aimerais bien… qu'on se revoie…

— Moi aussi, répond Michèle en avalant la moitié des syllabes.

— Articule, je n'ai rien compris.

— Je te disais : moi aussi.

— Tu es en train de manger ?

— Oui. Des Dandy. « Besoin de vous détendre un moment ? de refaire le plein de forces ? »

— « C'est le moment de croquer un Dandy à belles dents ! » ajoute Lorenzo en éclatant de rire.

S'ensuit une conversation qui dure une bonne partie de l'après-midi et où passent, dans le désordre, le développement de la guerre du Vietnam qui est en train de devenir le principal amplificateur des revendications étudiantes, le mariage de Johnny Hallyday et Sylvie Vartan, l'apparition du premier décrochement dans le taux de pratique religieuse des jeunes, l'accroissement des bandes au pied des HLM, la mode d'été pour les hommes qui les affuble de chemises aux motifs tahitiens, etc. C'est un tour d'horizon à la Prévert, entrecoupé de rires, de gloussements, de silences gênés lorsque affleurent ici ou là de vagues références au sexe, et bien entendu de longues plages où chacun fait écouter à l'autre, en augmentant le son du Teppaz, ses dernières découvertes musicales. Lorenzo : Joan Baez chantant *Farewell Angelina* et *Pauvre Rutebeuf*. Michèle : deux mélodies cafardeuses pour l'été, Christophe et son *Aline*, Hervé Vilar et *Capri c'est fini*… Le tout sans jamais, à aucun moment, citer les deux autres copains. Faire comme si ni François ni Antoine n'existaient.

Quand Michèle raccroche le combiné, aucune date

de retrouvailles n'a été fixée. Tout reste dans le flou, l'incertitude. Lorenzo a même évoqué l'idée, reçue avec enthousiasme par Michèle, d'aller au cinéma voir deux très bons films qui viennent de rafler tous les Oscars à Hollywood : *My Fair Lady* et *Mary Poppins*. Mais bien évidemment aucune date, aucune heure, aucune salle n'a été retenue. On va au ciné ? Oui, d'accord...

Ce que Michèle n'a pas dit, c'est qu'Antoine et François lui ont écrit plusieurs lettres auxquelles elle n'a pas répondu. Non parce qu'ils l'ont tous les deux énervée – le premier en la gratifiant d'interminables digressions politiques : révoltes d'étudiants au Japon, agitation à Turin ; le second en ne lui parlant que de ses nouvelles vacances à Saint-Tropez –, mais parce que leurs lettres étaient incompréhensibles. Les garçons, décidément, ne sont pas vraiment doués lorsqu'il s'agit de communiquer avec une fille et bien évidemment de lui parler de leurs interrogations touchant à l'univers féminin – cette contrée si lointaine, inexplorée. Elle ne sait pas vraiment pourquoi, en réalité, elle n'a pas répondu. Alors le temps a filé très vite. Littéralement sans qu'elle s'en rende compte.

À tel point que lorsque les vacances arrivent, c'est elle qui se décide enfin à faire un geste dans leur direction. Elle répond enfin, à l'encre verte, de sa large écriture tout en cercles, qui s'applique à faire de grands ronds sur les *i* à la place des points. Visiblement, les trois garçons ne communiquent pas entre eux sur ces retrouvailles en pointillés. La séance au café les a échaudés. Trois amis autour d'une même fille. Tous trois secrètement amoureux. Chacun d'eux prêt à renier les deux autres pour ne garder que la seule petite amoureuse qui a bien compris tout le pouvoir qui était désormais le sien.

Cette année-là, contrairement à François qui passera l'été à Saint-Tropez à s'abreuver de *(I can't get no) Satisfaction*, véritable déferlante qui s'abat un peu partout dans le monde et donc sur la France – « Laisseriez-vous votre fille sortir avec un Rolling Stones ? » demande un journal –, Michèle va faire un séjour linguistique à Londres pour parfaire son anglais, et Antoine va charger et décharger des cartons dans les soutes d'un grand magasin pour gagner un argent de poche que ses parents n'ont pas les moyens de lui donner. Et Lorenzo ? Il ira, lui, passer deux mois à Argelès-sur-Mer – d'abord seul avec sa mère puis avec son père qui viendra les rejoindre – où, c'est du moins ce qu'il confie à Michèle, il va méditer sur le franglais qui est en train d'envahir, selon lui, les territoires de la langue française, et sur cette seconde révolution française qui commence : celle où les fruits verts de la croissance conquérante commencent à mûrir un peu trop. C'est ce qu'a très bien compris Georges Perec qui vient de publier *Les Choses*, un livre dans lequel Jérôme et Sylvie, un jeune couple, accumulent les objets. Lorenzo en est certain. Il dit : nous sommes la proie d'un encombrement mortel. Nous avons besoin d'un nombre croissant d'objets pour croire qu'on existe. Nous sommes, nous les yéyés, les premiers responsables. Consommer. Consommer. Où cela nous mènera-t-il ? Lorenzo peut passer dans une même démonstration de l'est à l'ouest puis du nord au sud. Ses professeurs parlent d'incohérence, d'inconstance. Il peut ainsi dire non à la société de consommation et dire qu'au fond l'objet n'est aliénant que s'il est inaccessible et s'il devient de ce fait symbole de pouvoir, de statut. Lorenzo : « Hors sujet », tonne le prof de français. Toujours beau parleur, jamais dans ce qu'on lui demande de faire.

Michèle n'est pas de cet avis. C'est une des raisons inavouées pour lesquelles elle est attirée par lui et lui par elle. Il a besoin d'un auditoire et elle de quelqu'un qu'elle aime écouter. La société est en train de changer, de bouger lentement, comme un continent qui dérive. Pour Lorenzo, la musique exprime clairement cette dérive, ce décrochement irréversible. *Satisfaction* est un appel au plaisir immédiat, au rejet des conventions amoureuses traditionnelles. Quelle claque, quel « orgasme » – mot dont il ne définit pas exactement le sens mais dont il commence à entrevoir la puissance lorsqu'il se caresse, seul dans sa chambre, et qu'une insatisfaction le gagne et qu'il n'a qu'un désir, puissant, irrésistible : recommencer le plus tôt possible.

Au début de ce mois de juillet, un musicologue a dénoncé les yéyés, sous prétexte qu'ils massacraient les classiques. Prenant comme exemple la célèbre *Marche turque* de Mozart, devenue *Tête de Turc*, une chanson interprétée par Michel Laurent, il a demandé l'interdiction sur les ondes du répertoire yéyé ! Michèle est hors d'elle. Lorenzo a une explication qu'il garde pour lui pour ne pas la froisser. Les adolescents sont en train de découvrir de nouvelles inspirations et de se confronter à des chansons politiquement engagées, aux antipodes

des adaptations françaises des airs anglo-saxons proposés par les yéyés. Le musicologue râleur n'a pas de souci à se faire : la musique yéyé va disparaître doucement, certainement pas des cœurs mais inévitablement des ondes. Il n'est que d'écouter The Who, nouveau groupe anglais qui vient de faire son entrée dans les hit-parades français avec *My generation* :

People try to put us d-down (talkin' 'bout
my generation)
Just because we get around (talkin' 'bout
my generation)
Things they do look awful c-c-cold (talkin' 'bout
my generation)
I hope I die before I get old (talkin' 'bout
my generation).

La dernière fois que Michèle a eu Lorenzo au téléphone, ils ont chanté tous les deux à tue-tête *My generation.* Criant chacun dans leur combiné en bakélite noire : « Les gens essaient de nous rabaisser (parlant d'ma génération), juste parce que nous roulons notre bosse (parlant d'ma génération), les choses qu'ils font semblent effroyablement déprimantes (parlant d'ma génération), j'espère mourir avant d'être vieux (parlant d'ma génération)... »

4

Septembre-décembre

Le temps de l'amour, des copains et de l'aventure

François revient de vacances durant lesquelles il n'a pas fait grand-chose excepté danser le jerk, la nouvelle danse à la mode. Pour s'y adonner, une seule exigence : que l'on soit fille ou garçon, il faut porter les cheveux longs et savoir bouger les hanches, les bras et les jambes. François revient de vacances la veille de la rentrée des classes. Une rentrée singulière. L'année scolaire s'étant passée correctement, il a pu intégrer le lycée Paul-Lapie de Courbevoie, en seconde. Tout comme ses copains Antoine et Lorenzo qu'il a retrouvés dans la même classe. Même si un article du journal *France-Soir* prétend qu'« écrire à la plume est un devoir de politesse envers les professeurs », il n'est pas un élève qui n'ait désormais dans sa trousse un stylo à bille de la marque Bic : depuis le 3 septembre, une loi en autorise officiellement l'utilisation dans les écoles…

La petite bande, qui ne s'était pas vraiment dissoute mais dont les liens s'étaient momentanément distendus, s'est très vite ressoudée. Quant à Michèle, elle est elle aussi entrée en seconde, elle aussi à Courbevoie, mais dans le lycée de filles situé à deux rues de Paul-Lapie. La mixité qui prévaut depuis quelques années dans les écoles primaires est loin de s'être généralisée dans les lycées. Un fait cependant est certain : en moins de vingt ans, le nombre d'élèves poursuivant leurs études a fait plus que tripler. Ils étaient neuf cent mille en 1945-1946, ils sont trois millions en 1964-1965. Le lycée, qu'il soit technique ou classique, est devenu un lieu de vie fondamental pour les adolescents, ainsi qu'une référence pour la société tout entière. Le prestige des études est tel que, par contagion avec les universités, les collégiens et les lycéens se définissent comme des étudiants. C'est bien ce que pensent, avec fierté, les trois mousquetaires : ils sont étudiants.

Les premières semaines, chacun joue au chat et à la souris, évitant de parler de Michèle. Il est vrai que les sujets ne manquent pas : pétitions contre la guerre du Vietnam, enlèvement du leader marocain Ben Barka en plein Saint-Germain-des-Prés, contestation des règlements des résidences universitaires à Antony qui interdisent les visites des garçons dans les résidences des filles et réciproquement, prix Nobel de médecine attribué à trois Français pour leurs travaux sur la régulation génétique de la synthèse des virus et des enzymes… Sujets multiples, d'actualité, qui éloignent du seul vrai sujet : Michèle. Mais surtout, chacun a ses centres d'intérêt. En grandissant, on connaît davantage ses goûts, ses attentes.

Ainsi François est-il tenté par la vie menée par ces

voyageurs venus des États-Unis qu'on appelle des «beatniks». D'aucuns ne voient en eux qu'un synonyme pour cheveux longs et mode de vie extravagant, voire des voyous asociables. Or les voyous, ce ne sont pas eux. François, blouson noir du dimanche, qui cependant côtoie de vrais blousons noirs, sait très bien que ces derniers passent les beatniks à tabac. En réalité les beatniks ne font rien d'autre que refuser le modèle que la société est en train d'imposer à la génération des baby-boomers. François ne jure plus que par un chanteur, P.F. Sloan, et son titre phare *Eve of destruction* : «The Eastern world is explodin', violence flarin', bullets loadin'. You're old enough to kill but not for votin'…», «L'Orient est en train d'exploser, la violence s'embrase, les balles sont chargées. Tu es en âge de tuer mais pas encore de voter…» Le monde de François, c'est celui du magazine de télévision *Zoom* qui aborde les sujets les plus iconoclastes du moment : la prison, la libération sexuelle, la prostitution. Le premier reportage du dernier numéro s'ouvre sur un gros plan : celui du bras d'une jeune fille en train de se piquer. Blanche. Marijuana. Héroïne. «Vous entendez le piano dans la tête. Vous entendez la mer qui explose. Je pense à mon fils quand je me défonce. Je ne me prostitue que rarement…», dit la voix off.

Le monde d'Antoine est plus simple. Sans doute n'a-t-il pas le temps de se poser trop de questions. Il n'a pas le temps libre que donne l'argent. Il milite. Il travaille. Et il écoute Barbara. *Nantes*, *Ma plus belle histoire d'amour*, *Drouot*. Antoine est un drôle de yéyé… Quand Barbara a reçu le grand prix de l'académie

Charles-Cros pour son dernier 33 tours, elle a déchiré le diplôme en petits morceaux et l'a distribué à celles et ceux qui travaillent avec elle. Voilà Antoine très impressionné par ce geste de la chanteuse. « Du plus loin qu'il m'en souvienne, si depuis j'ai dit "je t'aime", ma plus belle histoire d'amour, c'est vous... » Une chanson qu'il n'écoute jamais sans penser à Michèle.

Et Lorenzo ? Un temps il s'est jeté encore plus que d'ordinaire dans l'athlétisme. S'entraînant plusieurs fois par semaine. Ne manquant aucune compétition. Préparant sa saison avec une assiduité accrue. Celle qui va le voir entrer dans la catégorie des juniors, l'antichambre de l'équipe senior, des records à battre, du titre de champion de France du 800 mètres. Lorenzo, partagé entre le corps qu'il sent vibrer en lui – combien de fois n'est-il pas entré en érection en finissant une course qu'il était en train de gagner – et son intérêt croissant pour la littérature et le cinéma, pour l'écriture dont il sent bien qu'elle l'épanouit dès lors qu'il s'y abandonne comme à un plaisir presque interdit. Pour lors, il joue aux minets, à ce qu'on appelle aussi les « blousons dorés ». Comme il n'a pas l'argent de ceux qui hantent le New Store ou le Pub Renault, ou qui se retrouvent le jeudi après-midi ou le samedi soir devant le Drugstore des Champs-Élysées, il porte des imitations de vestes cintrées Renoma, d'imperméables Burberry crème, de pulls en shetland et se chausse de faux souliers Carvil.

Mais ce qui rassemble les trois copains, c'est leur professeur de français. Un grand type, vêtu de costumes de coupe italienne, comme ses chaussures, qui arbore de longs cheveux châtains soigneusement peignés, roule en Jaguar MKII 318 berline, et est accompagné de filles à la beauté ravageuse qui viennent l'attendre à la sortie du lycée et font baver de jalousie les autres professeurs abonnés aux ménagères en fichus imprimés et aux mères de famille à chaussures plates. Toutefois, cette théâtralité quelque peu tapageuse n'est pas le plus important. Louis Robert, puisqu'il faut l'appeler par son nom, leur ouvre un monde qui leur était jusqu'alors inconnu. Les nouveaux programmes ont intégré deux heures facultatives de littératures comparées. Deux mots font immédiatement fuir les élèves : « littératures » et « facultatives ». Chaque mardi après-midi ils se retrouvent donc à moins de dix et très vite à trois – Antoine, François, Lorenzo –, puis, au fil des mois, Lorenzo est seul à bénéficier de cette sorte de cours particulier. Louis Robert lui fait découvrir Faulkner, Shakespeare, Dostoïevski, mais aussi Hemingway, Aragon, Malraux et surtout Lorca, son *Romancero Gitano* et le poème de « La femme adultère » qui le bouleverse : « Ses cuisses s'enfuyaient sous moi comme des truites effrayées, une moitié tout embrasée, l'autre moitié pleine de froid… »

Ce n'est pas tout. Louis Robert est un entraîneur d'hommes – qui l'aime le suive. Il propose ainsi aux élèves de 2nde A de créer une revue, de tenir un journal de classe qui parlerait d'eux au jour le jour, qui serait comme le cahier de vie d'une année, dans lequel il les invite à dessiner, à rédiger de petites nouvelles, à écrire des poèmes, à recopier des citations d'auteurs qu'ils apprécient…

Mais la grande innovation de ce professeur, c'est d'introduire le cinéma dans les études, de faire comprendre qu'il est au sens propre le septième art, c'est-à-dire qu'il a des choses à dire sur notre société, sur l'histoire du monde, qu'il crée des univers, des œuvres qui font réfléchir, qui rendent triste ou malheureux, qu'il est peut-être la seule vraie vérité qui soit. Tant et si bien que très vite Lorenzo, qui était déjà très attentif au cinéma, devient un vrai mordu et qu'il va de sa propre initiative faire une proposition au proviseur du lycée.

— Entrez, monsieur Lorenzo.

— Bonjour, monsieur le proviseur.

— Vous vous plaisez, ici ? Tout se passe bien ?

— Oui, monsieur le proviseur.

— On me dit que vous avez un projet à me soumettre ?

— Oui, intéressant, je crois…

— Plutôt sûr de vous, dites-moi… Alors, de quoi s'agit-il ?

— Un ciné-club.

— Un ciné-club ?

— Oui, monsieur le proviseur…

— Un ciné-club… tiens, tiens…

— On passerait chaque semaine un film. Il suffit de s'inscrire à la Fédération française des ciné-clubs.

— Oui… Pourquoi pas… Et comment voyez-vous une séance type ?

— Aucun bruit n'est toléré pendant la projection. Interdit de fumer et de manger. Les retardataires trouvent porte close. Obligation de rester au débat durant lequel on analyse le film et le contexte historique dans lequel il est né. Je fais toujours une brève présentation. Les films sont toujours en VO sous-titrée.

— Dites donc, on ne rigole pas !

— Ah non ! C'est sérieux, le cinéma !

— C'est une excellente idée. Mais pourquoi m'a-t-on dit qu'elle était révolutionnaire ?

— C'est parce que…

— Oui ?

— Je pense que le ciné-club devrait être mixte.

— Mixte ! Grands dieux !

— Le lycée de filles est à deux rues d'ici.

Contre toute attente, le proviseur donne immédiatement son accord. À deux conditions :

— Il me faut l'accord du rectorat et votre responsabilité est engagée.

Le ciné-club mixte connaît immédiatement un très vif succès, et pour cause : il est devenu le lieu de rendez-vous idéal pour les couples d'adolescents qui se forment et se brisent au gré des séances. Ce qui fait des envieux et fabrique rancœurs et vengeances. La jalousie, on le sait, n'est pas un vilain défaut, c'est le plus grand de tous les maux et de toutes les maladies, celle qui est réellement sans remède. Une fin d'après-midi, alors que le ciné-club fonctionne depuis plusieurs semaines – Lorenzo a déjà programmé *Les Croix de bois* de Raymond Bernard, *Brigadoon* de Vincente Minnelli, et *Un été avec Monika*, film d'Ingmar Bergman qui lui a valu des remontrances parce qu'on y voit Harriet Andersson nue –, la projection du *Mécano de la Générale* est soudain violemment stoppée par un puissant jet de lumière jaillissant des néons qui éclairent la salle tombant comme une pluie, et qu'une main vengeresse vient d'allumer. En quelques secondes, tout bascule. Il faut dire que le spectacle est édifiant. Les garçons remettent leur chemise dans leur pantalon, les filles se recoiffent, les couples enlacés se défont, ceux qui étaient à terre se replacent sur leur chaise. Clics de boutons-pressions. Bruits de fermetures Éclair prestement remontées. Comble de l'horreur, une longue règle métallique promène en son extrémité, entre les allées, une petite culotte rose.

— À qui est-elle ? demande la voix de l'homme – le proviseur – qui a allumé la lumière.

Règne dans la salle un silence terrible. C'est la statue du Commandeur qui arrive en pleine orgie romaine.

— Évidemment. Le silence des lâches. L'omerta. On a bien fait de me prévenir. Il y a tout de même dans ce lycée des élèves sérieux ! Un vrai lupanar. *Le Printemps de Veronika*, ça ne vous suffit plus, Lorenzo ! Toujours plus loin dans l'obscénité !

— *Un été avec Monika*, monsieur le proviseur…

— Quoi, « un été avec Monika » ? Je ne comprends pas !

— C'est le titre du film de Bergman, *Le Printemps de Veronika* ça n'existe…

— Taisez-vous ! Et suivez-moi dans mon bureau.

L'exclusion de Lorenzo ne dure qu'une journée. Au lieu de l'affaiblir elle en fait une sorte de héros, qui se serait d'ailleurs bien passé d'une telle publicité. Bien entendu, le ciné-club disparaît, ce qui permet à Lorenzo de réfléchir. Au fond, il comptait sans doute y attirer

Michèle. Mais elle n'est pas venue aux projections, comme d'ailleurs aucune des élèves de 2nde B du lycée de filles. C'est peut-être le moment de faire un pas vers elle. Les trois mousquetaires pourraient compter un quatrième membre qui serait une fille. Pourquoi pas ?

— Si on allait lui demander de venir nous rejoindre ? propose Lorenzo en tripotant son porte-clef Vogue à l'effigie de Sidney Bechet.

— Pour quoi faire ? demande Antoine.

— Pour qu'on se revoie tous. Une petite bande : une fille, trois garçons.

— Je ne suis pas sûr que ce soit une bonne idée, dit François, qui ajoute : Elle n'acceptera jamais.

— Essayons. Qu'est-ce qu'on risque ?

— Qu'on se tape tous dessus ! répond François. Les histoires avec les filles, ça finit toujours comme ça.

— Regarde, fait remarquer Antoine, c'est bien parce qu'un type voulait se venger de sa petite amie qui était allée au ciné-club avec un autre qu'il a tout raconté au proviseur !

— Oui, mais nous, on n'est pas comme ça, lance Lorenzo.

La rencontre se passe le 20 décembre, le lendemain du jour où le général de Gaulle, mis en ballottage au tour précédent, vient d'être élu, au suffrage universel, président de la République avec 55 % des suffrages exprimés. Pendant que la France commente sans fin les résultats de la veille, les trois copains attendent Michèle qui a accepté la rencontre, c'est-à-dire, en somme, le principe de cette petite bande à quatre dont elle serait la seule fille. En l'attendant, ils discutent tous les trois de la soirée électorale durant laquelle, entre deux résultats, est apparu un chanteur qui ne ressemble à rien de connu. Un certain Antoine, sorte de beatnik chevelu venu d'on ne sait où. Son répertoire est diversement ressenti par les trois amis. Si Antoine n'y voit qu'un canular pour élèves des grandes écoles, François opte plutôt pour la volonté de choquer le bourgeois. Et Lorenzo ? Il pense sincèrement qu'Antoine est en train d'absorber des courants de contestation venus d'ailleurs. Une façon de dire non à cette société qui est en train de se mettre en place.

Quand Michèle apparaît, alors que la conversation bat son plein, traversant la rue, slalomant entre une 2 CV et une Dauphine, chaussée de bottes blanches, maquillée telle que la mode l'exige – œil géométrique et faux ongles Op Art –, les trois garçons manquent de tomber de leur chaise. Michèle a décidé de jouer le jeu. Elle sait que quoi qu'il arrive c'est elle qui mène la danse. Elle connaît l'ascendant qu'elle exerce sur les hommes, jeunes et… moins jeunes. Elle embrasse les trois compères sur la bouche, doucement, comme un effleurement, en éclatant de rire.

— Voilà, pas de jaloux ! dit-elle.

La discussion commence. Les propositions fusent. On pourrait aller voir les quais de Seine, fermés à la circulation à cause des inondations provoquées par les pluies diluviennes qui tombent sur Paris. On pourrait aller passer une soirée au Bus Palladium, une salle de concert qui vient d'ouvrir rue Fontaine dans le 9e arrondissement.

— Elle a été inaugurée par Vince Taylor et Ronnie Bird, précise François, ajoutant : Toute la fine fleur du rock français doit y défiler !

— Et pourquoi pas aller au cinéma voir *Les Amours d'une blonde* de Milos Forman ? demande Lorenzo. Ou *Juliette des esprits* de Fellini ?

Tout est accepté en bloc. Croix de bois croix de fer, si je mens je vais en enfer. Les trois mousquetaires sont désormais quatre. Dumas n'a qu'à bien se tenir : trois garçons et une fille. Tout est accepté mais rien ne se fait. Trop d'hésitations, trop d'interdits parentaux, manque de temps. Peu importe, on se revoit très vite. Maintenant on ne se quitte plus. Il faut profiter du temps des copains qui n'a qu'un temps. À la radio, une chanson de circonstance fait des ravages chez les mousquetaires. Chantée par les Beatles : « Michelle, ma belle, these are words that go together well… Michelle, ma belle, sont des mots qui vont très bien ensemble… »

QUATRIÈME PARTIE

1966

1

Février

Petit, petit, petit, tout est mini dans notre vie

Michèle trouve sa nouvelle vie – car il s'agit bien d'une nouvelle vie, celle qui consiste à osciller entre trois copains qui sont amoureux de la même fille et sont aussi les trois meilleurs amis du monde – intéressante et compliquée. Au lieu d'avoir un copain, comme la plupart de ses copines, un copain attitré, elle en a trois. Avec lesquels du reste elle ne fait pas grand-chose – grand-chose de sexuel s'entend. Les magazines regorgent d'enquêtes sur la vie sexuelle des jeunes. En réalité, comme la plupart de ses amies, Michèle ne sait rien au sujet des garçons. Dans sa classe, une seule fille a déjà fait l'amour – une fois. Du moins c'est ce qu'elle prétend. Mais quand on lui demande si elle n'a pas eu peur des conséquences, de tomber enceinte, elle répond qu'il n'y a aucun risque puisqu'elle n'a rien senti ! « Quand on ne sent rien, on ne tombe pas enceinte, non ? Tu ne le savais pas ? » Michèle n'a pas de frère et n'a jamais vu un garçon nu. D'ailleurs, « faire l'amour », elle ne sait pas trop ce que ça veut dire. Celle qui l'a soi-disant fait est restée très discrète quant au déroulement des opérations… Alors, pour l'instant, Michèle attend que sa relation avec ses trois amoureux prenne une voie plus sérieuse. Elle se contente de vivre ça – cette relation pour le moins inattendue. Chaque garçon lui apporte ce que les deux autres ne peuvent lui apporter. Chacun lui ouvre un tiroir de la vie, si tant est que la vie soit une commode.

François, blouson noir qui manifeste son refus de s'intégrer à la société par la pratique de la violence – en ce qui le concerne toute relative –, qui affecte de mépriser le travail mais accepte les marchandises, qui n'a « d'autre issue que la prise de conscience révolutionnaire ou l'obéissance dans les usines », est en train de glisser doucement vers ceux que d'aucuns appellent les « beatniks » ou les « provos ». Leurs univers le fascinent, lui qui il n'y a pas si longtemps encore affirmait qu'« être d'avant-garde, c'est marcher au pas de la réalité ». Son maître à penser, c'est Antoine, pas son copain mais le chanteur. Deux de ses chansons l'ont beaucoup impressionné. La première, antimilitariste, *La Guerre*, passée inaperçue, mais surtout la seconde, pour laquelle il a troqué le treillis kaki contre la chemise à fleurs et le pantalon de marin, et qui s'intitule *Les Élucubrations.* À la fin de chaque refrain, le chanteur envoie un trait d'harmonica qu'il fait suivre d'un répétitif « Oh yeah ! ». Entre-temps, il a refusé de se faire couper les cheveux, a envoyé balader Yvette Horner, a pris un laxatif au lieu de prendre le train, est parti danser le jerk au Palladium, a mis la pilule en vente dans les Monoprix, et Johnny Hallyday en cage à Medrano. Ce qui lui a valu une réponse cinglante de l'intéressé, lui faisant remarquer qu'on peut avoir les cheveux longs et les idées courtes. Sans compter l'aide inattendue d'un autre chanteur, Ronnie Bird, qui attaque lui aussi Antoine dans *Chante* : « Vietnam et Cuba c'est un joli gimmick, treillis, chemise à fleurs et tu deviens beatnik… » Ce n'est pas cette petite guéguerre qui intéresse François, mais ce remplacement des blousons noirs par les tuniques à fleurs. Ce changement de société qu'il voudrait faire partager à Michèle. Laquelle en effet est séduite par ce que lui dit François. La France trop tranquille est en train de bouger, comme le monde. Il faut lire la revue *Planète*, « la revue magique qui enlève les rides et les points noirs des vieilles idées ». Et bien sûr il faut écouter Antoine et son combat qui est loin d'être gagné. En tournée en Corse avec ses musiciens, ce dernier a été agressé par des jeunes paysans désorientés par ce « beatnik chevelu ». Il a dû stopper son concert et repartir sur le continent. François ne cesse de le redire, un malaise s'est emparé de la jeunesse :

— On appartient à une génération d'un côté préoccupée par des sujets de plus en plus graves et sérieux – la liberté sexuelle, la contraception, la politique, le social –, mais de l'autre enfermée dans un carcan par des règles sociales devenues étriquées.

François s'est acheté une nouvelle guitare. C'est un marginal bourré de contradictions… Il n'est pas le seul. Malgré son coût oscillant entre 250 et 600 francs, plus d'un million de jeunes Français en possèdent une et cinquante mille groupes ont été créés.

— Tu veux devenir un beatnik ? finit par lui demander Michèle.

— Pourquoi pas ? Tu sais ce que dit mon père ?
— Non, dis-moi ?
— « Les beatniks : des clodos qui font la route, qui ont les cheveux longs, qui vivent d'aumône et qui sentent mauvais. »
— Quel programme !
— Pauvre papa, il n'a rien compris ! Tu n'as pas besoin de respirer un air nouveau, toi ? Tu ne te cherches pas d'autres raisons de vivre ? Tu n'aspires pas à d'autres rapports entre les gens ?
— Sans doute…
— Alors, c'est le moment. Nous avons une chance folle. Nous vivons à la bonne époque. À la bonne place. Au bon endroit. Écoute Joan Baez.
— Je croyais qu'il n'y avait que Lorenzo qui écoutait Joan Baez ?
— Bien sûr que non ! *It's all over now, Baby Blue*, un chef-d'œuvre de lucidité ! « Le vagabond qui frappe à ta porte est habillé avec les vêtements que tu portais autrefois. Frotte une autre allumette, prends un nouveau départ. Tout est bien fini maintenant, Baby Blue. »
— Tu n'es pas près de t'entendre avec Antoine – pas le chanteur, le nôtre – alors !
— Antoine c'est différent. C'est un copain. Et on aime la même fille !
— C'est malin.
— Non, ce n'est pas malin, c'est vrai.

Elle est étrange, en effet, cette bande d'amis si différents, c'est bien ce que pense Michèle. Au fond, par exemple, Antoine, que lui apporte-t-il ? Il ne semble plus vivre que pour la politique, la lutte des classes, les revendications du monde ouvrier. Antoine voudrait être partout où «les choses se passent», c'est son expression. Son grand drame ? Ne pas être allé en Allemagne, plus exactement en République fédérale allemande, le 5 février dernier, quand pour la première fois une manifestation contre le conflit du Vietnam a éclaté. Les jeunes Allemands ont symboliquement mis en berne un drapeau américain et diffusé une affiche sur laquelle le gouvernement fédéral était accusé de complicité dans la guerre américaine. Absent d'Allemagne, Antoine a agi en France et a créé dans le lycée Paul-Lapie un comité Vietnam lycéen sur le modèle de ceux existant déjà dans les lycées parisiens : à Jacques-Decour, Turgot, Condorcet, Voltaire, Henri-IV. Le comité compte douze membres. C'est un début. Moins d'un mois après, il a organisé devant l'ambassade des États-Unis une manifestation contre la guerre du Vietnam.

— Tu te rends compte, la France compte huit millions de seize-vingt-quatre ans ! Imagine-toi que tous ces jeunes décident un jour de descendre dans la rue !

À la vérité, c'est ça qui lui plaît chez Antoine. Cet intérêt pour le monde. Son envie de changer les choses. François est prêt à arpenter la terre, à pied, par amour de l'humanité. Et Antoine, au nom de ce même amour des gens, voudrait changer, par l'action, la société. Ses modèles : Che Guevara, le Vietcong, Fidel Castro, les communistes chinois, et d'autres. À ses yeux, tous tenants d'un discours de rupture et qui d'après lui vont l'aider à partir en guerre contre la société capitaliste, par masses du tiers-monde interposées. Il ne cesse de le répéter : « Je suis doublement en guerre : je mime la guerre civile à l'intérieur et j'adoube les héros révolutionnaires sur les fronts extérieurs de la lutte contre le capitalisme. » Michèle n'est pas certaine d'adhérer à tout ce qu'Antoine dit. Elle trouve son discours parfois un peu fumeux, contradictoire. Mais qu'importe, elle aime sa dégaine, son côté écorché vif. Et il croit tellement fort à ce qu'il dit. Il est si plein de conviction quand il l'embarque dans des heures de discussion qui tournent vite au monologue.

— Sartre a raison, l'Europe est foutue ! Ce sont les jeunes du tiers-monde qui sont en train de reprendre le flambeau de la révolution ! La guerre du Vietnam, c'est l'illustration chimiquement pure de cette nouvelle lutte des classes dilatée à l'échelle mondiale ! Au binôme bourgeoisie-prolétariat qui avait structuré la vision politique des générations précédentes s'est substitué le couple impérialisme-luttes de libération du tiers-monde !

— Et qu'est-ce que tu fais d'Adamo dans tout ça ? demande Michèle.

— Adamo ? Celui de *Tombe la neige* ? Qu'est-ce qu'il vient faire là-dedans ?

— *Inch Allah*… sa chanson *Inch Allah*…

— Oui, eh bien quoi ?

— Tu sais qu'elle lui a été inspirée par sa découverte de la ville de Jérusalem, déchirée entre fusils et sites bibliques…

— Oui.

— Il devait donner une série de concerts dans les pays arabes. La chanson, comme ces soirées, viennent d'être interdites par les autorités… Tu en penses quoi ?

Comme toujours, lorsque Antoine, l'orateur passionné, est à court d'arguments, il esquive, s'en tire par une pirouette, se grise de mots – mais qui plaisent à Michèle :

— Très complexe. La réponse ? C'est l'Internationale étudiante qui la donne : « Le rouge pour naître à Barcelone, le noir pour mourir à Paris… »

Le troisième larron, Lorenzo, devient de plus en plus intellectuel et commence à délaisser le sport. Au fond, les trois copains réunis font un homme idéal. C'est pour ça que Michèle se refuse à choisir. L'intellectualisme de Lorenzo passe, ce qui pourrait surprendre, par la télévision – il trouve par exemple que la naissance de *Télé Poche*, véritable guide culturel, est une bonne chose –, mais surtout par le cinéma. Lorenzo en quelques années s'est transformé en dingue du septième art. Ce dernier, devenu un vecteur culturel de masse, contribue désormais à nourrir la sensibilité et les stéréotypes de tous les Français. On ne peut pas passer à côté du cinéma. De ce fait, la génération du baby-boom baigne naturellement dans le cinéma de son époque mais, et le point est essentiel, sans pour autant que se soit créé un cinéma jeune, propre à un public adolescent comme s'est progressivement développée une presse jeune : *Mademoiselle âge tendre*, *Salut les copains*, etc. Et c'est tant mieux. Lorenzo, c'est, pour reprendre le titre d'une émission à la mode, le Monsieur Cinéma de la bande. Il sait tout. Il a tout vu. Il emmène les autres à toutes les séances. Qui l'aime le suive. *Masculin-Féminin* de Jean-Luc Godard, *Une balle au cœur* de Jean-Daniel Pollet, *La guerre est finie* d'Alain Resnais donnent lieu à des discussions sans fin, toutes dirigées par Lorenzo. Un film les réunit tous, les quatre membres de la petite bande, dans un silence gêné, ne donnant lieu à aucune discussion car cela les mènerait trop loin. Trop loin dans leur intimité, dans cette zone dangereuse du sexe qui les attire et les effraie à la fois : *Galia*, le film de Georges Lautner, avec Mireille Darc. L'histoire d'une jeune femme qui sauve une amie du suicide auquel son mari l'a poussée. Mais ce n'est pas ça qui retient leur attention. Beaucoup de plans du film ont été tournés au café Le Sélect, à Montparnasse. Ils s'y rendent souvent. Y passent des heures à siroter des Coca mais surtout – Michèle notamment –, à se demander s'il faut faire comme ça avec les garçons ; les trois copains, à se demander ce qu'ils feraient si Michèle était comme ça avec eux : se repassant les scènes du film dans lesquelles Mireille Darc apparaît nue. À trois reprises. Dès la quatrième minute, allongée sur le sol de son appartement, les fesses inondées de soleil. À la cinquante-deuxième, nue sur un lit, se levant et se dirigeant vers un balcon. À la soixantième minute, enlevant sa robe et découvrant sa poitrine en plein écran.

Mais l'intellectualisme de Lorenzo ne s'arrête pas au cinéma. Il est de plus en plus fou de littérature. Le nez toujours dans ses bouquins. Fou d'écriture. Il écrit des poèmes, a un projet de roman. En classe, il ne travaille plus qu'en français. Il voudrait même entraîner la bande à aller au théâtre. À Gennevilliers, des troupes viennent de se constituer. Gennevilliers, ville dotée d'une MJC très active. Il y en avait moins de deux cents en France en 1956. Dix ans plus tard elles sont presque deux mille ! Lorenzo, le plus secret de ses trois copains, d'après Michèle, laquelle, lorsqu'elle le voit arriver sur son VéloSoleX dont la selle a été recouverte de la toque de fourrure de Davy Crockett, ne peut s'empêcher de penser à ce qu'il lui a dit un jour, en manière de provocation sans doute : « Je suis une sorte de Marcel Proust pour lequel le monde moderne n'est pas le dernier Salon de l'auto mais un groupe de jeunes filles mal élevées sur la plage. » Alors elle pense, contradiction encore : Tout cela me réconforte et me plaît.

Au milieu de cette bande de garçons, Michèle doit trouver sa place. Ce qui n'est pas simple, tiraillée qu'elle est entre son désir de plaire et celui de ne pas « se laisser faire ». Elle se sent lentement devenir femme et ne cesse de se demander quelle sera sa place dans cette société nouvelle qui change. À la télévision, une émission passionne les Français, *La caméra explore le temps.* Elle pourrait en reprendre le titre et dire : Quelle caméra explore mon temps ou à quel endroit dois-je placer ma caméra pour qu'elle filme au mieux ce temps qui est le mien et qui m'échappe ? Sur ce fond sonore qui est en train d'évoluer vers d'autres sons – les yéyés purement français sont en train de céder leur place à des sons venus de Grande-Bretagne et des États-Unis –, la société issue de la guerre prend un nouvel envol. Il y a dix ans, 60 % des garçons et 45 % des filles âgés de seize ans travaillaient déjà. Aujourd'hui ils ne sont plus que 45 % et 33 %. Et bien que ces mêmes jeunes investissent moins le monde du travail, ils sont devenus de vrais consommateurs. Quatre millions, ils sont quatre millions de quinze-vingt ans qui dépensent à leur guise l'argent de poche que leur donnent leurs parents. Disques, revues, mode, clubs de vacances sont autant de tentations nouvelles. Michèle en est consciente mais ne lutte pas vraiment contre ce fléau rampant qu'elle accepte : les stratégies de vente mises en œuvre par les firmes qui créent chez les jeunes des besoins nouveaux. Tout change, tout bouge, tout évolue. Au lycée mixte Rodin, à Paris, les élèves ont même le droit de fumer dans la cour !

Mais pour elle, toujours la même question : quel rôle doit jouer la femme au sein de cette société ? La mode féminine change parce que la place de la femme change. Courrèges l'a bien senti qui a inventé ce qu'il appelle des « vêtements complices ». Il habille les femmes de bottes blanches à talons plats et de robes trapézoïdales. Lignes sveltes. Mannequins aux cheveux courts. Pourquoi ? Parce que la femme moderne travaille, conduit sa voiture, fait du sport. Un autre jeune créateur, Daniel Hechter, a présenté une collection de robes transparentes en papier cellophane. Pourquoi ? Parce que la femme contemporaine a une vie trépidante. Elle n'a pas le temps de faire la lessive. Veut en permanence de la nouveauté. La robe en cellophane est la solution. Jetable, elle ne se porte qu'une fois. On peut ainsi multiplier une garde-robe qui change au gré de ses envies. Et que dire d'Emanuel Ungaro qui a fait défiler ses modèles avec des robes laissant apparaître le genou ? C'est l'aube d'une révolution que Michèle est décidée avec nombre de ses copines à accompagner : celle de la minijupe.

Le vent de liberté vient de Londres et de la styliste Mary Quant. Michèle est prise dans la tempête et porte les fameuses minijupes par qui le scandale est arrivé. La France est divisée. Un sondage indique que 52 % des Français y sont opposés. Si la majorité qui en porte le fait en vacances ou à la maison, elles ne sont que 17 % des femmes à en mettre pour se rendre chez des amis et moins de 10 % pour aller travailler. Dans les cours des lycées les discussions sont animées. *Mademoiselle âge tendre* donne son avis. La rubrique « Portez, ne portez pas » conseille des jupes plutôt courtes afin de montrer ses genoux, mais ajoute : « Si vous êtes vraiment décidées car vous ne passerez pas inaperçues… » Ce n'est pas tout. La publicité s'en mêle. Évidemment. Les collants Mitoufle présentent des mannequins avec des minijupes à mi-cuisses, accompagnés du slogan suivant : « Oui, la mode est aux robes courtes. Alors, attention ! Vous allez montrer vos jarretelles (c'est laid et les garçons n'aiment pas cela). Laissez cet attirail à vos grands-mères. » L'argument est repris dans la presse catholique. *Le Pèlerin*, *La Vie catholique*, *La Croix*, *Télérama* militent en faveur de l'adoption du collant. Et donc, sans le faire exprès, par ricochet, en faveur de la minijupe. De toute façon, Michèle l'a décidé une bonne fois : elle adopte la minijupe, très mini. Comme Catherine Deneuve et Françoise Hardy. C'est pour elle, et de nombreuses femmes, le symbole de la contestation et de la liberté. Plus de deux cent mille modèles ont déjà été vendus depuis le début de l'année. Et quand elle arpente les rues d'Asnières, au rythme de la pop music et de la *teenage culture*, Michèle fait se retourner les foules. À commencer par les trois mousquetaires, bouche bée, médusés, jaloux que les autres garçons voient ainsi les jambes et plus de leur copine. Une blague court chez les garçons qui se gardent bien de poser la question à Michèle : « On voit ta culotte, où est ta jupe ? » Certes les cheveux longs chez les garçons, à la mode Beatles, provoquent des débats, mais des débats différents de ceux engendrés par le port de la minijupe. Les cheveux longs brouillent la frontière des sexes alors que la minijupe ne la remet nullement en question. C'est ce que pensent les trois mousquetaires mais Michèle a une autre idée, qui la trouble : la minijupe au contraire dévoile la féminité. Elle a envie de ce dévoilement et elle le craint. Voilà pourquoi elle a envie de se battre pour les femmes. Mais progressivement. Pas tout de suite. Quand elle aura un peu grandi.

Pour l'instant elle a un autre grand projet qu'elle soumet à ses trois soupirants, à la terrasse du Sélect, à Montparnasse :

— Si nous partions en vacances tous les quatre ?

— Les parents ne nous autoriseront jamais, dit Lorenzo.

— On a dix-huit ans. On n'est plus des bébés.

— J'entends mon père : « La majorité est à vingt et un ans ! » dit Antoine.

— Et où on trouvera l'argent ? demande François.

— Je sais où, répond triomphalement Michèle.

— Ah oui, où ça ? demande Lorenzo.

— *La Tête et les Jambes !*

— Quoi, « la tête et les jambes » ? dit François.

— Vous connaissez tous ce jeu télévisé, non ?

— Oui, répondent ensemble les trois mousquetaires.

— Tu feras les jambes ? dit Antoine, les yeux rivés sur la minijupe de Michèle.

— C'est fin, répond Michèle. Non, les jambes, c'est Antoine…

— Et la tête ? demande Lorenzo.

Les six paires d'yeux se tournent vers lui, l'intellectuel de la bande. Michèle met sa main sur la cuisse de Lorenzo, qui pose à son tour sa main sur celle de Michèle et la garde longuement avant de répondre qu'il est d'accord. Tous semblent excités par le projet. Dans l'euphorie, Michèle embrasse Lorenzo. Tous applaudissent excepté Antoine, visiblement contrarié par cette intimité. Antoine est jaloux, très jaloux. Antoine voudrait Michèle pour lui seul. Et il n'aime pas quand elle se promène ainsi en minijupe rouge et qu'elle met la main sur la cuisse de Lorenzo. Si ça continue comme ça, il va se venger. Il ne sait pas comment, mais il ne va pas rester là sans rien faire…

2

Avril-juin

N'y pense plus, tout est bien

Lorenzo est plutôt confiant. Engoncé dans son costume gris clair, chemise blanche, cravate bleu pétrole, longue chevelure ointe d'une bonne couche de Pento, l'*hair cream* pour hommes, cela fait quatre semaines que chaque jeudi, à raison de six questions par émission, il a franchi tous les écueils de *La Tête et les Jambes.* Il a réussi à évacuer ses préoccupations du moment – la réforme Fouchet qui désorganise les études universitaires et le début de la Grande Révolution culturelle prolétarienne en Chine – et a choisi de ne pas regarder les nouveaux épisodes des *Incorruptibles.* Surtout, il n'a encore jamais eu recours aux jambes d'Antoine, lesquelles, pour rattraper une réponse défaillante, aurait dû effectuer une performance minimum et ainsi permettre à son équipe de rester en jeu.

Pierre Bellemare, le présentateur vedette de l'émission, n'a cessé de le répéter :

— Si notre cher Lorenzo réussit son pari, il sera le

plus jeune candidat à repartir avec les 100 000 francs à partager avec son coéquipier. Et pour faire quoi, cher Lorenzo ?

— Nous avons envisagé, mes amis et moi, de partir en vacances.

— Et dans quel endroit du monde ?

— Nous n'avons pas encore fixé de lieu très précis…

Contrairement à d'autres émissions de jeux télévisés où il suffit de répondre à de simples questions de culture générale, il s'agit, dans *La Tête et les Jambes*, de répondre à des questions autour d'un thème précis. Antoine aurait vraisemblablement choisi la politique, du départ de la France de l'OTAN en passant par le coup d'État en Argentine et la création du Black Panther Party de Huey P. Newton et Bobby Seale ; François, la scène rock'n'roll qui, pour lui, va du tout dernier *Lost woman* des Yardbirds au lancement de *Rock & Folk* ; et Michèle des questions tournant autour des yéyés, pouvant aller de la photo de Jean-Marie Périer, regroupant dans *SLC* quarante-six chanteuses et chanteurs, aux élections des Miss Juke-Box, Miss Twist, Miss Sirtaki, Miss Beatnik et autres Miss Porte-clefs, sans oublier le combat féministe de Nancy Sinatra dans *These boots are made for walking* !

Au moment où le rayonnement global du cinéma commence à faiblir et où paradoxalement 85 % des adolescents le plébiscitent au premier rang de leurs inclinations, Lorenzo a, bien évidemment, choisi ce dernier comme thématique.

Malgré la tentative de déstabilisation opérée par

Pierre Bellemare – question : « Pour vous, mon cher Lorenzo, la minijupe est un scandale ou une preuve de modernité ? », réponse : « Si les jeunes filles de mon âge n'osent pas aujourd'hui en porter, elles n'oseront jamais » –, Lorenzo arrive à se concentrer pour répondre à la vingt-deuxième question.

— Le film de Jacques Rivette *La Religieuse* suscite de nombreux débats.

— Oui, en effet.

— Pouvez-vous me donner les positions respectives du secrétaire d'État à l'Information Yvon Bourges, de la Commission de censure, et du ministre des Affaires culturelles André Malraux ? Prenez quelques minutes avant de répondre.

Avec sa fougue habituelle, Lorenzo se jette dans le feu sans attendre :

— Non, non, ce n'est pas la peine.

— Vous êtes sûr ?

— Oui, répond Lorenzo avec un large sourire.

— Nous vous écoutons, jeune homme.

— Yvon Bourges a interdit la sortie en salle. La Commission de censure a donné son feu vert. Quant à André Malraux, il a autorisé le film à aller à Cannes. J'ajouterai que *La Religieuse* est adapté du roman de Diderot, avec dans le rôle titre Anna Karina.

Pierre Bellemare applaudit. Puis très vite se reconcentre.

— Attention, avant-dernière question. Vous êtes prêt ?

— Oui, répond Lorenzo, qui commence à entrevoir la dernière ligne droite, comme dans un 800 mètres – au fond, cette vingt-troisième question, c'est la sortie du dernier virage.

— En 1963, Alfred Hitchcock a présenté à Cannes son film *Les Oiseaux*.

— Avec Tippi Hedren dans le rôle principal.

— Ce n'est pas la question, mon cher Lorenzo. Ce serait trop facile… Écoutez bien. Afin de donner un maximum de réalisme à son histoire, Hitchcock a utilisé de vrais oiseaux. Il a donc fait appel à un dresseur d'animaux. Quel était son nom ?

— Ray Berwick.

— Comment dites-vous ?

— Ray Berwick. Le même qui s'était occupé de la fameuse chienne colley Lassie dans la série télévisée américaine.

Pierre Bellemare exulte. Lève les bras en signe de victoire.

— On se demande ce qui pourrait vous arrêter ! La France entière attend votre victoire !

Pendant que Pierre Bellemare félicite Lorenzo, des plans montrent Antoine faisant les cent pas sous la tente dressée sur la pelouse du stade Charléty, sous l'œil attentif de Roger Couderc, le commentateur sportif, casque sur les oreilles et micro à la main. Antoine, le visage fermé, l'air presque sombre.

Michèle, assise sur le canapé du salon familial en compagnie de François venu suivre avec elle cette finale, commence à se ronger les ongles et à faire des projets pour ces prochaines vacances. À y croire en somme, car Lorenzo ne peut pas chuter si près du but. De toute façon il est incollable, ce fou de cinéma.

— Mon cher Lorenzo, dernière question. C'est la vingt-quatrième. Ce ne peut pas être une question facile. Vous êtes prêt ?

— Oui.

— Vous connaissez le cinéma japonais ?

— Un peu.

— Juste un peu ?

— Ça va.

— Bon. Vingt-quatrième et dernière question. Plus qu'une marche, Lorenzo… Dans son film *Un merveilleux dimanche*, le réalisateur japonais…

— Kurosawa Akira.

— Oui. Attention, ne vous précipitez pas… Donc, Akira Kurosawa raconte le rendez-vous d'un couple romantique d'amoureux. Savez-vous ce qui lui a inspiré cette histoire ?

Lorenzo en pleurerait presque. Il se voit déjà en vacances avec ses copains. Car la réponse, il la connaît. Cette fois, par pur hasard. Depuis quelque temps, il achète chaque mois *Les Cahiers du cinéma*, 6 francs pour quatre-vingt-deux pages de bonheur pur. Le dernier numéro contenait un dossier sur le cinéaste japonais. Il l'a lu. Il a dévoré l'interview dans lequel Kurosawa se dévoile. Il voit encore l'emplacement : sur une page de gauche ; sur celle de droite, une photo de Mifune Toshirô dans *L'Ange ivre.* Un noir et blanc magnifique. La réponse à la question de Bellemare, c'est Kurosawa lui-même qui la donne, dans l'entretien qu'il a accordé au journaliste des Cahiers.

— Votre réponse, s'il vous plaît, le temps est maintenant écoulé…

— Il s'est inspiré d'un vieux film de Griffith intitulé *Love and Potatoes*.

— C'est votre réponse ?

— Oui. Un film réalisé en 1924.

— Vous en êtes bien sûr ?

— Oui. Sans hésiter, répond Lorenzo, comme s'il venait de franchir la ligne d'arrivée d'un 800 mètres olympique.

Sur leur canapé, Michèle et François s'embrassent. François en profite un peu et Michèle se laisse faire – des projets de vacances dans la tête. Pierre Bellemare, en revanche, prend un air grave.

— Akira Kurosawa s'est bien inspiré d'un film de Griffith tourné en 1924 pour réaliser *Un merveilleux dimanche*, mais non, mon cher Lorenzo, ce n'est pas *Love and Potatoes* mais *Isn't life wonderful ?*...

Lorenzo est abasourdi. Il ne comprend pas. Il a encore sous les yeux la page des *Cahiers du cinéma*. Il conteste mollement, se rendant compte rapidement qu'il ne peut rien faire. C'est une injustice, une erreur. Que faire ? Mais rien n'est perdu cependant, Pierre Bellemare le rappelle : les jambes d'Antoine peuvent tout rattraper. Qu'il réalise le temps demandé, ce qui est largement à sa portée, et les 100 000 francs seront gagnés !

On voit Antoine enlever son survêtement, faire quelques étirements, se mettre sur la ligne de départ. Il fait nuit sur le stade Charléty bien que la piste et une partie des gradins soient éclairées. Le premier tour se déroule à merveille. Plus de cinq secondes d'avance sur le plan de course. La cloche dépassée, tout semble se prolonger sans embûche quand soudain, à l'entrée du premier virage, Antoine ralentit, vacille presque. Ce que ni Lorenzo dans les studios de l'ORTF, ni Michèle et François sur le canapé ne peuvent savoir, c'est qu'Antoine a soudain dans la tête la chanson de Richard Anthony *J'irai twister le blues*. Une chanson qu'il déteste à cause de son refrain imbécile – « Reviens-moi je t'en supplie, sans toi se brise ma vie, car si s'achève la romance, alors je n'aurai plus de chance... » –, elle lui rappelle la main de Michèle sur la cuisse de Lorenzo au café. Le juke-box diffusait cette chanson pendant qu'il ne parvenait pas à retirer ses yeux de cette main sur cette cuisse. Cette chanson, c'est le fond sonore qui accompagne la trahison de Michèle. Alors comment courir quand on a ce souvenir en tête ? Qui se mêle au baiser d'Anouk Aimée et Jean-Louis Trintignant dans *Un homme et une femme*, le film de Lelouch qui vient de recevoir la palme à Cannes.

Les projecteurs du stade aveuglent Antoine. La tête lui tourne. Il perd le rythme. Les foulées sont désordonnées. Il fait un écart à l'entrée du dernier virage. À la sortie, touche la bordure de béton avec son pied gauche et s'étale de tout son long. Terre fraîche. Douleur. Il se relève et passe la ligne d'arrivée en boitillant. Refusant de parler au micro que Roger Couderc lui tend, il s'engouffre dans sa « guitoune », comme l'appelle le commentateur.

La caméra, qui ne laisse rien au hasard, s'attarde sur le visage fermé de Lorenzo avec en voix off Pierre Bellemare qui ne cesse de répéter :

— Ah, quelle déception ! Quelle déception ! Mais c'est le jeu, Lorenzo. C'est le jeu, cruel.

Les jeux du cirque, oui, pense Lorenzo qui voit ses rêves de vacances s'envoler et cette humiliation devant la France entière croître à mesure que passent les minutes. Et cette injustice.

— Kurosawa lui-même le dit, fait remarquer Lorenzo.

— Enfin, Lorenzo, soyez fair-play.

Mais Lorenzo n'a pas envie de l'être. Et l'émission se termine sur sa mine défaite, renfrognée, sur son objection, son entêtement… Kurosawa lui-même le dit… *Love and Potatoes.*

Dans le taxi fourni par la production qui le ramène chez lui, Lorenzo ne cesse de ruminer. Non, il ne s'est pas trompé. De retour chez lui, il embrasse à peine ses parents qui en pleureraient presque, de cette défaite, et monte s'enfermer dans sa chambre. Dans sa bibliothèque, bien alignés, les numéros des *Cahiers du cinéma.* Il prend le dernier, le n° 182. Anna Karina en couverture. Sur fond parme, quatre noms dont celui de Kurosawa Akira. Et plus loin le dossier. Question : « Votre film suivant est *Un merveilleux dimanche*, qui raconte le rendez-vous d'un couple romantique d'amoureux dans un éclairage naturaliste. Qu'est-ce qui vous a inspiré cette histoire ? » Réponse : « Il y avait un film de Griffith intitulé *Love and Potatoes.* La guerre finie, un jeune couple cultive des pommes de terre dans un champ ravagé. Lorsque enfin les pommes de terre ont poussé, quelqu'un les leur vole… mais, malgré tout, les deux jeunes gens remettent leur espoir à l'année suivante… Voilà le point de départ. »

« Voilà le point de départ ! » Lorenzo est hors de lui. C'est bel et bien une injustice. Ce qu'il supporte le moins au monde. L'injustice. Le mensonge. Il a dû y faire face plusieurs fois en classe avec des professeurs qui se moquaient de son nom, de ses ascendances italiennes, de ses origines aristocratiques. Un jour il saura forger des armes pour combattre ces dragons. Ce n'est pas encore le cas aujourd'hui. Une tristesse infinie l'habite. Et tout se mêle dans sa tête. La course perdue d'Antoine. La question à la réponse tronquée. Et ce monde dans lequel il vit et dans lequel il se sent mal. Ce monde sur lequel flottent des odeurs de napalm, où passe le bruit assourdissant des B-52 de la Strategic Air Command. Il met un disque d'Hugues Aufray. Un chanteur qui fait partie des cent trente-deux signataires du manifeste « Cent artistes pour le Vietnam ». « À quoi ça sert de chercher à comprendre, pourquoi on dit ce qu'on dit, à quoi ça sert de chercher à comprendre, quand c'est fini c'est fini… N'y pense plus, tout est bien… »

3

Juillet-septembre

We all live in a yellow submarine

Lorenzo fête ses dix-huit ans, avec ses parents, à Argelès-sur-Mer et non au bout du monde, comme il avait projeté de le faire, en compagnie des trois autres mousquetaires. Une fois l'échec de *La Tête et les Jambes* digéré, bien qu'il ne comprenne toujours pas les raisons exactes de la défaillance d'Antoine après un premier tour époustouflant, cet anniversaire, finalement, le remplit de joie.

Il faut dire que ses parents, enchantés par une nouvelle belle année scolaire qui lui permet d'envisager son prochain passage, non en série C mathématiques qui ne fournit plus que 15 % des bacheliers, mais en première littéraire, sous les meilleurs auspices – ce à quoi Lorenzo ne les avait guère habitués –, lui ont offert deux cadeaux de luxe. Le premier est un bristol glissé dans une enveloppe sur lequel est écrite une formule magique : « Bon pour des cours de conduite en vue de l'obtention du permis de conduire ». Le second est un présent encore plus inattendu, annoncé par son père sous la forme d'une histoire comme il aime en raconter :

— Trois jours après la signature de l'armistice en juin 40, l'administration allemande prend la direction des usines Renault, les contraint à fabriquer des blindés pour les divisions Panzer, mais surtout interdit aux ingénieurs d'étudier tout nouveau projet. Évidemment, ça ne va pas se passer comme ça.

— C'est-à-dire ?

— Trois ingénieurs décident d'outrepasser les ordres de l'ennemi et entament une réflexion sur la construction d'une voiture économique, bon marché et à faible consommation…

— Génial ! Extra !

— Il faut imaginer… les ateliers de Boulogne-Billancourt, en pleine nuit… les trois ingénieurs qui travaillent soi-disant à la transformation de véhicules utilitaires à destination de l'armée allemande. À l'intérieur de l'usine, les soldats et la Gestapo qui contrôlent tout ; à l'extérieur, les avions alliés qui déversent des tonnes de bombes.

Le père de Lorenzo, ingénieur lui-même, connaît tout de la mécanique automobile et éprouve une jouissance formidable à raconter cette histoire secrète, ménageant sa chute.

— Chaque jour qui passe, c'est un obstacle qui est franchi. Une solution qui est trouvée : pneumatiques, empattement, voie, poids, commutateurs, portières, moteur, cylindrée, alésage, alimentation, distribution, allumage, transmission – tout est minutieusement calculé. Innovation majeure et comble de l'ironie : le moteur placé à l'arrière est directement influencé par la KDF allemande !

— La quoi ?

— La KDF : la future Volkswagen !

— Et la voiture a vu le jour ?

— Évidemment. En octobre 46. Un journaliste la qualifia de « sorte de crapaud à quatre roues, jaune vanille, dont la tête est exactement semblable à la queue ».

— Pourquoi « jaune vanille » ?

— Parce qu'elle est peinte en jaune sable – une couleur issue des stocks de l'Afrikakorps confisqués par les Américains et vendus à Renault. Et cette voiture c'est la… ?

— Je ne sais pas, répond Lorenzo.

— Cherche un peu…

— Aucune idée, dit Lorenzo, presque agressif.

— On l'a aussi surnommée la « motte de beurre ».

— Tu sais bien que j'y connais rien !

— La 4 CV, dit son père. Comme celle qui est dans le garage et que tu pourras conduire quand tu auras ton permis.

— Et une fois que nous l'aurons remise à neuf, ajoute sa mère.

Pour la première fois de sa vie, Lorenzo souhaite des vacances d'été très courtes, et même si la longue plage d'Argelès-sur-Mer est remplie de jolies adolescentes en maillot de bain deux pièces qui assurent adorer les « sucettes à l'anis d'Annie » chantées par France Gall. Ce qu'il veut, c'est rentrer au plus vite à Gennevilliers.

Ses vœux sont exaucés. Sa mère, atteinte d'une sciatique soudaine, est rapatriée dans le pavillon familial à bord d'une ambulance suivie par la 203 paternelle, au milieu d'une nuée de Vespa devenues le moyen de locomotion à la mode. De la mi-juillet à la fin août, la France expérimente le ski d'été à Chamonix, succombe à la folie de la copocléphilie – la collection de porte-clefs – et débat du bien-fondé de la pilule comme moyen de contraception – certains praticiens affirmant qu'il faudra bien en passer par là car dans moins de quarante ans la Terre comptera sept milliards d'habitants. Lorenzo, lui, partage son temps entre ses cours de conduite et la restauration minutieuse de sa 4 CV. Ses seuls moments de loisir, il les consacre aux séances de cinéma – les salles vides l'été sont une merveille : *Falstaff* d'Orson Welles, ou le destin tragique du bouffon du roi Henri V d'Angleterre ; *Grand Prix* de John Frankenheimer, dans lequel Yves Montand joue le rôle d'un pilote automobile, et la lecture des *Cahiers du cinéma* qui lui parlent de Kenji Mizoguchi et de Jacques Tourneur. Une photo le fait particulièrement rêver et penser à Michèle : extraite du film du Suédois Jan Halidoff, *Der Mythus*, sur laquelle une femme à moitié nue semble abandonnée dans les bras de son amant dont la main glisse doucement sur son ventre – au sol, une petite culotte en dentelle noire…

Sous l'auvent du garage, tandis que du transistor s'échappent les succès de l'été – *La plage aux romantiques*, slow ravageur de Pascal Danel, *Strangers in the night* de Sinatra, mais surtout la troublante berceuse de Bob Dylan *Blonde on blonde* –, toute la famille est mobilisée autour de la 4 CV berline Sport sortie d'usine dix ans auparavant, achetée pour la modique somme de 500 francs, et déjà familièrement surnommée « quatre-pattes ». Tandis que Lorenzo paie de sa personne en rodant les soupapes l'une après l'autre à la feuille de papier de verre, son père repeint la carrosserie au pistolet en jaune Afrikakorps et les jantes en rouge vif, et sa mère refait entièrement la sellerie. Les finitions sont les plus longues. Chaque week-end Lorenzo et son père courent les magasins d'accessoires de la banlieue parisienne pour trouver des pièces manquantes achetées à prix d'or : barres en inox brillant destinées à la calandre, déflecteur extérieur et glaces avant coulissantes, flèches de direction encastrées, enjoliveurs, phares antibrouillard. C'est une vraie chasse aux objets trouvés. Ils doivent faire trois casses de Villeneuve-la-Garenne pour mettre la main sur une planche de tableau de bord avec compteur en fer à cheval, aller jusqu'à Rouen pour acheter un carburateur Solex 22BICT et finir par abandonner l'idée de mettre la main sur un volant à trois branches avec antivol contact.

Lorenzo en oublierait presque sa petite bande d'amis pour une fois dispersée. Michèle est en vacances en Grèce avec ses parents. François est toujours fidèle à Saint-Tropez. Même les parents d'Antoine ont pris des vacances, embarquant leur fils dans un voyage politique en Tchécoslovaquie, à Prague, pour aller notamment écouter, entassés dans le grand amphithéâtre de l'université Charles, Jean-Paul Sartre et Simone de Beauvoir dont les interventions semblent en profond décalage avec l'effervescence intellectuelle qui règne alors dans la ville de Kafka. C'est du moins ce qu'écrit Antoine à Lorenzo, lui expliquant que l'apologie du réalisme socialiste chez l'un est complètement dépassé et que le discours sur la libération de la femme chez l'autre est devenu un fait de société, « l'expression affirmée de la perte du pouvoir du Parti communiste sur les corps ». Antoine qui évolue vers une rébellion plus extrême, un rejet des appareils. Antoine au style plus incisif, plus distant, comme si, depuis la course manquée du stade Charléty, il en voulait à Lorenzo. C'est du moins ce que ressent ce dernier à la lecture de sa lettre qui n'appelle aucune réponse, qui est comme la manifestation d'une certaine distance, une exhibition. Quant à François, il ne lui a pas écrit et Michèle lui a fait parvenir une carte postale laconique avec d'un côté le Parthénon et de l'autre un cœur suivi de trois petits points.

Quelques jours avant la rentrée scolaire, fixée cette année au 13 septembre et qui accueille quatre cent mille élèves de plus que l'an passé, la date de son examen du permis de conduire lui parvient : le 28 septembre. Comme d'habitude, le père de Lorenzo, qui aime son fils « à sa manière », c'est son expression, c'est-à-dire parfois maladroitement, le blessant sans vraiment le faire exprès, lui lance avant qu'il ne rejoigne son examinateur :

— Si tu l'as du premier coup, on débouche le champagne ! Remarque, ça m'étonnerait. Mais on ne sait jamais, tu peux tomber sur un examinateur sourd ou aveugle !

C'est une simple boutade. En apparence anodine.

Une mauvaise blague. Un encouragement déguisé alors qu'il aurait été si simple de dire : Mon fils, j'ai confiance en toi, tu vas réussir, tu es le meilleur, ne t'inquiète pas. Ces quelques mots blessants renvoient Lorenzo à ses échecs scolaires, amoureux, sportifs. À ses limites. À son mal-être d'adolescent de dix-huit ans. À l'injustice de cette émission télévisée à laquelle il a participé et qu'il ne regarde plus. Qu'il ne regardera plus jamais. À sa victoire volée. Les Beatles ont raison, « nous vivons tous dans un sous-marin jaune, dans notre sous-marin jaune ». On dit que cette chanson est comme la métaphore d'un voyage sous LSD. Lorenzo ne sait pas trop ce que c'est le LSD. On commence à en parler un peu partout. Le sous-marin jaune : la métaphore d'un voyage vers un monde intérieur meilleur. Un monde sans père ironique, sans échec télévisé, sans copain qui semble vous en vouloir allez savoir pourquoi, sans fille qu'on aime et à laquelle on n'ose pas se déclarer. « In the town where I was born lived a man who sailed to sea… »

4

Novembre

Inventaire 66

Michèle adore la quatre-pattes de Lorenzo. C'est vrai que depuis qu'il a eu son permis, et du premier coup – le 28 septembre, jour de la mort du pape du surréalisme, André Breton –, la vie des mousquetaires a changé. Ils sont devenus soudain plus libres, plus autonomes, une caisse commune alimentée régulièrement permettant à la 4 CV de ne jamais tomber en panne d'essence.

Lorenzo va chaque jour au lycée en voiture, allant chercher et raccompagnant les membres de la petite bande même si finalement, pour un certain nombre de raisons objectives – distances, horaires, etc. –, c'est plutôt Michèle qui bénéficie de la quatre-pattes. Ainsi Lorenzo est-il toujours prêt à combler les quelques kilomètres de banlieue qui séparent leurs domiciles pour se rapprocher de Michèle, mais surtout parce que ce sont les deux seuls membres du groupe à aller ensemble au cours de théâtre qu'ils suivent chaque samedi à la MJC de Courbevoie. C'est Michèle qui en a eu l'idée et n'a eu aucun mal à convaincre Lorenzo de la rejoindre afin d'écouter l'enseignement théâtral d'un certain Herbert Busson. Voilà pourquoi en ce samedi 5 novembre, jour de grève du métro, ce qui a pour conséquence de jeter dans les rues des centaines de bicyclettes et de boucher Paris et sa proche banlieue, Michèle, Lorenzo et une petite vingtaine d'autres élèves attendent la venue du maître, tous alignés à distance respectueuse de la scène.

Chauve, osseux, si grand qu'il doit en permanence se voûter pour parler à ses interlocuteurs, charismatique, Herbert Busson est incontestablement le maître, et les garçons et filles mêlés auxquels il demande de se rassembler sur les deux premiers rangs, ses élèves. Voix profonde, diction impeccable, il énumère dans un silence de tombeau les grands principes qui guident sa vision du théâtre. Rompant volontairement avec la conception humaniste populiste de Vilar, ses points de référence sont le Living Theater de Julian Beck, le Théâtre-Laboratoire du Polonais Grotowski, les spectacles limites de Bob Wilson et le Bread and Puppet de Peter Schumann. Si Peter Brook trouve presque grâce à ses yeux, Antoine Vitez est classé dans la catégorie du théâtre de boulevard. Herbert Busson a deux bêtes noires : Claude Santelli, dont les mises en scène « dégoûteraient n'importe qui du théâtre », et Pierre Sabbagh, dont l'émission récurrente *Au théâtre ce soir* « promeut des pièces pour maisons de retraite ». Tenant compte des « rapports de force socio-esthétiques » du monde théâtral, il privilégie donc la « déconstruction textuelle-corporelle », lie son expérimentation théâtrale à une « pédagogie de l'acteur », pulvérise la « scène petite-bourgeoise », « déconstruit-construit » un nouvel espace-temps, enfin se propose de « jouer tout à la fois l'œuvre et son histoire ».

— Ce qu'il faut, voyez-vous, c'est penser une nouvelle relation entre l'acteur et le spectateur.

Michèle et Lorenzo, qui se demandent s'ils doivent rire ou pleurer, se regardent, abasourdis, muets. Au fond, l'un comme l'autre ne sont venus à ce cours que pour apprendre à réciter « La cigale et la fourmi », savoir mettre le ton là où il faut, poser correctement sa voix, ne plus craindre de parler en public, vaincre une forme de timidité. L'aventure qu'on leur propose est totalement différente.

— Des questions ?

Busson, qui visiblement jouit de ce silence attendu, en rajoute :

— Mon projet, *notre* projet, évidemment, évitera les pièces de théâtre. Des questions ?

— Je ne comprends pas, dit Michèle, malgré elle.

— C'est pourtant simple : le théâtre de demain, c'est l'adaptation scénique de textes non destinés d'abord à la mise en scène. Nous monterons Rabelais, Mallarmé, Nietzsche, Restif, Apulée. Des questions ?

Virginie, une brune pulpeuse en pull moulant à col roulé et minijupe, demande :

— Molière, Shakespeare, Feydeau, Corneille, Marivaux, vous n'en monterez aucun ?

— Non, ma chère, je monte les femmes mais je démonte les pièces, lance-t-il, jetant sur la salle déjà froide une nappe glaciale. Des questions ?

— Et Brecht ? demande Lorenzo sur un ton délibérément provocateur.

— Dépassé. Politiquement dépassé. Du théâtre stalinien ! Des questions ? répète une nouvelle fois Herbert Busson qui finit toutes ses interventions par un inévitable « des questions ? » qui en réalité n'appelle aucune réponse.

Michèle et Lorenzo se regardent une nouvelle fois. Au bord de la crise de fou rire, ce que repère immédiatement le maître qui se doute que quelque chose de particulier lie ces deux adolescents, qu'il serait peut-être amusant de défaire… C'est du moins l'analyse que fait Michèle en entendant le professeur choisir de faire jouer Lorenzo avec Virginie plutôt qu'avec elle.

— Bon, alors on commence, dit-il en leur tendant deux petits livrets. Allez, jetez le texte, jetez-nous le texte. Comme vous le sentez. Commencez par le texte 3. Allez, jetez. Un rituel ! Une éjaculation ! Jouissez ! Bandez !

Le livre s'intitule *Les Quarante Manières de foutre, dédiées au Clergé de France*, écrit en 1790…

— Virginie, tu nous donnes le titre.

— « La chinoise. »

— Lorenzo, tu lis la première phrase, en faisant faire à Virginie ce que dit le texte.

— « La fille doit replier ses genoux au-dessus de ses hanches, en sorte que ses talons portent sur ses fesses ; alors son cavalier l'enconne si avantageusement qu'il pénètre au plus profond… »

— Virginie, tu lis la phrase suivante, et tu mimes la scène.

— « Le jeu consiste ensuite, de la part de l'un à culotter vivement, et de la part de l'autre à s'agiter et faire le moulinet avec son cul, afin d'exciter son fouteur et recevoir à plein goulot la douce rosée de la liqueur vivifiante qui l'humecte... »

Évidemment, les deux adolescents, pétrifiés, n'accomplissent aucun des gestes demandés, des postures...

— De l'impudeur, que diable ! De l'impudeur ! Foutez-vous à poil ! Vous m'avez l'air bien empotés, tous les deux ! Vous n'avez jamais baisé, ma parole ! On dirait deux moules sur un rocher !

Le petit texte de quelques lignes donne lieu à une leçon de trois heures durant laquelle l'excitation se mêle à la honte. Pour tous, c'est une humiliation publique. Michel Polnareff a beau chanter *Love me, please love me* ou dans *L'amour avec toi* prétendre qu'il se « fout de la société et de sa prétendue moralité », Virginie, Michèle, Lorenzo et les autres n'en sont finalement encore qu'au gentil *T'aimer follement* de Johnny Hallyday. Membres sages de la génération yéyé, ils sont loin encore de la fameuse « libération sexuelle » dont on commence à parler ici et là. Aussi, les provocations de Busson les mettent terriblement mal à l'aise. La dernière étant de leur demander de choisir entre deux mondes :

— Celui bêtifiant de *Flipper le dauphin* ? Ou celui de *Wouldn't it be nice* des Beach Boys, en savourant un joint de la meilleure herbe aux lèvres ?

Cependant, ils le reconnaissent tous, malgré ses excès, Busson les ouvre au théâtre. Tous prennent chez lui ce qui leur paraît intéressant de conserver, et qui ne les empêche nullement d'assister aux pièces que pour rien au monde il ne serait, lui, allé voir. Michèle et Lorenzo peuvent partager une passion commune. Transportés par la fidèle quatre-pattes, ils assistent aux représentations de *Grandeur et décadence de la ville de Mahagonny* de Brecht, de *La Baye* de Philippe Adrien, du *Jeu des rôles* de Pirandello, de *La Cuisine* d'Arnold Wesker, du *Retour* de Pinter. Enfin, tout ce vrai théâtre que Busson déteste.

Le théâtre, c'est la bulle dans laquelle se retrouvent Michèle et Lorenzo. Un espace bien à eux que ne partagent ni François ni Antoine. Le premier est tout à son écoute des Stones qu'il voudrait accompagner d'assez de LSD dans le sang «pour pouvoir triper» et à sa lecture studieuse de *De la misère en milieu étudiant*, une brochure explosive de vingt-cinq pages portant pour toute signature: «Des membres de l'Internationale situationniste et des étudiants de Strasbourg». Le second, impressionné par les exploits de Roger Bambuck, rêve de quitter le 800 mètres pour le sprint, mais surtout est tout à son engagement dans la Semaine universitaire internationale contre la guerre du Vietnam, se revendiquant comme «situé à gauche du Parti communiste français et à la pointe de la lutte anti-impérialiste».

Pour l'instant, c'est un fait: le groupe est scindé en deux. Pour Michèle et Lorenzo les cours du samedi suivis du retour en 4 CV chez les Joyaux sont devenus une sorte de rituel. D'ailleurs, le soir où Lorenzo raccompagne Virginie chez elle alors que Michèle n'a pas pu venir en cours manque de tourner au drame. La semaine suivante, bloqués dans la voiture arrêtée sous un tunnel en attendant la fin d'une violente averse de grêle, protégés des regards par les vitres couvertes de buée, Michèle et Lorenzo n'osent aborder cette question qui est pourtant la cause de leur malaise. C'est Lorenzo qui finit par parler :

— Il ne s'est rien passé.

— Tu es resté longtemps avec elle ?

— Jusqu'à deux heures du matin.

— Vous avez fait l'amour ?

— Mais non !

— Tu n'as pas eu envie ? Tu crois que je ne te vois pas quand tu la regardes des pieds à la tête, enfin plutôt des fesses aux nichons !

— Mais non… J'attends de trouver celle avec laquelle je ferai ma vie.

— Je ne te crois pas.

— Si, c'est vrai. D'ailleurs… je l'ai trouvée… mais je n'ose pas le lui dire…

Tous deux sourient. Un ange passe. La radio, qui est restée allumée et que tous deux ont oubliée, investit de nouveau le petit habitacle embué. Un flot de nouvelles, de publicités, de chansons mêlées. Ouverture des supermarchés Leclerc. Dick Rivers décoré de l'ordre du Mérite national. Augmentation du SMIG qui passe à 2,10 francs de l'heure. Jacqueline Dubut qui devient à vingt-six ans la première femme pilote de ligne. Follement nouveau, la musicassette et sa Mini-K7. Terriblement utile, la fourchette électrique qui permet d'enrouler les spaghettis. Extra, le mini-transistor qu'on accroche dans une boucle de sa ceinture. Eddy

Mitchell : *Et s'il n'en reste qu'un.* Johnny Hallyday : *Noir c'est noir.* Après *Chez Laurette*, le retour de Michel Delpech avec son dernier succès, *Inventaire 66* : « Une minijupe, deux bottes Courrèges, un bidonville et deux Mireille, une nouvelle Piaf, un p'tit oiseau de toutes les couleurs... » La radio comme une protection sonore. Une barrière qui éloigne la confidence, la trop grande proximité.

La pluie de grêle semble avoir cessé. Comme à regret, Lorenzo enclenche la première et sort du tunnel.

— Tu es sûr qu'avec Virginie, tu n'as pas...

— Mais non. Tu ne m'as pas écouté.

— Si, mais...

— Et puis je n'ai pas de mérite.

— Pourquoi dis-tu cela ?

— Primo, elle est lesbienne.

— Non !

— Si. Secundo, c'est une malade de la drogue. Elle n'écoute que des morceaux liés à ça. *Got to get you into my life* des Beatles en hurlant : « Ooh, did I tell you I need you, every single day of my life » ; *Purple haze* de Jimi Hendrix ; évidemment *Sunshine Superman* de Donovan, plusieurs fois de suite. Elle ne parle que de LSD, de marijuana, d'herbe, de « brume mauve qui fait exploser la tête », de hippie, du love-in de San Francisco. Je suis parti en courant.

— On devrait lui présenter François !

— Le pauvre ! Bon, tu es rassurée ?

— Pourquoi devrais-je l'être ? Au fond, si elle n'était ni lesbienne ni droguée, peut-être que..., dit-elle en faisant bouger le bout de son nez comme le fait Samantha dans *Ma sorcière bien-aimée* juste avant de procéder à un de ses tours de magie.

Alors que Lorenzo stoppe la 4 CV devant la maison de Michèle, et que la pluie semble définitivement arrêtée, celle-ci se prépare à descendre. Elle sait que dans ce genre de discussion intime, il est très facile de prendre l'ascendant sur les garçons, qui apparaissent comme de grands empotés. Elle sait que la maîtrise de la parole appartient aux filles, que les années qui s'ouvrent vont être celles des femmes. Celles de grands changements pour elles. Elle sort de la voiture non sans avoir déposé sur la bouche de Lorenzo un baiser suffisamment chaste pour qu'il n'aille pas s'imaginer qu'il va la mettre demain dans son lit, mais assez équivoque pour installer en lui un trouble tenace.

CINQUIÈME PARTIE

1967

1

Mars-avril

Elles sont toutes belles, belles, belles comme le jour

Antoine, affalé au Balto, le café-tabac en face du lycée Paul-Lapie, verre de Coca-gin à la main, soutient que les filles c'est compliqué. Pour une fois, François et Lorenzo sont d'accord. Enfin l'union retrouvée des trois mousquetaires, ce qui est très rare ces derniers temps.

— Au moins aussi compliqué que le « Oui mais… » de Giscard d'Estaing, fait remarquer Lorenzo : *oui* à la majorité, *mais* avec la ferme volonté de peser sur ses orientations. Le « mais » de Giscard n'étant pas une contradiction mais une addition…

Les trois garçons sont d'accord : en fait, les filles, on devrait les appeler des Ouimais ! Un *Livre blanc de la jeunesse* vient de paraître qui donne des quinze-vingt-cinq ans une image singulière. Le jeune Français songerait avant tout à se marier de bonne heure, aurait le souci de ne pas mettre d'enfants au monde avant d'être sûr de pouvoir les élever correctement. Son objectif principal serait la réussite professionnelle.

En attendant, il ferait des économies. La jeune fille, pour constituer son trousseau. Le jeune garçon, pour s'acheter une voiture.

Antoine est désespéré :

— « Le jeune Français s'intéresse certes à tous les grands problèmes de l'heure mais ne souhaite pas entrer dans la vie politique, récite-t-il. 72 % estiment qu'il ne faut pas abaisser à moins de vingt et un ans le droit de vote. Il ne croit pas non plus à une prochaine guerre mondiale. Il pense que l'avenir dépendra surtout de l'efficacité industrielle, de l'ordre intérieur, de la cohésion de la population… » C'est lamentable, désespérant !

— Tu croyais que la révolution était pour demain ? ironise Lorenzo, ajoutant : Notre époque est aussi molle que son design.

— Ça ne veut rien dire.

— Mais si ! Regarde les vitrines des marchands de meubles : des fauteuils gonflables en plastique, des sièges mous dans lesquels on s'enfonce, des canapés en carton, des poufs en mousse ! De l'éphémère, mon vieux. La France n'est pas près de bouger.

— Et toi, tu ne dis rien, comme d'habitude, lance Antoine à François.

— Ben non, tu sais, à part la marijuana et les chemises à fleurs, rien ne m'intéresse.

— Ah, vous n'allez pas recommencer, tous les deux, dit Lorenzo. Vous êtes fatigants à la fin.

Que faut-il penser de ce monde en pleine mutation ? Le diviser en deux clans distincts, d'un côté celui des politisés, de l'autre celui des observateurs sceptiques, ne sert pas à grand-chose. Ce qui est sûr, c'est que les trois garçons objectivement se rejoignent sur ce monde qui change vraiment. Même s'ils ne voient pas les mêmes choses. Ne sont pas sensibles aux mêmes secousses sismiques.

— On peut énumérer les preuves, dit Lorenzo, voyons, qui commence ?

— Moi, répond Antoine. Les femmes turques qui défilent en minijupe blanche, lunettes de soleil sur les yeux.

— La création de l'Underground Freak-Out à San Francisco – le grand lieu utopique de la scène hippie ! dit François.

Lorenzo lève la main pour stopper l'énumération :

— Restons en France. Quels sont les signes annonciateurs du réveil du volcan, même dans ses manifestations les plus infimes ? Un événement par personne...

Antoine répond immédiatement :

— Nanterre. Les cent cinquante garçons qui ont occupé la résidence des filles à Nanterre le 21 mars dernier.

— Le tabac et la boisson ! dit François, lequel, devant la mine ahurie de ses copains, s'explique : Oui, ils séparent de moins en moins les sexes ! Les filles se les sont appropriés. Elles boivent et fument comme les mecs, maintenant !

— Nous n'avons pas encore évoqué la culture, fait remarquer Lorenzo.

— À toi l'honneur, dit Antoine.

Lorenzo, ce qui n'étonne nullement ses deux copains, propose une référence cinématographique :

— *Anna*, le film de Pierre Koralnik.

— Tu peux nous expliquer ? demandent en chœur François et Antoine.

— Le premier film musical en couleur réalisé pour la télévision. Une véritable révolution culturelle. Le premier film pop jamais réalisé en France. Musique de Gainsbourg. La mort annoncée des yéyés !

— Tu es fou ! Les yéyés sont immortels ! Et puis, ça ne nous dit rien, ce film.

— Mais si. Anna Karina, *Sous le soleil exactement*...

La conclusion de cette énumération c'est finalement qu'en grandissant – ils ont tous maintenant près de dix-neuf ans – leurs différences se sont accentuées. C'est François qui, tourné de plus en plus vers la galaxie hippie, a réussi à se procurer un numéro de la revue *Oz*, « de la satire, du sexe, du Sharp, de la perversité idéologique ». C'est Antoine qui ne pense plus qu'en termes de manifestations étudiantes, d'affrontements, qui veut rejoindre les contestataires à Berlin-Ouest et commence à citer Mao : « Il y a maintenant deux vents dans le monde : le vent d'Est et le vent d'Ouest. Ou bien le vent d'Est l'emporte sur le vent d'Ouest, ou c'est le vent d'Ouest qui l'emporte sur le vent d'Est », pensée définitive qui déclenche l'hilarité chez les deux autres mousquetaires. C'est Lorenzo enfin qui n'arrive à s'intéresser ni à *La Chinoise* de Godard ni à *La Société du spectacle* de Guy Debord car il s'enfonce de plus en plus en lui-même, dans sa nécessité et sa difficulté d'écrire. Quelques poèmes déjà, quelques pages d'un roman qu'il n'a encore montrés à personne, pas même à Michèle.

Mais toutes ces différences ne remettent nullement

en péril leur amitié. Ce qui explique le rendez-vous de ce matin, au Balto, pour se rendre ensuite, tous à bord de la 4 CV, sans Michèle, ni aucune autre fille, au Studio Gît-le-Cœur, nouveau cinéma d'art et d'essai situé au centre du vieux Paris, 12, rue Gît-le-Cœur. Pendant que le général de Gaulle baptise, à Cherbourg, le premier sous-marin nucléaire lanceur d'engins, *Le Redoutable*, Antoine, François et Lorenzo pénètrent dans la salle écarlate – murs, sol, plafond, fauteuils – du Studio Gît-le-Cœur, inauguré quelques semaines auparavant.

Le directeur de la salle a réussi un coup de maître : projeter en première et seule exclusivité, un mois durant, le nouveau film d'Éric Rohmer, *La Collectionneuse.* Pour les trois mousquetaires, la sortie de ce film est un événement, au moins aussi important que *Galia.* Pourquoi ? Parce que, comme le titre du film le suggère, Haydée Politoff y collectionne les hommes. D'une longueur de 2363 mètres et d'une durée d'une heure trente, il est interdit aux moins de dix-huit ans. Mais surtout, ils sont tous les trois d'accord : entre Haydée Politoff et Michèle il y a plus qu'une certaine ressemblance.

Séance de 14 heures. La salle est vide. Excepté la huitième rangée à partir de l'écran. C'est la distance nécessaire et suffisante à laquelle un cinéphile obsessionnel, ce qui est le cas de Lorenzo qui entraîne ses camarades, doit regarder un film : largeur de l'écran divisée par deux. La salle n'étant pas très grande, la huitième rangée est donc occupée par François, Lorenzo et Antoine.

Premier carton du générique qui se déroule sur fond bleu foncé – lettres tantôt rouges, tantôt vertes ou jaunes. Les deux producteurs, Georges de Beauregard et Barber Schroeder, présentent leur film : « Éric Rohmer *Six contes moraux*, I : *La Collectionneuse* ». Suit un bref générique qui se termine par le carton suivant : « Premier prologue, Haydée ». Suivent les premiers plans.

Une plage près de Saint-Tropez. Légère plongée, en plan général, d'une jeune fille, en bikini, sur le sable. Bruit de vagues. Et premiers remous admiratifs : « C'est elle », « La vache, la nana », « On a bien fait de venir », « Enfoncée, la mère Darc ! » Antoine murmure :

— Haydée, Haydée Politoff…

La caméra suit la jeune fille, latéralement, puis cadre ses jambes et ses pieds nus. Elle marche toujours puis s'arrête, fait demi-tour et marche en sens inverse. Elle s'arrête de nouveau. Plan américain sur elle face aux adolescents du huitième rang, sidérés. Elle s'arrête, les yeux baissés. Panoramique vers le bas, longeant lentement son corps nu. Idem, elle vue de dos. Plans rapprochés du cou, du ventre, de la nuque.

— On dirait Michèle, dit François.

Cut. Nouveau carton : « Deuxième prologue, Daniel ». Conversation de Daniel, le peintre, avec l'écrivain, un vrai écrivain pour le coup : Alain Jouffroy. Le banc des trois mousquetaires commence à s'agiter.

— On se fout totalement de ce qu'ils racontent, murmure François.

— Haydée, Haydée Politoff…, scande Antoine.

Seul Lorenzo, qui n'en pense pas moins, mais en cinéphile averti doit faire bonne figure, se tait. Gros plan sur une œuvre qui existe vraiment : une boîte de conserve hérissée de lames de rasoir. « La peinture, c'est fait pour se couper les doigts », dit le peintre. François n'en peut plus :

— Si j'avais su que c'était ça, je ne serais pas venu.

— Encore cinq minutes comme ça et je quitte la salle, bougonne Antoine.

Certes, l'entrée en matière sur Haydée Politoff était une merveille, mais subir cette péroraison, non, c'en est trop, insupportable. Et la suite n'est guère plus engageante. Mais alors que François et Antoine s'apprêtent à se lever, Lorenzo leur demande de rester au moins pour la dernière scène des prologues.

Intérieur dans une maison de campagne. Adrien, qui vient de quitter Mijanou, rentre chez lui, il fume. On entend des aboiements de chien. Dans le couloir, il jette un coup d'œil vers une porte entrebâillée. Une salle de bains en désordre. Il s'avance en direction d'une porte fermée. Vrombissement d'avion. Il ouvre et entre. Prend une statuette qu'il regarde avec attention. En off : soupirs d'extase... Adrien tourne la tête. Légère plongée sur un couple en train de faire l'amour dans un lit. L'homme de dos, nu, est allongé sur une jeune femme qui soupire et qui, l'instant d'une seconde, remarque la présence d'Adrien. Alors que celui-ci bat en retraite, son regard croise celui de la jeune fille qui lui sourit. Cut. Apparition du carton : « Fin des prologues ». Extérieur méditerranéen. Jour ensoleillé. Commentaire off : « Dès mon arrivée, Daniel m'avait annoncé la mauvaise nouvelle : une fille logeait ici, invitée par Rodolphe, et troublerait notre repos. »

— Haydée..., reprend en chœur la huitième rangée

qui décide de rester jusqu'à la fin du film, et la séance suivante.

Les trois mousquetaires ne cessent de ressasser la même évidence : Haydée Politoff ressemble bien, presque trait pour trait, à Michèle. Une vraie histoire de fou. Tous se posent les mêmes questions : le corps de Haydée Politoff, c'est le même que celui de Michèle ? Les mêmes seins ? Les mêmes fesses ? Les mêmes hanches ? Les mêmes reins ? La même… Alors qu'ils remontent tous dans la 4 CV, ils se regardent et sans le formuler à haute voix sont en train de faire la même constatation : On a presque dix-neuf ans, et on n'a toujours pas fait l'amour… La camaraderie masculine aidant, ils finissent même par se jeter à l'eau :

— Ce devrait être notre challenge pour l'année 1967, propose Antoine.

— À notre âge, il est défendu d'attendre et d'espérer, dit Lorenzo.

— Il faut faire des folies ! « Let's spend the night together… », conclut François, citant le dernier titre des Stones.

— Comment répondre à notre challenge ? se demande Lorenzo.

— Simple, rétorque Antoine. C'est ce que je vous ai raconté avant le film : l'occupation des bâtiments C et D de la cité U par les garçons qui voulaient mettre fin à un règlement obsolète interdisant aux filles les visites masculines doit faire tache d'huile. On doit faire pareil. Ce que disent les camarades de Nanterre, c'est : « On en a marre de ne pas être considérés comme responsables de notre comportement sexuel. »

— Cette réflexion sur la sexualité qui traverse toute la France d'aujourd'hui, avec une intensité particulière, doit aussi être la nôtre. Qu'en pensez-vous ? demande François, faisant montre d'une éloquence un peu hors de propos.

— C'est exactement ça, monsieur le professeur, répondent Antoine et Lorenzo.

Le mois suivant ils achètent tous le n° 69 de *L'Avant-scène cinéma* consacré à… *La Collectionneuse.* Des photos du tournage la montrent en maillot de bain, le dos nu, en train de se déshabiller, dans des poses alanguies, sourire ravageur aux lèvres… François tourne les pages du magazine en écoutant *Wouldn't it be nice* des Beach Boys, malheureusement sans joint de la meilleure herbe aux lèvres ni dose de LSD dans le sang, c'est du moins ce qu'il certifie à Antoine quand celui-ci le lui demande. Et Antoine ? Il dévore *La Collectionneuse* bercé par la voix de Nino Ferrer qu'il considère comme le meilleur chanteur du moment : *Mirza*, *Les Cornichons*, *Oh ! Hé ! Hein ! Bon !*

2

Juillet

Je n'aurai pas le temps

Michèle est avec Lorenzo dans la 4 CV. C'est étrange, il est celui qui a mis le plus longtemps à acheter le numéro de *L'Avant-scène cinéma* consacré au film de Rohmer. Et pour le lire, il a attendu les derniers jours de classe. Du transistor posé sur le tableau de bord jaillit *Respect* d'Otis Redding. « All I'm asking, honey, is for a little respect when I come home », « Tout ce que je demande, chérie, c'est un peu de respect quand je rentre à la maison », dit un homme à une femme. Puis le présentateur passe une deuxième version. Entièrement revisitée, chantée par Aretha Franklin. Cette fois, c'est la femme qui s'adresse à l'homme : « All I'm asking, baby, is for a little respect when you get home », « Tout ce que je te demande, bébé, c'est un peu de respect quand tu rentres à la maison ».

— On ne se laisse plus marcher sur les pieds maintenant, nous les femmes, dit Michèle tout en glissant les mains dans ses cheveux et en se tenant les tempes.

— Vous avez raison, répond Lorenzo qui a une envie

folle de l'embrasser mais finalement lui propose une cigarette et, pour meubler le silence qui commence à s'installer, parle du bac qu'ils devront passer l'an prochain.

— Il va falloir qu'on fasse des choix, dit Michèle en exhalant lentement la fumée bleue.

— Qu'est-ce que tu préfères ?

— Les mathématiques. Et toi ?

— Le français et la philo. Tu veux savoir mon dernier sujet de réflexion ?

— Oui.

— Parfois j'ai la sensation que les âges de la vie…

— Les « âges de la vie » ! Tu en as connu beaucoup, d'âges de la vie ?

— Un certain nombre, comme chacun d'entre nous… Donc que les âges de la vie restent en nous et que la maturité est, simplement, notre capacité à les reconnaître…

— Des âges que nous n'oublions pas, que nous n'oublierons jamais et qui s'accumulent dans notre esprit…

— Pour le plaisir de nous confondre encore un peu plus, tu ne crois pas ?

— Peut-être. Je ne sais pas. Bon, si on lisait ton numéro de *L'Avant-scène* consacré à votre fameuse *Collectionneuse* ? dit Michèle, sentant que la conversation dévie vers des contrées qu'elle n'a jamais explorées et dont elle ne sait où elles pourraient la mener.

— Oui, d'accord.

Au bout de plusieurs minutes, alors que Michèle a tourné un certain nombre de pages du scénario, elle s'arrête sur la photo n° 10 sur laquelle on voit Haydée sourire, bras relevés au-dessus de la tête, légendée : « Elle faisait l'amour au sens physique du terme. » Puis, elle revient sur la page précédente et s'attarde longuement sur la photo n° 9 : Haydée allongée sur le ventre après une nuit d'amour, draps rejetés laissant son dos nu à découvert.

— Tu crois vraiment qu'elle me ressemble ?

Lorenzo n'ose pas répondre.

— C'est bien ce que vous vous dites tous les trois ?

— Un peu, tout de même, oui…

— Comment tu peux dire ça, tu ne m'as jamais vue à moitié nue dans un lit…

— Non, évidemment, répond Lorenzo, se sentant rougir. Mais enfin, disons, ton visage, ton allure, si, quand même…

— Ah, tu crois ?

— Oui ! C'est plutôt un compliment, non ?

— C'est vrai. Disons que dans l'allure générale, elle doit être comme moi, ne se sentant à l'aise que dans la liberté…

« Liberté », voilà un mot que Michèle aime particulièrement. L'utilisant parfois à tort et à travers. Mais n'est-ce pas le privilège de son âge de pouvoir utiliser des mots à tort et à travers, comme pour structurer ses phrases bancales ? Le temps se chargera bien un jour ou l'autre de remettre les mots à l'endroit…

Il paraît que la France s'ennuie. Qu'est-ce que ce pays qui se plaint et se lamente alors qu'il est en pleine expansion ? Les croulants semblent avoir perdu leur joie de vivre et de chanter. Des armées de politologues et de sociologues essaient de comprendre en vain le phénomène. Les mousquetaires en parlent souvent entre eux. Et si cette morosité gagnait la jeunesse ? Certains de leurs copains et de leurs copines disent que leurs années d'études depuis la sixième sont des années épouvantables. Des années mortes. Des années qui les ont vus sombrer. Des années durant lesquelles ils ont crevé d'ennui. Avec tous ces professeurs qui leur ont envoyé toujours le même message, leurs cours à peine commencés : Alors, bande de veaux, aucune réaction, aucune intervention, rien à proposer ? Dites quelque chose !

— Vous connaissez le mot de Lamartine ? demande Lorenzo.

— Non, mais tu vas nous le dire, lance François.

— « Prenez garde, messieurs, la France s'ennuie. »

— Il a raison, Lamartine, assure François. Il n'y a plus ni guerre nationaliste ni guerre coloniale pour divertir les foules. Comment les vieux se divertissent aujourd'hui ? En essayant d'avoir une bagnole plus belle ou une maison plus luxueuse, pour épater son voisin. Alors, il y a des gens qui commencent à en avoir marre, et qui manifestent ça par de l'ennui.

— Si vous voulez mon avis, tout ça va craquer un jour, dit Antoine.

— Qu'est-ce qui va craquer ? demande Michèle.

— Cette France de la Ve République qui roule en DS noire sur le pays en l'écrasant !

— Tu ne crois pas que tu exagères un peu ? dit Lorenzo.

— Non. Le jour où les jeunes, disons des blousons

noirs aux jeunes de la CGT, vont se révolter pour former des cortèges, alors là ça commencera à devenir intéressant.

— Moi, je crois que le travail des jeunes qui ont entre quinze et dix-neuf ans, c'est-à-dire nous, c'est d'aller à l'école, d'emmagasiner le maximum de connaissances et certainement pas de descendre dans la rue et faire de la politique. En tout cas, pas comme ça.

— Alors comment ? demande François.

— Je ne sais pas...

— Ce qui est sûr, dit Antoine, c'est que si les lycéens descendent dans la rue un jour, ce ne sera pas spontanément sur des thèmes marxistes-léninistes...

— Quel jargon ! dit Lorenzo.

— Ce n'est pas du jargon. C'est précis. C'est la vérité. Ils se tourneront vers des déviations de la pensée ouvrière !

— Ben voyons, dit Lorenzo en levant les yeux au ciel.

— Oui : le trotskisme, le maoïsme, le guévarisme...

— Je peux traduire en langage compréhensible par tous ? demande Lorenzo.

— Vas-y, dit Antoine, comme pour défier son copain.

— Disons que les thèmes seront des thèmes romantiques ou mystiques.

— On est d'accord, admet Antoine.

— Alors, puisqu'on est tous d'accord, on arrête la discussion, dit Michèle, et on va tous voir *Blow-up* au Champo.

En réalité cette discussion ne fait que commencer. Michèle, elle, ne s'ennuie jamais. Peut-être parce qu'elle applique à la lettre des préceptes qu'elle a notés au fil des années dans son journal : cultiver ce qu'elle considère comme des défauts, la frivolité, la discrétion, la pudeur, la débauche, la vieillesse, mais le tout sans excès. Même si elle est bien consciente des contradictions qui sont les siennes. Certes, elle ne parvient pas comme Antoine à s'intéresser à la guerre des Six Jours qui a vu Israël contrôler des territoires bien plus étendus que ceux qui lui avaient été attribués en 1948, ce qui a pour conséquence, notamment, de faire renaître un antisémitisme qui avait baissé la garde depuis l'anéantissement du nazisme ; ou comme Lorenzo, à se passionner pour la fondation en Allemagne de l'Université critique d'Herbert Marcuse qui implique un changement dans un système d'éducation devenu caduc par ses méthodes et son enseignement. Pour autant, Michèle n'est pas indifférente à ce monde, loin de là. Elle n'a pas oublié la mort d'un étudiant à Berlin, en juin dernier, lors d'une manifestation contre la visite du shah d'Iran, ni les tonnes de bombes et de napalm déversées sur le Vietnam. Elle regarde, comme tout un chacun, chaque semaine à la télévision *Les Dossiers de l'écran* où sont abordées des questions aussi diverses que la misère sociale, le stalinisme, l'homosexualité, la violence quotidienne, la chasse aux criminels nazis.

Le seul qui lui fait réellement un peu peur, qui la déstabilise vraiment, c'est François qui ne jure plus que par le mouvement hippie. Évidemment, comme beaucoup d'autres, elle pourrait en rire. Pour le père de Michèle, la philosophie hippie est une sorte de pot-pourri régressif qui semble agglomérer tout ce qui fait la révolte du préadolescent d'aujourd'hui : cheveux longs, hygiène douteuse, oisiveté, liberté sexuelle, musique rock, communautarisme, expansion tantrique et acidulée de la conscience individuelle, pensée écologique. « Le tout enrobé dans une arrogance pathétique et la conviction béate d'inventer un homme nouveau », conclut-il. Elle n'est pas loin de penser la même chose. Elle préférait le François d'avant, le blouson noir au cœur tendre et au cyclomoteur rutilant. Aujourd'hui, il cite pêle-mêle, avec le même enthousiasme délirant, le *Traité de savoir-vivre à l'usage des jeunes générations* de Raoul Vaneigem et la *Bhagavad-Gîtâ* ou le *Livre des morts tibétain.* Aujourd'hui, il ne jure plus que par le fameux triptyque *sex, drugs and rock'n'roll* ; que par une ville dont il fait le centre du monde, San Francisco ; que par un seul air, véritable hymne à la cause, *San Francisco*, la chanson de Scott McKenzie écrite par son vieux copain John Philips de The Mamas and the Papas.

If you're going to San Francisco
Be sure to wear some flowers in your hair
If you're going to San Francisco
You're gonna meet some gentle people there…

L'époque n'est plus à un idéal masculin sûr de lui et protecteur, et les jeunes filles préfèrent des garçons « gentils », « mignons », « compréhensifs », « intelligents » aux brutes d'antan. Elles craquent pour leurs cheveux longs, et les préliminaires amoureux. Un certain rapport nouveau hommes/femmes est en train de se mettre en place. Cela prendra du temps. En attendant, beaucoup d'amies de Michèle, prises entre le désir de connaître l'amour physique et la peur des garçons, ont opté pour la masturbation et, dans une moindre proportion, pour l'homosexualité. Passagère, relative. Mais qui ne plaît guère à Michèle, même si parfois elle ressent pour une autre fille le même désir que celui qu'elle a pu éprouver pour François, Antoine ou Lorenzo. La seule chose qui pourrait vraiment la faire flancher, c'est d'adhérer à une association de femmes, à un rassemblement qui permette de lutter ensemble comme le MDF – le Mouvement démocratique féminin –, et qui tente, depuis un certain temps déjà, de fédérer sous une même bannière révolution intime et action collective. Mais là encore la contradiction est trop flagrante : pour adhérer pleinement au mouvement, il faut pratiquer une sorte de terrorisme homosexuel qui fait que toute fille continuant à avoir des relations avec un homme se sent immédiatement coupable.

Michèle se pose tant de questions auxquelles elle ne peut apporter aucune réponse. L'avenir lui semble très lointain, inatteignable. Pour l'instant, elle ne voit pas comment concilier ses aspirations légitimes avec l'encadrement familial toujours très présent, ne serait-ce que dans cette obligation, non exprimée mais bien réelle, à être présente dans la boutique de ses parents lors de ses jours de congé. Et que faire du joyeux trio ? Doit-elle choisir un des trois garçons ? Impossible. Inutile. Et cela même si les allusions sexuelles sont de plus en plus appuyées. Même si elle-même se sent parfois presque prête à faire le premier pas.

Récemment, en sortant d'une projection des *Demoiselles de Rochefort*, elle a appris une belle et dure leçon de vie. Pour Catherine Deneuve et sa sœur Françoise Dorléac, la comédie musicale de Jacques Demy a été dès sa sortie synonyme de succès. Les « deux sœurs jumelles nées sous le signe des Gémeaux » ont enchanté la France entière. Mais le soir du 26 juin, la belle aventure joyeuse a tourné à la tragédie. Françoise Dorléac, la brune, partait de Saint-Tropez au volant d'une voiture de location et roulait à vive allure sur l'autoroute A8 en direction de l'aéroport de Nice. Michèle connaît parfaitement cette route. Elle l'a empruntée plusieurs fois avec son père ou sur la moto léopard de François. La jeune actrice devait prendre un avion pour Londres afin d'y assister à la projection des *Demoiselles de Rochefort* en version anglaise. Elle a fait une violente sortie de route sur la bretelle n° 47 de Villeneuve-Loubet et elle est morte brûlée vive dans l'incendie de sa voiture. Cette mort absurde affecte terriblement Michèle qui se demande : Est-ce cela, vivre ? À quoi peut bien servir une vie qui se termine ainsi, si tragiquement, si prématurément ? Vaut-elle la peine d'être vécue, cette vie ?

Alors qu'elle est embourbée dans ses pensées les plus sombres, les plus pessimistes, le téléphone familial se met à sonner. C'est son père qui répond et lui passe le combiné :

— C'est ton ami Lorenzo.

— Allô ?

— Tu veux bien que je te lise une page de mon livre ?

demande Lorenzo, sans préambule, avec une certaine brusquerie.

— Maintenant ?

— Tu es occupée ? Je te gêne ?

— Non, au contraire. Mais pourquoi ? Tu n'as jusqu'à présent jamais voulu rien me lire de ce que tu écrivais.

— J'ai eu envie.

— Comme ça, tout à coup ?

— Oui, j'ai eu l'impression, à distance, que tu avais besoin que je te lise quelque chose… Que tu avais besoin de m'entendre…

— Présomptueux !

— Vrai ou pas vrai ?

— Tu crois en ces trucs-là ?

— Évidemment ! Pas toi ?

— Je ne sais pas trop…

— Alors, vrai ou pas vrai ?

Michèle est bien obligée de le reconnaître. Elle n'allait pas très bien et soudain cet appel de Lorenzo qui réitère sa question :

— Alors, vrai ou pas vrai ?

— Vrai…

— Je te lis ?

— Vas-y !

— « Amateurs de révolte ou d'absurde, un peu de révolte, s'il vous plaît. Un peu d'absurdité. Je rêve de vous voir en colère. Ce jour-là, j'espère, vous aurez de belles grenades dans les mains. Pour prouver votre indépendance. Votre rébellion. Pour démolir tout ce qui doit l'être… »

— C'est tout ?

— C'est beaucoup. C'est la fin d'un chapitre qui annonce la mer qui commence à s'agiter, le vent qui se lève.

— C'est beau.

— Tu trouves ?

— Oui. Sinon je ne te le dirais pas.

— Alors merci, et bonsoir. Je t'embrasse.

— Allô ? Allô ?

Lorenzo a raccroché.

Quel curieux appel, pense Michèle. Qui ne se sent pas inquiète mais perplexe. Comme lorsqu'elle regarde un épisode de *Chapeau melon et bottes de cuir*, ce feuilleton surréaliste, inconfortable, à l'humour décalé. Michèle ne sait trop que penser. Mais l'étrangeté est vite recouverte par un autre sentiment : elle se sent comme reliée à Lorenzo par un fil mystérieux. C'est bizarre comme elle se sent soudain apaisée. Soudain bien ancrée au cœur d'elle-même. Les épisodes de *Chapeau melon et bottes de cuir* commencent toujours sur un meurtre qui campe une menace, suivi d'un appel de Steed à sa partenaire, la fameuse Madame Peel : « Madame Peel, on a besoin de vous ! » L'appel de Lorenzo est comme une réponse à un appel de Michèle qui, par la transmission de pensée, c'est ce qu'elle pense, lui aurait dit : Lorenzo, j'ai besoin de toi !

3

31 décembre

Des fleurs en cellophane jaunes et vertes

Lorenzo est perplexe. Il y a trois ans, il passait la soirée du Nouvel An avec Michèle, à danser sur *I like to be in America* et *If I had a hammer* de Trini Lopez. Et il découvrait le coup de foudre. Aujourd'hui, il a passé la journée, enfermé dans sa chambre, à réécouter le même disque. Il n'a même pas pu téléphoner à Michèle, partie faire du ski avec ses parents qui viennent d'acheter un chalet pagode dans la toute nouvelle station de Métabief. Lorenzo, il ne sait pas trop pourquoi, se compare à cette côte bretonne qui, de Trégastel à Paimpol, s'est vue recouverte par les quatre-vingt mille tonnes de pétrole échappées des cuves éventrées du *Torrey Canyon.* Il est comme un de ces trente mille oiseaux retrouvés asphyxiés ou paralysés. Lorenzo est couvert d'une boue noire, englué dans une tristesse dont il se demande comment il pourrait sortir.

Les quatre mousquetaires avaient envisagé de partir ensemble quelque part. Ils avaient même pensé que Lorenzo aurait pu participer à *Monsieur Cinéma*, le nouveau jeu télévisé, mais il a vigoureusement refusé. Après l'humiliation de *La Tête et les Jambes*, il trouvait la blague de très mauvais goût. Où seraient-ils partis d'ailleurs ? Avec quel argent ? À quoi leur sert d'avoir dix-neuf ans ! Aucune autonomie, financière, sexuelle. Les parents sont toujours là à surveiller, à punir, à indiquer le chemin, à exiger. Il faut toujours leur rendre des comptes. Et il n'y a pas que les parents : la société les tient elle aussi dans un carcan.

En avril dernier, François a voulu manifester contre la venue à Paris du vice-président américain Hubert Humphrey, en brûlant un drapeau américain. Résultat, il en a été quitte pour une exclusion temporaire du lycée… Il a fallu la menace d'une manifestation en faveur de la « liberté d'expression » pour que la mesure soit reportée. François, dont les prises de position ne sont pas toujours acceptées par les autres mousquetaires, a une théorie bien à lui : la contestation est en train de monter, elle a pour chefs des figures charismatiques – Castro, Mao Tsé-toung, le Che.

— Un grand mouvement qui dit non, dont l'épicentre est aux États-Unis. Mouvement pour les droits civiques. Dénonciation de la guerre du Vietnam. Initiatives hippie. Désobéissance civile. Poètes de la Beat Generation : Allen Ginsberg, que je rêve d'aller écouter à Washington Square !

Chacun à sa façon sent bien que les choses sont en train de se fissurer et tente de s'impliquer dans ce qui se passe, dans ce qu'il pense devoir être en train de se passer. Chacun avec ce qu'il est et d'où il vient. Pour Antoine, le signe du changement c'est la mort du Che, assassiné le 9 octobre de plusieurs balles de mitraillette, dans la salle de classe d'un hameau où l'armée bolivienne l'avait contraint à se retrancher. Cette fin est comme un signe. Pour Antoine, « cette fin est un début ». Et de rappeler à ses copains la grève entamée le 13 décembre dans huit lycées parisiens pour soutenir l'action lancée par les organisations syndicales ouvrières et étudiantes :

— Une grève reprise par cent lycéens de Paris et sa proche banlieue, dont le lycée Paul-Lapie, qui se sont rendus à la manifestation des syndicats pour vanter les mérites – la nécessité – de la solidarité entre ouvriers et étudiants, mais surtout insister sur la dénonciation de la sélection et de la réforme Fouchet.

— Ça va mener à quoi ? demande Lorenzo.

— À être plus forts ensemble. Pour obtenir ce qu'on veut. Notamment par la création des CAL. J'annonce solennellement la création du comité d'action lycéen du lycée Paul-Lapie !

Mais comme François, il est vite repris par la société qui l'entoure, le lycée, les parents. Autonomie relative. Tout comme pour Michèle qui a participé à la soirée « Cent artistes pour le Vietnam » à la Mutualité en juin, mais surtout pour écouter Barbara et Catherine Sauvage chanter, et accompagner des amies lesbiennes qui en ont profité pour lancer quelques slogans pour la liberté de contraception. Lancée sur ce sujet, on ne l'arrête plus :

— On nous ennuie avec l'indice conjoncturel de fécondité sous prétexte qu'il est en train de chuter. Il paraîtrait qu'en France la famille idéale comprend trois enfants au minimum et qu'il est inavouable de passer à deux. Qu'on arrête d'embêter les femmes avec ça ! Quant à l'avortement, on est encore sous la tyrannie de 1920 qui en fait un crime et interdit toute diffusion des moyens de contraception, à l'exception du préservatif masculin destiné avant tout à protéger la santé des fantassins et le moral des armées !

Pour Michèle, la date essentielle de cette année 1967, c'est le 28 décembre, jour où doit être examinée à l'Assemblée une loi relative à la régulation des naissances, c'est-à-dire le droit à la contraception. La seule façon de faire diminuer les trois cent mille avortements clandestins annuels.

— La loi n'est pas encore entrée en application, fait remarquer Antoine.

— Elle va l'être. Le projet Neuwirth sera adopté.

— Malgré l'opposition plus que ferme des catholiques et des communistes ? demande François.

— Je n'ai aucun doute là-dessus ! C'est comme le droit d'ouvrir un compte en banque pour une femme sans l'autorisation écrite du mari… Personne n'y croyait et finalement, depuis 1965 c'est possible…

— En quoi la loi Neuwirth te concerne, tu n'as pas encore fait l'amour, dit Antoine.

— Qu'est-ce que tu en sais ? Tu crois que je te préviendrai quand ça arrivera ?

— À moins que…

— Que je le fasse avec toi ? Très drôle ! Tu peux toujours courir !

Et Lorenzo ? Quel bilan dresse-t-il de son année ? Un premier trimestre plutôt mitigé : vingt-deuxième sur trente-trois en mathématiques, premier en philosophie, dix-neuvième en anglais, cinquième en histoire et géographie, vingt-troisième en allemand, premier en français, vingtième en éducation physique, lui qui fut à deux doigts de battre le record de France du 800 mètres et qui semble désormais passé définitivement du côté du cinéma et de la littérature aux dépens du sport qu'il ne pratique plus… Quoi d'autre ? Une relation avec Michèle qui n'avance guère, malgré quelques baisers volés. Quelques poèmes en vers libres très inspirés d'Éluard, d'Apollinaire et de Cocteau. Quelques pages d'un roman écrit sous l'influence des *Choses* de Perec. Restent les longues échappées dans la quatre-pattes couleur Afrikakorps. Là au moins, il est seul, heureux. Peut rouler à vive allure sur les routes désertes du côté de la forêt de Montmorency ou dans les allées du bois de Boulogne, en écoutant Simon & Garfunkel : « Time, time, time, See what's become of me, While I looked around, for my possibilities, I was so hard to please… » « Mrs. Robinson, Jesus loves you more than you will know, wo, wo, wo… »

Mais ce soir, il n'est pas au volant de sa 4 CV, il est dans la villa familiale de la rue Jean-Jaurès à Gennevilliers, pour fêter le Nouvel An, et son père est intraitable :

— Ce n'est pas parce que tu as dix-neuf ans que tu ne passeras pas le Nouvel An avec tes parents !

— Ce n'est pas ça…

— C'est quoi, alors ?

— La marée noire, le *Torrey Canyon*…

— Que dis-tu ?

— Non, non, rien…

— Tu as d'autres projets ?

— Non.

C'est seulement juste avant que le dîner ne commence que Lorenzo comprend pourquoi ses parents voulaient absolument qu'il reste. Au pied du sapin, dont les larges branches commencent à s'incliner dangereusement vers le sol, une boîte presque carrée, recouverte d'un papier cadeau vert agrémenté d'étoiles argentées, l'attend.

— Comme on te l'avait expliqué, on n'avait pas d'argent à Noël. Mais on voulait t'offrir quelque chose…

Lorenzo ne sait que dire. Pris entre le désir de manifester sa joie et le dégoût, presque physique, que commencent à lui inspirer ses parents. Ces deux « vieux » – ils n'ont pourtant respectivement que trente-huit ans (sa mère) et quarante-huit (son père) – plantés dans le salon, à attendre qu'il ouvre son cadeau.

— Vas-y.

— Ouvre-le.

Et s'il ne l'ouvrait pas ? S'il refusait de rentrer dans ce chantage des cadeaux ? Du moins dans ce que lui estime être un chantage…

— Puisque, si j'ai bien compris, tu écris…, dit sa mère.

— Tu veux devenir écrivain, ajoute son père.

De quoi se mêlent-ils ! L'écriture, c'est son secret. Pour mettre fin à cette mascarade, il se précipite sur la boîte. Arrache les rubans. Déchire le papier imprimé. Ouvre le carton : une Olivetti Lettera 32 portable de couleur vert olive ! La mère de Lorenzo est au bord des larmes. Son père lui explique que s'il échouait à son baccalauréat, en juin prochain, il pourrait toujours devenir « scribouillard »... Des yeux, son père lui intime l'ordre d'aller embrasser sa mère. Alors que Lorenzo s'exécute, elle lui glisse à l'oreille d'aller remercier son père. Qui le prend immédiatement dans les bras et le serre tendrement contre lui. Ce qu'il n'aime plus beaucoup... moins que lorsqu'il était petit et qu'il jouait, des heures durant, à Papa Lion. Alors, son père le coursait dans toutes les pièces de l'appartement, et lorsqu'il l'avait attrapé, il se jetait sur lui et couvrait son fils de baisers, en faisant mine de le mordre avec des crocs puissants, en imitant les rugissements du roi de la jungle...

— Elle est belle, dit sa mère.

— Oui.

— Elle te plaît ?

— Oui.

— Bon, dit son père, si avant de passer à table on écoutait le Général ?

Depuis que Lorenzo est enfant, c'est toujours le même rituel. Du moins depuis 1961. Musique. Zoom sur le palais de l'Élysée. Fenêtre du bureau présidentiel. De Gaulle assis à son bureau. Plan général puis plan rapproché.

« Françaises, Français ! De tout mon cœur je souhaite une bonne année à la France... Que sera 1968 ? L'avenir n'appartient pas aux hommes et je ne le prédis pas. Pourtant, en considérant la façon dont les choses se présentent, c'est vraiment avec confiance que j'envisage pour les douze prochains mois l'existence de notre pays… »

Pour une fois, Lorenzo n'écoutera pas le discours en entier. Le téléphone sonne. Plusieurs fois. Insiste. La mère de Lorenzo finit par se lever.

« Je crois cependant qu'au total, à moins de grave secousse qui bouleverserait l'univers, notre situation continuera de progresser et que tout le monde y trouvera son compte. Dans l'ordre politique… »

— Lorenzo, c'est pour toi.

— Allô ?

— C'est François.

— François ?

— Oui, François. Tu n'as pas l'air content…

— Si, si. Excuse-moi, je croyais que…

— Tu croyais quoi ?

— Rien… Allô, François ? Tu vas bien ?

— Oui. J'ai quelque chose d'extraordinaire à te dire !

— Tu as couché avec une fille ?

— Mais non. Mieux que ça !

Dans l'appareil, Lorenzo entend une sono à fond qui rend la voix de François presque inaudible : « Cellophane flowers of yellow and green towering over your head, look for the girl with the sun in her eyes, and she's gone. Lucy in the sky with diamonds… »

— Tu m'appelles pour me faire écouter les Beatles ?

— Non. C'est pour te dire que ça y est.

— « Ça y est » quoi, bordel ?

— La drogue psychédélique… La *drug culture… Peace and love…* Changer le monde égale changer l'esprit…

— Qu'est-ce que tu racontes ?

— La drogue… Ça y est, j'en ai pris. J'ai fumé des joints. C'est dingue. C'est génial. Terrible. Super… On est tous…

— Allô ? François ? Allô ?

— …

Quand Lorenzo revient dans le salon, le Général conclut ses vœux : « Françaises, Français, voilà le cadre humain, actif et pacifique que 1968 paraît offrir à la Nation. Ce cadre-là, vous toutes, vous tous et moi aussi, puissions-nous le remplir de telle façon que l'année soit bonne et qu'elle fasse honneur à la France. Vive la République ! Vive la France ! »

SIXIÈME PARTIE

1968

1

6 janvier-30 avril

With a little help from my friends

Antoine ne peut pas être d'accord avec François.

C'est le premier à être arrivé chez lui après que Lorenzo lui a raconté l'étrange coup de fil que celui-ci lui a passé il y a une semaine. Cela fait maintenant plusieurs mois qu'ils y songent : aller tous chez François pour essayer de le raisonner. Prendre une après-midi entière tous les trois pour le convaincre d'arrêter de se droguer tant qu'il en est encore temps.

Non, Antoine ne peut pas être d'accord. C'est la première fois qu'il vient chez François. Sa chambre est si différente de la sienne, lui le fils d'ouvrier. En fond sonore, *Voodoo chile* de Jimi Hendrix : « Alors, des lions des montagnes m'ont trouvé là à attendre et m'ont placé sur le dos d'un aigle… » Sur tous les murs et même au plafond, de grandes reproductions d'œuvres psychédéliques, de pochettes de disques, d'affiches disposées autour d'un poster géant représentant la *Babe Rainbow* de Peter Blake, jeune fille en maillot de bain blanc encadrée par les couleurs de l'arc-en-ciel. Dans l'atmosphère, une tenace odeur d'encens.

— Un mélange de myrrhe et de copal, dit François qui ajoute : Ça te plaît ?

— Je suis peu habitué à tout ça, reconnaît Antoine.

— C'est si différent chez toi ?

— Oui.

— En quoi ?

— En tout. J'imagine mal mes parents m'autoriser à fumer de l'herbe et me permettre de mettre des affiches psychédéliques partout.

— Elle est comment, ta chambre ?

— Plus austère.

— Avec des posters des pères de toutes les révolutions, des syndicalistes, des fanions de la CGT ?

— Non, rien de tout ça. Comme on ne me laisserait pas mettre le Che, Mao ou Castro, voire Trotski, je préfère ne rien mettre. Alors oui, c'est très différent chez moi.

— Des sportifs ?

— Mon père déteste ça !

— Il n'aime pas que tu coures ?

— Il trouve ça inutile. Il n'est jamais venu me voir lors d'un meeting. Même au championnat de France !

— Remarque, moi non plus je n'arrive pas à comprendre pourquoi tu passes des heures à tourner en rond sur une piste, avec aux pieds des chaussures à pointes. Tu crois que c'est pour tout ça qu'on ne peut pas être d'accord ?

— Non. Pour d'autres raisons. Plus importantes !

— Lesquelles ? demande François tout en proposant à Antoine une « menthe-chocolat ».

— Une quoi ?
— Un joint ! Haschich plus marijuana…
— Non merci.
— Bon alors tu me les donnes, tes raisons ?
— Disons que pour moi, ce qui est important ce sont les choses plus immédiates, qui se passent en France aujourd'hui, dans la société française. Comme le développement des comités d'action lycéens. La mobilisation du 26 février contre le plan Fouchet et les lycées-casernes… Nos revendications : droit à la politique dans les lycées, participation des élèves aux différents conseils à l'intérieur des établissements, reconnaissance des CAL comme interlocuteurs…
— Et moi, d'après toi, qu'est-ce qui m'intéresse ?
— Disons, des questions plus internationales. Le Printemps de Prague qui vient de commencer, l'offensive du Têt au Vietnam… Je suppose que tu as la plus grande admiration pour ceux qui en février ont fait flotter un drapeau nord-vietnamien sur la Sorbonne et ont rebaptisé le boulevard Saint-Michel…
— « Boulevard du Vietnam héroïque »… Et en ont profité pour brûler un mannequin de Lyndon Johnson… Évidemment !
— Si on prend la mort de Luther King, je suppose que nos analyses sont diamétralement opposées. On trouve tous deux que c'est un événement fondamental mais pour des raisons différentes.
— Exact.
— Moi je trouve qu'il marque la fin d'un rêve merveilleux : celui d'une réconciliation générale, sous la bannière de la démocratie américaine, de deux

communautés. Mais cela ne m'empêche pas de penser que le pacifisme est plus que jamais de mise.

— Et moi que cet assassinat sanctionne l'échec politique de l'apôtre de la non-violence, que c'est la preuve cuisante de son esprit chimérique, et que la « guerre de guérilla », comme le disent les Black Panthers, le sang versé sont le seul gage de toute libération future.

— Je pense que notre génération peut sinon changer le monde, tout au moins promouvoir une révolution démocratique qui pourrait modifier de fond en comble la société française…

— Tu ne veux vraiment pas une taffe, c'est divin ? propose François tout en posant sur la platine *The Piper at the Gates of Dawn*, l'album psychédélique des Pink Floyd.

— Non, vraiment, merci.

— Syd Barrett, un dieu de l'acide ! Tu vois, ça bouge partout : États-Unis, Brésil, Mexique, Japon, Allemagne fédérale, Belgique, Suède, Pologne, Tchécoslovaquie, Espagne, Italie, France, et jusqu'à certains pays d'Afrique. Le monde se révolte, c'est ça qui compte…

Tandis que François poursuit sa démonstration, Lorenzo entre dans l'antre de son ami et fait remarquer que ça sent une drôle d'odeur.

— Myrrhe, copal, et marijuana, dit François qui conclut : Le monde s'ouvre à de nouveaux dangers, mais surtout à de nouvelles voies, grâce à cette drogue ancienne redécouverte par toute une génération, le cannabis.

À la lumière vacillante de grosses bougies multicolores, tous rideaux fermés, la conversation se poursuit. Les trois adolescents refont le monde, passant en revue les dernières dramatiques nouvelles comme la tentative d'assassinat de Rudi Dutschke, l'un des principaux chefs du SDS – la Fédération socialiste allemande des étudiants –, et constatant qu'en Allemagne aussi l'alliance entre étudiants et ouvriers n'est pas pour demain. Leur analyse converge en un point : qu'on le veuille ou non, et même s'il est pourri, même si on le condamne, on profite toujours de l'ordre établi. Ça peut paraître cynique, mais c'est comme ça. Et on en profite peut-être mieux encore si on ouvre les yeux, quand les autres les ferment béatement. Là, les trois mousquetaires se rejoignent. Dans leurs incohérences mêmes. Ce sont des adolescents, des yéyés devenus des apprentis révolutionnaires, des élèves contestataires. Pouvant dans la même phrase dire tout et son contraire.

— Après tout, dit Antoine, à certaines époques, et dans certaines situations, les extrêmes ont pu s'entendre. Des personnalités qui a priori n'avaient rien à se dire ont lutté côte à côte.

— Tu penses à qui ? demande François.

— Bernanos et Malraux pendant la guerre d'Espagne. Ils se sont retrouvés dans le même camp.

— Ou plutôt dans la même indignation, rectifie François.

— N'empêche, mes salauds, que le 9 février dernier aucun de vous n'est venu manifester avec moi, dit Lorenzo.

— Le 9 février ?

— Devant le siège de la Cinémathèque, rue de Courcelles, avec les lycéens, les étudiants de Nanterre et de nombreux cinéastes pour protester contre l'éviction d'Henri Langlois qui n'est pas reconduit dans ses fonctions de directeur de la Cinémathèque.

— Chacun son territoire, dit François. On s'est découpé le monde, moi l'international et le cannabis, Antoine la contestation lycéenne et ouvrière, et toi le cinéma et la littérature. Le jour où on rédigera des tracts, tu seras notre scribe en chef !

Et les trois amis de rire de concert pour cette unité retrouvée, avant qu'Antoine ajoute :

— Et puis on en pince pour la même fille…

— Ça c'est une autre histoire, fait remarquer Lorenzo.

— Si on commence à aborder ce sujet, alors là, pour le coup, ça va tout compliquer, dit François qui s'apprête à se lancer dans une vaste démonstration comme il en a le secret, surtout après un ou deux joints, mais s'arrête soudain car la sonnette de la porte vient de retentir.

— Ça c'est Michèle, dit Antoine, elle n'a toujours pas compris qu'elle pouvait entrer sans frapper.

— Quand on parle de la louve…, dit François.

La venue de Michèle tient de l'apparition de Mme Arnoux sur le pont de *La Ville-de-Montereau.* Et bien qu'elle n'ait ni chapeau à large bord agrémenté de rubans roses ni robe de mousseline claire tachetée de petits pois et qu'elle ne soit pas en train de broder, sa silhouette se découpant presque sur le fond de l'air bleuté de l'encadrement de la porte ouverte jette les trois mousquetaires dans un éblouissement que l'adolescente perçoit immédiatement mais fait mine de ne pas comprendre :

— Il fait drôlement noir, là-dedans, et qu'est-ce que c'est que cette odeur ?

— Myrrhe, copal et marijuana, répond le chœur des trois garçons en pouffant de rire.

— De quoi parliez-vous ?

— De nos accords et surtout de nos désaccords politiques, dit Antoine.

— Et pourquoi pas des *Shadoks* pendant que vous y êtes !

— « Je pompe donc je suis », dit Antoine.

— « S'il n'y a pas de solution, c'est qu'il n'y a pas de problème », dit Lorenzo.

— « Quand on ne sait pas où on va, il faut y aller... et le plus vite possible ! », dit François, tout en s'apprêtant à retirer de son étui le premier album du Velvet Underground & Nico. Écoutez ça, *Heroin*, sept minutes de pur bonheur. Ça plane terrible. Lou Reed à la guitare, Sterling Morrison à la guitare rythmique, Moe Tucker à la batterie. Le voyage, les gars, le trip...

Michèle est furieuse :

— Je ne trouve pas ça drôle du tout. On est là ni pour parler des Shadoks, ni de groupe psychédélique, ni de politique, mais de François qui va devenir irrécupérable si ça continue.

Les remarques de Michèle jettent un froid. Comme toujours, c'est elle la plus mûre, la plus adulte de la bande. Mettez les trois garçons ensemble et ils retournent en enfance. Ils ne semblent pas avoir compris que *Salut les copains* c'est mort et que *Campus* a pris le relais. Les baby-boomers ont avancé en âge et sont en train de sortir de leur statut de teenagers. À la fin de cette année scolaire, beaucoup seront étudiants.

— On dirait la « bonne ménagère » des *Robinsons suisses*, dit François en aspirant une large bouffée de sa cigarette, ajoutant : Alors je mets Soft Machine ou pas ?

— Non, dit Michèle. Et on ne peut pas aérer là-dedans ? Ça pue et on ne voit rien.

— Ridicule. C'est du fascisme ordinaire, dit François.

— Tu veux coucher avec moi ? demande soudain Michèle devant les trois garçons médusés.

— Qu'est-ce que ça a à voir ? intervient Antoine.

— C'est à François que je pose la question. Tu crois que je vais coucher avec un type qui se pique ?

— Je ne me pique pas, je fume.

— Ça viendra ! Après les joints, le LSD ; après le LSD, l'acide. Et puis quoi après ? dit Michèle qui se rend compte à la fois du comique et du tragique de la situation.

Elle est seule contre trois dans une chambre. Seule avec trois garçons. S'ils décidaient, pour on ne sait quelle raison, sous l'emprise d'on ne sait quelle substance, de lui sauter dessus, elle ne pourrait pas faire grand-chose.

— On a tous envie de…, commence Lorenzo.

— Je coucherai avec toi quand tu arrêteras de te droguer, dit Michèle, regardant François droit dans les yeux.

— Et les autres ? demande Antoine.

Michèle s'en tire par l'humour :

— Je vous répondrai ce qu'a répondu François Missoffe venu à Nanterre à Daniel Cohn-Bendit qui l'interpellait en lui reprochant de n'avoir rien dit des problèmes sexuels de la jeunesse dans son *Livre blanc*: « Si vous avez des problèmes sexuels, trempez-vous dans la piscine ! »

— Et en attendant ?

— En attendant, Antoine, on peut tous aller demain au défilé du 1er Mai.

— Pour ce que c'est utile, dit François qui poursuit, emphatique : Je convoite un destin d'irrégulier plutôt qu'une carrière au sein d'un système.

— Je suis comme Musset, j'arrive « trop tard dans un monde trop vieux », dit Lorenzo.

— Et toi, Antoine ?

— Un tiers des Français a aujourd'hui moins de vingt ans et les seize-vingt-quatre ans représentent à eux seuls huit millions d'individus...

— Je ne te demande pas des statistiques, je te demande si tu viens demain ou pas.

— Huit millions de copains qui peuvent devenir des camarades !

— Il faut qu'il demande l'autorisation à son parti, à son groupe, à son syndicat, dit François.

— Ce n'est pas si simple. Les anarchistes veulent bien défiler mais pas avec l'UNEF, le CLER est ok si l'accord avec les JCR est signé, mais l'UEC ne veut pas des situationnistes, et l'UJCML refuse le pacte entre le PSU et l'AGE, répond Antoine, vite noyé par le *Chant de guerre des Polonais de Nanterre* entonné par Lorenzo et François qu'il rejoint en rigolant :

Valsons la Grappignole
C'est la misère ou la colère
Valsons la Grappignole
C'est la colère
À Nanterre.

Quand ils terminent leur chant, c'est pour s'apercevoir que Michèle a quitté la chambre. Ils ne se sont aperçus de rien.

2

3-9 mai

Je suis comme un volcan ivre de printemps

Lorenzo en veut beaucoup à ses parents de ne pas habiter Paris. Il aurait pu participer à la manifestation du 3 mai qui a suivi l'occupation de la Sorbonne par les CRS venus déloger un meeting de protestation « contre la terreur fasciste et la répression policière ». Et aux deux du 6 mai. La première, à 9 heures, pour protester contre la comparution devant la commission disciplinaire de Cohn-Bendit et ses camarades. La seconde, à 18 h 30, pour protester contre la condamnation en correctionnelle des manifestants du vendredi précédent. On a chanté *L'Internationale*, des drapeaux rouges et des drapeaux noirs ont flotté dans Paris, rue de Rennes, boulevard Raspail, rue Saint-Jacques, place Denfert-Rochereau, boulevard Saint-Germain, rue du Four. Des pavés ont été lancés, des cocktails Molotov, des bouteilles. Sans Lorenzo, sans qu'aucun des quatre mousquetaires ne soit présent : les banlieusards vivent en banlieue, pas à Paris.

Ces derniers ont suivi les événements à la télévision,

au journal qui exceptionnellement a duré un peu plus longtemps que d'habitude. Mais avec les filtrages habituels, les partis pris, les mensonges par omission, la présentation d'une réalité reconstruite. Pour l'accompagner, toujours le même discours officiel : « Si l'on n'y met pas fin, la désinvolture de la jeunesse actuelle deviendra un danger public. » À l'origine de cette situation qui, d'après ce même discours officiel, remonte « à plus de quarante ans », quatre raisons : le manque d'autorité des parents, l'absence totale d'éducation morale et civique à l'école, la promiscuité dégradante des HLM, la pornographie et l'érotisme étalés en titres énormes et en images. Sur ce dernier point, Lorenzo est sceptique : si seulement cela était vrai !

Les images montrées à la télévision – grilles d'arbres arrachées, voitures retournées, chaussée dépavée, manifestants casqués armés de bâtons et de barres de fer – sont assorties d'un commentaire alarmiste. On parle de quatre cent quatre-vingt-un blessés du côté des forces de l'ordre et deux cent soixante-dix-neuf du côté des manifestants, dont vingt-quatre hospitalisés pour les premiers et soixante et onze pour les seconds. On insiste sur la présence inquiétante de nombreux lycéens qui n'avaient rien à faire là. On disserte plus que de coutume sur l'apparition du slogan « CRS = SS ». Et dans le même temps on montre des cordons de policiers postés aux points névralgiques de la capitale, patrouillant en rangs serrés et assurant le retour au calme.

La presse écrite ne vaut guère mieux. *Minute*, dans une prose rappelant les heures les plus sombres de l'histoire de France, assure que « nombre de jeunes

Français, dans un geste de salubrité publique, seraient prêts à raccompagner Cohn-Bendit à la frontière, pour ne pas abandonner la rue à la chienlit des enragés». *L'Aurore* voit dans ces événements la «main de véritables commandos organisés sur le mode "prochinois", conduits par des meneurs étrangers». *L'Humanité*, jouant les Ponce Pilate, renvoie dos à dos les forces de répression avec leurs matraques et les aventuriers gauchistes tout en rappelant au passage que «ce n'est pas parce que Cohn-Bendit est juif et allemand qu'il doit se prendre pour Karl Marx». *Le Figaro* fait de ces étudiants des «jeunes relevant de la correctionnelle plutôt que de l'Université». Le *Parisien*, résumant admirablement bien la situation, titre: «Paris en état de siège!» Et les hommes politiques? Ils font leur travail d'hommes politiques: les membres de l'UDR sont sur les mêmes positions que le PCF, Guy Mollet et la SFIO restent muets, François Mitterrand et Pierre Mendès France, gérant leur carrière comme des boutiquiers, attendent que le fruit mûr tombe dans leurs mains. Quant aux syndicalistes de la CGT, ils remplissent leur rôle de roquets au service du Parti communiste: «Tous des fils de bourgeois qui jouent aux provocateurs gauchistes!»

C'est affreux, Lorenzo et ses amis ont le sentiment de passer à côté de l'Histoire. Car enfin, être situé dans le temps et être situé dans l'espace revient à être enraciné, au sens que lui donne Simone Weil, c'est-à-dire être situé dans une collectivité qui conserve vivants certains trésors du passé et certains pressentiments d'avenir. C'est-à-dire une collectivité porteuse d'une histoire.

C'est bien une des caractéristiques de la communauté. Et pour Lorenzo, ne pas participer à ces manifestations, ne pas être dans la rue avec ces étudiants et ces lycéens, c'est sortir de cette communauté, se mettre en dehors. Habiter cette communauté, c'est laisser l'Histoire pénétrer les cavités de son être, participer à la respiration du corps communautaire. Lorenzo sent bien que la possession des biens matériels, qui a pu constituer un des moteurs des baby-boomers, un des aiguillons des membres de sa génération, ne suffit plus, ne la satisfait plus. C'est sans doute cela que cherche à sa manière François. Quelque chose en lui, comme chez Lorenzo, doit l'inviter à davantage : en quantité et en qualité. Quelque chose en lui lui enjoint de rejoindre une route dont il pressent l'existence : un pays qu'il ne connaît pas encore, un monde dont il ignore encore tout, une demeure qu'il n'a pas encore habitée. Ce pays, ce monde, cette demeure, il ne les atteindra, ne risquera de les atteindre qu'en participant à ces journées de mai dans les rues de Paris.

Ce n'est pas encore pour le mardi 7 mai. Pour cette grande manifestation qui se déploie de la place Denfert-Rochereau à l'Étoile. Avec pour sujet de rassemblement trois revendications qui deviennent un leitmotiv : levée de toutes les poursuites engagées contre les étudiants et libération des détenus ; retrait des forces de police de tous les lieux universitaires et de leurs environnements ; réouverture des établissements universitaires. Le vendredi 3 ce sont deux mille étudiants qui étaient dans la rue. Le lundi 6, six mille. Ce mardi 7, ils sont douze mille, à remonter le boulevard Raspail, à arracher les drapeaux tricolores, à chanter *L'Internationale*, pour la première fois de son histoire, sur la tombe du Soldat inconnu, à défiler sous un nouveau slogan qui se répète tout au long de la chaîne humaine qui forme le cortège : « Le Pouvoir est dans la Rue ! Le Pouvoir est dans la Rue ! » Mais toujours pas pour Lorenzo et ses amis, qui ne peuvent pas non plus se joindre à la nouvelle manifestation du lendemain, laquelle, partie de la halle aux vins, aboutit à la place Edmond-Rostand.

Lentement, les choses changent. Quatre cent trente-quatre personnes sont interpellées dont dix-sept sont maintenues en état d'arrestation. *Action*, le journal de la révolte, lance un appel à la grève générale et à l'insurrection parisienne. La presse commence à perdre le contrôle de ce qu'elle écrit. « Massacres au Quartier latin », titre *Combat*. « Comment en est-on arrivé là ? » se demande *France-Soir*. *Le Figaro* porte sur les manifestants un jugement nouveau : « Il ne s'agit plus d'une poignée de "trublions" mais d'un mouvement qui a pris de l'ampleur en marchant. »

Antoine, dans les couloirs du lycée Paul-Lapie, trépigne d'impatience et passe de classe en classe :

— Les CAL appellent à partir de demain les lycéens à faire la « grève sur le tas » et à participer à la manifestation du Quartier latin.

— Demain, ce sera plus facile, lui répond un élève, c'est jeudi !

C'est un élève connu des appariteurs du lycée. Un dur, un coriace. Toujours puni. Souvent absent. Une forte tête. Lorenzo l'a surnommé Dargelos, comme le mauvais garçon des *Enfants terribles,* le roman de

Cocteau. Il a participé à la manifestation de la veille et la raconte par le menu, tandis qu'un cercle se forme autour de lui, héros d'un jour à la gloire éphémère :

— Après qu'on a allumé un feu à hauteur du boulevard de Port-Royal et de l'avenue de l'Observatoire, on s'est mis à courir sur le boulevard Montparnasse poursuivis par des CRS. On a réussi à se cacher les uns au Rond-Point, les autres au Sélect et le patron a fermé les grilles ! À l'extérieur on a vu des flics qui brandissaient leur mousqueton comme des bûcherons et qui tabassaient tout ce qui passait à leur portée. Une vraie boucherie. Puis ils ont décidé de charger. Les grilles du Sélect n'ont pas cédé. On était tous cachés au fond du café, sous les tables. On est restés comme ça au moins un quart d'heure, sans rien dire, sans rien faire, à attendre que ça finisse. Alors les flics ont brisé les vitres et ont balancé à l'intérieur des cartouches à gaz. C'était affreux. Ce n'était pas du gaz lacrymogène, il était vert-jaune et prenait à la gorge. Plein de gens vomissaient. À côté de moi un couple de personnes âgées est tombé dans les pommes. Vers deux heures du matin, le patron nous a évacués un par un par une fenêtre qui donnait sur le côté. J'ai couru chez moi jusqu'à la rue du Cherche-Midi. Il n'y avait pas un chat. Personne. Un silence de mort brisé par moments par des camions de nettoyage qui lavaient la chaussée à grands coups de jet d'eau…

Autour du combattant, le cercle murmure. Certains veulent le toucher. Il y était. Il a vécu ça. Il est revenu de l'enfer. Il sort de sa poche un papier froissé, tract ronéotypé. Son titre est éloquent : « 3 Morts 1 000 Blessés GAZ

DE COMBAT ». Suivi de : « Groupons-nous et demain… » Il circule de main en main. Telle une relique. Presque un autre témoin vivant du drame. Lorenzo, Antoine et François sont présents. Jaloux sans doute. Et toutes ces filles qui sont là à regarder le coq de village avec des yeux enamourés… Demain, quoi qu'il arrive, ils iront à Paris.

Le père de Lorenzo est inquiet. À l'usine, les débrayages ont adopté le style « mitraillette » : leur répétition s'accentue pour commencer à paralyser la production. Un ouvrier a même lancé la proposition – cette fois encore, mais pour combien de temps, refusée – d'une grève générale avec occupation de l'usine. « Tu ne vas pas à Paris, j'espère ? » demande-t-il à Lorenzo, avant de retourner travailler.

La porte de fer qui ouvre sur l'usine à peine refermée sur la haute stature paternelle, Lorenzo monte dans sa 4 CV et commence à jouer la voiture balai. D'abord Antoine, puis Michèle et enfin François. Direction le pont puis la porte de Clichy, la Madeleine, la Concorde, le Quartier latin, la rue de l'École-de-Médecine où essayer de garer la quatre-pattes.

Place de la Sorbonne, plus d'un millier d'étudiants et de lycéens dont le nombre semble croître à chaque minute est déjà rassemblé pour écouter Cohn-Bendit et Sauvageot haranguer la foule : « Dès que nous aurons accès à la Sorbonne, nous occuperons les locaux ! » Lorenzo et ses copains applaudissent tandis qu'une grande partie de l'assistance conspue les orateurs… Visiblement les mousquetaires ne comprennent pas ce qui se passe. Mieux vaut ne pas chercher à comprendre, d'ailleurs. Poser la moindre question ce serait passer pour des imbéciles. Les discours s'enchaînent, les prises de position. Aucune manifestation ne semble se mettre en ordre de marche. Aucun CRS ne semble charger, le mousqueton en avant. On parle d'un grand meeting, ce soir, à la Mutualité, en présence de Rudi Dutschke. Aucun des mousquetaires ne pourra y assister. Ils voulaient une grande manifestation romantique, dangereuse, pleine de bruit et de fureur, et au lieu de ça ils doivent se contenter de faire le tour du périmètre interdit gardé par des cars de CRS installés en chicane : rue des Écoles, rue Saint-Jacques, rue Cujas, place de la Sorbonne. Comme dit François, « l'Alma Mater porte toujours un casque de CRS… » Malgré l'annonce officieuse de sa réouverture par le ministère, diffusée par les radios et les journaux, la Sorbonne reste bel et bien fermée. Seuls les candidats à l'agrégation peuvent franchir le barrage. Les quatre lycéens ne peuvent même pas entrer à l'intérieur du lieu saint. Comme beaucoup d'autres de leurs congénères, ils s'assoient sur la chaussée devant les cordons de police et se contentent de bloquer la circulation, en hurlant des slogans hostiles aux forces de l'ordre. L'un d'eux retient particulièrement l'attention de Lorenzo : il traite les CRS de « structuralistes », ce qui n'a pas l'air de les émouvoir beaucoup… Mais tout de même, il faut le reconnaître, ce premier contact avec le Paris de la contestation étudiante, c'est à peine mieux que Fabrice del Dongo à Waterloo, qui a beau regarder, il ne voit que de la fumée blanche, et qui ne comprend rien à ce qui se passe.

Malgré tout, lorsque Lorenzo, Antoine, François et Michèle décident de quitter le groupe d'étudiants assis par terre sur tout le boulevard Saint-Michel et de remonter dans la 4 CV sous le regard d'un CRS qui ne croit pas qu'ils viennent rechercher leur voiture – il demande à Lorenzo les papiers du véhicule –, ils connaissent un léger frisson qui les remplit d'aise. Ils ont croisé la répression de près. La haie de CRS s'ouvre pour les laisser passer et à peine celle-ci s'est-elle refermée et la voiture s'est-elle engouffrée dans le bas de la rue de l'École-de-Médecine pour remonter vers le Luxembourg que les premières bombes lacrymogènes commencent d'exploser, loin dans leur dos. Peut-être est-ce mieux ainsi ? Au fond ça aura été une belle journée. Passée tous ensemble, à Paris, au cœur du Quartier latin où vagit l'Histoire.

Quand Lorenzo rentre chez lui, son père est déjà là. Il lui donne son dossier scolaire pour le baccalauréat avec ses notes du deuxième trimestre qu'il gardait pour rendre son mensonge encore plus crédible : il a passé la journée au lycée à attendre qu'on lui remette le précieux document ! Toujours des faiblesses en mathématiques, anglais et allemand. Mais de très bonnes notes ailleurs : premier en philosophie et en français, deuxième en histoire et géographie. « Il faut au moins ça, dit son père. La concurrence sera rude. » Il y a deux fois plus d'étudiants aujourd'hui qu'il n'y avait d'élèves dans l'enseignement secondaire en 1939, et le nombre d'étudiants a été multiplié par dix : soixante mille en 1939, six cent cinq mille aujourd'hui ! Lorenzo est inquiet.

Après tout, depuis qu'il va à l'école, il a connu il ne sait combien de réformes du baccalauréat : suppression du probatoire, une session, deux sessions, repêchage, pas de repêchage, et si l'on est recalé, à quoi sert le baccalauréat « première partie » ? Et d'autres réformes peuvent surgir d'un moment à l'autre : contrôle continu, certificat de fin d'études pour les élèves se situant entre 8 et 10, session suivie d'un oral de rattrapage, double correction envisagée. Et que va-t-il sortir du baccalauréat 1968 ? Les reçus ne constituent encore qu'à peine plus de 60 %...

Le soir au journal télévisé, des images du meeting de la place de la Sorbonne sont projetées. On voit aussi les étudiants et les lycéens assis sur le boulevard Saint-Michel. Lorenzo n'a qu'une seule préoccupation. Michèle a absolument voulu monter derrière. Dans le petit rétroviseur, il se souvient de l'avoir longuement observée et l'avoir vue collée contre François, qui visiblement a arrêté les drogues. François semble plus lucide. N'exhale plus cette odeur doucereuse caractéristique. Durant toute cette journée, il n'a fait aucune allusion au monde des hippies et du Flower Power, et a même cité une phrase de Rudi Dutschke que tout le monde a trouvée extraordinaire et appropriée à la situation : « Ne craignez pas le désordre fécond, n'ayez pas peur pour votre liberté personnelle. »

3

10 mai

En avant l'amour et rendez-vous demain

François n'arrive pas à le croire. Cela lui rappelle le jour où il était allé avec son père à Londres et où, pendant que ce dernier voyait des fournisseurs de meubles indiens, il s'était perdu dans les ruelles autour de Sloane Street. Il avait enchaîné les boutiques qui battaient comme des pouls affolés au rythme des Aphrodite's Child, des caisses enregistreuses et des filles court vêtues. Dans la dernière, sorte de jungle Art nouveau, dont les sous-sols se succédaient au moyen d'escaliers en colimaçon de plus en plus étroits, il avait échoué dans une sorte d'immense cabine d'essayage collective dont le sol était recouvert d'un amas de lingeries d'occasion qui lui arrivait jusqu'au genou. Là, hommes et femmes mêlés, à moitié nus voire entièrement pour certains, essayaient des sous-vêtements en dentelle, des jupes en lurex argenté, des jeans délavés. Les femmes passaient des tuniques militaires chargées de brocarts dorés sur leur poitrine dégoulinante de sueur, des hommes au torse velu essayaient des hauts brillants en macramé. L'air était chargé de parfums d'Arabie et d'une forte odeur de haschich. Son plaisir était si intense que François avait failli s'évanouir. C'est exactement à cela qu'il pense, à cet éblouissement soudain, alors qu'il observe à côté de lui le corps nu de Michèle sur le lit défait, dans la pénombre de la pièce.

Il faut dire que l'enchaînement des faits qui les a conduits, tous les deux, dans cette chambre est digne du plus subtil ou extravagant des scénaristes. La journée avait commencé par une nouvelle expédition en 4 CV à Paris. Le Mouvement du 22 mars, le SNESUP, l'UNEF et les comités d'action lycéens avaient convoqué les étudiants par des tracts plus ou moins violents à une manifestation qui devait débuter à 18 h 30 place Denfert-Rochereau. Ce rassemblement-là, il ne fallait pas le manquer. Le sit-in de la veille avait eu quelque chose de ridicule, qu'il était impossible de reproduire. C'est ce que les mousquetaires avaient décidé de faire aujourd'hui : participer coûte que coûte et quel qu'en soit le risque aux actions du jour.

Alimentée depuis le matin par des bataillons de lycéens rassemblés par les CAL qui avaient afflué de toutes les rues de Paris, la place Denfert-Rochereau était littéralement noire de monde. Des militants, hissés sur le lion de bronze, discouraient sur la liberté d'expression, la reconnaissance des comités d'action lycéens, la participation à la vie des lycées. Les leaders se succédaient. Et, bien que l'on comprenne un mot sur deux, une joie communicative, mêlée d'une dose nécessaire d'électricité, planait sur l'immense réunion jusqu'à ce que l'arrivée de Daniel Cohn-Bendit la fasse entrer dans une autre dimension. Cette manifestation avait des objectifs qu'il fallait respecter. Le brouhaha empêcha que tous comprennent en quoi ils consistaient. Mais qu'importe, le grand mouvement était enclenché. De la foule partaient de multiples slogans : « Libérez nos camarades ! », « La matraque, puis la carotte, les étudiants en ont assez », « La lutte commence, elle se poursuivra »…

Ce fut le premier événement mis au point par le subtil scénariste pour changer le cours de l'histoire des mousquetaires. Alors que la manifestation s'augmentait de l'apport d'un millier d'enseignants et de chercheurs de la Sorbonne et de Nanterre, et que les orateurs débattaient d'un lieu plus vaste où la poursuivre, certains proposant les quartiers populaires, d'autres le ministère de la Justice, il fut décidé que le cortège s'ébranlerait en direction de l'ORTF, mais avant, de passer symboliquement devant la prison de la Santé. C'est là, alors qu'était entonnée *L'Internationale* à laquelle répondirent des centaines de mouchoirs blancs s'agitant aux fenêtres des cellules, que Lorenzo disparut dans la foule. Antoine et François crurent bien le voir insulter les détachements de police immobiles et silencieux qui encerclaient la rue Monge, et Michèle au moment où le long fleuve de manifestants obliquait du côté de l'Observatoire quand la police barra le boulevard Saint-Germain à hauteur du boulevard Saint-Michel, mais en réalité Lorenzo s'était fait happer par le grand fleuve au courant puissant.

À mesure que le temps passait et que les forces de l'ordre barraient rue après rue, une évidence était en train de se faire jour, attirant les manifestants comme un aimant : il fallait reconquérir la Sorbonne. S'en rapprocher était sans doute un piège dans lequel il était impossible de ne pas s'engouffrer. N'était-elle pas le lieu symbolique de la lutte étudiante ? Le lieu interdit ? Le lieu souillé par la répression ? Le gros des manifestants était rassemblé place Edmond-Rostand et dans les rues avoisinantes. Les mots d'ordre fusaient : « Le Quartier latin est à vous ! », « Dispersez-vous ! », « Formez des groupes de dissuasion et d'action ! », « Assiégez les assiégeants ! » Bientôt on commença à dépaver les rues, à stocker des pierres, à arracher des grilles d'arbres, à desceller des panneaux de signalisation ; sur un chantier voisin, on trouva même un compresseur et des marteaux-piqueurs qui furent promptement utilisés. Dans la cohue, Antoine disparut à son tour, occupé avec d'autres à renverser des voitures pour obstruer le passage. Ce fut le deuxième événement ciselé par le scénariste. Vers 22 h 30, Michèle et François se retrouvèrent seuls au milieu d'un groupe d'activistes décidés à « occuper le Quartier latin ».

Très vite une idée surgit, acceptée par tous, venue du fond de l'Histoire, des luttes révolutionnaires de 1830 et de 1848, de la Commune de Paris, de la Libération de juin 1944 : dresser des barricades. Leur édification commença. Toutes situées dans le 5e arrondissement, dans un espace délimité par le boulevard Saint-Michel, le Panthéon, la rue Monge et le Val-de-Grâce. Les unes derrière les autres, sans aucun plan préconçu ni la moindre logique défensive, au risque d'enfermer leurs combattants dans une souricière... Toutes sur le même modèle : une première rangée de pavés sur lesquels venaient s'entasser des voitures renversées, des grilles d'arbres, des matériaux divers prélevés sur place dans des chantiers, voire des arbres abattus à la hâte.

Alors que dans le silence de la chambre François observe le corps nu de Michèle, il continue de progresser dans le souvenir de cette nuit qu'il n'est pas près d'oublier, s'arrêtant sur le troisième élément du jeu de dominos inventé par le scénariste. Tandis qu'ils étaient plusieurs à chanter *Revolution* des Beatles – « You say you want a revolution, well, you know, we all want to change the world » –, une jeune fille, venue d'une autre barricade, un transistor à la main, rapporta qu'elle venait d'entendre sur Europe n° 1 que les négociations entre les étudiants et le gouvernement venant d'échouer, il était impératif – c'était le mot d'ordre général – de transformer le quartier en forteresse imprenable. Serrés l'un contre l'autre, Michèle et François écoutaient comme tous les autres ces nouvelles en silence. À quelques mètres de là en contrebas, matraque à la main, luisants dans leurs longs imperméables, la tête casquée, la figure cachée derrière d'énormes lunettes, les agents de police, les gendarmes mobiles, les CRS attendaient l'ordre de charger.

Des bruits divers commencèrent à circuler. On rapporta que le préfet Grimaud refusant de donner l'ordre de réduire les barricades tant que des enfants y seraient encore retranchés, les rues étaient pleines de parents à la recherche de leur progéniture. On disait que lorsque l'ordre tomberait, la police ne ferait pas de quartier…

François ne peut pas détacher son regard des fesses

de Michèle, de ses longues jambes, de son dos, de ses épaules. Elle respire doucement à côté de lui. C'est vers 2 heures que la curée a commencé. Un brouillard malsain piquait les yeux et enflammait les gorges. Des fenêtres des immeubles, des gens lançaient de l'eau, des mouchoirs, des morceaux de draps et de nappes mouillés destinés à protéger les étudiants contre les effets des grenades. C'est lorsqu'un des chefs de la barricade derrière laquelle ils s'étaient retranchés – entre celle de la rue Saint-Jacques et celle de la rue d'Ulm – se mit à hurler, debout face aux policiers : « Ah ! Comme c'est beau la Révolution ! Plutôt mourir debout que vivre couché ! » que François se souvient d'avoir commencé à craindre pour la vie de Michèle et la sienne. L'une après l'autre, les barricades tombaient, c'est ce que tous comprenaient, l'oreille collée aux transistors qui circulaient de main en main. Les nouvelles les plus alarmistes étaient diffusées par les journalistes : « Le professeur Monod a eu une main arrachée », « Une femme enceinte a été tuée », « Un bébé est mort asphyxié », « Vingt mille ouvriers sont en train de remonter le boulevard Saint-Michel », « Une jeune fille entièrement nue a été tabassée par les CRS »... Une heure après le début de la charge, les feux allumés par les grenades des policiers et le vent qui s'engouffrait dans les rues étroites rendaient l'atmosphère irrespirable. De temps à autre des fusées rouges étaient lancées par les forces de l'ordre pour inviter les manifestants à se disperser. En vain. La souricière se refermait, doucement mais sûrement. Devant eux, des CRS munis de masques à gaz commençaient d'escalader la barricade précédant celle où ils étaient retranchés. Derrière eux, la charge avait démarré, à deux barricades de là, menée par des policiers casqués et éclairés par de puissantes lampes électriques. Et quand les deux charges se réunirent, enfonçant chacune les deux barricades, se rapprochant de la centaine d'étudiants qui y étaient retranchés, ils n'eurent d'autre issue que de s'engouffrer dans les halls des immeubles de la rue.

L'accalmie fut de courte durée, suivie d'une immense cavalcade dans les escaliers de l'immeuble. Michèle et François étaient poursuivis comme par une vague qui montait lentement, engloutissant étage après étage. Au lieu d'entrer dans un appartement dont les portes s'étaient généreusement ouvertes pour les protéger, ils choisirent de grimper vers un appartement situé au dernier étage. Dans les étages inférieurs, les CRS pénétraient chez les gens en hurlant, en arrachant les étudiants qu'ils avaient ainsi attrapés, leur faisant dévaler les marches une à une, à coups de crosse et de bottes.

Le couple qui les accueillit les entraîna immédiatement au fond de l'appartement, leur ordonnant de se cacher dans la chambre du fond, de prendre une douche s'ils en avaient envie, et de dormir. Le lit était fait, l'homme et la femme s'occuperaient de tout. Puis, ils quittèrent la pièce en la fermant à clef. Trente minutes après, on frappa très violemment à la porte d'entrée. François ne put s'empêcher de regarder par le trou de la serrure. Un policier en civil, pistolet au poing, hurlait aux propriétaires que s'ils cachaient des insurgés, ils iraient en prison et que cela leur plaise ou pas, ils allaient fouiller l'appartement. L'homme ne se laissa visiblement pas faire, exigeant un mandat de perquisition, arguant qu'ayant survécu aux geôles de la Gestapo et aux gardiens d'Auschwitz, ce n'était pas pour se faire dicter sa conduite par n'importe qui. Il était hors de lui. Militaire de carrière à la retraite, il reprochait à la police d'utiliser contre des gamins des gaz de combat comparables à ceux jetés sur l'ennemi au cours de la Première Guerre mondiale, très dangereux pour les yeux et pour les poumons, et des grenades offensives qu'il connaissait bien puisqu'elles avaient précédemment été utilisées en Algérie, au cours des opérations de maintien de l'ordre ! C'est là que le scénariste abattit sa carte maîtresse, grosse ficelle dans un roman, mais imparable dans la réalité. L'homme travaillant au ministère des Armées auprès du cabinet du ministre, il demanda au policier médusé s'il pensait vraiment qu'il cachait des « enragés » dans son salon ! Alors qu'il entendait la porte se refermer, François attendit quelques secondes et après s'être retourné se dirigea vers le lit où s'était glissée Michèle. Elle était nue sous les draps et se lova dans ses bras. Il avait gardé son slip et ses chaussettes.

La suite, François se souvient de l'avoir vécue comme dans un rêve. Très doux, très tendre. Il se souvient d'avoir pensé : Elle m'offre sa virginité avec la même légèreté que si elle m'offrait une glace, et cela l'avait terriblement excité. Il se souvient aussi de l'avoir touchée avec une assurance dont il ne soupçonnait pas en lui l'existence, ses doigts lui donnant comme une confiance nouvelle, ma première confiance de jeune adulte, s'était-il dit. Il se souvient aussi qu'avant de la pénétrer, il l'avait regardée dans les yeux, longuement, longtemps. Ce n'était pas un regard de possession. Ce n'était pas un regard anxieux. C'était simplement un regard qui voulait aller plus loin que l'instinct, plus loin que la terreur. Et qu'il avait demandé : « Je peux ? Tu veux ? » Et qu'elle avait répondu : « Oui. Tu peux. Je veux. » Et qu'après elle avait pleuré longtemps. Et que cela l'avait un peu déstabilisé car il avait lui aussi envie de pleurer mais qu'il s'était dit qu'un homme ne pleure pas dans ces moments-là. Mais qu'il avait eu beaucoup de mal à retenir ses larmes de bonheur, quand même.

En la regardant ce lendemain d'émeute, tandis qu'elle dort toujours à côté de lui, le corps soulevé au rythme de sa respiration, il se souvient aussi qu'il n'avait pas osé lui dire qu'il ne s'était pas retiré tout de suite quand elle lui avait demandé de le faire, lui glissant au creux de l'oreille : « Ne reste pas », et que de toute façon ils avaient recommencé plusieurs fois et que ni l'un ni l'autre n'avait de préservatif... Il se met aussi à penser, et là vraiment il ne comprend pas pourquoi, à un texte de Wilhelm Reich dont tout le monde parle, et qui est paru en 1936 dans la revue *Sexpol.* Il y pense sans doute parce que ce texte parle de sexe et qu'il l'a lu dans *Oz*, sa revue de chevet : « Qu'est-ce qui n'est pas le chaos sexuel ? C'est désirer par amour réciproque l'abandon sexuel mutuel sans tenir compte des lois établies et des préceptes moraux, et agir en conséquence. »

Mais très vite et Reich et l'absence de préservatif disparaissent de ses pensées, très vite ces légers nuages se dissipent, écartés qu'ils sont par la beauté du corps de Michèle qui maintenant s'étire comme un chat, ouvre un œil puis l'autre et vient se blottir contre lui – Haydée Politoff dans *La Collectionneuse*.

Alors François pense qu'il aurait bien fumé un joint mais qu'il l'a encore oublié – comme hier. C'est peut-être pour ça que Michèle a fait l'amour avec lui, parce qu'elle a cru qu'il avait arrêté de fumer ? Il pense aussi à ce qu'il a entendu sur les barricades tandis qu'on les édifiait : « Nous faisons la chaîne comme on fait l'amour. »

4

21 mai

Vingt-quatre mille baisers

Antoine a à peine revu ses amis depuis la manifestation de la place Denfert-Rochereau, ou alors de façon épisodique. Il faut dire que la situation du pays est de plus en plus anarchique. Grèves, débrayages, arrêts de travail, la vie entre Paris et sa banlieue devient compliquée et circuler entre l'un et l'autre est un enfer quotidien. Aussi les mousquetaires ont-ils été absents de plusieurs manifestations, notamment de l'immense cortège qui, le 13 mai, rassemblant ouvriers, étudiants et syndicats réunis dans leur indignation devant les brutalités policières, a défilé sans débordements, de République à Denfert. Pour beaucoup cette grève d'un jour étant une sorte de répétition de la grande grève générale qui finira par paralyser tout le pays…

Hier considérée comme improbable, la grève générale est de plus en plus envisagée comme le prolongement logique des événements qui lentement sont en train de figer le pays comme la glace gèle l'eau du fleuve. Le 13, l'usine Carbone Lorraine où travaille le père de Lorenzo fait partie de la liste et voit ses portails métalliques soudés ou solidement verrouillés. Le 14, une grève éclate à Sud-Aviation, à Nantes. Une autre le 15 à l'usine Renault de Cléon en Normandie. D'autres encore le 16 : dans les mêmes usines Renault, à Flins. Le lendemain dans celles de Boulogne-Billancourt, mais aussi à l'ORTF. Une révolution ne s'accomplit pas sans symbole. Après le théâtre de France-Odéon, occupé parce qu'il représente le symbole de la « culture bourgeoise », et l'atelier des Beaux-Arts, parce que le mouvement contestataire entend « se doter d'un instrument de propagande, illustrer les luttes et répondre à la demande », le 20 c'est le festival de Cannes qui s'est arrêté après avoir ouvert sur la projection d'*Autant en emporte le vent* de Victor Fleming. Aujourd'hui, les bureaux de l'Ordre des médecins, de l'Ordre des architectes et ceux de la Société des gens de lettres sont à leur tour occupés. Ce sont désormais plus de six millions d'employés et d'ouvriers qui ont cessé le travail.

Les premières mesures de rationnement de carburant font leur apparition. Bientôt, les bons d'essence, dont bénéficient la 4 CV de Lorenzo qui en subtilise quelques-uns à son père, auront disparu et, faute de transports en commun, les mousquetaires seront totalement isolés de la capitale. Le moindre déplacement devra alors s'effectuer à vélo – mais les vols sont fréquents – ou, plus vraisemblablement, à pied.

Nombre de facultés sont occupées, certaines comme Nanterre se sont déclarées « libres et autonomes ». Après que les syndicats de l'enseignement du second degré ont lancé leur mot d'ordre de grève, c'est au tour des CAL de décider l'occupation générale des établissements. Le lycée Paul-Lapie fait évidemment partie de la liste. Antoine trouve enfin un terrain où s'exprimer. À la tête du comité d'occupation, il en définit les tâches : déterminer les lieux d'occupation prioritaires, former un service d'ordre, organiser des commissions de travail sur les problèmes de culture, de loisirs, d'actualité politique, de presse, préparer un tract pour expliquer les objectifs du mouvement. Sa mission le mobilise jour et nuit. Le lycée occupé, c'est une ville dans la ville. Il faut prévoir les problèmes d'intendance concernant le ravitaillement et les problèmes de sécurité, organiser la garde des élèves du premier cycle, mettre sur pied une permanence inter-lycée, voire tourner un film sur l'établissement en grève. Sans oublier les AG, lieu démocratique par excellence. Là, parents, élèves, professeurs se verront communiquer les résultats des commissions, les projets, les perspectives, les derniers développements de l'actualité et des négociations en cours.

Malgré l'euphorie générale, une question taraude tout le monde. Début mai, le nouveau ministre de l'Éducation nationale a été on ne peut plus péremptoire : dans tous les cas de figure, les épreuves du baccalauréat se dérouleront bien les 6 et 7 juin. À présent rien n'est moins sûr. Le bac est loin, perdu dans la tourmente politique et sociale qui est en train de bouleverser la société française dans son ensemble. Le spectre d'une année perdue hante les couloirs du lycée Paul-Lapie. Une solution a été proposée en AG, qui sera défendue par Antoine ce jour même, lors de la réunion prévue dans le grand amphithéâtre de la Sorbonne :

le baccalauréat pourrait être accordé après réunion d'un conseil de classe comprenant des représentants des élèves, chaque recalé pouvant alors tenter un oral de rattrapage.

La petite bande enfin reconstituée, chacun a conscience qu'il s'agit peut-être du dernier voyage de la 4 CV à Paris. Le réservoir est pratiquement vide et les bons d'essence ne sont plus réservés qu'aux véhicules de première urgence. Qu'importe, dès la porte d'entrée de la rue de la Sorbonne, surmontée d'un drapeau rouge et d'une affiche sur laquelle on peut lire : « Cette université est ouverte à tout le monde, étudiants, travailleurs », le fameux édifice leur enlève immédiatement tous leurs doutes, leurs incertitudes, leurs angoisses. Antoine, porteur de la proposition du lycée Paul-Lapie, ne se demande même plus s'il sera à la hauteur de sa tâche, l'énergie dégagée par le lieu est telle qu'une vague puissante, dont ils auraient pu craindre qu'elle les emporte, au contraire les soutient et les soulève. Ils sont partie prenante de l'Histoire en train de se faire. Ils en sont les acteurs, les protagonistes.

Dans la cour qui en temps normal peut confortablement accueillir six mille personnes, une bonne vingtaine de mille se presse. Sous l'œil attentif d'un Victor Hugo et d'un Pasteur de pierre, un jeune homme joue des airs de jazz sur un piano à queue, des jeunes gens et des jeunes filles s'embrassent, plusieurs jouent de la guitare, un grand nombre installés sur les marches de la chapelle mangent des sandwichs ou boivent de la bière. Sur les colonnes antiques donnant encore plus de majesté à une architecture lourde et utilitaire, de grands portraits de Marx, Lénine, Mao, Trotski, Guevara sont déployés, unis par une large pancarte qui proclame : « Pour un Mouvement Révolutionnaire ». Les murs sont couverts de graffitis – « Plus je fais la révolution, plus j'ai envie de faire l'amour », « Il est interdit d'interdire » – et d'affiches venues tout droit de l'atelier de sérigraphie des Beaux-Arts : une cheminée d'usine se terminant par un poing levé – « La lutte continue » ; l'ombre de De Gaulle, bras levés – « La chienlit c'est lui » ; le visage d'une femme qui pleure – « Se soumettre ou Résister et Vaincre » ; un CRS casqué, matraque levée, bouclier menaçant – « CRS = SS », repris d'un slogan peint sur les corons en 1948…

Les mousquetaires ne peuvent s'empêcher d'arpenter les lieux en long et en large. Comme un château longtemps tenu hors de leur portée et dont les portes leur seraient enfin ouvertes. Se frayant un passage dans les couloirs bondés, se hissant sur la pointe des pieds pour tenter de suivre les débats qui semblent avoir investi la moindre salle, pièce, classe noire de monde et où des opinions confuses, passionnées, parfois violentes sont hurlées au micro. Partout, à chaque étage, ils croisent un défilé constant de gens pressés portant qui des dossiers, qui le brassard rouge du service d'ordre, qui des drapeaux rouges et des drapeaux noirs, des porte-voix, certains des piles de couvertures, d'autres des affiches enroulées et des seaux de colle, tous convergeant à un moment ou à un autre de leur trajectoire vers ce qui semble être la forteresse centrale du soviet étudiant : le Grand Amphithéâtre où domine *Le Bois sacré*, immense peinture murale de Puvis de Chavannes figurant la Poésie, la Philosophie, la Géométrie et diverses autres branches du Savoir entourant une représentation assise de la Sorbonne. C'est là que s'arrête leur course. C'est là qu'Antoine doit présenter la proposition du lycée Paul-Lapie de Courbevoie. C'est là que siège l'assemblée sans ordre du jour, sachant que tout présent peut voter. Avant lui, une demi-douzaine de leaders s'exprime à grands coups de slogans, de mots d'ordre, de formules ravageuses, de diktats. Le Grand Amphithéâtre, bondé, n'est que cris, hurlements, interruptions intempestives. Au nom de la nécessité de voir anéanti le passé archaïque et étouffant, on invente une nouvelle forme de démocratie : tout le monde a le droit de s'exprimer, comme il l'entend, quand il l'entend. Aucune entrave, aucun interdit. Chacun doit se sentir responsable de ses propres attitudes intellectuelles. La source de tout pouvoir se trouvant dans cette assemblée générale, il règne dans ce forum une tolérance extrême. Mais quand c'est au tour d'Antoine de parler, il a compris qu'il n'obtiendra jamais le silence. Que ne l'écoutent que ceux qui veulent vraiment l'écouter. Les autres sont déjà passés à une autre idée, une autre proposition. Les choses doivent aller vite, très vite, pour ne pas laisser à la bureaucratie le temps de se scléroser.

En réalité, cette fourmilière où s'agitent, parlent et surtout discutent, discutent de tout, discutent interminablement, aussi bien les étudiants que des badauds, des ouvriers envoyés par leurs syndicats que des clochards venus là pour se réchauffer, commence à énerver et François et Lorenzo. À leurs yeux, cette frénésie sans règle ni mesure ne peut mener à rien. À quoi Antoine, et à ses côtés Michèle, répondent qu'ils vivent une fête, le temps des miracles, le pouvoir libérateur de la parole et qu'après avoir chassé la nuit, vaincu la peur, ils vont enfin changer la vie, vivre libres, égaux, fraternels, heureux.

Leur naïveté met François et surtout Lorenzo hors d'eux, qui décident de partir, de les laisser à leur douce folie, à leur utopie qui pousse comme une herbe folle entre les pavés. Lorenzo a pour lui et ses amis une formule qui résume sa pensée : « Nous vivons dans un rêve. Quand nous en serons redescendus, nous serons vaincus ! » C'est son dernier mot avant de quitter l'amphithéâtre. Plein de tendresse pour ses deux amis, de condescendance aussi. François le suit, allumant un joint.

— Je croyais que tu avais arrêté de fumer ?

— Tu es fou ?

— Mais alors ?

— Alors quoi ?

— Michèle…

— Mais non je n'ai pas couché avec elle, idiot !

Maintenant, la nuit est tombée. L'amphithéâtre s'est progressivement vidé. Avant de repartir, Antoine et Michèle continuent l'exploration de cet édifice qu'ils ne reverront peut-être pas de sitôt. Chaque groupuscule, chaque parti d'extrême gauche s'est réservé un local. Chaque secteur de la vie sociale ou culturelle s'est choisi un étage, une salle, un escalier. Occupée depuis une semaine, la Sorbonne est dans un état déplorable.

Partout, des chaises et des tables fracassées, des montagnes de pain moisi, de légumes fermentés, des tas de linge et d'étoffes dont il est impossible d'imaginer ni l'emploi ni la provenance, des dizaines de sacs de couchage entassés les uns sur les autres, des monceaux de tracts et d'affiches, dans tous les coins un peu sombres ou reculés et, dégageant une odeur pestilentielle, des interdictions en lettres énormes – « Défense d'uriner » – nullement respectées. Au fur et à mesure de leur exploration, Antoine et Michèle passent par des sentiments contraires. Tantôt certains d'être au cœur de la révolution en marche, tantôt vacillants, écœurés ou déçus par ce qu'ils entrevoient. Leur joie la plus intense, ils ne la tirent nullement des débats auxquels ils assistent, des échanges d'idées, mais plutôt, au détour de leur pérégrination, de ces jeunes femmes chargées du service de nettoyage et si fières de tenir le balai, ou de ces vigiles menant une ronde attentive pour prévenir tout début d'incendie, toute lueur intempestive. Sur leurs visages, les mêmes regards de gens résolus, investis dans leur tâche, comme ces gardiens chargés de protéger les livres, les fichiers, les catalogues, les répertoires, le matériel de bureau.

La vie présente toujours au moment où on s'y attend le moins une bifurcation, une solution, une proposition. Alors qu'ils s'apprêtent à redescendre les escaliers pour rejoindre la cour centrale, ils croisent un professeur qui comme beaucoup d'autres leur révèle qu'il a organisé depuis le début de l'occupation, avec plusieurs collègues, un service de garde permanent pour protéger les différentes bibliothèques de la Sorbonne. La sienne est celle de l'ancien français, matière qu'il enseigne. Puisqu'ils sont sur place et qu'il a le sentiment de pouvoir leur faire confiance, accepteraient-ils de garder sa bibliothèque, disons quelques heures, le temps qu'il retourne chez lui pour se doucher, se changer, manger, prendre le pouls du dehors ? Il reviendra un peu avant 20 heures. Dans trois heures maximum.

— D'ici là, le mieux est de vous enfermer dans la bibliothèque. C'est le meilleur moyen pour la protéger. Vous serez tranquilles.

C'est cette simple phrase, « Vous serez tranquilles », qui a tout déclenché. C'est ce que pense Antoine tandis qu'il prend Michèle par la taille, l'attire vers lui et l'embrasse comme jamais il n'a embrassé une fille. Et que Michèle se laisse faire, créant même chez lui une forme de panique quand elle pose sa main sur son entrejambe. Et qu'il se produit alors une chose étrange. Michèle n'est plus la bonne copine dont il est vaguement amoureux, mais une vraie femme, séduisante, entreprenante, nullement surprise par l'érection de son partenaire, et qui essaie dans le même temps de déboutonner son jean, très serré, trop serré, raide, qui pousse sur ses hanches pour essayer de le retirer. Qui demande à Antoine de l'aider. Qui soupire d'énervement, qui sourit de soulagement quand son pantalon tombe enfin sur ses chevilles. Qui enlève ses vêtements, tous ses vêtements, qui aide Antoine à retirer les siens, lui demandant de venir maintenant, tout de suite, en elle, oui, tout de suite, maintenant. Lui dessous, elle dessus à même le vieux tapis de la bibliothèque d'ancien français de la Sorbonne. Tous deux nus, perdus dans leurs regards, et qui semblent se voir comme en plein jour malgré la pénombre. Malgré la terreur merveilleuse qui le saisit quand elle lui demande de rester en elle parce qu'elle a ses règles et que dans ce cas-là on peut.

— Tu en es sûre ?

— Oui ! Oui ! ne cesse de répéter Michèle qui trouve que c'est très différent, presque plus animal qu'avec François.

Plus excitant aussi quand ils entendent derrière la porte une cavalcade ininterrompue et des voix expliquer que les CRS ont chargé, que les blessés affluent, que les médicaments et les pansements manquent car la police a jeté la dernière cargaison dans le caniveau. Que plusieurs étudiants victimes des gaz souffrent de brûlures sérieuses de la cornée. Que les rats venus des caves et attirés par les détritus accumulés commencent à remonter dans les étages.

Ce n'est qu'après que de violents coups répétés contre la porte les ont sortis de leur torpeur et qu'ils se sont habillés à la hâte qu'ils comprennent qu'un troisième larron a partagé leur intimité. Qui a tout vu, tout observé : un gros lapin blanc qui sautille sur le parquet et taquine un trognon de salade.

— Je n'avais pas fait les présentations, dit le professeur d'ancien français, une fois revenu. Stendhal, la mascotte de l'étage.

20 heures. La vague de chaleur entamée en avril se poursuit. La température dépasse encore les vingt degrés. Les rues autour de la Sorbonne sont calmes et vides. Contrairement aux rumeurs, aucun cordon de

CRS n'est là pour tendre une situation qui attend le premier faux pas de l'un ou l'autre camp pour reprendre les hostilités. Antoine et Michèle, encore sous le choc de ce qui vient de leur arriver, restent muets, étonnés l'un de l'autre, osant à peine se tenir la main, se regarder. Avant de se séparer pour rejoindre chacun sa ligne de métro, ils tombent d'accord sur une évidence :

— On ne dit rien aux autres, n'est-ce pas ? suggère Antoine.

— Évidemment, répond Michèle.

5

24 mai

Tes désirs sont mes envies

Lorenzo le sait. Son père l'a prévenu : plus de bons d'essence. C'est la dernière fois qu'il va pouvoir utiliser la 4 CV pour se rendre à Paris. Depuis quelques jours, si l'on excepte la manifestation dans la soirée et la nuit de la veille, un calme relatif règne sur le pays – le calme avant la tempête, prédisent certains – où les choses se jouent plutôt dans les antichambres et les réunions : rejet de la motion de censure au Parlement, vote de l'amnistie pour les étudiants condamnés, création du Comité national de défense de la République, Conseil des ministres consacré au projet de référendum, réunion des responsables de cent cinquante comités d'action. En revanche, à l'étranger, le raz de marée qui a déferlé sur la France a fait tache d'huile. À Rome, des étudiants défilent aux cris de : « Créons deux, trois, beaucoup de Paris ! » tandis que d'autres occupent l'université de Milan. En Allemagne ce sont celles de Berlin-Ouest et de Francfort qui tombent aux mains des insurgés pendant qu'à Munich les étudiants manifestent contre les lois d'exception. En Belgique, l'université de Bruxelles, sur laquelle flottent des drapeaux rouges et noirs, s'est déclarée « université libre ». Des incidents similaires – heurts entre étudiants et policiers, entrée de la police dans les campus, fermetures provisoires – éclatent à Stockholm, Liverpool, Londres, Madrid. La révolte sort même des frontières de l'Europe. À New York, l'université de Brooklyn est occupée par des étudiants noirs, tandis que la police expulse brutalement les étudiants barricadés dans l'université de Columbia. À Toronto, des manifestations ont lieu devant le consulat de France. À Vancouver, à Santiago du Chili, les étudiants se retranchent dans leur campus. Antoine exulte : « C'est le monde étudiant qui s'embrase et va entraîner le monde ouvrier ! Si l'alliance a lieu, tout pète ! »

Et au lycée Paul-Lapie ? Il devient très difficile d'étudier. Certains professeurs sont en grève, d'autres pas. Certains jours, les élèves trouvent porte close en arrivant le matin alors que les cours devaient avoir lieu. D'autres fois, c'est tout le contraire. On leur dit : « Demain vous serez en vacances » et quand deux jours plus tard ils reviennent au lycée, on s'étonne de leur absence des jours précédents ! Comment préparer le baccalauréat dans ces conditions ?

Et Carbone Lorraine à Gennevilliers ? L'usine est occupée. Des drapeaux rouges ont été hissés au sommet des cheminées. Fours éteints. Ateliers fermés. Règne dans les rues de la forteresse étrangement désertes une ambiance explosive. On le sent bien, le moindre incident peut basculer dans le drame. Quelques jaunes qui ont pris le risque de rester à leur poste de travail ont été molestés. Certains ont été chassés par des pluies de rivets jetés au visage. Plus personne ne peut entrer ou sortir sans l'accord des « gardiens populaires » placés aux postes stratégiques et appliquant à la lettre les énergiques consignes syndicales. Parfois éclatent ici ou là des brasiers dont la fumée noire monte loin dans le ciel, dégageant une odeur pestilentielle. Parfois ce sont des chants révolutionnaires, diffusés par de puissants haut-parleurs, et repris en chœur par les ouvriers, qui emplissent les ateliers et les rues de l'usine. Quand Lorenzo s'avance vers le grand portail par où s'effectuent toutes les entrées et sorties importantes de l'usine, il ne sait quel sort l'attend. Les ouvriers parlementent. C'est tout de même le fils du patron.

— Camarades, on est tous dans la même galère.

Lorenzo montre le seau plein de colle qui est à côté de lui, les rouleaux d'affiches qu'il placarde sur les murs.

— Union des ouvriers et des étudiants !

— Allez, file, sale bourgeois, lui lance un délégué CGT.

Ce soir, c'est sûr, il ne rentrera pas dans l'usine et laissera sa 4 CV à l'extérieur…

Cela fait maintenant plusieurs heures que Michèle et Lorenzo battent le pavé en direction de la gare de Lyon. Sans Antoine ni François qui sont dans d'autres cortèges, car aujourd'hui ce sont plusieurs manifestations organisées par la CGT, les CAL et les organisations étudiantes qui convergent vers la gare. Plusieurs mots d'ordre communs : promouvoir l'alliance travailleurs-étudiants, refuser le référendum proposé par le général de Gaulle, protester contre l'interdiction de séjour en France de Daniel Cohn-Bendit qui vient de lui être signifiée au poste frontière entre Forbach et Sarrebruck. Pour plus de sécurité, Lorenzo a garé sa 4 CV dans l'impasse Royer-Collard qui donne sur la rue Gay-Lussac. « Les usines aux travailleurs », « Nous sommes tous des Juifs allemands », « Le pouvoir est dans la rue », « Ouvriers et étudiants solidaires ». Après quelques heurts avec les forces de l'ordre, le cortège unifié regroupant plus de vingt mille manifestants s'est divisé en deux. Le premier reste dans le quartier Saint-Antoine, à la Bastille, où des barricades faites de troncs d'arbres sciés sont élevées ; le second se dirige vers la place de la Bourse où un début d'incendie se déclenche. Pris dans la grande vague qui déborde du circuit habituel estudiantin, investissant la place de l'Opéra et les Grands Boulevards, Michèle et Lorenzo reviennent progressivement vers le Quartier latin. Tandis que s'enclenche un engrenage en tous points identique à celui des semaines précédentes : début d'incendie à la Bourse, attaque d'un commissariat rue de Beaubourg, violences policières, cavalcades dans les rues, les halls d'immeubles où pénètrent les CRS, passage à tabac sans distinction des infirmiers, des médecins, des journalistes, et érection de nouvelles barricades. Vers 20 heures, Michèle et Lorenzo, refoulés par les différentes charges de police vers la rue Gay-Lussac, décident de rejoindre l'impasse Royer-Collard et d'attendre dans la voiture que passe l'orage.

Ni l'un ni l'autre ne sont des révolutionnaires prêts à en découdre avec la police. C'est la leçon de toutes ces journées dont on peut se demander où vont mener toute cette violence, cette brutalité, ces agressions sans cesse renouvelées.

— Comme ça, on écoutera l'allocution du Général, dit Michèle.

« Tout le monde comprend, évidemment, quelle est la portée des actuels événements universitaires, puis sociaux. On y voit tous les signes qui démontrent la nécessité d'une mutation… »

Le ton du Général, hier encore ferme, hautain, est ici monocorde, comme si l'homme était indifférent à ce qu'il disait, au message qu'il voulait faire passer.

— On s'endormirait presque, dit Lorenzo.

— Alors, dormons, répond Michèle qui se blottit contre lui, se love dans ses bras, commençant à l'embrasser dans le cou, sur la joue, sur les lèvres, tandis qu'à l'extérieur explosent des grenades lacrymogènes et que le Général continue de parler de la situation bouleversée d'aujourd'hui, de la crise de l'Université, du recours à la voie directe du référendum afin que le peuple donne à son chef un mandat pour la rénovation.

— Tu as une drôle de façon de dormir, dit Lorenzo en passant ses mains sur les seins de Michèle qui lui répond : « Toi aussi » tout en relevant sa jupe et en frottant son sexe contre la cuisse de Lorenzo.

L'étroitesse des lieux ne gêne nullement les deux adolescents qui trouvent tous deux excitante l'incongruité de la situation : faire l'amour à l'arrière d'une 4 CV alors qu'à quelques mètres de là pleuvent les pavés et les grenades lacrymogènes, et que le vieux Général, promettant d'« ouvrir plus largement la route au sang nouveau de la France », termine son allocution par un traditionnel « Vive la République ! Vive la France ! ». Pour la première fois de leur jeune existence Michèle embrasse le sexe d'un garçon et trouve que c'est une des plus belles choses au monde, et Lorenzo pose sa bouche et sa langue sur le sexe d'une fille dont le parfum le rend fou. Pour la première fois de leur vie, tous deux se mettent à pleurer, ensemble, submergés par tant de bonheur. Entièrement nus, telles deux phalènes posées sur la banquette arrière d'une 4 CV, Michèle et Lorenzo se serrent l'un contre l'autre. Les vitres de la voiture sont couvertes de buée. Ce n'est que lorsque résonnent les accents de *La Marseillaise* qui clôt l'allocution présidentielle que Michèle et Lorenzo comprennent que ce temps de jouissance qui objectivement n'a duré que quelques minutes leur a fait toucher du doigt l'éternité. L'intensité de ce qu'ils viennent de vivre sur la banquette arrière de la 4 CV n'a rien à voir avec le temps réel. Plus encore : ce temps réel n'existe pas. Quand ils quitteront la 4 CV et ouvriront ses portes, ils ne retrouveront pas ce qu'ils ont laissé à l'extérieur. C'est une autre vie qui commence pour eux, une autre respiration. Ils ne sentent plus, ne voient plus, ne respirent plus comme avant.

Quel singulier retour en banlieue. Dans les rues presque désertes, très sombres, Lorenzo conduit sans avoir vraiment conscience de le faire. Ces rues quasiment vides lui rappellent la description que son grand-père lui a faite des rues de Paris durant la guerre : sans autres voitures que celles de la police, des militaires, des pompiers, des ambulanciers. Un Paris dans la nuit, sans lumière, sans vie. Plutôt que d'écouter les informations, Michèle est chargée de trouver sur le petit transistor des morceaux joyeux, de la musique gaie. Mais rien de tout cela. Alors les deux adolescents se mettent à chanter. À tue-tête. Toutes fenêtres fermées. Les airs yéyé les plus idiots, les plus nostalgiques, ceux d'une enfance qu'ils sont en train de quitter : *Daniela*, les Chaussettes noires ; *Achète-moi un jukebox*, Dalida ; *L'idole des jeunes*, Johnny Hallyday ; *Le coup du charme*, les Champions ; *Ya-ya twist*, Sylvie Vartan ; *Je veux tout ce que tu veux*, les Chats sauvages…

Michèle une fois raccompagnée chez elle, Lorenzo commence à réaliser ce qui vient de se passer. Il a fait l'amour avec la fille qu'il avait croisée en juin 1963, place de la Nation ! Tandis que la radio égrène sa litanie – neuf barricades édifiées, plus de deux cents arrestations, soixante-dix-huit blessés parmi les forces de l'ordre, cent dix-sept parmi les manifestants, bilan provisoire –, il repense à Michèle sur la banquette arrière de la 4 CV. Il n'aurait jamais pensé qu'une fille ça pouvait être aussi doux, que ça pouvait rendre aussi fou à ce point. Il est sur une autre planète, dans une autre réalité qu'il lui faut soudain abandonner quand, après avoir garé sa voiture à l'angle de la rue Jean-Jaurès, il aperçoit, dans la nuit de Gennevilliers, la haute masse sombre de la villa. Il est presque minuit et il va devoir expliquer à ses parents les raisons de son retard. Derrière les vitres du salon, il aperçoit deux silhouettes arpentant la pièce de long en large. Sa mère, tête basse, vaguement résignée ; son père, dans un état de nervosité anxieuse qu'il lui connaît bien, en train d'agiter les bras de haut en bas. Lorenzo s'attend au pire. Surtout lorsque, à peine entré dans le hall de la villa, il entend son père demander à sa mère de les laisser seuls.

Alors le père prend son fils dans ses bras. Au bord des larmes. Lorenzo a l'impression que ce père distant le serre contre lui comme jamais il ne l'avait fait auparavant et comme jamais peut-être il ne le fera plus. En réalité, son père a eu très peur. Il déteste la police, l'autorité policière. Cela remonte à l'époque où, pris dans une manifestation en 38, il a passé trois jours en prison avant qu'on ne le relâche avec les excuses du commissaire qui l'avait pris pour quelqu'un d'autre ! Entre-temps, une partie de la famille avait fait passer un placard publicitaire dans la presse afin de préciser que le jeune homme arrêté, bien que portant le même nom, n'était pas des leurs ! Chez nous, on ne mélange pas les torchons et les serviettes. Chez nous, il y a les riches et les pauvres, et le père de Lorenzo, alors, était pauvre, très pauvre. Pour la première fois, le père raconte à son fils sa guerre, son rôle dans la Résistance, les règlements de comptes, le pistolet qu'il porta longtemps à la ceinture jusqu'à l'aube des années 50, les tortures, les camarades abattus, les trahisons, les rancœurs, les dénonciations, son refus des décorations, des honneurs.

— On a fait ce qu'on devait faire, c'est normal. Tes tantes, ton grand-père. On a fait ce qu'on croyait nécessaire de faire, nous les Italiens devenus français…

Plusieurs fois la mère de Lorenzo tente de pénétrer dans le salon, de s'immiscer dans leur conversation. En vain.

— C'est une histoire d'hommes, répète le père de Lorenzo, parmi l'odeur du café et la fumée bleutée de ses Gitanes.

Il n'est pas italien pour rien. Sa conclusion est simple. Maintenant qu'il a récupéré son fils vivant – « Tu sais, quand les flics commencent à frapper, ils tuent sans scrupules. J'ai perdu trois ouvriers algériens lors des ratonnades. On en a retrouvé deux dans la Seine » –, il faut qu'il arrête de faire l'imbécile.

— Ce sont les fils de bourgeois qui font ta fameuse révolution. Quand elle sera finie, ils vous laisseront tous tomber, retourneront à leurs études, à leurs voitures de sport, dans leur appartement du 5e arrondissement, et partiront en vacances pendant que les autres, les fils d'ouvriers, profiteront de ces mêmes vacances pour travailler et payer leurs études. Le bec dans l'eau. Toujours la même histoire. Toujours les mêmes qui s'en tirent. Toujours les mêmes qui y laissent leur peau.

— Et l'alliance avec la classe ouvrière ?

Le père de Lorenzo, qui jusque-là souriait, éclate franchement de rire :

— Dès que l'essence sera revenue, tout le monde reprendra sa voiture et partira en week-end…

— Certains ouvriers…

— Quoi, « certains ouvriers » ? Les étudiants contestent la société de consommation, et les travailleurs se sont mis en grève afin de participer davantage à la société de consommation. Voilà le hiatus, mon fils !

Et tu veux que ces gens s'entendent et défilent ensemble main dans la main ?

— Pourquoi pas…

— Allez, tout ça est en train de finir.

— Je n'en suis pas si sûr.

— Un régiment de parachutistes vient d'arriver au camp de Frileuse, à moins de cinquante kilomètres de Paris.

Avant de se coucher, Lorenzo repense longuement à Michèle, à ses caresses sur la banquette arrière de la 4 CV, à ses yeux dont il n'arrivait pas à se détacher, plongeant en eux comme pour y trouver une réponse aux questions qu'il s'était toujours posées et qui semblaient enfin avoir trouvé une réponse. Il pense aussi à ce que vient de lui dire son père et aux platanes de la Bastille, plantés sous Haussmann et abattus pour renforcer une barricade. C'est alors qu'il les voyait tomber, l'un après l'autre, tandis que les escadrons de policiers avançaient en rangs serrés, qu'il s'est dit que cette révolution n'était plus la sienne. Il ne sert à rien d'abattre des arbres dont les troncs et les branches ne feront que retarder l'avance des forces de l'ordre et la destruction programmée de la barricade. Les étudiants se trompent. Comme ils se trompent lorsqu'ils brûlent des voitures, alors que les ouvriers qui rejoignent leur mouvement se mettent en grève pour obtenir de meilleurs salaires leur permettant d'acheter ou de remplacer ces mêmes voitures.

6

27-31 mai

Le monde est gris, le monde est bleu

Lorenzo est en pleine expectative. Depuis qu'il a fait l'amour avec Michèle, les mousquetaires n'ont pas trouvé un moment pour se réunir tous les quatre ensemble. Chacun a quelque chose à faire, se défile, biaise. Lorenzo lui-même semble pris dans un réseau de contradictions dont il ne parvient pas à s'extirper. Il passe des heures à réécouter de vieux disques yéyé : *Be bop a lula*, *La leçon de twist*, *Laisse tomber les filles*, *Da dou ron ron*… qu'il n'a jamais vraiment aimés, mais comme pour alimenter sa nostalgie. Il passe des heures à classer sa bibliothèque, sans parvenir à choisir un livre parmi les derniers qu'il a achetés, et à s'y plonger : *La Femme rompue* de Simone de Beauvoir, ou *Le Pavillon des cancéreux* d'Alexandre Soljenitsyne ; et pourquoi pas *Cent ans de solitude* du Colombien Gabriel García Márquez ? Pourquoi a-t-il abandonné si vite l'athlétisme ? L'effort physique, la compétition lui manquent. Pourquoi perd-il tant de temps à s'occuper d'un ciné-club dont la fréquentation ne cesse de baisser ? On lui reproche une programmation trop intellectuelle, trop *Cahiers du cinéma*. Pourquoi n'est-il plus assidu à ses cours de théâtre ? Sans doute parce que Michèle n'y va plus. Elle n'a plus le temps. D'ailleurs, Michèle, il a beaucoup de mal à la comprendre : pourquoi avoir fait l'amour avec lui, si ardemment, pour ensuite ne plus le revoir ?

Et puis, il y a cette situation politique inextricable. On parle de pègre « bien organisée pour la guerre de rue », de « guérilla armée », de « groupes gauchistes venus de l'étranger », d'« éléments fascistes », de « souteneurs, voleurs, repris de justice, commandos d'anciens paras, fascistes de tout poil », d'« indicateurs de police » qui pousseraient au contact avec les forces de l'ordre, qui interviendraient avec violence pour s'opposer à la volonté des travailleurs de reprendre le travail. Le Parti communiste français et la CGT deviennent des alliés de la droite au pouvoir. C'est à n'y plus rien comprendre. Dans une manifestation organisée par le Comité français pour l'ordre et la légalité, une pancarte est brandie : « Cohn-Bendit à Dachau » ! Tout est mélangé. Tout est mêlé. Les déclarations, les prises de position se succèdent : François Mitterrand, Waldeck Rochet, Mendès France, Valéry Giscard d'Estaing. Chacun tente de se placer, de se montrer, d'exister. À quoi sert toute cette agitation ? À arriver aux accords de Grenelle ? Certains y voient une formidable avancée sociale qui ne souffre donc aucune critique, d'autres affirment qu'ils conduisent à dilapider l'argent public pour acheter la paix sociale, un troisième groupe avance qu'ils constituent un échec capital, lequel au lieu d'isoler le monde étudiant précipite le pays dans un chaos encore plus grand. Dans les rues de Paris, des tonnes d'ordures ménagères encombrent les trottoirs. Un second régiment de parachutistes vient d'arriver au camp de Frileuse, tandis que des colonnes du 501e régiment de chars de combat et du régiment de marche du Tchad passent à Fresnes, à la Croix-de-Berny, au Petit-Clamart. Histoire de se montrer, comme les brigades motorisées qui stationnent à Maisons-Laffitte, Montlhéry, Rambouillet, Meaux... Pour beaucoup d'observateurs, c'est le manque d'imagination qui, commençant de s'emparer du mouvement, conduit à toutes ces violences. Des voitures ont été brûlées dans le 13e, un arrondissement de Paris très éloigné du Quartier latin.

Tout rassemblement est désormais interdit. Pourtant, le 27 mai, un long cortège s'ébranle, vers 17 h 30, avenue des Gobelins ; direction le stade Charléty, près de la Cité universitaire, dans le 13e arrondissement, où doit se tenir un grand meeting unitaire. Bras dessus bras dessous, les quatre mousquetaires sont de nouveau réunis. « Mes trois amoureux », dit Michèle sur le ton de la plaisanterie, avec dans la tête la chanson de Lucky Blondo *J'ai un secret à te dire...* « Surtout garde-le pour toi, Cache-le à tout le monde, Et qu'il ne s'envole pas... » Tout le long du parcours, dans les rues perpendiculaires au cortège, une ligne sombre apparaît, surmontée de casques luisants, une ligne immobile : les CRS qui semblent ne pas vouloir intervenir. Banderoles. Slogans : « Pouvoir ouvrier », « De Gaulle, démission », « Révolution sociale ». Une vague mouvante qui pénètre lentement dans le stade et s'installe sur les gradins.

Beaucoup de filles, sur les épaules des garçons, agitent des drapeaux noirs et des drapeaux rouges. Peu d'ouvriers. Beaucoup d'étudiants et encore plus de lycéens et de lycéennes. Tandis que les orateurs se succèdent, Antoine et Lorenzo ne peuvent s'empêcher de penser que ce stade est lié pour eux à tant de souvenirs, à commencer par leur première victoire sur un 800 mètres. Une victoire commune. Ils avaient distancé tout le monde et décidé d'arriver ensemble, sur la même ligne, dans le même temps. Tous les deux sous les couleurs bleu et blanc du Racing Club de France. C'est à cela, à cette nostalgie qui les envahit qu'ils pensent encore quand, le meeting fini, le service d'ordre assure une efficace dislocation.

— Jusqu'à la prochaine manifestation, dit François sans trop y croire.

Au fond, à quoi tout cela est-il en train de servir ?

— Pour que les choses changent, dit Michèle.

— Tu parles ! Le pouvoir restera toujours aux politiques. Regarde Mendès France. Qu'est-ce qu'il faisait là ? Il n'a pas dit un mot. Pourquoi venir pour ne rien dire ?

Ils ont tous l'air désespérés, désabusés. À quoi tout ça va les mener ? La seule à en rire, c'est Michèle, qui trouve la bande des trois sinistre.

— Vous n'êtes pas marrants, les copains. On va bientôt avoir vingt ans, les vacances approchent…

— Et le bac, tu en fais quoi du bac ? On ne sait même pas si on va pouvoir le passer, dit Lorenzo.

— On s'en fout du bac ! rétorque Michèle en s'esclaffant.

— Moi je ne m'en fous pas, dit Antoine, et je me demande quand tout ce cirque sera fini.

— Et comment ça va finir, ajoute Lorenzo.

Lorenzo a raison de poser cette question. Car dans les jours qui suivent, tout bascule. Après avoir « disparu » en Allemagne dans la zone occupée par l'armée française à Baden-Baden pour s'entretenir avec le général Massu, de Gaulle prononce un discours. Pour les mousquetaires c'est un événement important, non pas parce que de Gaulle y annonce qu'il ne démissionnera pas, ne changera pas de Premier ministre et qu'il va dissoudre l'Assemblée nationale, mais parce que Lorenzo n'est pas avec eux pour écouter le discours retransmis à la radio et non à la télévision. Il les imagine, comme de nombreux Français, chez eux, dans les cafés ou sur leurs lieux de travail pour ceux qui y sont, en train d'écouter religieusement la voix de l'homme du 18-Juin. Lorenzo n'est pas avec eux parce que son père lui a demandé d'aller avec lui sur les Champs-Élysées où une manifestation de soutien au Général doit avoir lieu.

C'est le paradoxe de Lorenzo : jongler entre le stade Charléty et la place de l'Étoile. Ce pourrait être une ligne de vie. Une insoutenable ligne de vie.

Quand l'immense ruban de plus d'un million de personnes se met en branle place de la Concorde pour remonter l'avenue des Champs-Élysées, alimenté tel un long fleuve tumultueux par des affluents venus de la rive gauche, de la rue de Rivoli, de la rue Royale, Lorenzo ne peut s'empêcher de se demander ce qu'il fait là au milieu de cette marée de drapeaux tricolores. C'est très étrange, très perturbant de sentir qu'une émotion aussi intense que celle qu'il a éprouvée dans les cortèges du Quartier latin se répète ici. Il y a dans cette mer humaine, sans cesse renouvelée et toujours changeante, des bourgeois et des fils à papa, des paras de l'Algérie française et des anciens d'Indochine, mais aussi des élus du peuple, ceints de leur écharpe tricolore, des vétérans de 14-18, de la 2e DB, de « Rhin et Danube », de la 1re DFL, des rescapés des commandos de la France libre, des compagnons de la Libération, des étudiants de Nanterre, des hommes de gauche, des monarchistes, des bonapartistes, d'anciens tirailleurs nord-africains, des cadres, des employés, des ménagères, une multitude de jeunes filles et de jeunes garçons, des vieux messieurs et des vieilles dames, et même des déportés arborant la tenue rayée des camps de la mort – tous au coude à coude, main dans la main, progressant en désordre, en masses compactes et irrégulières séparées par de larges intervalles. « Des Français et des Françaises », dit le père de Lorenzo. Des *Marseillaise* ne cessent de retentir. Des banderoles sont agitées comme autant d'étendards. Des slogans jaillissent sans discontinuer : « Allez de Gaulle, allez de Gaulle, allez ! », « Mitterrand, charlatan ! », « Cohn-Bendit à Berlin ! ». Lorenzo est mal à l'aise. N'est-il pas en train de trahir ses amis ?

Jamais il n'osera leur dire que cette après-midi du 30 mai il défilait aux Champs-Élysées…

Le soir, la manifestation à peine terminée, le chef du gouvernement, Georges Pompidou, en accord avec

Olivier Guichard, ministre de l'Industrie, donne l'ordre de reprendre la distribution d'essence pour le lendemain. Le long week-end de la Pentecôte va commencer. Le pouvoir le sait, si les Parisiens peuvent s'évader hors de la capitale pour trois jours de vie insouciante, l'effet psychologique sera considérable. Et le ravitaillement des stations-service reprend dès la matinée du vendredi 31. Le bruit s'en répand comme une vraie traînée de poudre. À l'usine Carbone Lorraine, les piquets de grève commencent à se clairsemer. Le père de Lorenzo lui donne les jerricans d'essence qu'il gardait précieusement :

— Comme ça tu pourras aller passer ton bac en voiture…

7

1er juillet

Il veut vivre sa vie

Antoine est déçu. Déçu par cette révolution avortée. Depuis que la distribution d'essence a repris, tout est redevenu normal – ou presque. La France est redevenue la France : celle des Shadoks et des Gibis. La France de ceux d'en haut qui ont les pieds en bas et de ceux d'en bas qui ont les pieds en haut. La France qui pompe sans fin, parce qu'il vaut mieux pomper même s'il ne se passe rien que risquer qu'il se passe quelque chose de pire en ne pompant pas. Il faut regarder la réalité en face. Si l'on excepte quelques derniers feux, comme la manifestation de l'UNEF à Montparnasse, les affreuses morts de l'ouvrier Pierre Baylot à Sochaux et du lycéen Gilles Tautin à Flins, voire une ultime nuit des barricades, le mois de juin n'a été qu'une longue litanie de reprises en main : occupation des installations techniques de l'ORTF par l'armée, interview du général de Gaulle par Michel Droit, dissolution de onze organisations gauchistes, évacuation de l'Odéon, évacuation de la Sorbonne, fin de la grève chez Renault entraînant une reprise à peu près générale du travail, interdiction des manifestations pour la durée des élections législatives qui verront d'ailleurs une victoire écrasante de la droite à l'Assemblée – trois cent quatre-vingt-cinq députés sur quatre cent quatre-vingt-cinq. Oui, tout rentre dans l'ordre, y compris dans l'usine du père de Lorenzo : drapeaux rouges descendus de leurs mâts, cabanes des piquets de grève disparues comme soufflées par une bourrasque soudaine, affiches décollées flottant au vent, vide insolite, étrange silence dans les rues de l'usine, revendications satisfaites en partie seulement. Et pour clore ce que d'aucuns considèrent comme une défaite, l'allocution du président de la République qui, le 29 juin, siffle la fin de la récréation. Invitant tous les Français, « le charme maléfique qui les entraînait vers l'abîme ayant été rompu », à accomplir la « vaste mutation sociale appelée d'instinct par la jeunesse ».

C'est pour tout cela qu'Antoine est déçu. Lui, l'enfant de la classe ouvrière, n'a rien gagné, à l'image du jour où, entraîné par Michèle, il l'a suivie à une réunion du mouvement Féminin Masculin avenir. Avec son enthousiasme habituel, Michèle l'avait convaincu sinon de rejoindre les rangs de ce groupuscule féministe, du moins d'assister à l'une de ses réunions dans l'une des salles de la Sorbonne encore occupée. Huit femmes et deux hommes… Le groupe était né d'une constatation intéressante. Au milieu de toutes ces affiches, de tous ces slogans, de toutes ces inscriptions : aucune phrase sur les femmes. Le mini-groupe avait réussi à tapisser deux murs des couloirs du deuxième étage d'inscriptions relatives au droit des femmes. Mais il fallait aller plus loin. Une salle avait été réservée, un nom donné – FMA – signifiant bien que dans ce mouvement de femmes les hommes n'étaient nullement exclus – bien au contraire : par opposition aux associations féminines traditionnelles qui rejetaient ces derniers, le FMA pensait que c'est avec eux qu'il fallait envisager la réflexion et la lutte pour que changent les rapports entre les sexes. Certes l'ambiance était joyeuse, les idées fusaient, dans une salle comble, surchauffée où il était impossible de s'entendre car tout le monde parlait en même temps. Mais dès la deuxième réunion, des spécialistes du féminisme étaient venues donner des conférences, écoutées dans un silence de plomb, les polémiques avaient repris et une motion votée : exclure les hommes de ces assemblées qui ne concernaient avant tout que les femmes…

Antoine est plus que déçu. Il est mortifié. Quelle terrible leçon de vie que ces journées de printemps pour lesquelles les analyses les plus fantaisistes commencent de fleurir. Avec le plus grand sérieux on affirme que derrière les événements de mai se cachent sans doute les services secrets américains ou israéliens, les staliniens, voire la Chine. Tous ces gens n'ont rien compris. C'est la jeunesse de France qui a voulu bouger, l'enjeu n'étant plus le capital mais le pouvoir de décision. Les adultes n'ont pas su sortir de leur monde, comme d'habitude. Mai, c'est la crise d'une génération qui n'a pas trouvé une vision du monde qui lui apporte une raison de vivre. C'est bien pour ça que François s'est tourné vers la drogue. Un temps Antoine a pensé – il trouvait la formule jolie, exacte – que cette révolte était « spirituellement magnifique », qu'elle avait rendu l'espoir à tout un pays, qu'elle allait être suivie dans le monde entier, comme la Révolution française plusieurs siècles auparavant. Mais maintenant, il ne lui reste rien de cette joie, de cet enthousiasme. Maintenant c'est un champ dévasté et une peur : celle de ce 1er juillet, date du baccalauréat. Un diplôme que son père ne possède pas, raison pour laquelle Antoine voudrait l'obtenir, ça ferait tellement plaisir à ce père qui n'aura connu toute sa vie que le rythme de l'usine. Une peur bien réelle mais qu'il ne vit pas seul puisque les trois autres mousquetaires ont comme lui été convoqués à 8 heures au lycée Jean-de-la-Fontaine, place de la Porte-Molitor, dans le 16e arrondissement. Un prétexte idéal pour se retrouver tous ensemble entassés dans la 4 CV de Lorenzo en attendant que s'ouvrent les portes du lycée où auront lieu les épreuves du baccalauréat série A – 4e option philosophie-lettres. Une étrange session puisque, suite aux journées de mai, les épreuves ont été réduites à de simples oraux.

— Rendez-vous à la fin du massacre, dit François, à la terrasse de l'Eden, le grand café rouge, là, sur la droite.

— Il a l'air moche, plutôt l'autre, sur la gauche, le Holiday, rétorque Antoine.

— Je préfère celui au coin de la rue, le Five o'clock, propose Lorenzo, en chantonnant la chanson des Aphrodite's, « It's five o'clock and I walk through the empty streets, thoughts fill my head… »

Mais à peine a-t-il commencé le premier couplet qu'il est immédiatement interrompu par Michèle :

— Vous n'êtes pas marrants, les copains. Alors c'est

moi qui décide : le Telstar, droit devant. Et puis je vous signale qu'il n'est pas *five o'clock* mais 8 h 15 et qu'on a intérêt à avoir nos têtes pleines de pensées intelligentes. Allez, bonne chance à nous !

Antoine est le premier à être ressorti de la salle d'examen et à s'être installé à la terrasse du Telstar, noire de monde. Il est fou de joie. Une mention très bien tout à fait inattendue, obtenue il faut bien le dire grâce à des professeurs de philosophie et de français qui ont discuté avec lui de tout sauf de l'épreuve qu'il devait passer : des barricades, des élections trahison, des résultats auxquels est arrivé le gauchisme lors de ces journées malgré les apparences, du monde qui a su enfin extérioriser ses mécontentements. Résultat : 20 sur 20 aux deux matières. Coefficient 5 pour chacune. Il a donc récolté deux cents points sur quatre cents, minimum nécessaire pour obtenir le précieux parchemin. Il a même eu des points supplémentaires grâce à sa matière optionnelle, intitulée « dialecte » – en l'occurrence le breton, langue maternelle de sa mère.

Il est plongé dans la lecture du *Figaro* qui traînait sur la table, notamment un article qui récapitule les objets d'utilité publique détruits ou gravement endommagés lors des journées d'émeute – six mille quatre cents mètres carrés de rues dépavées, cent trente arbres sciés, déracinés, brûlés ou détériorés, cinq cent quarante grilles d'arbres arrachées. La liste est sans fin : dix réverbères, cent mètres de grilles de square, quatre cent cinquante panneaux de signalisation, vingt compteurs routiers, sans compter les deux cent quinze automobiles de particuliers endommagées ou brûlées, les cent trente-sept voitures et cars de police endommagés et les six cars incendiés… La liste s'étale sur une page entière, photos à l'appui. Il la délaisse quand arrivent, sautillant comme des cabris, François et Michèle, munis de leur papier rose sur lequel est apposée une honorable mention bien.

— Évidemment, on n'a pas ton foutu dialecte pour nous rapporter des points supplémentaires, dit François.

— Ce n'est pas la peine de se fatiguer, Lorenzo va tous nous mettre d'accord, lance Michèle admirative tout en commandant un Coca-Cola. Il est capable d'avoir quatre cents points sur quatre cents…

— Quand on parle du loup, dit Antoine en montrant du doigt Lorenzo qui sort du lycée mais semble hésiter, qui ne traverse pas la rue immédiatement.

— Qu'est-ce qu'il fout ? demande Michèle, en agitant les bras dans sa direction.

De l'autre côté de la place, en effet, Lorenzo semble tourner en rond, avance de quelques pas puis s'arrête, revient en arrière, hésite à traverser. Tous comprennent que quelque chose a dû se passer. Ils le connaissent bien, le poète de la bande, ce n'est pas le genre à hésiter. Lorenzo va toujours droit au but. Lorenzo qui finit par arriver d'un pas lent, la tête basse, tient dans sa main son papier rose comme une souris morte, à distance.

— Total définitif de deux cent un points sur quatre cents…

— Oh, qu'elle est bonne, la blague !

— Allez, sans rire, tu as combien ?

— Tu as une super mention et tu ne veux pas nous le dire ?

Lorenzo ne décolère pas.

— Non, je vous dis deux cent un sur quatre cents.

Une colère froide, terrible. Ses amis ne l'ont jamais vu ainsi. Excepté Antoine, lors de certains finishs de 800 mètres quand Lorenzo sent qu'il n'y a plus rien à faire, qu'il ne gagnera pas la course qui était taillée pour lui, dont il était le grandissime favori.

La preuve est là, qu'il agite sous leur nez. Le terrible papier rose. Un baccalauréat qu'il aurait pu ne pas avoir alors que cette année le taux de réussite est de 80 % tandis qu'il ne dépasse jamais plus de 60 %. Ce qui ne représente en réalité que 20 % de la tranche d'âge théoriquement susceptible d'obtenir le fameux diplôme.

— Un bac de pauvres. Un bac au rabais, pour fils d'émigrés italiens qui a redoublé deux classes, et qui a failli ne pas avoir ce foutu papier rose !

— Quoi, dit François, qu'est-ce que tu racontes ?

— Montre cette feuille ! demande Michèle, en la lui arrachant presque des mains.

— Il y a sans doute une explication, dit Antoine. Tu as un bulletin scolaire de rêve. Premier en philo : moyenne 19,5, coefficient 5 ; premier en lettres : moyenne 19,5, coefficient 5. Et une mention particulière accompagnant le dossier scolaire pour le baccalauréat : « Avis très favorable » – un élève sur trente-trois a obtenu cette mention. En principe, cela aurait dû être une formalité, pour toi…

— Je n'ai qu'une explication…, avance Lorenzo.

— Vas-y, on t'écoute, dit Michèle.

— Faute de temps étant donné les « événements », les épreuves ont eu lieu oralement…

— Merci, ça on le sait, objecte François.

— C'est-à-dire que la tête du client pouvait jouer un rôle non négligeable dans l'attribution de la note.

— Tu n'exagères pas un peu ? dit Antoine.

— Fils de spaghetti, aristocrate prolétaire, j'ai compris en entrant dans la salle de classe que les injustices qui toute mon enfance m'avaient accompagné allaient continuer.

— Le retour du martyr, dit François.

— Écoute la suite au lieu de glousser… Le prof de philo m'a demandé de traiter d'un sujet qui m'intéressait particulièrement. Je suis tombé dans le piège et lui ai proposé les épicuriens. Je lui ai parlé du bonheur, de la sagesse, de l'ataraxie. J'ai abordé le matérialisme, l'atomisme. J'ai évoqué évidemment Épicure, l'école du Jardin. J'ai même fait un détour, que je jugeais opportun, du côté de Marx. J'étais assez content de moi.

— Et alors ? demande Michèle.

— Il m'a regardé bien dans les yeux et m'a dit : « Évidemment, avec vos cheveux et votre dégaine, vous ne pouviez pas me parler d'autre chose que de l'épicurisme. C'est cela, ne rien foutre, et brûler des voitures au Quartier latin. Tout un programme ! Ah, elle est belle la France des enragés ! »

— Non ! dit François.

— Si. Et j'ai obtenu une note lamentable : 4 sur 20…

— Merde ! laisse échapper Antoine.

— Et ne c'est pas fini… L'examinateur chargé du français m'a semblé immédiatement plus sympathique. J'étais sauvé. Habillé à la mode, décontracté, votant sans nul doute à gauche et végétarien. « Que diriez-vous d'une scène de *Phèdre* ? m'at-il demandé. – Racine, l'auteur le plus "transparent" de notre littérature», ai-je répondu, assez satisfait de mon effet…

— Il a été bluffé, je suppose, dit Michèle.

— Pas du tout ! « Fichtre ! qu'il m'a dit. Alors, puisque vous le trouvez "transparent", vous avez vingt minutes pour me préparer la scène 1, acte III. » Je suis revenu heureux, presque serein. J'avais lu et relu le *Sur Racine* de Barthes. C'était mon livre de chevet. Et j'étais convaincu de l'inanité des propos tenus sur Racine par tout autre auteur que Barthes. Tout y est passé : dire ou ne pas dire, l'apparition, l'aveu, *Phèdre* en tant que tragédie nominaliste, *Phèdre* ou le silence qui fait problème, *Phèdre* et l'irréversible, *Phèdre* et la parole enfermée. J'ai conclu, paraphrasant Barthes, en plus pompeux peut-être : « En fait, tout l'effort de Phèdre consiste à remplir sa faute. »

— Magnifique ! dit Michèle.

— Pour lui, pas du tout. Il m'a demandé : « Remplir sa faute, c'est-à-dire, jeune homme ? – C'est-à-dire absoudre Dieu », ai-je répondu… Un silence pesant a suivi cette réplique, laquelle, je le pensais, allait me valoir un 18 sur 20, coefficient 5, cela me ferait quatre-vingt-dix points, et rattraperait ma note de philo. Allez, je pouvais presque sortir boire un café. Les jeux étaient faits… « Eh bien moi, jeune homme, a-t-il rétorqué, je ne vous absous pas. Votre M. Barthes, c'est du charabia. Raymond Picard a raison ! Je ne vous ai pas demandé de réfléchir sur le rôle de la critique littéraire. Ce n'est pas parce qu'on a un nom à rallonge comme vous qu'il faut se croire tout permis. Continuez à défiler sur les

Champs-Élysées comme vous l'avez sans doute fait le 30 mai, mais je vous en supplie ne massacrez pas Racine ! Ce n'est pas un dramaturge pour les nostalgiques de la monarchie. »

— La vache ! Tous aux abris ! dit Antoine.

— Comme tu dis. Il m'a donné un 4 sur 20 ! « Et encore, parce que je suis indulgent », a-t-il ajouté.

Les quatre mousquetaires sont atterrés. C'est sans doute leur première grande leçon. Leur première grande confrontation avec l'aléatoire de l'existence, ses injustices. Tous soudés, plus qu'ils ne le pensent, autour de cette histoire commune, après leur histoire commune de mai. Lorenzo, qui d'ordinaire parle peu, est intarissable. Un vrai monologue, que personne n'ose arrêter.

— Il ne va rien rester de ces journées inutiles. Voilà une insurrection de type libertaire, dirons certains, à mi-chemin entre le surréalisme et l'anarchisme. D'autres en concluront que le fameux « Interdit d'interdire », alors même qu'il était formulé, est devenu paradoxalement un des slogans de la société de consommation, de l'ultra-libéralisme, de l'ultra-individualisme qui vont sortir de ces barricades. Vous verrez, les acteurs de ces journées passeront plus vite qu'on ne pense du *Petit Livre rouge* au *Who's Who*, les hippies deviendront des chefs d'entreprise. Je me sens très seul, mes amis. Je sens que cette solitude va durer longtemps, et je ne vois pas comment elle pourrait prendre fin un jour. La révolution, ce ne sont ni les étudiants, ni les ouvriers, ni les fils de bourgeois, ni les camarades syndiqués qui la font, mais chacun dans sa solitude. Je le sais : cette révolution ne changera rien à la destinée de l'homme, ni à la mienne ni à la vôtre. Elle ne sera qu'un pas de danse, un écart léger, un pas de côté, un frémissement de brise. La fin d'un rêve. Regardez tous ces jeunes ministres qui viennent d'entrer au gouvernement, les députés qui viennent d'être élus, les membres des cabinets, ils sont nés du même œuf. Ils sont tous passés par l'ENA, Polytechnique, Normale Sup. Ils parlent le même langage, ont les mêmes références, les mêmes tics, présentent et traitent les dossiers de la même façon. C'est une caste, une famille. Mêmes espoirs, mêmes futurs immédiats. La voilà, la France qui change. Ce n'est pas celle qui défilait avec nous dans les rues, qui se mettait en grève, qui bloquait les usines et les communications. La France issue de 68, c'est celle d'un nouvel establishment. Le passage du gaullisme au néogaullisme est en marche. Et dans son sillage un nouveau vocabulaire va entrer sinon dans le dictionnaire, du moins dans les habitudes orales. On le voit déjà ici ou là, nouveaux mots, nouveaux concepts : « analyse de contenu », « anxiogène », « batterie de tests », « contraception », « désacraliser », « émetteur pirate », « journée continue », « mass media », « messianisme », « socioculturel »…

— Stop ! dit Michèle, en prenant les mains de Lorenzo dans les siennes. Stop ! On a tous le bac, non ?

— Oui, répondent les trois mousquetaires en chœur.

— Alors tout va bien. J'ai une idée, ajoute-t-elle, en embrassant chaque garçon sur la bouche. On est tous en vacances.

— Oui.

— On a tous un peu d'argent de côté.

— Oui.

— On a une puissante automobile à notre disposition. Un chauffeur hors pair… Et si on partait tous ensemble ?

— Tous ensemble ? disent une nouvelle fois en chœur les trois garçons.

— Oui. On fait du camping. On dort à la belle étoile. On couche dans les auberges de jeunesse…

— Pour aller où ? demande Antoine.

— En Angleterre, dit François.

— En Espagne, suggère Michèle.

— Ah non ! dit Antoine. Avec Franco au pouvoir, très peu pour moi !

— Tu as une meilleure idée ? demande Michèle.

— La Grèce…

— Compliqué. Cher. L'avion. Le bateau… Pourquoi pas l'Italie, propose Lorenzo, la terre de mes ancêtres ?

— Quelle Italie ? lance François.

— Le sud, Naples, la côte amalfitaine.

— Combien de kilomètres ? demande Antoine.

— Mille sept cents…

— Dans ton pot de yaourt !

— Giono l'a bien fait… En 1951, à bord d'une 4 CV « décapotable (et non décapotée) », en compagnie de sa femme Élise et de leurs amis Germaine et Antoine Cadière…

— Giono ? Connais pas, dit Antoine.

— Voilà la vie : monsieur a le bac avec mention très bien et ne connaît pas Giono !

8

Juillet-août

Capri, c'est fini

Michèle ne cesse de se le répéter : Pourquoi Nizan est-il allé raconter que vingt ans n'est pas le plus bel âge de la vie ? Quand il publie *Aden Arabie*, il en a vingt-six. Dans son exemplaire, lu et relu, elle a souligné des dizaines de phrases : « Il ne faut plus craindre de haïr, il ne faut plus rougir d'être fanatique », « Il n'existe que deux espèces humaines qui n'ont que la haine pour lien, celle qui écrase et celle qui ne consent pas à être écrasée », « Avais-je besoin d'aller déterrer des vérités si ordinaires dans les déserts tropicaux et chercher à Aden les secrets de Paris » et tant d'autres. Lorenzo s'est moqué d'elle : « Tous les ados lisent Nizan, Boris Vian et Rimbaud ! » Qu'importe. Ce qui est sûr, c'est qu'elle n'est pas d'accord avec Nizan : vingt ans, c'est le plus bel âge de la vie ! Avoir tout juste vingt ans et se retrouver en plein été, à quatre, entassés dans une 4 CV qui fonce à tombeau ouvert sur les routes d'Italie en écoutant Rita Pavone chanter *Viva la pappa col pomodoro*, *Gira gira* ou *Datemi un martello*, sans oublier *Solo tu*, voilà de quoi faire de ses vingt ans le plus bel âge de la vie.

Si elle se repasse le film de ces vacances, elle n'a aucun doute : elles auront été les plus belles, les plus excitantes, les plus inattendues de sa jeune existence. Ce séjour improvisé, décidé le jour même des résultats du baccalauréat à la terrasse d'un café, et qui devait durer trois semaines, s'est étiré sur deux longs mois dont elle aurait voulu qu'ils ne finissent jamais. Si elle devait le découper en périodes, comme on le dit d'un peintre, il y en aurait six…

La première, c'est le passage en Italie, avec la première nuit dans un petit hôtel de Grinzane Cavour, une ville au sud-est de Turin. Une sorte de folie, tout de même, pour des mousquetaires dont le budget est plus que serré. D'abord le dîner : un énorme *brasato al barolo*, un bœuf braisé arrosé de vin rouge, puis, et surtout, deux chambres. Une à deux lits pour les trois garçons. Une pour elle. Après un temps de flottement à la réception de l'hôtel quand il a fallu dire combien de chambres cette joyeuse troupe désirait. Un souvenir en particulier lui revient. Lorenzo qui offre à chacun un exemplaire d'une revue littéraire, *Cheval d'attaque*, laquelle revendique son implication, au moins morale et intellectuelle, dans les « événements de mai 68 » : « *Cheval d'attaque* s'inscrit dans l'actuelle contestation. Celle-ci est l'Acte révolutionnaire et libère la créativité. Toute révolution, d'essence ludique, met pour tous la poésie en jeu et en action, car l'Acte poétique, fermement révolutionnaire, n'est jamais vain… » Il vient d'y publier ses premiers poèmes. L'un d'eux est dédié à Michèle. « Un truc assez obscur », a conclu Antoine. « Beau, mais incompréhensible. Tu as fumé avant de l'écrire ? » a ironisé François. Seule Michèle n'a rien dit. Mais elle le lit et le relit, seule dans sa chambre de l'hôtel Torre Roero, sachant que Lorenzo, dans son poème, n'a rien fait d'autre que d'y décrire la nuit où ils ont fait l'amour sur la banquette arrière de la 4 CV. Et ça lui donne envie de recommencer, dans cette première nuit italienne où la chaleur de l'été la fait dormir entièrement nue sur son lit. Tous draps rejetés sur le sol. Fenêtre grande ouverte sur une nuit peuplée de bruits incongrus pour les oreilles d'une citadine.

Dans l'impasse Royer-Collard
arbres sciés ciel de feu
cavalcades grandes vagues
on s'endormirait presque.
Dans l'impasse Royer-Collard
tigre contre tigresse
sueur allocution sang nouveau de la France
au parfum qui rend fou
aux larmes qui marquent la faim
aux pavés aux grenades
deux phalènes sont prises dans l'éclat de quatre
chevaux fougueux.
Dans l'impasse Royer-Collard
vitres de buées
éternité à bout de doigt
le temps réel n'existe plus
la porte ouverte donne sur un autre monde

sur d'autres corps
là où sont allées toutes les fleurs.
Where have all the flowers gone.

La deuxième période, c'est celle de la route qui descend jusqu'à Naples. Après les collines piémontaises de l'ancien marquisat du Montferrat, les reliefs de l'Apennin ligurien passé le petit fleuve Magra qui marque la frontière symbolique entre l'Italie continentale et l'Italie péninsulaire : les plaines puis les côtes liguriennes et tyrrhéniennes. Trois jours à découvrir, émerveillés, Massa, Lucques, Pise, Livourne, Tarquinia, Rome, Latina enfin. Trois jours à dormir sur la banquette arrière de la 4 CV tandis que les garçons se sont réparti les deux petites tentes puisque la troisième a été oubliée à Paris ! Un souvenir très vif que celui de cette deuxième période : le 14 Juillet, fêté à Latina, ville de la campagne pontine. Antoine qui sort de sa poche quelques pétards apportés de Paris pour soutenir, prétend-il, les derniers émeutiers dont certains – c'est ce que lui ont raconté des touristes français rencontrés dans une station-service – se sont rassemblés la veille autour de la place de la Bastille pour continuer la lutte. Résultat : cinq cents interpellations, des vitrines cassées, des blessés et une présence policière musclée dans les bals populaires.

Vient la troisième période, qu'il faut découper en trois nuits où, sans rien révéler aux autres de ce qui s'est passé à Paris, chacun accepte que Michèle dorme avec un garçon différent chaque nuit, dans l'une des deux tentes placée à l'écart de l'autre. Un palier est franchi.

Que les trois garçons ne peuvent refuser. C'est Michèle qui décide, qui mène le jeu. Ces trois nuits, que François appelle ironiquement les « nuits de feu des quatre mousquetaires », ont toutes lieu sur les plages de la côte entre l'embouchure du Volturno et Bacoli. La première sous les arbres de la plage de Cumes, avec François qui lui fait découvrir la marijuana. La seconde, avec Antoine, sur la plage de Bagnoli, alors qu'une averse terrible s'abat sur la région et que d'immenses zébrures bleues éclairent la tente comme en plein jour. Enfin, à Baïes, non loin de la masse ténébreuse du Château aragonais, tandis que dans les bars voisins des couples boivent bruyamment des bières, et que Lorenzo et Michèle finissent par faire l'amour lentement, silencieusement, comme se cachant parce que des Français, venus cuver un dernier verre avant de reprendre la route à moto, c'est du moins ce qu'ils comprennent, à quelques mètres à peine de leur tente, parlent de tout et de rien, des journées de mai évidemment et d'Alain Krivine, le militant de la Jeunesse communiste révolutionnaire incarcéré avec douze autres de ses camarades à la prison de la Santé. Ni Lorenzo ni Michèle n'ont jamais fait l'amour de cette façon-là, si doucement, si lentement, avec l'excitation créée par la présence si proche de ces gens qui à tout moment pourraient pénétrer dans la tente et y découvrir une jeune fille entièrement nue assise sur un garçon également entièrement nu qui la fait aller et venir, la main sur sa bouche pour l'empêcher de crier ou de gémir.

« Et maintenant, que fait-on ? » demandent François et Antoine, au lendemain matin de cette ultime nuit qui voit sortir de la tente Michèle et Lorenzo. « On se baigne, et après on se prend tous un énorme petit déjeuner à la Solfatara, le bar, là, sur notre gauche, qui est en train d'installer ses parasols, ses tables et ses chaises », répond Michèle, mettant ainsi tout le monde d'accord.

Une fois les pizzas *quattro stagioni* et autres *pesce all'acqua pazza* engouffrés, alors que monte doucement mais sûrement la température de la journée, commence pour la petite bande la quatrième période. La plus longue, la plus riche. Celle d'une étrange acceptation de l'amour à quatre, en apparence sans nuage, sans crise de jalousie. Comme si était en train de naître une nouvelle forme de relation entre les êtres, durant laquelle Paris et les bribes de mai ne reviennent qu'une seule fois, quand la presse italienne se fait l'écho de manifestations qui ont failli tuer le fameux festival d'Avignon – au début d'un spectacle, des manifestants ont crié : « Béjart, Vilar, Salazar ! » À partir de là, mai disparaît totalement de la vie des mousquetaires. Alors les jours s'écoulent, tout au long des villes de la côte amalfitaine, tout au long des routes sinueuses à flanc de falaises. Celles d'une Italie tout juste sortie de l'immédiat après-guerre et sur laquelle planent les ombres des grands voyageurs des XVIIIe et XIXe siècles. Sorrente, Positano, Praiano, Amalfi, Ravello enfin et sa villa Rufolo qui inspira à Wagner son *Parsifal*, et sa villa Cimbrone perchée au plus haut d'une falaise, avec sa promenade dominant la mer, ornée de bustes antiques, si haute, si frêle, si vertigineuse qu'elle fait dire à Michèle que si un jour elle devait se suicider par amour, elle viendrait ici et se jetterait dans la mer en contrebas.

Ils pourraient presque vivre ici à Ravello, c'est ce qu'ils se disent, commençant à imaginer leurs vies entre les cours, les jardins, les ruelles de la ville perchée placée sous la protection du Duomo dédié à San Pantaleone. Mais très vite, leur rêve tourne court. Rien de grave. Rien de définitif, mais Lorenzo est devenu insupportable. Il « bassine » tout le monde, il n'y a pas d'autre terme, avec *Plus fort que le diable*, le film que John Huston est venu tourner à Ravello en 1953. Il veut tout voir, tout visiter, tout comprendre.

— C'est ici que Harry et Gwendolen Chelm habitent. C'est dans ce café que Billy Dannreuther fume une cigarette. C'est au pied de cette église que Maria apparaît pour la première fois. C'est là, en remontant cette ruelle, que Gwendolen tombe amoureuse de Billy. Ah, cette cour à doubles arcs, ce jardin tropical qui voient Maria s'éprendre progressivement de Harry : quelle merveille ! Il faut dire que les dialogues sont de Truman Capote… Qui d'autre que Gina Lollobrigida aurait pu traverser cette place, elle n'a que vingt-six ans ! Humphrey Bogart y tient un de ses plus grands rôles. Et Jennifer Jones, un rôle à l'opposé de celui de Bernadette Soubirous dans le film de Henry King. Demain, il faudrait prendre la voiture pour voir sur quelle portion de la route longeant la falaise a été tournée la scène où Billy et Peterson sont censés s'abîmer dans les flots…

— Non ! répond François, interrompant un flot de paroles qui semblait ne jamais devoir s'arrêter.

Lorenzo ne sait que répliquer, alors que les trois autres éclatent de rire.

— Pourquoi vous rigolez bêtement, comme ça ?

— Lorenzo, nous n'irons pas faire du repérage avec la 4 CV, dit François.

— Je crois qu'il faut que tu arrêtes tes références cinématographiques. C'est toute la journée ! C'est tout juste si on ne va pas voir sortir d'une boutique Humphrey Bogart ou Gina Lollobrigida ! ajoute Michèle.

— Ce serait génial, soupire Lorenzo, ce qui déclenche un nouvel éclat de rire.

— Mes amis, Lorenzo est irrécupérable, perdu pour ses amis et pour la France. Le dieu cruel du cinématographe exige sa mise à mort. Le dilemme est simple, dit Antoine qui conclut, après quelques minutes de suspense : Ou tu te jettes dans la mer depuis la terrasse de la villa Cimbrone ou tu restes en vie et tes amis deviennent fous !

Lorenzo retient la leçon – « Je ne voudrais pas avoir votre mort sur la conscience… » Un certain temps du moins… Il ne parle plus jamais de cinéma, sauf parfois dans sa tête, pour lui seul. Tel plan, tel lumière, telle femme croisée dans la rue qui ressemble à telle actrice. Tel vieillard avec lequel il aimerait tourner si jamais il devient un jour cinéaste, bien que pour l'instant ce soit plutôt l'écriture qui le retienne puisque son petit carnet noir commence à se couvrir de poèmes, d'amorces de romans, de plans de nouvelles. Michèle sait tout cela. C'est leur secret. Et il sait qu'elle sait. Michèle connaît les secrets de tous les garçons. Chacun lui en a confié un. Elle est la maîtresse des secrets. C'est elle aussi qui organise les journées. François a raison d'ironiser. C'est un harem inversé. Le sultan des *Mille et Une Nuits* est une sultane. C'est une sorte de jeu amoureux à quatre : trois saint Sébastien qui se laissent darder de flèches par amour. Voilà pourquoi ces vacances amalfitaines sont paradisiaques. Bonheur sans nuage. Amour sans nuage. Le seul regret est émis par François qui voudrait qu'un soir sur une plage tous fument de l'herbe et fassent l'amour ensemble. Devant les mines défaites des trois autres, il ne reviendra plus jamais sur cette proposition d'un échange communautaire. Antoine a dit : « On n'est pas à San Francisco ! » Et puis c'est une idée qui ne plaît vraiment pas à Michèle. Ses « trois amants », comme elle les appelle, elle les aime d'un amour égal, mais l'un après l'autre, pas ensemble dans le même lit. Ses amours sont des amours successives. En faisant l'amour avec l'un puis avec l'autre, elle a la certitude de ne tromper personne. À commencer par elle-même.

Mais si elle devait proposer un ordre de préférence, dans toutes ces nuits, elle choisirait celle du 15 août où la radio italienne a passé, non-stop, une heure de chansons françaises yéyé. Impossible de ne pas s'en souvenir. Elle était avec Lorenzo et a atteint l'orgasme alors que Dany Logan, accompagné de ses Pirates, chantait *Sur ma plage*. Une version improbable de *Thinking of our love* de Cliff Richard. « Sur ma plage, sur mon rivage, le soleil a bruni nos amours, dans les vagues, dans les algues, je t'ai fait des discours, j'étais comme fou, nous n'avons pas été sages, nous avons fait naufrage, nos deux âmes, nos deux flammes se sont unies pour un jour... » Michèle n'avait jamais joui en riant à ce point. C'est chose faite, même si Lorenzo a cru qu'elle se moquait de lui.

À y regarder de peu plus près, cette soirée est peut-être la dernière où elle s'est sentie vraiment pleinement heureuse. En quelque sorte, Dany Logan qui décuple son orgasme, ça ouvre la cinquième période de ces vacances italiennes. Celle d'un retour amorcé, et des quelques jours passés à Sorrente, la ville des citrons et de l'Imperial Tramontano perché tout en haut de la falaise. La ville de *Pain, amour, ainsi soit-il*, le dernier film de la trilogie des amours du maréchal des logis Antonio Carotenuto qui cette fois hésite entre Sofia, une veuve expansive et terriblement séduisante qui occupe la maison familiale, et l'austère Donna Violante, sa logeuse, qui ne résiste pas à ses charmes. Lorenzo, qui s'est tu durant plusieurs semaines, retombe dans ce que ses amis appellent sa « folie » :

— Dino Risi a remplacé Luigi Comencini – qui avait signé les deux premiers volets – à la réalisation et Sophia Loren a repris le rôle de Gina Lollobrigida... Et là c'est la plage où a été tournée la scène de la marchande de poissons, et là l'escalier qui mène au port, et là...

— Là, l'endroit où tu te tais, lance François que la marijuana fait doucement planer.

— Si ça ne te plaît pas, tu peux toujours rentrer à Paris ! répond Lorenzo.

Le soir, Michèle passe la nuit avec Antoine. Puis le lendemain avec François. Puis le surlendemain avec Lorenzo. Des nuits chastes, « en frère et sœur », qu'elle impose à chacun des garçons sans que les deux autres se doutent qu'ils ont droit au même traitement. C'est sa nouvelle exigence, qui finit par faire force de loi.

Elle ne veut plus coucher avec eux. Sans raison. Sans donner aucune explication. Cela a-t-il un lien avec la lettre qu'elle a reçue en poste restante ? Nul ne le sait. Nul ne cherche vraiment à le savoir. À l'aube de ce 21 août, les troupes soviétiques sont entrées en Tchécoslovaquie. Le Printemps de Prague est terminé, anéanti, pulvérisé. Pour certains il n'a même pas existé. Rayé des mémoires. Interdit même d'y faire référence. Les unes des journaux italiens ne montrent qu'une seule image : celle de chars russes dans les rues pragoises.

Michèle qui « ne couche plus », les chars russes à Prague : quelque chose s'est brisé. La visite de Pompéi ne chasse pas la petite mélancolie qui s'est doucement instillée dans les derniers temps de ces longues vacances italiennes. Se dégage de cette ville engloutie une tristesse que les quatre mousquetaires ressentent chacun à sa manière. Avec leur sensibilité propre, leur regard. François, à la vue des moulages en plâtre d'enfants recroquevillés contre leurs parents, a du mal à retenir ses larmes. Ce sont les fresques du lupanar qui procurent à Antoine un sombre effroi : tous ces hommes et ces femmes anéantis en un instant sur leur couche modeste. Lorenzo, lui, ne peut s'empêcher de penser à tout ce qui sépare l'importance acquise par la fameuse mosaïque dite de *La Bataille d'Alexandre* et les dimensions modestes de l'œuvre. Enfin, Michèle tremble de terreur à la vue de la cave à vins de la maison du Cryptoportique : c'est là que les gens qui s'y étaient réfugiés moururent étouffés par les cendres qui avaient pénétré par un conduit. Mais tous les quatre voient converger vers un même point l'image de toutes ces vies soufflées en un instant. Leur retour à Sorrente est silencieux. Même Gigliola Cinquetti et sa langoureuse chanson *Non ho l'età* ne parvient à leur redonner la joie du début de leur séjour : « Non ho l'età, non ho l'età per amarti, non ho l'età per uscire sola con te… », « Je n'ai pas l'âge, je n'ai pas l'âge pour t'aimer, je n'ai pas l'âge pour sortir seule avec toi… »

À partir de là s'ouvre la sixième période, celle durant laquelle les mousquetaires continuent de professer qu'il faut faire l'amour et pas la guerre, mais qui non, décidément, ne font plus l'amour.

— Mais enfin pourquoi ? a fini par demander François.

— De vrais moines, a grogné Antoine.

— Un marché de dupes, a ajouté Lorenzo.

Michèle n'a rien répondu.

C'est à ces vacances finies, comme la « révolution de mai » dont on peut se demander quels fruits vont bien donner ses arbres, que pense Michèle alors que la 4 CV passe la frontière et que le douanier français fait descendre tout le monde parce qu'il a repéré sur la plage arrière un exemplaire de l'organe théorique du secrétariat de l'OSPAAAL, l'Organisation de solidarité des peuples d'Afrique, d'Asie et d'Amérique latine, la revue *Tricontinentale.*

— Vous ne savez pas que la distribution, la circulation et la mise en vente de cette publication sont interdites depuis plusieurs jours ?

— Non, répond Antoine, à qui la revue appartient.

— Depuis une bonne semaine déjà.

— Nous ne savions pas, nous sommes en Italie depuis le 3 juillet, fait remarquer Lorenzo.

— Allez, filez, j'ai des enfants de votre âge... tous les mêmes, soupire le douanier en leur faisant signe d'accélérer l'allure. Vous bloquez tout le monde.

— C'est étrange de retrouver la France, non ? dit François.

— Après tout ce temps... Je serais bien resté, ajoute Antoine.

— « Capri, c'est fini, et dire que c'était la ville de mon premier amour... », chante Lorenzo.

— Tu parles, on n'y est même pas allés à Capri..., bougonne François.

— J'ai la réponse, les gars, dit Michèle, mais personne ne l'entend.

Les trois garçons reprennent en chœur :

— « Nous n'irons plus jamais, où tu m'as dit "je t'aime", nous n'irons plus jamais, tu viens de décider... »

— J'ai la réponse...

— Quoi ? Que dis-tu ? demande enfin Antoine.

— Je dis que j'ai la réponse à la question.

— Quelle question ? demande Lorenzo.

— Celle que vous vous posez tous les trois... Pourquoi on ne fait plus l'amour.

Lorenzo est si surpris que la 4 CV pile en plein virage et que la voiture qui la suit manque de venir la percuter.

— Connard, t'as eu ton permis dans une pochette surprise ! hurle le conducteur, toutes vitres baissées, en doublant.

— Nous voilà vraiment revenus en France, monsieur, si vous en doutiez, fait remarquer Antoine.

— Bon alors, ton explication ? dit François, assis sur la banquette arrière à côté de Michèle.

— Je vous expliquerai tout en octobre. Très exactement le 5 octobre.

— C'est tout ? demande François.

— Oui, c'est tout.

— Et d'ici là ? demande Antoine.

— D'ici là vous dormez tous, j'ai encore huit cents kilomètres à avaler et je préférerais conduire dans le calme, lance Lorenzo en regardant dans le rétroviseur les yeux de Michèle embués de larmes, puis sa bouche qui articule les premiers mots de *Torna a Surriento* :

— « Vedi il mare come è bello ! Ispira molto sentimento… », « Regarde comme la mer est belle ! Elle inspire de nombreux sentiments… »

Lorenzo lui répond, pendant que les deux autres garçons somnolent :

— « Hai il coraggio di non tornare ? Ma non lasciarmi, non darmi questo tormento ! Torna a Surriento… », « As-tu le courage de ne pas revenir ? Ne me quitte pas, ne me fais pas cette peine ! Reviens à Sorrente… »

9

Octobre-décembre

Demain tu te maries

François trouve que les journées de mai n'ont servi à rien. Tout est rentré dans l'ordre. Tout a repris son cours normal. Ce n'est pas la création des centres universitaires de Vincennes et de Dauphine, la démission du doyen Grappin de la faculté des lettres de Nanterre ou le vote de la loi d'orientation de l'enseignement supérieur à l'Assemblée qui ont changé quoi que ce soit. D'ailleurs, la manifestation, entre Saint-Lazare et les Arts et Métiers, en solidarité avec les étudiants mexicains victimes d'une répression féroce, s'est soldée par des charges à la matraque, des tirs de grenades lacrymogènes et quatre cents arrestations. Rien n'a bougé, donc. Tout juste va-t-il travailler aux côtés de son père dans ses boutiques de meubles avec d'autres idées en tête autour de l'autogestion, de la redistribution des richesses et de l'intéressement des employés aux bénéfices.

Lorenzo reconnaît que si le baccalauréat n'avait pas été constitué d'épreuves uniquement orales – et ça, ce sont bien les journées de mai qui l'ont permis –, il n'aurait pas pu intégrer la Sorbonne où il s'est inscrit en première année de licence de lettres modernes.

Quant à Antoine, il objecte mollement que mai a au moins conduit à la dissolution du mouvement d'extrême droite Occident, et que sa mention très bien au baccalauréat, peut-être ne l'aurait-il pas obtenue lors d'un baccalauréat normal. Grâce à ça, à ces barricades, à ces marches, ces nuits et ces jours d'espoir, il a pu entrer dans l'école d'ingénieurs qui lui permettra d'avoir une autre vie que celle de son père.

Malgré tout, Antoine et François sont d'accord avec Lorenzo qui constate que cet automne marque bien le retour à la réalité après la parenthèse italienne :

— C'est *Un été avec Monika*, en somme.

— Ah, il y avait longtemps ! dit François. Le monde expliqué par le cinéma…

— Non mais c'est vrai ! Après avoir passé un été idyllique sur l'île d'Orno, à faire l'amour et à se baigner, Monika et son amant doivent revenir à Stockholm, et là ils retrouvent la vie réelle : Monika est enceinte, elle trompe Harry, le couple se brise…

— Monika, c'est un peu Michèle, constate François, songeur.

— Je ne sais pas si c'est Monika, mais elle nous a bien fixé rendez-vous dans ce foutu café de la place de la Porte-Molitor pour nous donner une explication, pas uniquement parce qu'on s'y est tous retrouvés après les épreuves du bac, dit Antoine.

— Surtout pour nous « révéler » pourquoi elle a subitement arrêté de faire l'amour avec nous. C'est bien ça la question, dit Lorenzo en commandant un autre café serré.

Tous se regardent. Une question leur brûle les lèvres, qu'ils se sont tous posée, qu'ils continuent tous de se poser. C'est Antoine qui se jette à l'eau et décide de crever l'abcès, s'adressant à François :

— Toi, c'était quand ?

— « Quand » quoi ?

— Ne fais pas l'idiot. On pense tous à ça. La dernière nuit avec elle, c'était quand ?

— Ce n'était pas une nuit, mais l'après-midi. Le dernier jour à Sorrente.

— Le 20 août ? dit Antoine.

— Oui.

— Comme moi. Mais moi c'était le matin, vous nous attendiez sur la Piazza Tasso pour prendre un petit déjeuner.

— Et moi en fin de journée, dit Lorenzo, pendant que vous faisiez des courses sur le Corso Italia.

— La vache, trois le même jour ! dit François, qui éclate de rire, entraînant les deux autres avec lui, si bien que lorsque Michèle arrive, elle les trouve tous les trois hilares, se tapant sur les cuisses.

Elle est magnifique, radieuse, sublime, habillée d'une robe-chemisier ornée de motifs psychédéliques qui constitue une légère concession à la mode hippie. À ses pieds des chaussures Oxford à talons baroques. À un mètre derrière elle, un jeune homme blond qu'aucun des trois mousquetaires ne connaît.

— C'est ça, il suffit que j'arrive pour déclencher un fou rire ! dit Michèle qui ajoute : Je vous présente Pierre.

Face à ce Pierre qu'ils détestent déjà, les trois coqs rivalisent de vantardise. C'est à celui qui fera le meilleur bon mot, la meilleure blague, qui montrera combien il connaît Michèle mieux que les deux autres, n'hésitant pas à faire comprendre qu'ils la connaissent intimement, et depuis longtemps, et s'étendant longuement sur leurs vacances italiennes :

— Sublimes.

— Inoubliables.

— Et tout ce soleil, cette chaleur, ces eaux chaudes qui invitent à la sensualité…

Pierre rit poliment, sourit, arrêtant le flot verbal dès lors qu'il semble effleurer la main de Michèle.

— Vous vous souvenez… en Italie… je vous ai dit que je vous donnerais certaines explications, que je vous dirais pourquoi…, commence Michèle qui laisse sa phrase en suspens.

Oui, semblent dire Antoine, Lorenzo et François même si aucun son ne sort de leur bouche.

— Je vais me marier…

— On va tous se marier un jour, dit François.

— Mais moi, la date est fixée… Le 31 décembre.

— Et que fait ton prince charmant ? Il est garçon boucher ? dit François.

— CRS ? ajoute Antoine.

— Chanteur italien ? lance Lorenzo.

— Étudiant en droit, répond Pierre, dans un silence de crypte.

La suite est sans suite. François reçoit cette nouvelle dans une sorte de brouillard, comme ses deux autres copains. Ils s'attendaient à tout sauf à ça. À cette trahison. À cette mauvaise blague. Le juke-box distille une chanson de circonstance chantée par Richard Anthony: « Tu m'étais destinée dès le premier jour des jours, ta vie m'était donnée avec l'amour… Ton corps est fait pour le mien, ton bras pour m'enlacer et ta main prendra ma main pour l'éternité… » Le voyage en Italie défile sous leurs yeux: étrange rouleau d'images qui s'oxydent à mesure qu'elles apparaissent, se rouillent, se craquellent, fondent. La baie de Naples. Le Vésuve. Pompéi. La 4 CV. Les caresses répétées. Les fous rires. Certaines chansons. Leur vie commune depuis la nuit de la Nation. Michèle est radieuse. C'est la seule. Elle propose un serment: qu'on ne se quitte jamais. Qu'on ne se perde jamais de vue.

Le 31 décembre, aucun des trois mousquetaires n'assiste au mariage de Michèle. Et le général de Gaulle propose aux Françaises et aux Français de porter « en terre les diables qui nous ont tourmentés pendant l'année qui se termine »…

SEPTIÈME PARTIE

1971-1978

1

Janvier 1971

Je reviens vers le bonheur, au pas, au gué

Michèle ne parvient pas à trouver le sommeil, comme toutes les fois qu'elle estime que la vie ne lui accorde pas tout ce qu'elle pourrait en attendre. C'est l'hiver. La nuit. Un hiver de brume et de palette grise des jours. Les lumières qui lui parviennent de la rue – lampadaires, phares des automobiles, enseignes lumineuses – projettent au plafond des ombres mouvantes, formes étranges qui, enfant, l'auraient effrayée, et qui donnent presque vie au poster psychédélique du Che, représenté sous une forme quasi christique, à la fois idole pop et saint laïque, punaisé au-dessus de sa tête de lit.

Elle connaît bien ce processus, sans jamais pouvoir l'entraver, qui la conduit, après une nuit sans sommeil, à se réveiller à une heure tardive de la matinée, voire en tout début d'après-midi, la tête lourde, le visage défait, perdue dans cette semi-somnolence, comme elle s'est perdue durant cette même nuit dans ces deux années qui viennent de s'écouler, où ses souvenirs se mêlent. Ceux d'une vie que pour rien au monde elle n'aurait envisagée aussi compliquée, aussi tortueuse, voire décevante par nombre d'aspects. Quels sont, cette nuit, les icebergs qui ont dérivé dans son sommeil ? Son éphémère relation homosexuelle après la manifestation qui avait conduit plusieurs femmes du Mouvement de libération des femmes qu'elle avait rejointes sous l'Arc de Triomphe, en l'honneur de la « femme du Soldat inconnu ». L'arrêt de ses études, quand son père est mort prématurément, et qu'il lui a fallu reprendre la boutique familiale, en ce temps où 60 % des femmes restent encore chez elles. L'affreuse nostalgie d'avoir perdu de vue François et Lorenzo, bêtement, parce que le temps file. Et bien évidemment le fiasco de son mariage avec Pierre dont le seul bon souvenir reste leur voyage à Woodstock pour un concert devenu mémorable. Elle avait alors pensé que sa vie avec lui ce serait toujours ça, l'inattendu, la volonté de paix dans le monde, l'amour entre les êtres, la folie de Neil Armstrong qui marche sur la Lune et accomplit le souhait de Cyrano de Bergerac…

Chaque nuit l'énumération varie, le passage en revue de ses faits et gestes n'est jamais identique à celui de la nuit précédente. La seule pensée qui revienne, c'est la mort de Ria Bartok qui la lui inspire, inlassablement : Michèle se dit qu'elle finira par mourir comme elle, comme par inadvertance, dans une chambre d'hôtel, après s'être endormie en fumant une cigarette qui mettra le feu à la pièce où elle se trouve. Ria Bartok qui chantait *Tu sais me plaire*, *Tu as perdu la tête*, *Sans amour*, *Un baiser*… Mourir à vingt-sept ans ! Michèle en a vingt-deux…

Et puis, il y a l'étrangeté de ces retrouvailles avec

Antoine. Chaque couple est fondé sur un pacte secret. Comme toute relation, il présente des milliers de nuances, mais le pacte fondateur est unique, et il ne faut jamais le trahir. Cela peut être une ambition commune, le désir de vivre ensemble simplement heureux, l'envie de s'abstraire du monde, la volonté de laisser une trace, de fonder une famille, de s'épanouir dans la perversité. Tout est possible. Il existe une infinité de pactes, et ce sont d'une certaine manière autant de formes de l'amour. Leur pacte reposait sur la fidélité. C'est ce que Pierre avait exigé. Jaloux, très jaloux, il ne supportait pas la présence des fameux copains avec lesquels elle avait vécu une partie de son adolescence. Qu'elle ne fasse qu'évoquer le voyage en Italie, les surprises-parties où ils dansaient le twist et le mashed potatoes, et cela le mettait dans des rages folles. Elle avait accepté ce pacte. Mais Pierre le rompit. La trompa. Une fois. Deux fois. C'est pour ça qu'avec Pierre ça n'a pas marché. Et pour ça sans doute qu'aidée par le hasard, ou plutôt faisant en sorte qu'il lui vienne en aide, comme si elle avait convoqué des forces invisibles, elle se sentit comme libérée, et comme respirant de nouveau la vie, quand elle croisa Antoine à la sortie du cinéma Champollion où elle venait de voir *Domicile conjugal* de François Truffaut. Antoine l'avait raccompagnée jusque chez elle, sous une pluie battante, et l'avait laissée devant sa porte après qu'ils se furent échangé leurs coordonnées. Alors qu'elle montait l'escalier conduisant à son appartement, elle avait compris que ça ne pouvait pas s'arrêter là, qu'elle devait au moins le revoir, et que le baiser qu'ils avaient échangé sous la pluie en appelait d'autres.

Le lendemain dès la première heure, tandis la pluie tombait toujours, elle avait frappé à sa porte. Ne lui avait-il pas dit qu'il vivait seul ? Alors qu'elle attendait qu'il vienne lui ouvrir, trempée des pieds à la tête, elle avait éprouvé une peur insidieuse mais puissante : que la porte ne s'ouvre pas, voire qu'il lui ait donné une fausse adresse. La porte s'était ouverte et ils avaient fait l'amour sur le parquet de l'entrée, lui, arrachant presque son chemisier mouillé, elle, ouvrant sa braguette d'un geste volontaire, retrouvant les sensations qui avaient été les leurs sur la plage de Sorrente lors de leur voyage en Italie.

Maintenant ça fait presque un an qu'ils vivent ensemble et que très souvent elle finit par se réveiller la nuit et lui parler comme elle le fait aujourd'hui :

— Je n'arrive pas à dormir.

— Que se passe-t-il ?

— Je ne sais pas…

— Tu ne te sens pas bien ? Tu es malade ?

— Non, ce n'est pas ça.

— Tu m'en veux d'avoir refusé d'aller vivre à Parly 2 ?

— Mais non, idiot. Je suis déprimée, c'est tout. Et puis, je t'ai réveillé, mon amour…

— Peu importe. Je ne dormais pas.

— Tu ne dormais pas, qu'est-ce que tu racontes !

— Je repensais à l'émission d'hier soir.

— Sur Kurosawa ?

— Oui. En fait, Lorenzo avait raison. C'est Kurosawa en personne qui révèle que le film qui lui a inspiré

Un merveilleux dimanche, c'est *Love and potatoes* de Griffith. Même si en réalité il se trompe sur le titre, c'est lui-même qui cite cette source.

— Et si on avait alors accepté la réponse de Lorenzo, il aurait gagné *La Tête et les Jambes* et empoché une belle somme d'argent avec laquelle nous serions allés au bout du monde.

— Nous sommes allés en Italie, et c'était un formidable voyage, non ?

— Oui, mais ce n'est pas ça…

— Tu n'as pas aimé le voyage en Italie ?

— Si, bien sûr. Mais souviens-toi. Les jambes n'ont pas sauvé la tête… J'ai fait un temps minable. Et Lorenzo a perdu.

— Ça peut arriver à tout le monde, tu sais.

— Oui, mais je l'ai fait exprès. Je n'ai jamais osé le dire à personne.

— Je ne comprends pas.

— J'ai fait exprès de tomber… De perdre… Par jalousie. J'étais amoureux de toi et j'étais sûr que vous aviez couché ensemble !

— Tu crois qu'il l'a compris, que tu l'avais fait exprès ?

— Je ne sais pas.

Pendant qu'il réfléchit, Michèle se lève, va aux toilettes, revient avec un verre d'eau à la main. Dans la pénombre de la chambre se découpe sa silhouette. Michèle est entièrement nue. Antoine boit une gorgée d'eau. Elle vient se blottir contre lui. Il la prend dans ses bras et dit :

— On devrait les revoir…

— Lorenzo et François ?

— Oui. Qu'est-ce qu'ils sont devenus, ces deux-là ?…

— Je me demande si François a repris les boutiques d'ameublement de ses parents ou s'il est perdu dans les vapeurs de l'opium… Quant à Lorenzo, il doit être encore à la Sorbonne et écrire son chef-d'œuvre à ses heures perdues…

— La dernière fois que tu les as vus, c'était quand ?

Michèle répond sans hésiter. Comme si le souvenir qu'elle relate était encore très présent dans sa mémoire. Tout frais, comme on le dit d'une peinture qui laisse des traces sur les doigts ou sur les vêtements si on s'avise de la toucher. Une marque brûlante. Vivante.

— Lorenzo, c'était au cinéma. Début décembre 1969. Ça ne t'étonnera pas ! Il voulait absolument m'emmener voir *La Fiancée du pirate*, aux Trois-Luxembourg, le premier cinéma multisalle qui venait d'ouvrir ses portes. Il était fasciné par la pub des collants Dim, « voile de coton, tout doux, tout coton ». Quant à François, j'étais avec Pierre…

— Ton mari a dû te faire une scène !

— Je l'avais entraîné à une manif contre la guerre au Vietnam après qu'Edward Kennedy eut révélé, en décembre 69, que les quatre dernières années, plus d'un million de civils vietnamiens avaient été tués ou blessés. On s'est regardés tous les trois puis on s'est perdus dans la foule. Pierre n'a rien fait pour qu'on retrouve François… Et toi, la dernière fois que tu les as vus ?

Antoine serre Michèle contre lui, lui caressant doucement le dos, l'embrassant dans le cou, laissant ses mains descendre sur ses reins puis sur ses fesses.

— Tu vois, si je ne me réveillais pas la nuit, tu ne pourrais pas en profiter. Mais avant réponds-moi : toi, quand as-tu vu Lorenzo et François pour la dernière fois ?

— Je dois réfléchir… Lorenzo c'est très précis : 24 juin 1970, Palais des sports de Strasbourg, un concert d'adieu de Gene Vincent avec les Houseshakers. Mauvais, un désastre, pathétique. Lorenzo ne voulait pas y aller. On a crevé sur la route. On s'est engueulés. On ne s'est plus jamais revus. Lamentable. Idiot.

— Et François ?

— Disons, automne 70. À la Rotonde, à Montparnasse. Mais surtout on vous a vus, toi et Pierre, à quelques mètres de là, assis à une table…

— Pourquoi n'êtes-vous pas venus nous dire bonjour ?

— Parce que ce n'était pas la peine. On était réunis tous les trois. Tu pensais à nous.

— Mais non !

— Mais si ! En fond sonore, il n'y avait que des musiques yéyé. *Retiens la nuit*, *Comme l'été dernier*, *J'entends siffler le train* et surtout *Tous mes copains* de Sylvie Vartan… On s'est dit : Elle pense à nous, c'est sûr. Elle est avec son mari mais elle pense à nous.

— Je revois très exactement la scène. C'est étrange, tu sais. Maintenant que tu as réveillé ce souvenir… « Tous mes copains quand je les vois passer, tous mes copains sont à moi. Tous mes copains je les ai embrassés, tous mes copains m'aiment bien… »

Michèle revoit tout avec une terrible exactitude. Le bruit, les gens, le chocolat chaud qu'elle avait pris, la bière de son mari. Elle se revoit très bien se demander ce qu'elle faisait là, à côté de cet homme qu'elle commençait à ne plus aimer. Elle était ailleurs, avec ses trois mousquetaires, sa bande de copains. Des morceaux d'elle-même. Oui, c'est très étrange tout de même, ces vies parallèles. On est à côté de quelqu'un, dans un café, on boit un chocolat chaud avec cette personne. Mais en réalité on est ailleurs. Et cette personne ne s'en aperçoit pas. Ne sait pas, ne pense pas, ne voit pas que l'autre est ailleurs. Oui, Michèle le reconnaît, dans ce café, à Paris à l'automne 1970, elle est avec François, Lorenzo, Antoine dans les rues de Paris en 1968, sur les routes italiennes de la baie de Naples, au concert de la Nation, chez Lorenzo en train de danser *La Bamba.* « Tous mes copains s'en vont main dans la main, tous mes copains s'en iront, tous mes copains reprendront le chemin, tous mes copains sont partis… »

2

8 janvier 1976

Je devrais dormir et vite oublier tout ça

Antoine s'aperçoit qu'il regarde la télévision sans comprendre ce qu'il écoute. « …Accords de la Jamaïque qui réglementent le nouveau système monétaire international, marqué par des changes flottants entre les monnaies. Le dollar conserve néanmoins une position hégémonique… » Il a beau tenter de se répéter plusieurs fois la phrase, il ne comprend rien. Il faut dire qu'il n'a pas vraiment la tête à ça. C'est-à-dire, la tête à pouvoir analyser les changements de réglementation dans le nouveau système monétaire international ! Cadre dans la toute nouvelle société Alsthom Atlantique – fusion entre Alsthom et les Chantiers de l'Atlantique – où il s'occupe de turbines électriques, il ne connaît rien aux changes flottants entre les monnaies. Et surtout le moment est vraiment mal choisi : Michèle vient d'accoucher d'une petite fille – 3,2 kilos, quarante centimètres, cheveux noir intense, yeux bleus.

Tout ne s'est pas fait simplement. Antoine voulait un enfant, Michèle n'en désirait pas. Une première fois enceinte, elle s'était fait avorter. Plus sans doute par respect pour ses convictions féministes que du fait d'un réel non-désir d'enfant. Longtemps elle avait gardé dans le couloir d'entrée de son appartement l'affiche du mouvement pour la liberté de l'avortement sur laquelle on voyait une femme enceinte avec, assis sur son ventre, un médecin, un homme d'Église, un financier en haut-de-forme et cigare, un juge ; sortait de sa bouche, bulle de BD, ce slogan : « Ils ne décideront plus pour nous ! Avortement et contraception libres et gratuits ! » Puis un jour ils se sont décidés : l'enfant qu'elle portait dans son ventre, ils le garderaient. Elle oublia le « Manifeste des 343 », sa participation à l'action féministe du 20 novembre 1971 durant laquelle elle s'était précipitée dans une église où, alors qu'un mariage se déroulait, ses amies et elle avaient hurlé sous les voûtes gothiques : « Mariage, piège à cons ! » Oui, elle avait tiré un trait sur son passé féministe et Antoine sur ses exploits de syndicaliste engagé. Lui qui n'avait manqué aucune des manifestations défendant les ouvriers blessés dans des accidents du travail, protestant contre l'interdiction de journaux d'extrême gauche, pour défendre la liberté d'expression ou donner la parole à des groupes exclus de la société, participa à un dernier fait d'armes : en février 1972, comme deux cent mille autres personnes, il suivit les obsèques de Pierre Overney, le jeune ouvrier maoïste assassiné par un vigile de l'entreprise, devant les portes de Renault-Billancourt.

Mais aujourd'hui, la petite Mylène est là. Depuis minuit, elle dort dans la pièce d'à côté avec sa mère pendant qu'Antoine, les pieds dans des bottes jetables en plastique vert, blouse verte et bonnet vert sur la tête, regarde la télévision en mangeant un sandwich au jambon accompagné d'un Coca. Une journée entière à boire des Coca et des cafés parce que l'équipe soignante avait peur qu'il ne s'évanouisse – depuis qu'on autorise les pères à assister aux accouchements voire à y participer en coupant le cordon ombilical, les infirmières doivent, en plus de l'accouchée, gérer les états d'âme et les vapeurs des pères qui ne supportent pas le spectacle de leur femme en train de souffrir. « Ça va, monsieur ? » n'ont cessé de lui répéter les infirmières pour finir, après des heures en salle de travail, par le tutoyer et par l'appeler par son prénom : « Ça va, Antoine, tu tiens le coup ? Tiens, bois un café. »

Quatre heures du matin. Après avoir embrassé Michèle et sa fille, puis traversé un Paris aux rues désertes, il pousse enfin la porte de l'appartement, étreint par une étrange sensation. Comme si quelqu'un d'autre l'habitait. C'est vraiment ce qu'il ressent. Est-il bien chez lui ? Bientôt, ils seront trois. La vie à deux, prolongeant l'adolescence, sera finie. Est finie. Alors qu'il enlève son manteau, se déchausse, se met à l'aise, allume les lumières dans toutes les pièces où il pénètre, il se demande si cette vie à trois est bien la vie qu'il souhaitait. À gauche, en entrant dans le salon, il regarde longuement la petite aquarelle achetée à Pompéi lors du fameux voyage avec les mousquetaires. La maison de Narcisse l'a toujours fasciné. Et quand il plonge dans la contemplation du Narcisse assis sur son socle, il ne cesse de s'interroger. Qui l'a peint, quand, pourquoi ? L'idée de cette maison qu'il est fort aisé de décrire avec son vestibule, ses deux chambres, son atrium l'a toujours bouleversé. Ici l'entaille faite dans le mur pour le chevalet du lit, là la table ronde portée par un pied cannelé, et ces architectures peintes où figurent encore des masques et des oiseaux, et les petits cubes blancs pavant les couloirs, et la cassette trouvée dans cette maison contenant des instruments de chirurgie, des onguents, de la charpie, un vase cylindrique de plomb orné de bas-reliefs… Et bien entendu la petite fresque du Narcisse, interprétée comme une illustration du récit d'Ovide, ou une métaphore de l'immortalité, ou une exhortation à la vie.

Il est maintenant presque 7 heures. Antoine a somnolé sur le canapé du salon. Il allume la radio. Débat virulent autour de la liberté d'expression au sujet du commando d'Ordre nouveau qui avait, il y a déjà quelques années, envahi le théâtre de l'Épée de bois, dans le quartier Mouffetard, à Paris, matraqué les spectateurs et détruit les décors lors de la représentation d'*Eva Peron*, la pièce de Copi. Un intervenant, plutôt une intervenante, rappelle d'autres faits comme la condamnation en décembre 1972 de Michel Polnareff à payer 60 000 francs d'amende pour « avoir fait exposer sur la voie publique des affiches ou des images contraires à la décence », ou encore l'interdiction aux moins de dix-huit ans, la même année, du film de Bertolucci *Le Dernier Tango à Paris*, avec la fameuse scène durant laquelle Marlon Brando viole Maria Schneider et, utilisant du beurre comme lubrifiant, la sodomise.

Le jour est en train de se lever. Antoine éteint la radio. Se fait un café. Regarde Paris du treizième étage de sa tour de verre et de métal. En début d'après-midi, il retournera à l'hôpital. Mais pour l'instant, il peut encore flotter, errer. Il se sent triste. La raison ? Peut-être ces dernières nuits sans sommeil, cette paternité maintenant bien réelle. Il sent que l'époque dans laquelle il est en train d'entrer – il aura trente ans dans deux ans – s'éloigne de ses idéaux d'adolescence, comme si la question du bien et du mal, après 68, avait été mise entre parenthèses. Mais une société peut-elle vraiment se dispenser de savoir ce que sont le bien et le mal ? La dignité de la personne, l'égalité entre l'homme et la femme, le respect d'autrui, la solidarité, le sens du pardon… Il se souvient de la *Lettre aux instituteurs* de Jules Ferry : il y parlait de « cette bonne et antique morale que nous avons reçue de nos pères et mères ». Il y disait aussi : « Ce que vous allez communiquer à l'enfant, ce n'est pas votre propre sagesse, c'est la sagesse du genre humain… » Et lui, que va-t-il communiquer à Mylène ?

Aujourd'hui, pense-t-il, nous sommes entrés dans le temps de l'indifférence. Oui, c'est bien l'indifférence que, pour finir, nous sommes en train de trouver. Un jour nos amis seront morts, nos espoirs vite reniés. Antoine ne pensait pas que la naissance d'un enfant pouvait à ce point tout remettre en cause. Sa génération est celle d'une vraie désillusion. À commencer par le soutien aux révolutions communistes dans cette partie du monde d'où aujourd'hui partent des boat people chargés des quelques rescapés de la répression des

Khmers rouges. Du haut de sa tour, il contemple ses illusions fracassées. Vive l'entrée dans l'ère du chacun pour soi, de l'individualisme érigé en règle de vie : concours, émulation, bonne conscience de la domination nécessaire, légitimation de la supériorité.

Au sol, dans le salon, des caissons en plastique de toutes les couleurs, et dans ces caissons les discothèques de Michèle et d'Antoine, aujourd'hui rassemblées en une seule : Brel, Brassens, Barbara, Gainsbourg, Sylvie Vartan, Johnny Hallyday, Richard Anthony, Françoise Hardy… Au milieu des disques, un exemplaire de la revue *Oz*, sans doute oubliée il y a bien longtemps par François. Sur la couverture psychédélique, un bébé dans les bras d'un « ozxiliaire » à chapeau mou. Le type frime avec un fusil dans les mains, une Noire aux seins nus, armée d'un semi-automatique, joue les allumeuses : une famille nucléaire dernier cri de la guérilla anti-atomique. La légende dit tout : « Il conduit une Maserati. Elle est mannequin. Le garçon est le fils du rédacteur en chef des pages culturelles du magazine *Time.* Tu parles d'une révolution ! »

Antoine repose la revue, et pense : Années révolues, et met un disque offert à Michèle en 1965, à Noël, par les trois mousquetaires : Claude François en costume blanc sur un fond de mur en briques bleues, *Même si tu revenais*, *Je devrais dormir*, *Mais n'essaie pas de me mentir*… Chacun y a apposé sa signature, précédée de quelques mots. François, de son écriture penchée : « À Michèle qui quand elle dessine des marguerites sur la nappe en papier du restaurant a la tête penchée sur le côté, comme quand elle était petite. » Lorenzo, tout en pleins et en déliés puissants : « Joséphine Baker avait deux amours, Michèle en a trois. Baisers de décembre. » Antoine enfin, au stylo vert, d'une petite écriture régulière, propre, pointue, qui a signé de son surnom, Quand-est-ce-qu'on-mange : « À Michèle, notre suffragette adorée. » Et qui, alors qu'il pose le disque sur la platine, met un peu de temps à se souvenir du surnom de son copain Lorenzo et le retrouve enfin – Poor-lonesome-cow-boy. La voix de Claude François résonne dans l'appartement vide : « Les années ont passé trop vite, et justement hier dans le grenier j'ai retrouvé ce jouet extraordinaire. J'ai appelé mon petit garçon, et le lui ai offert. Il était vieux et tout rouillé, mais quand on l'a posé par terre… »

3

Août 1978

Et j'irai pleurer sous la pluie

Lorenzo s'apprête à quitter l'hôtel Lutetia pour se diriger vers l'une des trois bouches de métro du carrefour Sèvres-Babylone, plus précisément celle dont l'accès est situé square Boucicaut. Son agrégation de lettres modernes en poche, il a enseigné quelque temps dans un lycée de banlieue puis, afin de se consacrer entièrement à ce qu'il appelle son « œuvre littéraire », il a pris un travail purement alimentaire et qui ne l'occupe que quelques heures par jour. Réceptionniste à l'hôtel Lutetia, il accueille les clients, facilite leur séjour, gère leur départ et tient le planning de réservation des chambres.

Sa tâche accomplie, il retrouve le tas de plusieurs milliers de pages qui constituent une sorte de *work in progress* de sa vie mise en littérature. Pensées, essais, poèmes, romans aux intrigues qui s'enchevêtrent, confessions, notes de travail, collages, dessins, photos, sur des papiers de tous formats, noircis recto verso, rédigés avec des crayons et des encres de toutes les couleurs, recourant à toutes les langues et à tous les styles, car il n'aime que ça, écrire, et il n'a que ça, écrire, pour se réfugier dans un coin abrité, un havre, quand la tempête se lève. Comme un marin saisi par la mer démontée. Pour un étrange livre. Tout sauf un journal. Plutôt une partie de soi. Un morceau de son être exposé, étalé. Pour personne d'autre que lui-même, mais tout de même fendu comme une carcasse sur l'étal de la boucherie, écorché anatomique à la André Vésale. Un petit bateau, frêle esquif, qui glisse sur l'eau du port. Poussé par la marée. Sans bruit ni heurt. Qui s'en va regagner sa place au ponton. Glissant sur des eaux noires. Pages soigneusement rangées sur un astucieux système d'étagères numérotées, avec provisoirement placée en exergue une phrase de Frédéric Rossif, père de la fameuse série télévisée *La Vie des animaux*: « On meurt tous à la guerre, même les brutes. Celui qui a tué un homme a tué sa propre vie. Et puis on ressuscite. On est le lazaréen qui oublie les idées reçues pour l'essentiel. »

Lorenzo vit seul, dans un minuscule appartement de l'avenue Reille, près du parc Montsouris. Une pièce, moins de vingt mètres carrés, au rez-de-chaussée d'un immeuble de brique construit à la fin de la Grande Guerre. Coincée entre la porte menant à la cave, humide, puante, et l'escalier, grinçant, aux relents de cire de térébenthine. Lorenzo possède deux costumes. Un pour l'hiver, un pour l'été. Passant une partie de la journée dans l'uniforme fourni par le Lutetia, il ne les use guère. Lorsqu'il arrive à l'hôtel, il pose délicatement son costume sur un cintre, endosse l'uniforme, et remet son costume lorsqu'il repart à la fin de sa journée. De telle sorte que, doté d'une élégance naturelle, lorsqu'il quitte le Lutetia par la grande porte à tourniquet donnant sur le boulevard Raspail, on pourrait presque le prendre pour un des riches clients du grand hôtel parisien venu y passer un court séjour, voire pour un de ces privilégiés qui vivent dans une des soixante suites Art déco mises à leur disposition dans les étages élevés.

Aujourd'hui, en ce chaud mois d'août traversé d'ondées, il quitte son travail plus tôt, avec dans l'idée d'aller retrouver le plus vite possible son grand livre qui constitue à lui seul une œuvre d'art. Il fait un soleil magnifique qui contraste avec son état d'esprit du moment. Plutôt sombre, inquiet. C'est ce qu'il racontera dans son livre une fois rentré. Il a lu dans le journal un article prétendant que les Français, et notamment les lycéens et les étudiants, pensent à plus de 60 % que l'humanité vit une période de régression. À la question « Comment voyez-vous l'avenir pour le monde ? », 83 % ont donné des réponses pessimistes : « Le monde va à sa destruction », « La fin est proche », « L'humanité se dégrade ». Voilà une génération sans espoir, qui se sent impuissante à refaire le monde, s'y résigne, et se consacre à la recherche égoïste du bonheur quotidien. « L'avenir, pour moi, a déclaré un élève de terminale, c'est vivre heureux dans une société qui vous offre toutes les chances de ne pas l'être. » Et lui, pense-t-il cela ? Il se le demande.

— Lorenzo !

Alors qu'il se prépare à traverser le boulevard Raspail pour ensuite passer devant l'immeuble de la Banque de France et rejoindre la bouche de métro, il entend derrière lui une voix qu'il reconnaît immédiatement. Qui le trouble. Et à laquelle volontairement il ne répond pas. Submergé par trop d'émotions. « Lorenzo ! » Cela fait des années qu'il n'a plus aucune nouvelle d'elle, même si le souvenir de leur dernière rencontre, seul à seule, est encore gravé avec beaucoup de précision dans son esprit : ils étaient allés tous les deux au cinéma Les Trois-Luxembourg voir *La Fiancée du pirate*, l'histoire d'une sorcière moderne, Marie, jouée par Bernadette Lafont, qui n'est pas brûlée par les inquisiteurs puisque c'est elle qui les brûle. Michèle et lui avaient adoré. Il lui avait dit : « Marie, c'est toi. C'est toi la sorcière qui brûle les inquisiteurs. »

— Lorenzo ? C'est bien toi ? Tu t'appelles bien Lorenzo ! insiste la voix, qui accompagne cette fois la parole du geste, une main ferme lui agrippant la manche de son costume anthracite.

— Michèle !

— Tu ne me reconnais pas ?

— Mais si, bien sûr ! Bien sûr ! Ça fait longtemps…

— Décembre 1969. Cinéma Les Trois-Luxembourg… *La Fiancée du pirate*, répond Michèle en prenant Lorenzo dans ses bras et en l'embrassant de tout son corps, ajoutant, entre deux baisers : Tu te souviens quand Bernadette Lafont finit par révéler en pleine messe les confidences et les médisances qu'elle a recueillies sur l'oreiller grâce à son magnétophone ? La tête des paroissiens ! Génial !

Les épanchements passés, Lorenzo désigne le bébé qui est dans la poussette tenue par Michèle :

— C'est à toi ?

— Tu es fou ! Tu sais bien comme je suis… Je n'ai pas changé… Pas d'attache… Le féminisme… La maternité, merci, très peu pour moi ! Non, non, je garde la fille d'une amie…

— Elle est mignonne.

— Elle s'appelle Mylène…

— Tu as le temps de…

— Boire une boisson très fraîche ? Oui.

Assis au bar du Sip Babylone, Michèle et Lorenzo ne cessent de se dévisager, de se toucher. C'est toute leur vie qui défile en quelques minutes, pendant que la petite Mylène semble vouloir continuer sa sieste. Tout du moins ce qu'ils veulent bien laisser voir à l'autre de ce qu'ils sont devenus. À mesure qu'ils se parlent, retrouvant les réflexes d'avant, ceux qui soudaient tant les quatre mousquetaires, l'émotion les gagne, les souvenirs les submergent. Ils se connaissent trop pour ne pas réagir au moindre souffle de bise venu du passé, à la plus petite allusion. Même si parfois ils doivent bien admettre, malgré eux, que le temps a passé et qu'en bien des sujets leurs vies jadis collées l'une à l'autre se sont éloignées, ont pris chacune une direction, ont choisi aux carrefours rencontrés sur leurs routes des chemins opposés. Peut-être à l'image du scopitone multicolore et muet qui trône à quelques mètres de leur table. Les titres sont encore là, visibles – *Tu peux la prendre*, *Le twist du canotier*, *C'est le mashed potatoes*, *Jolie petite Sheila*, *J'irai pleurer sous la pluie* –, mais il est désormais impossible de visionner les vieux tubes filmés en format seize millimètres.

Il y a tant de questions, tant de points d'interrogation. S'agit-il vraiment d'un mensonge ? Michèle ne dit rien à Lorenzo de sa nouvelle vie, ne lui parle surtout pas d'Antoine, qu'elle assure n'avoir pas vu depuis des siècles, tout comme François.

— Et avec ton mari, ça va ? demande Lorenzo.

— Pierre ? Nous avons divorcé.

— Depuis longtemps ?

— Oui.

— Tu ne veux pas en parler, c'est ça ?

— Exact, je n'ai pas vraiment envie… Et toi, ta vie ?…

Sans comprendre la raison profonde de sa réaction, Lorenzo raconte qu'il écrit des romans sous pseudonyme qui lui rapportent beaucoup d'argent, qu'il vit un peu partout dans le monde entier, qu'il vient de temps en temps à Paris pour affaires et que…

— Tu descends au Lutetia ?

— Oui, répond-il sans hésiter.

— Tu me donneras un de tes livres ?

— Non. Impossible. Personne ne doit savoir qui se cache sous ces pseudonymes.

— Tu en as plusieurs ?

— Oui. Un pour les polars, un pour les romans à l'eau de rose, un pour les romans d'avant-garde, un pour les romans historiques… Comme Pessoa.

— Ton Portugais dont tu me parlais déjà au lycée ?

— Oui. Tu n'as pas oublié…

— Je n'ai rien oublié de ce qui te concerne.

De temps en temps, l'enfant que « garde » Michèle demande un peu à boire, puis de nouveau se jette sur sa tétine et se rendort.

— Tu t'en occupes bien, pour une féministe, ironise Lorenzo.

— Tu as revu François, Antoine ? demande Michèle, visiblement pour changer de sujet.

— Non, c'est dommage. C'est idiot, tout ça.

— Je suis d'accord, mais que faire ? Ça devait sans doute être comme ça. Ce qui doit arriver arrive, c'est tout. Tu te souviens de *La Tête et les Jambes* ?

— Comment ne pas m'en souvenir… Pourquoi tu me parles de ça ?

— Tu sais qu'Antoine…

— … a fait exprès de perdre ? Il te l'a dit ?

— Oui. Il y a très longtemps…

— Tu sais, je l'ai su tout de suite. Pendant l'émission. Pendant que je le voyais courir. J'ai fait des dizaines de courses avec lui. Il ne s'est jamais pris les pieds dans les bordures. Allez, tout ça est très loin… Il y a quelques années, j'ai regardé à la télévision une émission sur Kurosawa. Il était interviewé. Il a donné comme source de son film celui de Griffith que j'avais cité !

— Je sais ! Je l'ai regardée aussi. Ce soir-là j'ai beaucoup pensé à toi. Comme souvent.

— Moi aussi, je pense souvent à toi…

— Tu as une copine ?

— Non. Tu as un copain ?

— Non. Pas de copain. Pas d'enfant, répond Michèle tout en regardant sa montre.

La petite fille dans sa poussette commence à pleurnicher. Michèle doit partir. La mère de Mylène les attend, dit-elle. Au moment de se quitter, Lorenzo lui donne son numéro de téléphone qu'il écrit sur la nappe en papier qui recouvre la table et dont il déchire un morceau. Si sa secrétaire n'est pas là, elle tombera sur un répondeur automatique. Surtout qu'elle laisse un message, il répondra, plus tard, dès qu'il l'aura entendu.

— Et le tien ? demande Lorenzo.

— Je vais déménager, ça ne servirait à rien.

— À la boutique de tes parents ?

— Mon père est mort.

— Désolé, je ne savais pas...

— Comment l'aurais-tu su ? Peu importe, je n'y vais plus. Des gérants s'occupent de tout.

Mais qu'il ne s'inquiète pas, elle le rappellera. Maintenant qu'elle sait où l'appeler, elle ne va plus le perdre. Surtout que, le temps d'un fou rire, ils retrouvent une complicité qui n'avait donc pas disparu... À la table voisine, deux vieilles dames boivent un chocolat chaud dans lequel elles plongent goulûment des madeleines :

— De mon temps, je veux dire juste après la guerre de 14, il y avait moins de 20 % de jeunes filles à avoir eu des relations prénuptiales. Et maintenant, tu connais le chiffre ?

— Non. 50 %, 60 % ?

— Ma pauvre, 90 % ! Tu as bien entendu : 90 % ont perdu leur virginité avant dix-huit ans !

— Des gourgandines !

— Tout ça, c'est la faute à 68 !

— Heureusement que nos pauvres maris sont morts, parce que c'est le genre de choses qui les aurait tués !

Lorenzo et Michèle se quittent donc, et s'embrassent presque sur la bouche. Hésitent à le faire. Finalement restent quelques secondes l'un contre l'autre. Elle reconnaît son odeur. Il retrouve son parfum qui n'a pas changé : elle portait déjà N° 5 de Chanel… La poussette à bout de bras, Michèle traverse la rue de Sèvres en direction du Bon Marché. Lorenzo la suit des yeux. Tandis que le bruit de la circulation augmente soudain, comme s'il avait tout à coup remplacé l'espèce de havre constitué par leur rencontre, il la voit se retourner plusieurs fois. Il se dit qu'il devrait courir la rejoindre. Elle lui fait de nouveau des signes d'adieu de la main. Il a l'impression qu'elle pleure. Mais comment peut-il penser une telle chose, Michèle est si loin, maintenant. Peut-être parce que lui-même sent les larmes lui monter aux yeux et qu'il lui faut longtemps pour comprendre que l'eau qui ruisselle sur ses joues est aussi de l'eau de pluie, cette pluie qui tombe à verse sur Paris. Une pluie d'orage, de fin d'après-midi, soudaine, qui assombrit toute la rue. Les gens courent. Les automobilistes allument leurs phares et déclenchent leurs essuie-glaces. Il pense : De toute façon nous serons amenés à nous revoir. Puis hausse les épaules, et ajoute : Peut-être.

C'est alors qu'il se souvient qu'il a oublié son parapluie. Il court. Ouvre la porte du café. Le parapluie est là, contre la chaise qui il y a encore quelques instants faisait face à celle où Michèle était assise. Sur la table, la coupelle avec le ticket des consommations, le billet et les pièces. Et à côté, le papier sur lequel il a écrit son numéro de téléphone – que Michèle a oublié de prendre.

HUITIÈME PARTIE

1981-1985

1

10 mai 1981

Tous les deux, enchaînés

Michèle attend ce jour depuis longtemps, avec une certaine crainte. Et cette crainte l'éloigne encore davantage d'Antoine. Cela fait plusieurs mois déjà qu'Antoine milite pour la victoire de François Mitterrand. Avec toute la mauvaise foi nécessaire et suffisante qu'exige un tel engagement. Il a même réussi à entraîner Michèle à un meeting de celui que Jacques Séguéla appelle le « jardinier des hommes ». Tout de même, c'est formidable comme ces publicitaires savent nous faire prendre des vessies pour des lanternes, pense Michèle. Ainsi ces affiches du candidat Mitterrand, les premières qui apparaissent sur les murs : l'image d'un petit village en haut d'une colline, couronné de son église ; c'est bucolique à souhait, reposant, rassurant. La légende dit : « La force tranquille ».

Ce slogan, imaginé pour le lancement d'un nouveau produit de la société Danone, a été abandonné. C'est Antoine Riboud en personne qui a autorisé le publicitaire à utiliser ce thème rustique et paisible pour une autre campagne publicitaire. « La force tranquille »... Il ne manque plus qu'un immense pot de yaourt ; le candidat Mitterrand aurait pu le demander à Jean-Pierre Raynaud, l'artiste aux pots de fleurs remplis de ciment.

Michèle n'a jamais assisté à aucun grand meeting de campagne électorale. C'est une expérience mémorable. Une grande leçon où la vérité sort toujours perdante face au mensonge. « Nous avons tant à faire ensemble », lance l'orateur devant une foule en larmes qui applaudit à tout rompre. Et les annonces se succèdent, les promesses. À l'écouter, rien n'est impossible. Faire des réformes importantes sans que cela dérange les habitudes ou gêne les intérêts d'aucune catégorie de Français ? C'est possible ! Ne pas laisser les ardeurs réformatrices être tempérées par l'addition d'une conjoncture économique et politique difficile et par la résistance inébranlable des groupes socioprofessionnels ? C'est possible !

Le gourou rase gratis, il va nationaliser les banques qui ne l'ont pas été en 1945, instituer la semaine de trente-cinq heures et abaisser l'âge de la retraite à soixante ans, augmenter le SMIC de plus de 30 %, instaurer un impôt annuel sur la fortune à partir de 3 millions de francs. Quant au vocabulaire, si important pour frapper les esprits, pour toucher les journalistes en quête de « bons » mots, il est à la hauteur des mesures promises : « faire payer les riches », « se méfier des entreprises », « souhaiter le nivellement de la société par le bas », etc.

En écoutant l'orateur, Michèle ne peut s'empêcher de penser à la manipulation de l'affiche fabriquée pour discréditer Giscard d'Estaing et sur laquelle on le voit dans un fortin jordanien en train de regarder le lac de Tibériade à la jumelle, alors qu'en réalité la photo a été prise à l'hippodrome de Longchamp, où il assistait l'année passée à l'arrivée du prix de l'Arc de Triomphe ! Mitterrand, interrogé sur ce faux, s'est contenté de répondre qu'il ne s'y était pas « intéressé ». Michèle ne peut pas non plus s'empêcher de penser à ce qu'il est vraiment, ce personnage si trouble. À ce qu'il cache : ses amitiés d'extrême droite d'avant guerre avec les membres de la Cagoule, Pierre de Bénouville, Claude Roy et quelques autres ; sa longue période passée à Vichy ; sa nomination, au lendemain de la guerre, à la direction des éditions du Rond-Point et du magazine *Votre beauté*, propriétés d'Eugène Schueller, ancien financier du groupe d'extrême droite CSAR ; son amitié avec René Bousquet, dont on sait la responsabilité dans la terrible rafle du Vel'd'Hiv', avec André Bettencourt, dirigeant français de la Propaganda Staffel, ou ses relations avec le peu reluisant Roger-Patrice Pelat.

Michèle ne peut s'empêcher de penser à sa façon d'être et d'agir : cette manière précipitée de vouloir préparer un gouvernement alors que de Gaulle est encore au pouvoir, un certain jour de 68, ou d'annoncer sa candidature tandis que le cadavre de Georges Pompidou est encore chaud ; ou cette mise en scène truquée de l'attentat dans les jardins de l'Observatoire perpétré par des complices qui mitraillent sa 403 vide !

Au contraire, Antoine, enthousiaste, pense que Mitterrand va aider les Français à ne plus s'intéresser de façon si congénitale à leur nombril, qu'il est le seul à pouvoir mettre un terme à « vingt-trois années de droite au pouvoir ». Michèle n'est pas de cet avis, ce n'est pas une victoire annoncée qui se dessine mais bien une catastrophe annoncée. Toutes ces années ont vu grandir la grossièreté, la goujaterie, la démagogie, la bêtise, la vulgarité. La campagne électorale qui se termine est à l'image de ce temps écoulé : complice d'une France qui se délite. Plus que le désir de voir arriver Mitterrand au pouvoir, c'est l'allergie à Giscard et l'installation de la crise qui vont permettre au premier secrétaire du Parti socialiste de s'installer à l'Élysée. Mitterrand n'est pas aimé pour lui-même. Certes, les sondages le bercent de leurs doux chants, mais dans le panier des promesses électorales qu'il porte sur son dos, combien pourront réellement être tenues ? En 1974, Mitterrand était considéré comme un homme du passé, mais aujourd'hui c'est cette même « force tranquille », cette démarche rétrospective qui n'est rien de moins que passéiste qui pourrait le mener au pouvoir. Ce qui était vrai en 1974 l'est encore plus aujourd'hui : « Mitterrand n'est pas un homme du passé mais un homme dépassé. » La gauche qui risque de venir au pouvoir est une gauche sclérosée, sectaire, issue des luttes ouvrières du début du siècle, qui n'est plus en phase avec son temps. Mais les Français et les Françaises sont des êtres versatiles qui vont là où le vent les pousse. Croyant choisir pour le futur, ils installent sur le trône de France un monarque qui les replonge dans le monde d'hier, et qui lui-même se pense déjà historiquement.

— Tu sais, Antoine, ce qui nous attend, c'est le cynisme, le laxisme politique, la reconnaissance de la richesse, le règne des publicitaires conseillers des princes. Mitterrand a récemment déclaré, pour justifier le salaire exorbitant d'une journaliste de télévision, que « le talent et le travail doivent être récompensés ».

Aussi, quand Jean-Pierre Elkabbach et Étienne Mougeotte annoncent en direct à la télévision le résultat du deuxième tour de l'élection présidentielle, et que le portrait électronique de François Mitterrand apparaît, accompagné de l'estimation CII Honeywell Bull – François Mitterrand 51,8 % des voix, Valéry Giscard d'Estaing 48,2 % –, alors que résonnent quelques notes de *Kometenmelodie 2*, du groupe Kraftwerk, une immense clameur monte de la rue. Michèle et Antoine débouchent une bouteille de champagne et la boivent avec leurs voisins de palier. En prévision de la soirée, ils ont laissé leur fille, âgée de cinq ans, chez les parents d'Antoine, qui habitent encore tous deux au même endroit, rue du Puisard, à Gennevilliers, tout près de la villa où vivait Lorenzo lorsqu'il était adolescent.

Tout au long du trajet qui les mène à la Bastille, où une fête improvisée a déjà commencé, Michèle ne cesse de penser à Lorenzo. Quelque chose en elle fait qu'elle ne peut pas ne pas penser à Lorenzo. Quelque chose de si puissant qu'elle finit par se persuader que si elle pense très fort à Lorenzo, qui a toutes les chances de se trouver parmi la foule de la place de la Bastille, elle va le rencontrer, tomber sur lui. C'est inévitable. Voilà pourquoi, à peine arrivée, elle s'arrange pour perdre Antoine. Pour faire en sorte qu'ils se perdent. Perdre Antoine pour retrouver Lorenzo. Pas besoin d'un numéro de téléphone écrit sur un morceau de papier – surtout lorsqu'on l'a oublié sur un coin de table ! –, pas besoin de se donner un lieu de rendez-vous précis, Michèle en est certaine : il suffit de penser très fort à une action, un geste, un fait pour que cela arrive. Des ondes mystérieuses circulent de cerveau à cerveau, mettent les gens en relation, sans qu'ils le comprennent vraiment, sans qu'ils aient vraiment déclenché le processus. Comme si cela se faisait tout à la fois en dehors d'eux mais aussi inévitablement d'abord avec eux, avec ce que leur cerveau réveille, agite, met en marche.

La place est pleine de monde. Beaucoup de gens jeunes qui chantent, hurlent, crient, dansent. Des coups de klaxons. Beaucoup s'embrassent. Ce n'est pas le Grand Soir, mais presque. Quelle ironie de se retrouver ici à chercher un hypothétique Lorenzo, pense Michèle, au milieu de tous ces gens qui avaient peur de se retrouver avec une nouvelle droite et qui ne savent pas qu'ils ont porté au pouvoir une vieille gauche – sans doute la plus vieille d'Europe, si on la compare à la gauche italienne ou espagnole. Cette victoire à la Pyrrhus peut se résumer à ceci : c'est la culture sociale-démocrate qui vient de battre, et pour la première fois depuis un demi-siècle, la culture communiste dont le déclin semble irréversible.

Plus elle essaie de se frayer un chemin au milieu de cette foule qui reprend en chœur les chansons proposées par les artistes venus « spontanément » sur les podiums dressés en toute hâte sur la place, plus Michèle se dit que cette recherche – elle n'est venue à la Bastille que pour cela : retrouver Lorenzo – relève d'une forme de folie.

Alors que la nuit commence à tomber, un orage formidable éclate sur Paris. Le ciel couleur ardoise s'est soudain assombri pour céder la place à d'immenses nuages noirs qui déversent maintenant des paquets d'eau tandis que de terribles éclairs strient le continent de plomb qui dérive au-dessus de la capitale. Les gens courent en tous sens, trempés comme des soupes. C'est à ce moment précis que Michèle perd Antoine. Sous ce déluge. Sans chercher à le retrouver. Beaucoup de jeunes hommes sont torse nu, et beaucoup de filles exhibent leur poitrine que la pluie rend luisante. Il fait presque chaud. Puis soudain, tout s'arrête, ou plutôt c'est cette fête étrange qui se fige, comme si le génie du haut de sa colonne avait changé tous ces gens en statues de sel. Seuls bougent un homme et une femme, Michèle et Lorenzo, qui sont l'un en face de l'autre, n'échangent aucun mot, se regardent. Tout est silencieux. Totalement silencieux. Plus un cri. Plus un moteur de voiture. Une guitare. Un chant. Des applaudissements. Puis plus rien. Michèle et Lorenzo se regardent.

— Michèle.

— Lorenzo.

— J'étais sûr de te trouver ici.

— Moi aussi.

— C'est pour ça que je suis venu.

— Moi aussi, c'est pour ça que je suis venue. Tu es donc de passage à Paris…

— Oui.

— Toujours au Lutetia, alors…
— Oui…
— Tu m'y emmènes ?
— Et la victoire du peuple de gauche, qu'en fais-tu ?
— Allons la fêter tous les deux, ailleurs, autrement.
Puis tout retombe dans le silence. Lorenzo prend Michèle par la main. Ils ont trop de choses à se dire, à se raconter. Ils doivent attendre le signal qui va ouvrir les portes de la parole, de la confidence. Michèle et Lorenzo se comprennent, nul besoin d'expliquer.

Une fois franchi le grand tourniquet vitré de l'hôtel Lutetia, Lorenzo demande à Michèle de l'attendre, il va revenir très vite. Ce qu'il fait effectivement. Comme dans un rêve, il lui fait découvrir des passages secrets, des couloirs que personne ne semble connaître, emprunter des ascenseurs qui semblent mener à des pièces cachées, des travées mystérieuses. Elle est Alice qui traverse des miroirs. Lorenzo ouvre une porte, celle d'une chambre sans numéro. Une chambre au septième étage du palace parisien. Elle demande : « Ta chambre ? » Il répond : « Beaucoup mieux, une chambre qui n'existe pas ! »

Ce ne sont plus les adolescents de l'aube des années yéyé, ni même les tendres écervelés du voyage en Italie, ni les deux adultes qui s'étaient subrepticement revus il y a trois ans sur le trottoir devant ce même Lutetia. Au fond, ils ne savent plus rien l'un de l'autre, mais ce dont ils sont certains c'est qu'ils ne sont pas, qu'ils ne seront jamais comme deux mondes qui n'auraient rien à se dire. Ils ont au contraire tout à se dire, depuis longtemps, depuis toujours. La porte de la chambre à peine refermée, leurs vêtements épars dans la pièce, entièrement nue sur le lit, c'est Michèle qui prend la première le risque de parler. Déjà elle semble ivre. Ivre et folle de ce qu'elle veut, de ce qu'elle attend :

— Fais-moi ce que fait Marlon Brando à Maria Schneider dans *Le Dernier Tango à Paris.* Et pour une fois, je t'en supplie, ne sois ni poli ni gentil.

À travers les rideaux filtre un petit soleil matinal qui vient dorer les meubles de la pièce. Lorenzo dort à poings fermés, comme un bébé. Michèle se lève, s'habille, sans faire de bruit. Sur le carnet de la table de nuit, elle dessine une multitude de cœurs. Hésite à écrire autre chose. Mais qu'ajouter ? Lorenzo, qui semble se réveiller, la fait fuir. Elle préfère partir comme ça. Sans laisser d'adresse. Sans rien ajouter. Partir sur le souvenir de cette nuit. Rien n'est clair dans l'existence. S'il fallait chercher une cohérence dans tous nos faits et gestes, plusieurs vies n'y suffiraient pas. Alors qu'elle descend lentement les marches de l'escalier, elle pense à la lettre qu'écrivit Albert Camus la veille de sa mort à Maria Casarès : « Bon. Dernière lettre. Juste te dire que j'arrive mardi, par la route, remontant avec les Gallimard lundi… Je t'embrasse, je te serre contre moi jusqu'à mardi et je recommencerai. » Arrivée dans le hall, elle se dit qu'elle devrait remonter, hésite, puis se dirige vers la sortie. Un groom lui tient la porte. Lui souhaite une bonne journée. Lui demande si elle veut qu'il lui appelle un taxi. Elle sourit. Dit : « Non, merci. » Et disparaît dans la ville.

2

9 août 1982

Derniers baisers

Antoine ne comprend plus Michèle. Depuis le mystère de la nuit du 10 mai 1981 où il l'a perdue dans la foule rassemblée à la Bastille et ne l'a retrouvée que le lendemain après-midi où après s'être douchée elle a passé le reste de la journée à dormir, non, il ne la comprend plus. Ces deux derniers mois, Michèle et Antoine n'ont fait que se croiser. L'adoption des textes de loi accroissant les droits des travailleurs dans l'entreprise – sans doute pour marquer symboliquement la première année de présidence de François Mitterrand – a demandé à Antoine et à ses camarades syndicalistes un investissement quotidien. Droit d'expression, développement des institutions représentatives, négociation collective sur les salaires, il a été de toutes les luttes, de tous les combats.

Antoine, qui jusqu'alors ménageait Michèle quand il parlait d'elle avec Mylène, ne se gêne plus pour la critiquer ouvertement. De telle sorte que la petite fille âgée de six ans penche régulièrement du côté du père. C'est lui qui a toutes les qualités et sa mère tous les défauts.

Si Antoine passe son temps dans les réunions syndicales et les meetings, Michèle est de plus en plus engagée dans le féminisme. Il faut dire que depuis octobre 1979, date de création du Mouvement de libération des femmes par Antoinette Fouque, les luttes internes n'ont cessé d'en miner l'unité. Le temps n'est plus où Françoise Giroud inaugurait, dans l'enthousiasme, un secrétariat d'État à la Condition féminine, où le « Manifeste des 343 » faisait bouger les consciences, où les journées de la Mutualité soulevaient une vague d'espoir, où les femmes se réunissaient pour lutter contre le sexisme dans notre société, où elles défilaient dans les rues de Paris, Michèle en tête du cortège en femme-sandwich arborant une pancarte « Nous en avons assez d'être tâtées, soupesées comme de la viande », où bras dessus bras dessous elles chantaient toutes ensemble : « Marre d'*Histoire d'O* et des films porno qui font l'apologie de la femme torturée et esclave… » Le temps est aujourd'hui à la division. Pour soi-disant lutter contre l'émiettement ou le détournement par les partis, Antoinette Fouque a fait main basse sur le MLF, publiant en mars dans *Le Monde* un encadré publicitaire indiquant que « la désignation abusive d'autres mouvements ou groupes de femmes par l'appellation "Mouvement de libération des femmes" constitue une violation de notre droit à notre nom ». Une telle spoliation a peu d'équivalent dans l'histoire du mouvement social. Le mouvement des femmes en sort affaibli, perd des militantes. Mais au-delà, ce sont toutes les femmes qui ont perdu. Michèle le sait qui décide de se battre avec ses propres armes, seule, comme elle l'a toujours fait, ne cachant plus ses amours lesbiennes. Car la révolution ça commence par soi, dans sa vie, dans son lit. Et quand Antoine ose lui en faire reproche, elle lui répond qu'elle ne s'est jamais sentie aussi libre, aussi femme, et que puisqu'elle n'a pas trouvé l'homme de sa vie – ou plutôt celui qui est sans doute l'homme de sa vie ne s'en est jamais rendu compte –, autant s'amuser avec des femmes. Rien à expliquer. Tout est simple. Facile.

En réalité, l'un comme l'autre regrettent le temps d'avant, celui où ils se moquaient de Lucky Blondo qui se perdait en pleurnichant « dans la rue des souvenirs » où « le ciel paraît moins bleu » et où peut « refleurir un amour passé ». Comme tous les autres, ils ont beaucoup rêvé, longtemps pensé que leurs désirs, trop souvent crus ou annihilés, allaient enfin pouvoir prendre leur revanche, défilant derrière des slogans impossibles à réaliser – ceux qui prennent leurs désirs pour la réalité sont ceux qui croient à la réalité de leurs désirs – ou des mots d'ordre caricaturaux : « Il n'y aura plus désormais que deux catégories d'hommes, les veaux et les révolutionnaires. » Qui sont les veaux ? Qui sont les révolutionnaires ? Que reste-t-il de tous leurs rêves ? Sans doute, dans leurs yeux, beaucoup de furie. Et dans leur bouche des monologues qui ne trouvent pas de réponse. Pas un seul fou, pas un seul exalté ! Nous crevons de prudence et de gravité ! Il n'y a donc plus personne pour casser les fenêtres ? Dans leur tête, la voix de Joan Baez : « Que sont mes amis devenus, que j'avais de si près tenus et tant aimés, ils ont été trop clairsemés, je crois le vent les a ôtés, l'amour est morte… »

— On ne peut trimballer ses amis d'enfance toute sa vie avec soi, dit Antoine.

— Et pourquoi pas ? répond Michèle.

— On les a tous perdus de vue.

— Pourquoi ne pas essayer de les retrouver ?

— À ton avis, que fait Lorenzo aujourd'hui ? On n'en sait absolument rien ! Il voulait devenir un grand écrivain. Tu as vu un seul de ses livres en librairie ? Tu l'as vu à la télévision, entendu à la radio ? Tu as lu un article sur un de ses chefs-d'œuvre ?

— Ça n'a rien à voir…

— Et François ? Il est parti à Katmandou ? Il élève des chèvres dans le Luberon, fabrique des tisanes en Lozère, ou traîne son désespoir dans une fumerie d'opium ?…

— Non, ça c'est dans *Tintin.*

— Enfin, tu sais très bien ce que je veux dire.

— Trop facile, je ne suis pas d'accord.

— Pas du tout. Si on avait dû rester ensemble, on serait restés ensemble.

Voilà ce que se disent Michèle et Antoine en sortant du cinéma Champollion où, dans le cadre d'une rétrospective « Cinéma allemand des années 60 », ils viennent de voir *Les Désarrois de l'élève Torless* de Volker Schlondorff, ce qui évidemment a provoqué cette discussion nostalgique divisée en deux temps. Le premier, agressif, durant lequel les ressentiments du couple qui est en train de se désagréger éclatent ; le second plus empreint de tristesse, de celle qui a gagné de nombreux fans il y a un an lorsqu'ils ont appris la fermeture du Golf-Drouot, suite à une stupide décision de justice entamée pour une simple question administrative. Voilà comment les choses se terminent.

— Lorenzo ne nous avait jamais parlé de ce film, dit Antoine.

— Il a mal fait son boulot de cinéphile !

— Ou alors il se l'est gardé pour lui…

— Qu'est-ce qu'il a pu nous casser les pieds avec son cinéma, quand même !

C'est étrange comme une discussion peut d'un instant à l'autre basculer dans tout autre chose, une couleur, un souffle, une musique, un geste, une impression. Les voilà tous les deux replongés au cœur des années 60. Ils ont quinze ans. La petite troupe s'est reformée. C'est une illusion, un effet de miroir, une rencontre improbable avec des fantômes. Qu'importe. Tous deux le savent mais se laissent emporter par cette forme de nostalgie.

— Tu penses parfois à eux ? demande Antoine.

— Oui, ça m'arrive.

— Moi aussi, en réalité. Parfois je crois les voir… Un jour, j'ai cru apercevoir Lorenzo porter des valises juste devant le Lutetia.

— À Paris ?

— Oui. Où veux-tu que ce soit ? À Paris, boulevard Raspail.

— C'est idiot !

— Oui, je sais…

— Aussi idiot que moi qui ai cru voir François dans le jardin du restaurant de l'Olympic-Entrepôt.

— Pas si idiot. C'est peut-être un haut lieu de la cinéphilie parisienne mais aussi un endroit où se rassemblent tous les drogués de l'arrondissement !

C'est leur dernière discussion où l'un et l'autre malgré tout se sont sentis encore relativement proches. Soudés par hier. Depuis, c'est-à-dire quelques semaines, ils font chambre à part. Michèle dort sur le canapé du salon quand elle ne découche pas, ce qui lui arrive de plus en plus souvent. Quant à sa fille, elle s'en occupe de moins en moins et n'en éprouve aucune culpabilité. Une nouvelle vie s'installe. Sans conflit réel, sans heurt apparent, mais lourde, pénible, difficile, à laquelle il faudrait trouver une issue. Parfois, Antoine est si désespéré qu'il pense même que Michèle se drogue. Elle semble si absente, incohérente, imprévisible.

Le matin du 9 août, plutôt joyeuse, elle claque la porte de la maison, ayant au préalable pris le soin de préparer le petit déjeuner de sa fille. Ce qui surprend tout le monde. À commencer par la petite Mylène qui s'est habituée à ce que son père prenne peu à peu la place de sa mère dans ce genre de tâche. Avant de claquer la porte, elle embrasse Mylène et Antoine et lance à ce dernier :

— Je vais chez Goldenberg, rue des Rosiers, acheter du foie haché.

— Prends aussi du caviar d'aubergine, dit Antoine, comme par habitude, comme si l'espace d'une discussion tout était rentré dans l'ordre.

Goldenberg, ils y vont toujours pour fêter quelque

chose. Ils achètent des plats préparés et se goinfrent de pastrami et de cornichons aigres-doux.

— Et du gâteau au fromage, ajoute Mylène.

— Du cheesecake… Oui, ma puce.

Le soir, à peine est-elle rentrée, après avoir erré toute la journée dans les rues de Paris, qu'Antoine la couvre de baisers, la serre dans ses bras. Lorsqu'elle s'étonne de l'absence de Mylène, il lui explique qu'elle est chez une de ses copines et qu'il a préféré qu'elle reste dormir chez elle car il ne savait pas comment il aurait pu gérer tout ça, si…

— Si quoi ?

— Tu n'es au courant de rien ? dit-il.

— Non. Enfin qu'est-ce qui se passe ?

Antoine, des larmes dans les yeux, la prend une nouvelle fois dans ses bras :

— J'ai cru que tu étais morte…

— Morte ! Antoine, quelle drôle d'idée ! réplique Michèle en jetant sur la table le sac en plastique blanc sur lequel est écrit en lettres bleues « Jo Goldenberg », comme le père, pêcheur de baleine, qui apparaît hors d'haleine dans le poème de Prévert, une belle baleine aux yeux bleus, une belle baleine comme on en voit peu.

Reprenant ses esprits, Antoine donne les raisons de son désarroi. Aujourd'hui, 9 août 1982, à 13 h 15, un groupe de plusieurs personnes masquées et armées de pistolets-mitrailleurs a fait irruption chez Jo Goldenberg…

Michèle, soudain pâle, s'assied sur une chaise.

— J'en suis partie vers midi et demi... Je suis sûre de l'heure. J'ai regardé ma montre... Je faisais la queue à la caisse pour payer. Et alors, qu'est-ce qui s'est passé ?

— Il y avait des gens en train de déjeuner...

— Oui, je sais, pas mal de monde d'ailleurs...

— Les types ont lancé des grenades et ont mitraillé clients et employés. Un second commando a lancé une deuxième grenade... Ils sont tous repartis à pied en tirant dans la foule... On parle de plusieurs morts, six je crois, et d'une vingtaine de blessés.

— L'extrême droite ?

— Pas du tout. Action directe a revendiqué l'attentat puis s'est rétracté. Dix ans après Septembre noir et la tuerie de Munich, on parle plutôt du groupe terroriste palestinien d'Abou Nidal.

Michèle ne sait que dire. Reste là, muette, dans la cuisine. Elle aurait pu faire partie des victimes. Mais surtout, peut-être, ce qui la perturbe encore plus, c'est cette après-midi passée à ignorer totalement ce qui vient de se passer. Elle était dans le quartier. A fini par s'en éloigner, c'est vrai, mais n'a rien vu, rien entendu. La tuerie a eu lieu dans un périmètre certes éloigné du lieu où elle se trouvait – vers 13 h 15, elle devait être du côté du pont de l'Archevêché ou en train de remonter le quai de Montebello – et elle n'a rien vu, rien entendu. Cette simultanéité de ces deux actions – le meurtre d'un côté, son inconscience à elle – la bouleverse.

L'émotion passée, très vite, le conflit au sein du couple reprend. Antoine, qui a conclu par un péremptoire

« Nous entrons désormais dans des années de glace », enfile de nouveau son costume de mari jaloux, d'homme délaissé par son épouse trop libre. Il la soupçonne d'être allée avec un autre homme, ou plutôt, comme il le lui lance vulgairement, de s'être fait « bouffer la chatte par une autre salope dans ton genre ». Michèle ne répond pas. Range méthodiquement les produits Goldenberg dans le réfrigérateur. Cela la calme. Lui évite de lui hurler au visage tout son mépris. Hors de lui, Antoine, comme d'habitude dans de telles circonstances, saute du coq à l'âne, mélange tout. Le voilà maintenant qui parle des valeurs de gauche qui se délitent, comme toutes choses, de l'échec planétaire du marxisme, de cette gauche française qui a déjà enterré l'espérance révolutionnaire et qui finira, il le prédit, par se rallier à l'économie de marché.

Le soir, avant de se coucher dans son lit aménagé sur le canapé du salon, Michèle pense qu'il est désormais trop tard pour tout et que l'époque heureuse de sa vie est bel et bien terminée comme les autres, comme toutes les autres. Devant la glace de la salle de bains, alors qu'elle se démaquille, sans s'en rendre vraiment compte, sans provocation aucune, mais parce que *Bye bye love* de Sylvie Vartan résume exactement sa situation, elle chantonne : « Les plus beaux rêves ont une fin, le mien s'achève, je n'y peux rien, ce n'est pas de chance, on y croyait, mais la romance est terminée. Bye bye love, adieu je m'en vais, il faut se quitter, ça devait arriver... »

3

15 juin 1985

Parce que j'ai revu François, mon cœur fait bing bang

Michèle commence sa journée par une incroyable série d'événements en dominos qui l'orientent vers une conclusion qu'elle n'avait pas du tout envisagée. Si elle n'avait pas cassé son flacon de vernis à ongles Chanel *Rouge essentiel* alors qu'elle venait de terminer les doigts de sa main gauche, elle n'aurait pas eu, après avoir ramassé les éclats dans la salle de bains, à tout recommencer en peignant ses ongles d'un *Camélia* moins vif – seul flacon qui lui restait –, à commander un taxi plutôt que de prendre le métro pour rattraper le temps perdu, à revenir chez elle pour y rechercher ses clefs qu'elle avait oubliées pendant qu'Antoine s'y trouvait encore, à repartir en taxi et à se retrouver prise dans un embouteillage, à la suite d'une manifestation bouchant l'avenue, sans possibilité de joindre l'amie avec laquelle elle avait rendez-vous, à descendre du taxi, à continuer à pied et à entendre une personne dire à une autre : « Tu ne te rends pas compte, il y aura Coluche, Indochine, Cabrel, et plein d'autres encore ! », et cette dernière lui répondre : « Alors d'accord, à 17 heures à la Concorde ! Et "touche pas à mon pote" ! »

C'est comme ça que les choses se font. Ça fait des semaines que Michèle vit un peu dans son univers, dans son désarroi, qu'elle est en plein dans ce qu'Antoine appelle son « rôle de femme désespérée » qui fait tout avec une certaine théâtralité, et lorsqu'on vit ainsi recroquevillé sur soi-même on ne voit rien du monde qui continue de vivre à ses côtés, on n'entend rien des bruits de la vie. Alors bien sûr, elle sait que « Touche pas à mon pote » est un slogan créé par SOS Racisme. Qu'Harlem Désir est à la tête de ce mouvement qui a pris une ampleur plus large depuis le meurtre d'Aziz Madak. Et qu'après la manifestation de soutien pour dire non au racisme ordinaire qui fait qu'on peut tuer, dans la France de Mitterrand, en pleine rue, en plein jour, un jeune Marocain de sept balles de revolver tirées à bout portant, un concert a été envisagé. Mais Michèle a d'autres soucis. Le concert, elle en avait oublié la date. C'est aujourd'hui, 15 juin. C'est maintenant. Dans quelques heures à peine.

Sans la chute de son flacon de vernis à ongles Chanel sur le sol de la salle de bains, elle aurait été à l'heure au rendez-vous. Mais maintenant qu'importe, l'enchaînement des faits de la vie en a décidé autrement. Et Michèle n'en croit pas ses yeux. C'est une vague puissante, un raz de marée : au moins trois cent mille personnes sont rassemblées sur la place de la Concorde. Ça lui rappelle la place de la Nation : le même enthousiasme, la même joie mais avec la conscience politique en plus. À la tribune Harlem Désir, qui parle d'amitié, de fraternité, qui dit :

« Nous sommes tous égaux. » D'autres intervenants se succèdent. Guy Bedos, qui lance en direction de l'obélisque : « C'est pas très catholique, ça. » Francis Cabrel, qui chante : « Personne ne t'aide quand tu t'appelles Saïd ou Mohammed… » Michèle frissonne, a presque envie de pleurer. Au milieu de la foule on distribue des badges montrant des jeunes de toutes les couleurs de peau assis sur la même mobylette et un slogan : « La France c'est comme une mob, pour la faire avancer, il faut du mélange. » Michèle achète une petite main jaune SOS Racisme et sa devise qui claque comme un étendard : « Touche pas à mon pote. » Mais il y en a de toutes les couleurs, des petites mains symboliques. Vertes, bleues… en tout six coloris. Sur le podium, les vedettes continuent de se succéder : Alain Bashung, Michel Boujenah, Smaïn, mais aussi Bernard-Henri Lévy, Marek Halter, d'autres encore.

La nuit file. Antoine, Michèle, chacun assiste à l'événement. Chacun de son côté, ignorant l'autre. Antoine doit être quelque part au milieu de cette foule qui se disperse, se dit Michèle, qui le cherche sans le chercher, qui espère surtout ne pas tomber nez à nez avec lui. Celui qui est en face d'elle, et qui lui crée un choc immense, ce n'est pas Antoine mais quelqu'un d'autre. Elle met plusieurs secondes à réaliser, à admettre une réalité si inattendue, et cela d'autant plus que l'homme qui lui fait face a changé. Ce n'est pas celui qu'elle a connu lorsqu'elle était adolescente. Cheveux plutôt courts, visage un peu plus épais, peut-être plus souriant aussi, moins tragique, en un mot moins défoncé, moins lunaire :

— François ?
— Michèle !
— Ça fait combien de temps…
— Qu'on ne s'est vus…
— Oui…
— Au moins quinze ans. J'étais à la Rotonde, avec Antoine.
— Je ne m'en souviens pas du tout.
— Tu ne peux pas t'en souvenir. On vous a observés de loin, cachés derrière d'autres consommateurs…
— Je crois que la dernière fois que je t'ai vu… c'était il y a encore plus longtemps… Quand je vous ai annoncé que je me mariais… Les têtes que vous faisiez !
— Ton mari n'est pas là ?
— On ne vit plus ensemble.
— Tu as quelqu'un d'autre ?
— Non.
— Des enfants ?

Une nouvelle fois, Michèle ment. Elle tait l'existence de sa fille, ne dit rien de sa véritable vie, de ses amours lesbiennes, mais veut tout savoir de la vie de François.

— Mais toi, raconte. On dirait un autre homme.

À presque quarante ans, François a déjà eu cent vies. Après être allé au bout de la drogue – marijuana, cannabis, LSD –, après avoir fait de la prison pour détention d'amphétamines, avoir voyagé à Katmandou, à San Francisco, après avoir fabriqué du fromage dans le Larzac, récolté des salades en Norvège et des fraises en Suède, avoir été membre de la Nef des fous à Sisteron, ce qu'il appelle « une sorte d'*Easy Rider* pour ratés », il est revenu dans le giron familial, et a repris les boutiques de meubles de ses parents partis vivre au Portugal.

— Tu es devenu capitaliste !

— Pas exactement. Un mélange d'autogestion et de redistribution du capital. Suppression de la distinction entre le dirigeant – moi – et les dirigés, transparence et légitimité des décisions, non-appropriation par une minorité – moi – des richesses produites par la collectivité…

— Et ça marche ?

— Oui. J'ai appris ça dans les centres sociaux autogérés, en Italie.

— L'Italie… Tu te souviens ?

— Oui… Et les autres, tu as des nouvelles ?

— Perdus de vue, répond Michèle sans hésiter.

— J'ai longtemps pensé que la vie était une ronde. Que les gens se croisent et se recroisent en vertu d'un plan secret qui nous échappe. Que parfois ils se frôlent, sont à quelques mètres l'un de l'autre et ne s'en apercevant pas repartent chacun de son côté.

— Ce qui n'est pas notre cas aujourd'hui…

— J'ai failli ne pas venir.

— Moi, je ne devais pas venir du tout !

— Maintenant on ne se perd plus, on va se revoir.

— Tu en as envie ?

— Oui, dit-il en la prenant longuement dans ses bras.

François habite à quelques stations de métro de l'appartement de Michèle. Cela facilite les choses. C'est bien le seul aspect positif de l'histoire de plus en plus complexe – et par certains côtés douloureuse de Michèle. Après l'échec de sa relation avec Pierre, elle s'était promis de ne plus se remarier. Elle a tenu parole. De ce strict point de vue, la séparation d'avec Antoine sera plus facile. Elle ne sait pas exactement ce qu'il a dit à leur fille, mais celle-ci ne veut plus voir sa mère et préfère rester vivre avec son père. Après tout, il n'y a pas de modèle idéal. Chacun fait ce qu'il pense être juste. Avec ce qu'il a. Ce qu'il est. Les années 60 sont loin où les femmes avaient comme but principal un bon mariage et les hommes une réussite professionnelle qui leur permettrait de fonder une famille et d'être propriétaires de leur appartement. Mylène vient d'avoir sept ans et Michèle trente-sept.

Les jours passent. La situation en quelque sorte se stabilise. Une certaine routine s'installe, ou plutôt la vie reprend plus normalement, le souffle retrouve son rythme, sa cadence. Michèle se dit heureuse et se réveille un matin avec un désir viscéral de vie, de création, un désir frénétique d'enfant. Ou plutôt un désir d'enfantement. Un désir de se sentir enceinte. De sentir dans son ventre remuer ce qui dès le début est déjà un enfant. Elle en parle souvent avec ses amies, lesbiennes ou non. Certaines se sont même fait faire un enfant en choisissant un mâle intelligent, beau, avec lequel elles ont rompu dès lors qu'elles se sont sues enceintes et à qui elles ne diront jamais rien. Tous des amants de passage. Une nuit dans un train. Une après-midi à l'hôtel. Lors d'un colloque en province, une rencontre furtive à l'autre bout du monde. Une de ses copines a mis une technique au point : faire l'amour durant toute la période d'ovulation avec un homme différent chaque soir. Un challenge entre filles qui se sont toutes un jour retrouvées autour d'une même table. Toutes enceintes de sept mois, avec leur gros ventre, en train de rigoler, et de se goinfrer de pêches Melba parce qu'elles mouraient toutes de faim.

Mais ce n'est pas ce que veut Michèle. Sa folie ne la conduit tout de même pas jusque-là. Ce qu'elle veut c'est vivre avec un homme, vivre avec le père de son enfant. Cela fait déjà plusieurs mois qu'elle entretient une relation avec François. Qui se construit au fil des jours. Les derniers jours de l'été 1985, elle fait un test de grossesse, de ceux qui sont sur le marché depuis une quinzaine d'années. Comme le lui a dit la pharmacienne, l'hormone hCG, présente dans l'urine, va se lier à un anticorps de détection coloré qui va migrer le long de la bande et hop ! le tour est joué : les anticorps fixés sur les bandes capturent le complexe anticorps-hCG et une couleur bleue apparaît. Sa gynécologue confirme le résultat du test : Michèle est bien enceinte. Et le futur père s'appelle François, avec lequel elle vit désormais.

Maintenant elle dort sur le côté parce qu'avec son ventre rond, c'est plus pratique. Et elle a décidé, lorsqu'elle se réveille, de noter ses rêves. Le dernier est un rêve étrange. Assise à côté de François dans un train arrêté à la frontière suisse, elle regarde par les vitres embuées les plaques brillantes des glaciers de Polset. Ils sont les deux seuls occupants du compartiment à la décoration inadéquate : une sorte de grande salle carrelée où s'alignent lavabos et urinoirs. François lui parle mais elle ne saisit pas ce qu'il veut lui dire. Et lorsqu'elle essaie de lui faire comprendre que sa voix est inaudible, c'est lui qui lui retourne un geste d'impuissance : il ne l'entend pas non plus. Puis le train redémarre, quitte la gare, longe le lac de Genève. Par les fenêtres, elle aperçoit des sommets enneigés. Une neige épaisse qui tombe à gros flocons et recouvre tout, les pas des hommes, leurs paroles, leurs actions. Une neige blanche au cœur glacé. Puis soudain une musique tonitruante la tire de son sommeil, *We can be together* de Jefferson Airplane.

NEUVIÈME PARTIE

1989-1998

1

9 novembre 1989

Je cognerais le jour, je cognerais la nuit

Antoine sait que ça devait arriver. Depuis des mois, il en parle avec ses collègues syndiqués. Et même bien avant. Depuis 1985, depuis que Mikhaïl Gorbatchev a proposé une restructuration – *perestroïka* – du système soviétique et davantage de transparence – *glasnost.* Il leur a dit : « Vous verrez, le rideau de fer va tomber, il ne peut en être autrement. »

— Ça commence à sentir le roussi, les gars… 7 octobre : « *Gorbi, Gorbi, hilf uns* », « Gorbi, Gorbi, aide-nous ! » crient les manifestants à l'adresse de l'hôte d'honneur venu fêter le quarantième anniversaire de la RDA. 4 novembre : plus d'un million de personnes manifestent à Berlin-Est sans que la police intervienne. 18 octobre : démission d'Erich Honecker. 27 octobre : deux mille prisonniers condamnés pour avoir tenté de quitter le pays sont relâchés. 4 novembre : trois cents personnes fuient la RDA par la Hongrie et la Tchécoslovaquie. Un million de personnes descendent dans la rue…

Ce qui a vraiment poussé Antoine à prendre le train pour Berlin ce matin du 9 novembre ? La conférence de presse du député réformateur Günter Schabowski durant laquelle il a annoncé que tous les citoyens de RDA pouvaient quitter le pays sans présentation de justificatifs et qui répond à un journaliste lui demandant la date d'entrée en vigueur de cette initiative : « Autant que je sache – immédiatement ! »

— Cette fois, les gars, je pars, dit Antoine, qui emmène avec lui Mylène, sa fille de treize ans.

C'est leur premier long voyage ensemble. Elle manquera l'école, qu'importe. Elle va rencontrer l'Histoire. La vraie. Non pas celle qui est enfermée dans ses livres, mais celle qui en train de se faire. Antoine est catégorique : elle s'en souviendra toute sa vie. Comme lui s'en souviendra toute la sienne. Elle pourra dire : J'y étais, j'étais à Berlin avec mon père le 9 novembre 1989.

Pendant le long trajet qui les conduit à Berlin, Mylène lit ou somnole. Antoine, lui, se laisse envahir par son inconscient, lequel, comme la mémoire, n'en fait qu'à sa tête. Alors que défilent des paysages de brume, villages et forêts, plaines, routes, aspirés par la vitesse, Antoine ne cesse de penser à ses amis mousquetaires. À toutes ces années qui le séparent de leurs souvenirs communs. Il se dit qu'il y a vingt ou vingt-cinq ans, ils y seraient tous allés ensemble, à Berlin, dans la 4 CV couleur sable de Lorenzo. En hurlant à tue-tête des chansons de Claude François ou de Sylvie Vartan, en buvant Coca sur Coca et en se nourrissant de sandwichs.

Mais très vite, à peine descendu du train, il est happé

par l'atmosphère extraordinaire qui règne dans la ville. Vers 19 heures, une première ouverture du Mur a eu lieu, une centaine de milliers d'Est-Allemands se sont déjà précipités dans ce Berlin-Ouest où ils n'avaient pas posé le pied depuis vingt-huit ans ! Les services de visas ont été débordés, et c'est un flot ininterrompu qui entre librement à l'Ouest. Des gens pleurent, d'autres rient. Des bouteilles de champagne sont débouchées. On fraternise. On s'embrasse. Mylène dit à son père :

— C'était comme ça la Révolution française ? C'était comme ça la Libération ?

— Oui, oui, répond Antoine qui prend sa fille sur ses épaules, la tenant fermement par les cuisses pour qu'elle voie mieux, qu'elle s'imprime de ce jour grandiose.

Spontanément des jeunes Allemands de l'Ouest les emmènent en voiture au poste frontière de Bornholmer. C'est là que les choses se passent. C'est là qu'il faut être. Les cadenas retenant les grilles ont été brisés. La barrière rouge et blanc est levée, maintenue en l'air par les gens qui vont et viennent. Quelle folie ! Les services de la RDA qui devraient vérifier les papiers ne le font pas. Les gardes-frontières n'interviennent pas. Les gens là aussi s'embrassent, s'étreignent, beaucoup pleurent. Des poings se lèvent. On applaudit. On crie. Plusieurs Allemands de l'Est, incrédules, hésitent avant de franchir la frontière. Et si elle se refermait ? « J'ai mes enfants chez moi », dit une femme. Sur le pont de Bornholmer, le trafic est intense. À pied, en vélo, en voiture Traban immatriculée RDA, une foule joyeuse pénètre à l'Ouest. Au passage, les pare-brises des voitures sont arrosés de champagne. On tape sur les toits des véhicules toutes vitres baissées. Le Coca coule à flots. Il est presque minuit. Pendant ce temps, des Allemands de l'Ouest passent à leur tour, sans visa, à l'Est, pour vérifier si c'est vraiment possible. Si tout ce qui se passe est bien réel. La liesse se prolonge toute la nuit devant les caméras du monde entier qui filment sans être inquiétées, en toute liberté.

Le lendemain dans l'après-midi, Antoine et Mylène continuent d'errer dans Berlin, passent même d'Ouest en Est, puis reviennent. Cette fois ils sont porte de Brandebourg. C'est là que les premiers coups de pioche dans le Mur ont été donnés la veille vers 4 heures du matin. Des dizaines d'Allemands de l'Est et de l'Ouest, montés sur cette muraille de béton et de barbelés de quarante-deux kilomètres qui serpente à travers la ville, coupant en deux quartiers, rues, immeubles, symbole de toutes ces années de malheur, ont soigneusement commencé de l'attaquer. Aujourd'hui 10 novembre, le travail se poursuit. Une chaîne s'est établie. Chacun à tour de rôle donne plusieurs coups de pioche, casse un morceau de Mur qu'il garde dans sa poche en souvenir. Antoine entre dans la chaîne, puis Mylène.

— Il est 16 h 15, et je viens de mettre dans mon sac à dos un morceau du Mur, dit Mylène, solennelle.

C'est alors qu'il va partir pour un autre lieu de Berlin qu'Antoine aperçoit un homme, monté sur le Mur, cheveux au vent, lourde masse en main, en train d'en attaquer le haut. Le temps qu'il comprenne qui il était, voilà qu'il a déjà disparu de l'autre côté, remplacé par un autre, lourde masse en main. C'est Lorenzo. Antoine en est sûr. C'est son copain, là, sur le Mur. Il essaie de trouver une autre brèche. Il l'appelle, en vain, bien qu'aidé par de jeunes Allemands qui crient : *Lorenzo, komm ! Lorenzo, wo bist du ?* Antoine se souvient de la scène des *Enfants du paradis* où Baptiste perd Garance dans la rue, au milieu des estrades des bateleurs, des funambules, des cracheurs de feu. Il se dit que c'est un souvenir pour Lorenzo, pour le cinéphile.

Revenu à Paris, plusieurs jours plus tard, Antoine demande à sa fille ce qu'elle retiendra de ces journées berlinoises. Elle répond :

— La vieille dame qui pleurait parce que son mari mort à Berlin-Est un mois avant la chute du Mur ne pouvait plus partager ce bonheur avec elle, et que cela la rendait triste. Et puis la joie des gens bien sûr, tous ces gens heureux, c'était formidable... Et toi, papa ?

— La fin de ces 155 kilomètres de grillages métalliques électrisés qui signifie la victoire du monde libre. Le Mur a été construit en une seule nuit, entre le 12 et le 13 août 1961. J'avais exactement ton âge...

— Et quoi d'autre ?

— Avoir vécu ça avec toi, ma chérie.

Ce qu'Antoine ne peut dire à Mylène, c'est la petite tristesse qui accompagne cette grande joie. Avoir revu son copain – il en est sûr, c'était lui, même si rien ne le prouve – le met en face d'une réalité qu'il ne peut nier : c'est avec les mousquetaires qu'il aurait aimé vivre la chute du Mur, non avec sa fille.

2

9-11 novembre 1989

Je sonnerais le jour, je sonnerais la nuit

François trouve que certaines histoires n'auraient jamais dû commencer. Comme celle qu'il a entamée avec Michèle. Leur fils Laurent a aujourd'hui plus de trois ans et l'un comme l'autre se demandent pourquoi ils ont fait un enfant ensemble. Mais surtout – c'est ce que constate François jour après jour –, Michèle qui avait été la fée Clochette de leur petit groupe dans les années 60, sorte d'elfe tendrement provocateur, est devenue une femme sombre, portant sur les épaules un pessimisme tenace. Toujours aussi attirante, extravagante, elle accorde désormais une place grandissante à l'ombre que chacun porte en soi plutôt qu'à la part de clarté que tout le monde possède. Il est de notoriété publique qu'il est impossible de saisir les ombres, les entrailles, les folies les plus ordinaires des êtres humains qui vous côtoient – proches, lointains, intimes. Aucune stratégie n'existe pour s'en approcher. Il faut attendre une crise, un signe parfois léger pour que spontanément l'étincelle jaillisse, que la réponse affleure. Ces signes, chez Michèle, apparaissent pourtant à mesure qu'elle avance dans sa vie. François a mis longtemps à accepter ça, à accepter que le côté obscur de Michèle, chose très intime, difficile à capter, commence d'envahir son existence, donc la sienne. Et c'est pour ça que leur relation est devenue compliquée.

Certes, bien qu'ils ne fassent plus jamais l'amour, ou si rarement et alors si mal – maladroitement, comme s'ils ne reconnaissaient plus leurs corps –, ils ont évidemment encore de nombreux points communs, des territoires de la pensée ou de la vie quotidienne où ils peuvent se retrouver – nourriture, habillement, musique, lieu où passer les vacances, émissions à regarder ensemble à la télévision vautrés sur le canapé du salon, films, concerts, presse commune, lectures. Mais leurs moments de réel enthousiasme partagé sont devenus si fugaces que lorsque l'un d'eux se présente ils s'y agrippent comme un désespéré s'agripperait à la bouée lancée du haut d'un bateau et qui le sauve de la noyade. Voilà pourquoi, alors que postés devant leur téléviseur ils voient les images de la chute du Mur, pratiquement en direct, annonçant que plusieurs centaines de milliers d'Est-Allemands se sont précipités à l'Ouest, qu'ils voient la jeunesse allemande montée sur la porte de Brandebourg et les flots de voitures, le pare-brise aspergé de champagne, franchir le poste frontière de Bornholmer, ils décident de faire le voyage à Berlin.

— Tu as les billets ?

— Oui, répond Michèle. Départ le 10 novembre à 8h34. Voiture 12, places 60 et 62.

Michèle et François ne sont jamais venus à Berlin. Découvrir la ville un tel jour constitue un choc incroyable. Durant leur trajet en train ils avaient imaginé une ville joyeuse, débordante de cris et de gestes, de sourires, de rires. Mais c'est tout autre chose, de plus fort, de plus puissant, d'irracontable car ancré dans une sorte d'« éphémère en fusion », l'expression est de François. Encore mieux que le LSD ou les joints ! Ils n'auraient jamais cru devoir faire face à une telle puissance émotionnelle, une telle charge émotive déversée dans la rue. Les boulevards, les avenues sont littéralement non pas noirs de monde mais rouge vif de monde, rouge métal porté à incandescence. *Berlin wieder Berlin ! Die Mauer ist weg !* Le centre de Berlin-Ouest est entièrement bloqué, toutes les artères sont bouchées. Ici, un groupe d'Allemandes de l'Ouest qui revient de l'Est et parle déjà de réunification. Là, une famille entière d'Allemands de l'Est, poussettes pour bébés chargées comme pour l'exode, et le père en tête de l'étrange cortège qui assure : « Je préfère partir dès maintenant à l'Ouest, j'ai peur qu'ils ne referment les frontières pour toujours ! » Un homme marqué par la vie, vieux, voûté, mal rasé, voyant que Michèle et François sont français, s'avance vers eux et leur lance : « "Fraternité, Liberté, Égalité", comme on dit chez vous ! » Puis il disparaît, emporté par la grande vague qui submerge la ville.

Très tard dans la nuit, ils reprennent le chemin de l'hôtel pour se reposer quelques heures avant de repartir pour Paris très tôt le lendemain matin. Aucun des deux n'a sommeil, l'excitation et une consommation excessive de bière les font sautiller de joie dans les rues. Cela fait si longtemps qu'ils n'ont pas été aussi heureux, aussi certains de se sentir exister. À tel point qu'ils sentent soudain l'un pour l'autre une attirance nouvelle. Qui commence dans l'ascenseur de leur hôtel, se poursuit dans le long couloir qui mène à leur chambre, continue dans cette dernière pour éclore debout contre la baie vitrée donnant sur la Spandauer Strasse pleine de monde qui chante et danse.

Le lendemain matin, ils achètent un morceau du Mur à des *Mauerspechte* – « piverts du Mur » – qui sont désormais vendeurs de souvenirs après avoir été démolisseurs de muraille. François ne peut s'empêcher de penser que c'est un peu de la fin du rêve qui se matérialise dans cet achat. Il y a toujours eu des profiteurs de guerre, des petites crapules qui profitent des grands événements pour venir y greffer leurs petits commerces. Michèle en rit : quelle importance ! Elle trouve François trop sensible, trop idéaliste. Il s'attendait à quoi ? Il s'imaginait quoi ? Quel film à l'eau de rose avait-il commencé à tourner dans sa tête ? C'est le monde. Le nouveau monde. Celui que les enfants de 68 ont fabriqué. Cela l'étonne ? Elle non. C'est pour ça qu'elle a acheté ce morceau de Mur, sans hésiter, sans se poser de questions inutiles. Un morceau magnifique, noir et rouge, sur lequel est écrit, à la peinture verte : « *Die erste Lücke in der Berliner Mauer* », « Les premiers trous dans le mur de Berlin ».

Dans le train du retour, la morosité reprend ses quartiers d'hiver. Les compartiments sont sales, bruyants. Il ne reste rien de l'euphorie berlinoise. Rien de ces pans du Mur qui s'écroulent. Excepté peut-être des voyageurs qui dorment comme si de rien n'était, comme s'ils ignoraient qu'à quelques centaines de kilomètres de là un monde vient de changer. Michèle aussi est plongée dans un profond sommeil. François la regarde. Elle est très belle, comme apaisée. La même quiétude semble l'habiter, de celle qui l'habitait lorsque les garçons venaient à pas de loup la réveiller le matin après avoir tous dormi à la belle étoile dans une des criques qui longent la côte amalfitaine. Michèle dort et il la regarde. Se souvenant de leur dernière dispute, comme toujours partie d'une broutille avant de monter à des sommets inexplicables de violence, comme si haine et amour étaient constitués de la même glaise, juste avant de partir de l'hôtel de la Spandauer Strasse, quand elle ne faisait que répéter : « Tu as compris ce qui se passe, François ? Tu as compris ? Un type qui me fait ça, je ne ferai plus jamais l'amour avec lui ! Maintenant la guerre est déclarée ! » Oui, François a compris : une nouvelle séparation les attend. Cette fois sans doute définitive.

3

9-11 novembre 1989

C'est le marteau du courage, c'est la cloche de la liberté

Lorenzo est hors de lui. Oui, il s'y prend à la dernière minute, mais avec un peu de bonne volonté, l'employé de la SNCF pourrait bien lui trouver une place dans le Paris-Berlin de 18h30, ce 9 novembre 1989. Il paraît que tout est plein. À cause du Mur. Tout le monde veut y aller !

— Il me reste une seule place, dans le 8h30 de demain, répète l'homme derrière la vitre protectrice de son hygiaphone, continuant d'égrener sa litanie tandis que la file d'attente s'allonge :

— Voiture 12, place 63, mais pas dans le sens de la marche…

— Ah non, je déteste ça, je préfère encore voyager debout, dit Lorenzo.

— Impossible, monsieur, mesures de sécurité obligent.

Malgré tout, l'employé, contrairement à ce que pense Lorenzo, cherche une solution…

— Il y a bien un train qui part dans une heure. Vous

serez à Berlin à 15 h 18. Voiture 15, place 24 – dans le sens de la marche.

— D'accord, répond Lorenzo, qui ne veut pas passer à côté de l'Histoire avec un grand H.

Il n'est jamais venu à Berlin. La connaissance qu'il en a est intellectuelle, comme l'est souvent sa connaissance du monde. Livresque : il a lu *Berlin Alexanderplatz* d'Alfred Doblin ; mais surtout cinématographique : *Les Ailes du désir* de Wim Wenders, *Le Dernier des hommes* de Murnau, *Allemagne année zéro* de Roberto Rossellini, *M le Maudit* de Fritz Lang, le plus troublant. Ce qu'il découvre aujourd'hui n'a rien à voir avec tout cela. Ce qu'il découvre, c'est une ville où les cœurs battent, où la fraternité n'est pas un vain mot même si chacun sait qu'elle ne durera pas toujours. Les étreintes sont réelles, les baisers chaleureux, c'est comme si la ville entière faisait l'amour et inventait la liberté. Des couples se font prendre en photo contre un panneau *Bürger der BRD – Einwohner Berlin-West.* Entraîné par la grande vague qui emporte tout, Lorenzo escalade même le Mur, à la porte de Brandebourg, aidé par des mains amies qui le hissent sur la frontière de béton qui vit ses derniers jours, et l'attaque à grands coups de masse furieuse, sous les applaudissements et les cris de joie. Sa tâche terminée, il circule dans d'autres quartiers, soulevé par la même liesse populaire. Au bout de la Spandauer Strasse, où se trouve son hôtel, une immense pelleteuse attaque le Mur, en déversant les morceaux dans des bennes, les plus petits étant distribués par des ouvriers, la tête protégée par des casques orange, aux badauds qui regardent la scène, agglutinés derrière des barrières. Il ne dort pas de la nuit. Un deuxième jour commence qui le voit assister à un moment dont il se dit que le monde se souviendra toujours.

Il est à Checkpoint Charlie, le fameux point de contrôle C, sur la Friedrich Strasse, point de passage entre les secteurs soviétique et américain. Le Mur est couvert de graffitis de toutes les couleurs – rouges, orange, jaunes, verts. À son pied, tandis qu'autour de lui on fait cercle, comme pour assister aux tours d'un prestidigitateur ou à la performance d'un avaleur de feu, un petit homme presque chauve à lunettes s'installe sur une chaise que vient de lui apporter un voisin. Il pose entre ses jambes un violoncelle et, archet en main, interprète les *Suites* de Bach. C'est Mstislav Rostropovitch, l'immense violoncelliste russe dissident installé aux États-Unis depuis plus de vingt ans, déchu de sa citoyenneté soviétique et apatride. Pendant qu'il joue, le temps s'arrête mais une jeune fille continue de couvrir consciencieusement de graffitis le Mur qui n'en est plus un : *Charlie's retired on November 10th 1989*, « Charlie a pris sa retraite le 10 novembre 1989 ».

Le soir, lorsque Lorenzo rentre à l'hôtel, il est bouleversé par tout ce qu'il vient de vivre mais aussi parce que dans la foule de la Spandauer Strasse, il a cru apercevoir Michèle et François. Il n'arrive pas à trouver le sommeil. Il croit même entendre quelqu'un jouer sur le piano du lobby de l'hôtel des airs yéyé, un en particulier, sur lequel le pianiste ou la pianiste s'acharne, la mélodie de *J'entends siffler le train*, butant systématiquement sur le troisième accord, sur lequel Michèle butait toujours lorsqu'elle tentait de le jouer, se souvenant vaguement des quelques cours, vite abandonnés, qu'elle avait pris lorsqu'elle était âgée de dix ans. Lorenzo pourrait se lever, devrait se lever, s'habiller sommairement, et descendre. Il y renonce très vite. Recru de fatigue et de nostalgie. Conscient aussi que tout cela relève du fantasme, du rêve peut-être. De sa difficulté à s'arracher à cette adolescence à laquelle il n'a pas mis un point final. Comme si elle se poursuivait, toujours et encore, et l'avait suivi jusqu'ici dans les rues de Berlin. Lui qui ne peut protéger personne parce qu'il n'est pas assez grand, et qui comprend en se promenant dans Berlin que ses années 60 le poursuivront toujours, parce que comme ici aujourd'hui elles témoignaient d'un temps qui avait soif d'intelligence, de douceur, de raffinement, et qu'il avait tenu tout cela dans sa main, mais n'avait rien su retenir, avait tout laissé échapper – d'autres diront qu'il avait serré la main trop fort, croyant ne rien laisser fuir, mais ne faisant rien d'autre alors que d'écraser toute cette soif comme il l'aurait fait d'une mésange, étouffée dans son poing refermé.

Le matin, avant de payer la chambre et de reprendre son train, il traverse le lobby et s'arrête devant le piano noir. Sur le couvercle relevé, une partition : *Ich höre den Zupfeifen.* La version allemande de la chanson de Richard Anthony.

4

8 janvier 1998

Oh, papa, achète-moi un juke-box

Lorenzo a toujours refusé de regarder la réalité en face. Ce n'est pas aujourd'hui que cela va changer. Ça fait des années qu'il n'a pas revu son père : querelles permanentes, heurts répétés, antagonisme fondamental. Pour pouvoir vivre sa vie, respirer, cesser un anéantissement programmé. Maintenant la boucle est bouclée. Le voilà devant le cercueil de son père, au crématorium d'Argenteuil. Avant qu'il ne soit emmené dans le sous-sol où il sera incinéré, la famille – c'est un rite – peut venir faire un dernier adieu au mort. C'est-à-dire le voir dans son survêtement bleu et blanc, les mains croisées sur la poitrine, les yeux clos. Lorenzo ne veut pas se soumettre à ce rituel. Refuser de voir le père mort, c'est refuser la mort du père. Son père n'est pas mort, il est un disparu, comme les marins perdus en mer, comme les soldats ensevelis dans les tranchées et qu'on n'a jamais retrouvés, coincés mais invincibles dans les couloirs du temps. Lorenzo se dit : Tant que je ne l'ai pas vu mort, c'est qu'il n'est pas mort. Mon geste – dans lequel entre certainement une dose de lâcheté – est une façon de le garder en vie. Une façon dérisoire. La seule façon que j'aie trouvée de lutter contre le temps qui passe. Pour un père haï donc tant aimé.

Que lui reste-t-il de ce père disparu ? D'abord quelques objets, rassemblés dans un carton, comme ceux qu'on donne à un détenu lorsqu'il sort de prison : trois cravates, des polos Pierre Cardin, quatre paires de chaussettes, quelques photos, un paquet entamé de Gitanes sans filtre. Lorenzo les appelle les « effets du mort ». Ensuite, quelques souvenirs. Du moins ceux qui aujourd'hui lui parviennent, saumons remontant le cours de la rivière, alors qu'il refuse de voir une dernière fois le cadavre dans sa boîte. Très exactement, deux. Liés à la chanson. Car ce père, curieusement, chantait du matin au soir – faux mais joyeusement. Voici le premier : sous la douche, dans la villa de fonction à Gennevilliers, il chante *Achète-moi un juke-box* de Dalida, et pousse soudain un hurlement de bête blessée parce que l'eau est devenue glacée : « Putain, merde ! » Le deuxième – plus nostalgique. Sur une route verdoyante qui mène à Rouen, où Carbone Lorraine a ouvert une nouvelle usine de graphite, Lorenzo et son père s'arrêtent sur le bas-côté pour « arroser les blés ». Par les portes entrouvertes de la Coccinelle, on entend à la radio Claude François chanter *Belles, belles, belles.* Un miracle se produit, le père secret sur sa vie privée se livre, discute entre hommes avec son fils, lui parle de ses amours, de son amour des femmes, de sa mère qu'il a rencontrée lorsqu'elle avait dix-sept ans, tout en refermant sa braguette, devant une campagne à perte de vue, une lumière au ras des champs, des odeurs d'herbe mouillée... Deux hommes en train de pisser dans la nature. Entente merveilleuse. Là, Lorenzo avait trouvé comme un moment d'éternité. Jamais il ne s'était senti si proche de son père.

Ce qui l'étonne, c'est cette salle vide qui singe la spiritualité des lieux consacrés. Un lieu sinistre, perdu au plus profond d'une banlieue sans âme, coincé entre des bâtiments d'usines et des HLM qui commencent à se dégrader. La mère de Lorenzo, qui a quitté son mari depuis longtemps, n'est évidemment pas venue. Quant à la famille, dispersée on ne sait où, elle n'a sans doute même pas été mise au courant de la mort de l'un des siens. Alors, dans la salle ne sont assis, sur les chaises en plastique noir, que quelques collègues de travail – contremaîtres, ingénieurs, ouvriers – et plusieurs personnes dont Lorenzo se demande s'il ne s'agit pas de figurants payés par la société funéraire qui a pris toute cette mascarade en charge. Aucune gerbe, aucun discours, aucune oraison. Le défunt n'a donné aucune directive quant à un chant funèbre, un chant d'église, un morceau de musique classique qui puisse accompagner son départ, lui qui aimait tant les *Concertos pour violons* de Vivaldi, les *Nocturnes* de Chopin.

Lorenzo cependant, même s'il refuse de voir cette réalité éphémère, n'est pas totalement seul. Une femme est là qui a passé son bras autour du sien, qui le prend par les épaules. Comment a-t-elle su ? Comment a-t-elle fait pour être là ?

— Qu'importe, dit-elle, je suis là, n'est-ce pas la seule chose qui compte ?

— Oui, tu as raison, répond Lorenzo.

La femme est là quand il descend au crématorium pour accompagner le cercueil qui se consume sous ses yeux derrière la lourde plaque de verre transparent, envahi par les flammes rouges et bleues de l'enfer. La femme est là quand le préposé en costume noir bon marché, mal taillé, coudes lustrés, cravate fine et noire de travers, demande à Lorenzo de répandre sur une mauvaise pelouse les cendres du défunt. La femme est toujours là quand, les yeux embués de larmes, il entend la voix de son père qui, il y a très longtemps, évoquant sa mort, lui avait dit : « Pas de cimetière, s'il te plaît ! Le jardin aux souvenirs, c'est ça qu'il me faut. Au funérarium… Une grande pelouse… Oui, c'est ça : le jardin aux souvenirs. Ils te balancent dessus. C'est propre. C'est net. L'herbe est bien grasse. Évidemment, ça doit l'aider à pousser, toutes ces vies réduites en cendres ! Et voilà, le tour est joué. La terre qui retourne à la terre. »

— À quoi penses-tu ? demande la femme à Lorenzo.

— À toi.

— À moi ?

— Oui. Merci d'être venue.

— Tu sais bien qu'on est toujours ensemble dans les moments importants de notre vie.

— Oui, Michèle, dit Lorenzo qui ajoute : Que fait-on, maintenant ?

— Tu es en voiture ?

— Non.

— Tu n'as plus ta 4 CV ?

— Depuis longtemps, hélas…

— Je te raccompagne, j'ai la mienne.

— D'accord.

— Je te dépose chez toi ?

— Oui.

— C'est où, chez toi ?

Lorenzo ne répond pas. Parle d'autre chose. Notamment du jour où son père l'a appelé pour lui dire que sa mère, partie de chez eux, après s'être cachée des années pour qu'il ne la retrouve pas, avait fini par demander le divorce.

— C'est où, chez toi ? Il faut que je sache par quelle porte je dois entrer dans Paris…

Lorenzo ne répond toujours pas. Michèle n'insiste pas. Après tout, Lorenzo doit faire face à la mort du père et Paris est encore assez loin.

Lorenzo parle des interminables séjours de son père dans les différents hôpitaux et cliniques de la région parisienne, au centre médico-chirurgical de Bobigny pour un épisode de surinfection bronchique, à l'hôpital Beaujon à la suite d'une alvéolite de la base gauche du poumon, à Bichat où, après avoir subi une trachéotomie, il ne correspondait plus avec ses interlocuteurs que par le biais d'une ardoise sur laquelle il écrivait en tremblant à la craie.

Arrivée à la porte de Clichy, Michèle repose sa question :

— Lorenzo, c'est où chez toi ?

— Je ne sais pas, en fait…

Michèle ralentit, se gare, coupe le moteur et regardant Lorenzo bien en face lui dit :

— En tout cas, ce n'est pas au Lutetia…

Lorenzo sourit. Elle aussi. Et, le temps de ce sourire, réactive la complicité qui était la leur dans les années 60. La complicité de la petite bande des mousquetaires…

— Tu n'as pas changé, toi, quand tu veux quelque chose, dit Lorenzo.

— Et toi, quand tu ne veux rien dire !

— Comment sais-tu que…

— Que tu n'habites pas au Lutetia ?

— Mais alors, quand on a dormi dans la chambre du septième étage…

— J'ai trouvé ça très excitant, digne d'un film américain de série B. Remarque, venant de toi, ça n'a rien d'étonnant ! Tu imagines, le patron de l'hôtel trouvant dans une suite, complètement nus, un client et une…

— Pas un client : son réceptionniste…

— Son réceptionniste ?

— Oui… Je te raconterai…

— Il le faudra bien ! Alors, ton adresse ?

— Tu vas jusqu'à la Madeleine, Concorde, boulevard Saint-Germain, Raspail, Denfert, tu remontes l'avenue René-Coty, et au bout à droite avenue Reille, au 13.

Michèle n'en revient pas. Quelle pièce étrange. L'antre d'un poète fou, avec sur tous les murs des étagères, du sol au plafond, remplies de feuilles 21×27 et 21×29,7 empilées les unes sur les autres, en tas réguliers. Toutes annotées. Certaines dans des chemises de couleurs différentes, numérotées, par année, par thème. « Mon grand roman en cours de rédaction », dit Lorenzo. Qui ajoute : « Deux pages par jour depuis trente ans… si on compte les jours où je n'en ai pas écrit, ça fait environ deux cent mille… Le grand livre de mes jours, l'œuvre d'une vie. »

— C'est vraiment chez toi, ici ?

Après une légère hésitation, Lorenzo éclate de rire, comme seul il sait le faire, reconnaissable parmi tant d'autres à tel point qu'enfant, lorsqu'un professeur l'entendait au cœur d'un chahut, il savait immédiatement qu'il y participait.

— Mais non…

— Alors que fait-on ici ?

— C'est un… appartement loué pour un tournage.

— Un tournage de film ?

— Oui.

— Un film que tu réalises ?

— Non, non, j'ai écrit le scénario…

— Et ça parle de quoi ?

— D'un homme qui rêve sa vie, qui n'arrive pas à écrire son grand œuvre. Ce qui explique la présence de toutes ces étagères, de toutes ces piles de papier… Un homme qui pense avoir loupé sa vie mais qui en réalité l'a transformée en une sorte d'œuvre d'art. Le livre est dans sa vie, sa vie est dans le livre.

— Et il fait l'amour, ton personnage ?

— Oui, ça lui arrive.

— Par terre ?

— Non, plutôt sur…

— Ce canapé-lit, dit Michèle, tout en l'ouvrant et en y attirant Lorenzo.

L'aube les trouve tous deux enlacés tel l'arbre du lai de Marie de France, autour duquel monte, s'attache, s'enroule le chèvrefeuille. Tous deux semblant faits pour devoir vivre longtemps ensemble de telle sorte que rien ne peut les désunir. Mais si l'arbre vient à mourir, le chèvrefeuille connaît sur-le-champ le même sort : « Belle amie, ainsi en est-il de nous : ni vous sans moi, ni moi sans vous ! » L'aube les trouve bientôt réveillés par les gens qui descendent l'escalier, qui jettent leurs ordures dans les poubelles placées dans la cour, qui font claquer la porte du hall de l'immeuble puis celle de l'entrée donnant sur la rue.

— C'est bruyant, chez toi, dit Michèle.

— Ce n'est pas chez moi.

— Ah oui, j'oubliais, c'est un décor…

— Oui.

— On est chez ton copain poète qui préfère écrire sa vie plutôt que de la vivre.

— Exact !

— Et nous, nous sommes des acteurs qui ont joué à faire l'amour dans un décor ?

— Non. L'amour, c'est vrai. C'est peut-être la seule chose vraie… J'ai vraiment aimé faire l'amour avec toi…

— Tu ne me trouves pas trop grosse ? À cinquante ans, on commence à engraisser et à se friper !

— Tu es folle, tu es magnifique.

— Flatteur !

— Non, je t'assure. Et tes quelques kilos en plus, ça te va plutôt bien.

— C'est ça. Et toujours au même endroit : le cul, les cuisses… Et pendant ce temps, les seins se ratatinent…

— D'abord, tes seins ne se ratatinent pas. Et puis, oui, les hommes aiment ça, les gros culs.

— T'es dégueulasse de dire ça ! répond Michèle, qui ajoute, prenant une pose lascive : « Qu'est-ce que tu préfères, mes seins ou la pointe de mes seins ? Et mes genoux, tu les aimes, mes genoux ? Et mes cuisses ?… Et mes fesses, tu les trouves jolies, mes fesses ? »

— Bravo ! Tu as fait des progrès. Tu peux citer Godard dans le texte, maintenant. Tu l'as vu au moins, *Le Mépris* ?

— Oui, mais je ne suis pas Brigitte Bardot et tu n'es pas Piccoli !

Ça fait longtemps que Lorenzo ne s'est pas senti aussi bien, aussi libre.

— Cette fois, tu restes, dit-il. Tu ne vas pas partir, comme la dernière fois ?

— Je reviens toujours, tu sais bien…

Durant plusieurs jours, Michèle et Lorenzo vivent un moment étrange, suspendu. Le studio de l'avenue Reille ressemble un peu à la roulotte des *Parents terribles*, hors du temps, oui : suspendu.

— Le film est arrêté ? demande Michèle.

— Non, pas vraiment, mais on peut garder la pièce encore un certain temps.

— C'est une parenthèse…

— Oui, une zone non répertoriée dans le temps…

Les volets fermés, le réfrigérateur et les placards méthodiquement pillés, Michèle et Lorenzo passent leurs journées à réécouter de vieux disques yéyé que Lorenzo a précieusement conservés. Michèle et Lorenzo descendent en eux-mêmes. Mode arrêt. Porte close. La nuit, les deux amants se livrent l'un à l'autre.

À cinquante ans, Michèle et Lorenzo sont des amants qui ont vécu plusieurs aventures, plusieurs vies, que rien ne répugne plus, ne révolte, ne freine. Caresses. Positions. Ils se lavent à peine. Vivent entièrement nus. Cela pourrait durer des siècles. Un matin, Lorenzo demande :

— Tu ne regrettes pas de ne pas avoir eu d'enfants ?

— Non, répond Michèle sans hésiter, avant d'ajouter, après un silence : Et même si j'en avais eu, je ne te le dirais pas.

Est-ce ce silence, est-ce sa réponse, toujours est-il que dans la seconde même tout bascule et Lorenzo demande :

— Que fait-on maintenant ?

— On recommence, dit Michèle. On ne s'arrête jamais. Tu me gardes pour la vie. On ne se quitte plus. On ne quitte plus jamais cette pièce.

— Il n'y a plus rien à manger. Il faut au moins que l'un d'entre nous sorte chercher de quoi se nourrir…

— Non, on ne sort plus, on arrête là, répond, péremptoire, Michèle en venant se blottir contre Lorenzo qui ne semble pas comprendre et prend ça pour une blague.

— On ne sort plus, je te dis.

— Comme les paroissiens de *L'Ange exterminateur*, le film de Buñuel, qui n'arrivent plus à sortir de l'église tandis que celle-ci est envahie par une armée de moutons bêlants…

— Si tu veux…

— Mais j'ai faim, Michèle !

— On ne sort plus, je te dis. Fini. Stop, insiste

Michèle, en faisant mine d'empêcher Lorenzo de se lever.

— Arrête, ce n'est pas drôle.

— Mais je n'ai pas envie de rire !

— C'est ça, on se nourrit d'amour et d'eau fraîche, alors, rétorque Lorenzo qui n'arrive toujours pas à prendre Michèle au sérieux.

— Dégonflé ! dit-elle tout en tapant Lorenzo en une suite de coups désordonnés.

— Mais enfin, qu'est-ce qui te prend ?

— Il me prend que je me demande parfois si tu n'as pas de l'eau dans la tête ! Tu ne comprends rien ! Tu ne me comprends pas ! Je suis vraiment toute seule, comme toujours ! finit-elle par hurler tout en se levant, furieuse, et en se rhabillant.

Lorenzo avait oublié comme elle peut être impulsive, excessive – « Elle est ingérable », se disaient les trois copains lorsqu'ils parlaient d'elle – et comme alors il se sent impuissant, sans ressource pour endiguer le flot de désespoir, dissiper les malentendus, trouver les mots justes pour stopper le cyclone…

Debout devant Lorenzo, la main sur la poignée de la porte, Michèle lui crie une nouvelle fois qu'il ne comprend décidément jamais rien, que c'était déjà comme ça quand il avait quinze ans, qu'elle est idiote d'avoir cru à tout ça, et qu'elle en a assez d'être prise pour une imbécile, puis elle ferme la porte et s'en va.

Nu sur son canapé-lit, Lorenzo entend la porte du hall grincer, celle de l'entrée claquer, les vagues bruits de la rue, et de nouveau le silence, dans la pénombre de la pièce. Cela fait très exactement quatre jours qu'il n'a pas travaillé à son grand livre. Il se demande s'il va essayer de raconter tout cela ou matérialiser ces quatre jours et ces quatre nuits par quatre pages avec sur chacune un mot décrivant une sensation, ou une position, ou un sentiment, ou rien du tout.

5

13 août 1998

Les jours et les nuits se traînent

François vit avec le souvenir de la chute du mur de Berlin qui marque la fin de sa relation avec Michèle. Depuis, elle a presque disparu de sa vie : en quasiment dix ans, elle ne s'est manifestée que deux fois, comme si de rien n'était, à l'improviste ; les deux fois ils n'ont parlé de rien, en étrangers en somme, de la pluie et du beau temps, un peu de leur fils Laurent, et encore, parce que François a insisté. Son magasin de meubles – il n'en a plus qu'un, l'autre ayant déposé le bilan – est loin de faire les bénéfices escomptés. Depuis l'implantation des premiers Ikea, dans Paris et la région parisienne, le secteur est sinistré. Ce que veulent désormais les clients, ce sont des meubles fonctionnels, robustes, légers et surtout bon marché.

Cela fait donc des années que François élève son fils Laurent, âgé de douze ans, quasiment seul. L'enfant est un très bon élève, studieux, mais très renfermé, très secret. Habitué à vivre sans sa mère, il évacue sa tristesse, sa différence sociale – même si quelques-uns de ses camarades sont dans le même cas que lui : parents divorcés s'entendant plus ou moins bien, se voyant plus ou moins souvent – en jouant de deux instruments : le violon et le piano. Il dit que le plus difficile pour lui, et cela depuis longtemps, c'est de gérer ses émotions – c'est l'expression qu'il emploie – lorsque ses professeurs lui demandent de se mettre au travail afin, le jour de la fête des Mères, de pouvoir offrir à sa maman un cadeau qui sera la preuve de son amour pour elle...

Voilà l'histoire du père et du fils, en ces années de présidence François Mitterrand, vivant comme ils le peuvent, avec les routines adéquates et les moments de déprime soudaine, jusqu'au jour où, fêtant les dix ans de Mai 1968, TF1 consacre une soirée entière à l'événement... Trente ans. C'est un anniversaire. Le père et le fils sont devant le poste de télévision. Plateau-repas sur les genoux. Laurent veut absolument voir. Il en a tellement entendu parler, de ces journées, de ces nuits. C'est un peu la guerre de son père. Et celle de sa mère. Et celle de leurs deux autres copains.

— Ils s'appelaient comment déjà, tes copains, papa ?

François ne répond pas.

— Papa, tu me réponds ? Ils s'appelaient comment, tes copains ?

— Lorenzo et Antoine.

— Ah oui, je me souviens maintenant : Lorenzo et Antoine. Et vous vous êtes battus avec les policiers, vous leur avez jeté dessus des cocktails malossols ?

— Pas malossols, ça ce sont des cornichons ! Molotov, cocktail Molotov.

— Ça veut dire quoi ?

— C'est le nom du ministre des Affaires étrangères de l'URSS pendant la Seconde Guerre mondiale : Viatcheslav Molotov.

— Tu m'expliqueras comment on les fabrique ?

— Non.

— Tu n'es pas drôle !

— Non, je sais, répond François, tout en se levant et en reposant son plateau sur la table basse. Je reviens, j'ai oublié la salade.

Tandis qu'il s'affaire dans la cuisine, François entend son fils qui l'appelle :

— Papa, ça commence.

— Oui, j'arrive.

— Maintenant, viens !

— J'arrive dans cinq minutes.

— Non, maintenant. Viens, vite ! On te voit, papa. Avec maman et tes copains ! Viens ! On te voit, papa !

Au premier plan, autour du journaliste qui va mener le débat, les acteurs d'il y a trente ans : Daniel Cohn-Bendit, Alain Geismar, Jacques Sauvageot, Romain Goupil. Leur faisant face, le préfet de police Maurice Grimaud… Et derrière, en toile de fond : une immense photo en noir et blanc, dont on comprend qu'elle sera présente durant toute l'émission chaque fois qu'après la projection de documents d'époque on reviendra à la table où ont lieu les débats. Une photo prise le 10 mai 1968, précise le journaliste, avec des jeunes gens en colère, place Denfert-Rochereau, avant la fameuse nuit des barricades…

Entourés de lycéens et de lycéennes, les quatre mousquetaires, bras dessus bras dessous, hilares, le visage mangé par un immense sourire. François pense immédiatement : Juste avant qu'on ne chante *L'Internationale*, qu'on se retranche derrière la barricade, à l'angle de la rue Saint-Jacques et de la rue d'Ulm, que Michèle et moi on finisse par se cacher dans un appartement, protégés par un couple de vieux déportés refusant de livrer deux étudiants aux CRS. Leur offrant de dormir chez eux. François est tout à son souvenir, à cette première nuit où il a fait l'amour avec Michèle. Cette découverte de leurs deux corps, gauche, merveilleuse, qu'il n'oubliera jamais, qu'il n'a jamais oubliée.

— Papa, c'est toi et tes amis, et maman, tu t'en souviens ?

— Oui, Laurent, je m'en souviens.

— Vous êtes très jeunes et ceux du débat à la télé ont l'air très vieux !

— Ils ont le même âge que moi aujourd'hui...

— Ah oui, c'est vrai, reconnaît Laurent en riant.

François a beaucoup de mal à détacher ses yeux de cette photo qui revient périodiquement sur l'écran, plus ou moins cachée par les intervenants qui gesticulent, coupée par les reportages, les interviews, les mouvements de caméra, les cadrages. Il pense : C'est tout de même troublant, ces retours du passé au moment où on s'y attend le moins, qui s'imposent, s'étalent, prennent toute la place. Il y a moins d'un siècle cela aurait été inconcevable, cette résurgence du passé, ces jeux de mémoire. Pas d'image, pas de photo, pas de film : le passé restait à jamais le passé. François se demande aussi si les trois autres personnages présents sur la photo sont devant leur poste de télévision. S'ils éprouvent la même chose que lui, la même joie teintée de tristesse, la même terrible nostalgie. Trotte dans sa tête une chanson de Frankie Jordan qu'il ne parvient pas à ne pas chantonner, *Rue des Quatre-Vents*, et dans laquelle Marielle devient Michèle : « Si vous voyez Michèle, dites-lui que je pense à elle et que je vais souvent rue des Quatre-Vents. Je suis sûr que Michèle est toujours aussi belle, aussi belle qu'avant rue des Quatre-Vents... »

En réalité, François est le seul de la bande à regarder cette émission. Michèle est en voyage avec une amie en Espagne, où elle culpabilise, commence à culpabiliser, à vouloir revoir ses enfants. Oui, elle a voulu les oublier pour vivre sa vie, pour ne pas se sacrifier pour eux, mais cela commence à lui peser. Elle dit : « C'est compliqué. » Elle dit aussi : « C'est dur d'être mère et d'accepter de sacrifier une partie de ses aspirations pour éduquer ses enfants, voire s'occuper de son mari. » Antoine, lui, est plus que jamais impliqué dans la politique, le syndicalisme, les revendications au sein de son entreprise. Pas le temps de regarder des émissions à la télévision. Quant à Lorenzo, il a depuis la mort de sa mère hérité d'une somme d'argent, certes peu élevée, mais qui lui a permis de réaliser un de ses rêves : s'acheter un studio au bord de la mer. Il a choisi, à Dives-sur-Mer, un petit appartement de cinquante mètres carrés, dans une résidence donnant directement sur le port où sont amarrés des bateaux de plaisance, petits voiliers, canots à moteur, dériveurs, etc. Quand il y séjourne, il va deux fois par semaine acheter du poisson frais à la criée, et le reste du temps va faire ses courses rue de la Mer à Cabourg, en empruntant la passerelle qui enjambe la Dives et la promenade qui le conduit au Grand Hôtel où descendait Marcel Proust. Des étagères, identiques à celles de son antre parisien, mais plus vastes, plus longues, plus profondes, accueillent son grand livre qu'il orne désormais d'objets rencontrés sur la plage : coquillages, sable, bois flottés, morceaux de fil de fer, de caoutchouc, tessons de bouteille polis par les vagues, os de sèche, carapaces de crabe vides, fossiles marins.

Ce que François ne sait pas non plus, c'est qu'Antoine vit le même calvaire que lui. La même solitude, les mêmes difficultés à prendre les décisions seul, à trouver sans cesse des sortes d'excuses, de réponses, de clarifications, d'éclaircissements, de pistes pour expliquer à son enfant que sa mère est partie non parce qu'elle ne l'aimait plus mais parce qu'elle ne voulait plus vivre avec son père. Et cela même si un enfant de douze ans – Laurent – n'a pas les mêmes besoins, ne pose pas les mêmes questions qu'une jeune fille de vingt-deux – âge de Mylène.

Le seul lien que pourraient avoir encore les quatre mousquetaires, c'est leur intérêt commun immodéré pour un jeu qui vient de sortir et dont le nom est sans équivoque : le *Jeu des sixties.* Chacun aux quatre coins de leur histoire joue au *Jeu des sixties.* Autour d'un plateau en forme de juke-box offrant des cases aux noms de chanteurs et de chanteuses des années 60, mais aussi des cases sur des thèmes plus généralistes – actualité, cinéma, télévision, variétés, etc. –, le but est de gagner le sixties d'or en répondant à diverses questions relatives aux thèmes de chaque case. Bien évidemment, les épreuves et autres pénalités pleuvent : rupture de contrat, dépression nerveuse, chanson à exécuter, scène à mimer. Les quatre mousquetaires y jouent fréquemment avec leurs enfants, leurs amis, jamais entre eux – mais toujours avec les fantômes des trois autres. C'est comme ça que fait François. Quelles que soient la ou les personnes avec lesquelles il joue, Michèle, Antoine, Lorenzo sont toujours à ses côtés, en lutte amicale avec lui. Chantent avec lui, miment avec lui, nomment les pas du madison, du twist, du mashed potatoes quand survient la question. Et tous, François le premier, pleurent sur leur adolescence enfuie quand pour avancer sur la case suivante en direction du sixties d'or il faut donner la date et le lieu de la mort de l'archange noir du rock, Vince Taylor – le 27 août 1991, à Lutry, en Suisse –, et tous alors de se laisser submerger par ce beau nom grave de tristesse. « All the cats wanna dance with sweet little sixteen… »

DIXIÈME PARTIE

2005

1

25 juin

Pas cette chanson

Michèle, qui a maintenant cinquante-sept ans, manifeste l'envie de revoir ses enfants. Elle voudrait rattraper le temps perdu. C'est une illusion, mais qu'importe, la vérité c'est qu'il y a des illusions utiles et que la dernière est bien celle qui consiste à penser qu'on les a toutes perdues.

Mylène a vingt-neuf ans. Elle est illustratrice ; elle vit à Paris, seule. C'est ce qu'Antoine dit à Michèle au téléphone. Surpris qu'il est, dans un premier temps, de l'entendre, puis acceptant, comme toujours, cette façon qu'elle a d'apparaître et de disparaître tout aussi vite. Elle veut qu'il lui envoie une photo récente de sa fille – elle répète « ma fille » et non « notre fille » – pour qu'elle la reconnaisse sans hésiter, sans avoir à errer de table en table, en demandant « Vous êtes bien ma fille ? », dans le café où elle veut lui donner rendez-vous.

— Mais sans toi, tu comprends ?

— Non, répond Antoine, je ne comprends pas.

— Ça ne m'étonne pas. Tu n'as jamais rien compris.

Tu ne m'as jamais comprise. Avec toi je me suis toujours sentie seule.

— Tu n'as pas toujours dit ça…

Michèle ne répond pas, se contente de dire plusieurs fois :

— Je veux voir ma fille, seule. Lui expliquer. Tout lui expliquer…

Antoine baisse les bras devant Michèle, comme toujours, acceptant tout d'elle, trop d'elle. Il n'y peut rien. C'était déjà comme ça avant. Il y a longtemps. Au temps des yéyés. Comme le chante Guesch Patti dans *Scopitone* : « Sur l'écran bleuté des scopitones les idoles de la métropole chantent le play-back des vieux hits oubliés des baby-dolls occidentales… »

— Où ? Quand, le rendez-vous ? Si toutefois ta fille l'accepte.

— Le 25 juin, au Scopitone Coffee.

— Tu es sûre qu'il existe toujours ?

— Oui, j'y vais parfois.

— D'accord.

— Et tu n'oublies pas la photo !

— C'est toi au même âge. On dirait ta jumelle…

Laurent, lui, a dix-neuf ans. C'est un étudiant brillant en première année de prépa ECE à Henri-IV. Il voudrait entrer à HEC et mettre son intelligence et son enthousiasme au service du microcrédit. Il voudrait s'engager.

— C'est un garçon merveilleux, dit François. Je ne comprends pas que tu n'aies pas envie de le voir, de le tenir dans tes bras, de l'accompagner dans sa vie, il commence tout juste à se raser…

— C'est justement pour ça que je t'appelle, je veux le voir.

— Il est temps ! Et s'il ne veut pas ?

— Il voudra ! Un enfant veut toujours voir sa mère !

— Une mère qui ne l'a pas élevé, qui ne lui a jamais – ou presque jamais – souhaité son anniversaire, qui ne lui a jamais fait de cadeau.

— Tu exagères.

— Non. Une lettre de temps en temps. Un paquet. On se demande pourquoi, soudain, tout à coup. À tel point que parfois, il se demandait pourquoi tu lui envoyais tel paquet en plein mois de mars, pour fêter quoi, pour dire quoi ? Telle carte postale du Mexique ou de Grèce avec trois mots sibyllins au dos…

— Je veux le voir maintenant.

— Bien.

— Quel jour ? Quel lieu ?

— 25 juin, au Scopitone Coffee…

— Par nostalgie ?

— Peut-être… En tout cas, sans toi. Je veux voir mes…

— Mes quoi ?

— Rien. Je veux revoir mon enfant, seul, sans son père.

Michèle ne sait pas pourquoi elle a donné rendez-vous le même jour à ses deux enfants. Sans leurs pères, ça elle peut l'expliquer. Mais les deux le même jour et ainsi faire en sorte qu'ils se rencontrent, qu'ils comprennent qu'ils ont la même mère, qu'ils sont demi-frère, demi-sœur, ça elle ne sait pas l'expliquer. Une impulsion. Un désir. Elle pensait que c'était une idée formidable. Que cela allait créer un choc qui allait régler tous les problèmes, remettre à zéro toutes ces années. Tout faciliter. Tout faire renaître…

Mais maintenant, là, sur le trottoir d'en face, cachée derrière un arbre à observer la terrasse du Scopitone Coffee où elle aperçoit Mylène en train de lire un livre, en se disant : Antoine avait raison, c'est mon sosie, c'est moi au même âge, elle commence à hésiter, à trouver que son idée n'était peut-être pas aussi pertinente que cela. Et non loin de Mylène, l'ignorant puisqu'il ne peut la connaître, un beau jeune homme, élancé, chevelure drue et noire, certes un peu engoncé dans son costume gris anthracite, en cravate et chemise dans les mêmes tons, en train de boire un jus d'orange : Laurent, son fils.

En réalité, Michèle hésite. Dansant d'un pied sur l'autre, elle est soudain prise d'un vague à l'âme qui l'empêche d'avancer, de traverser la rue, qui la paralyse. Que va-t-elle leur dire, à ces deux enfants ? Que vont-ils lui dire à elle, cette mère invisible ? Cachée derrière son arbre, elle pleure sous l'œil des passants indifférents, tandis que la sono du Scopitone Coffee, temple rétro du yéyé, passe une chanson de Johnny Hallyday – *Pas cette chanson* – qui la fait rebrousser chemin, et s'enfuir.

Tout en commandant un café, François, qui est convenu avec son fils de venir le chercher quand le rendez-vous avec sa mère serait terminé, ne cesse de regarder la jeune fille assise à quelques mètres de là en train de lire un livre. Dire qu'il est troublé est un euphémisme. Cette jeune fille, c'est le portrait de Michèle.

Son sosie. C'est vraiment très troublant. Au fond, il y a quarante ans, il donnait rendez-vous à une jeune fille en tous points semblable à celle-ci. Même regard, mêmes cheveux, même façon de se tenir, mêmes gestes de la main pour tourner les pages de son livre. S'il n'était pas avec Laurent, il se lèverait et irait lui parler. Pour lui dire quoi ? Vous ressemblez à la mère de mon fils quand elle était jeune ? Au mieux elle affecterait une belle indifférence, au pire elle appellerait les autres clients à la rescousse pour leur dire qu'un homme qui pourrait être son père l'importune. Ce qui augmente le trouble de François, c'est ce café, devenu un musée de ces années qu'on appelle aujourd'hui les « sixties ». Dans ce musée de figures de cire, il est le seul à être vivant, à pouvoir témoigner de la réalité de ces années. J'y étais. J'étais là avant vous, à cette table, sur cette terrasse, je glissais des pièces dans le scopitone pour entendre Adamo, Sheila, Sylvie Vartan, les Pingouins. J'ai des années d'avance sur vous. Je suis légitime, moi. Je peux tout vous dire de ces années, de ces saisons, de ces musiques. Et la jeune fille qui est là aussi, je suis sûr qu'elle sait, qu'elle sent ce qui se passe.

— Papa ? répète plusieurs fois Laurent. Papa, tu m'entends ?

— Oui, répond François, comme sortant d'un sommeil profond.

— Ça va, papa ?

— Oui, ne t'inquiète pas… Un petit coup de fatigue…

— Papa, pourquoi maman n'est pas venue ?

— Je ne sais pas.

— Tu crois que je dois rester encore ?

— Qu'as-tu envie de faire ?

— Je ne sais plus. Je m'étais presque fait à l'idée de ne plus jamais la voir et maintenant…

— Tu veux que je t'aide à décider ?

— Non. Je crois que je préfère rentrer à la maison. Comme ça je réviserai mon contrôle pour demain.

— Un contrôle de quoi ?

— D'éco… La déflation et la dette…

Il fait presque nuit. C'est toujours le Scopitone Coffee. Antoine est convenu d'y retrouver Mylène en fin de journée afin de dîner ensemble, avec ou sans sa mère, quelle que soit l'issue de la rencontre. Mylène, à la fois heureuse de voir sa mère et appréhendant quelque peu ce rendez-vous, mais décidée à ne pas mâcher ses mots. Après tout, pensait-elle, ce n'est pas parce qu'une mère manifeste le désir, après des années de silence, de revoir sa fille que la Terre doit s'arrêter de tourner.

— Alors ? demande Antoine.

— Alors, rien.

— Comment, rien ?

— Elle n'est pas venue ! Je l'ai attendue toute l'après-midi !

— C'est à n'y rien comprendre. Je suis désolé, Mylène, c'est ma faute, je n'aurais jamais dû me dire que…

— Mais non, petit papa, c'est comme ça. On n'y peut rien. L'identité, et c'est le principal, c'est le père qui la donne.

— Et la mère, qu'est-ce qu'elle apporte ?

— Dans le cas de la mienne : rien, que des ennuis ! C'est dommage, j'aurais bien aimé vous voir tous les deux, avec vos deux autres copains. On serait tous allés à un concert yéyé, il y en a plein partout aujourd'hui…

— Alors on s'en va ? dit Antoine.

— Ça t'ennuie si c'est chacun de son côté ?

— On ne devait pas dîner ensemble ?

— Je sais, mais j'ai trop de travail. On se verra à un autre moment.

— C'est ça. Comme vous dites, « on se téléphone »…

Antoine est le dernier survivant. Il est tard. La terrasse du café se vide de ses consommateurs. Antoine ne peut s'empêcher d'aller toucher le scopitone, ce qui déclenche l'ire du patron :

— Une relique ! Bas les pattes ! Une génération entière est venue s'amuser ici !

— Je sais, je suis bien placé pour le savoir.

— Ils disent tous ça !

— Oui, mais moi c'est différent. Je suis venu ici des dizaines de fois avec des copains et des copines regarder Sylvie Vartan twister, cheveux courts et pantalon moulant, sur *Est-ce que tu le sais ?* ou Frank Alamo, en maillot de bain dans une eau saumâtre, téléphone en main, chanter *Allô Maillot 38-37*…

— De quelle marque, le scopitone ? demande le patron du café, incrédule.

Antoine n'hésite pas une seconde :

— Un Cameca ST36 !

— Tout ça ne veut rien dire, répond l'homme, plein de mauvaise foi.

Antoine, dégoûté, s'en va. Quel crétin, ce type ! Antoine est furieux. Ne pas reconnaître ses connaissances, c'est comme si on remettait en cause son adolescence. Comme si on niait ce qu'il a vécu dans ce café il y a déjà tant d'années. Protégé de la pluie par le large auvent de l'abribus où il s'est réfugié, Antoine a les yeux plongés dans l'affiche qui couvre tout un côté du matériel urbain : une publicité pour un grand joaillier qui vante les mérites de sa « nouvelle collection sixties ». En plein centre, on voit une top model qui lève le poing. Au poignet, un bracelet en platine. À la main droite, une bague en diamant. Sourcils froncés, œil dur, lèvres ouvertes comme pour un cri, la créature de rêve mime l'attitude d'une manifestante. Il ne lui manque plus qu'un pavé dans la main ! Barrant toute l'affiche, un slogan : « Militant de l'impertinence ». Mai 68 est devenu un argument de vente. Révolte édulcorée, folklore, scopitone en panne : voilà tout ce qui reste du rêve des années yéyé.

2

24 novembre

Douce violence de nos tendres années

Antoine se souvient de Mylène, quelques mois auparavant, évoquant les tournées yéyé qui sillonnent la France afin de réveiller chez toute une population le souvenir de ses quinze ans. C'est sans doute pour ça qu'il se retrouve aujourd'hui devant la salle polyvalente de Feuillant-sur-Sarthe, sous la grande pancarte « La Caravane des années yéyé, le grand show » où une foule bavarde s'agglutine autour du guichet d'entrée. Pour passer le temps, il lit le journal du jour qui dresse le bilan des émeutes déclenchées dans les banlieues parisiennes suite à la mort accidentelle de deux adolescents dans un transformateur électrique où ils s'étaient réfugiés alors qu'ils étaient poursuivis par deux policiers de la BAC : véhicules brûlés, 10346 ; bâtiments détruits, 317 ; somme totale des dégâts chiffrée à 200 millions d'euros ; policiers mobilisés, 11700 ; membres des forces de l'ordre et de la sécurité civile blessés, 224 ; interpellations, 6056 ; personnes écrouées, 1328. « Quel beau pays que la France », entend-on dans la file d'attente…

Le concert du 22 juin 1963 organisé à la Nation par *Salut les copains* avait déclenché des critiques acerbes. Antoine se souvient, comme il se souvient de n'avoir jamais retrouvé Lorenzo ce jour-là. On avait alors parlé d'une folle nuit, d'un incroyable chahut. Mais que s'était-il passé en somme de si grave ? Quelques évanouissements, des bris de vitrines, des bagarres entre policiers et blousons noirs, des arrestations sans conséquence. C'est le sens des discussions résurgentes qui animent ici et là la foule impatiente qui piétine.

Son billet en main, Antoine s'installe comme il peut, sur un des bancs de la rangée centrale. Des ouvreuses, coiffées d'indéfrisables d'un autre temps et de robes en nylon imprimées de grands ramages colorés, distribuent aux spectateurs des programmes ornés de dessins stylisés de guitares et de couples dansant le twist ou le madison. La salle est remplie de vieilles belles habillées en yéyés, dont le maquillage n'a sans doute pas changé depuis quarante ans, et de vieux blousons noirs engoncés dans leurs cuirs devenus trop petits, aux crânes aussi dégarnis que leurs bedaines sont proéminentes. À gauche de la scène, l'entrée des WC hommes, où la file s'allonge avant le début du show, file sans cesse renouvelée par des sexagénaires atteints de prostatite aiguë. À droite, l'entrée des WC femmes, où souvent par couples d'anciennes jeunes filles, les jambes congestionnées dans des bas de contention, n'hésitent pas à arborer d'affolantes minijupes et des corsages aux senteurs de naphtaline.

Avant que le show ne commence, au milieu de commentaires divers, Antoine tente de s'intéresser à ce qui va se passer sur la scène et consulte le programme. Il est effondré. Le clou du spectacle, c'est la présence des Baronets et des Mercenaires, groupes ayant tous deux participé au concert de la Nation. Monty, qui devait venir, a été retenu à Paris à cause d'une mauvaise grippe, tout comme les Jaguars dont il ne reste du groupe d'origine que le batteur et qui n'ont pas trouvé de guitariste... Le reste des prestations est assuré par des sosies, dont certains, précise la brochure, se produisent à Paris et à Bruxelles : sosies de Sheila, de Sylvie Vartan, de Johnny Hallyday et quelques autres.

Le concert est pire que tout ce qu'il aurait pu imaginer. Voix chevrotantes, rythmiques incertaines, éclairages déficients, sono défectueuse. Quand les Baronets entament une reprise de *L'idole des jeunes*, Antoine commence à s'endormir, très vite réveillé par les Jaguars qui reprennent a cappella, car une panne momentanée d'électricité les prive de guitares électriques, *Comme un volcan* de Rocky Volcano. La salle est en délire. Une voisine d'Antoine hurle à sa copine qu'elle a fait l'amour sur cet air-là un jour que ses parents – « Ils sont morts aujourd'hui, les pauvres » – étaient partis faire des commissions ! Antoine se demande ce qu'il est venu faire ici, au milieu de tous ces vieux qui pleurnichent sur leur jeunesse et reprennent en chœur *Tous les garçons et les filles* ânonnée par une sosie de Françoise Hardy. Antoine n'en peut plus. Ce spectacle présenté par une ancienne speakerine de l'ORTF sortie du flacon de formol où elle coulait des jours tranquilles lui donne envie de vomir. C'est comme la négation de toute sa vie. Pourtant il n'est pas au bout de ses peines. La sosie de Gillian Hills entreprend de chanter *Ma première cigarette.* C'est une catastrophe, la fluette jeune fille blonde – sosie oblige – est une grosse dame à qui on a envie de dire qu'elle aurait dû justement moins fumer. Antoine ne sait pas très bien d'où ni comment, mais il sent qu'une catastrophe va survenir. Ce qu'il n'avait pas envisagé, c'est qu'il en serait à l'origine…

Le détonateur ? *Non ho l'età*, la chanson de Gigliola Cinquetti. Dieu qu'elle était belle, la petite Gigliola avec sa queue de cheval et sa guitare sèche. Pour Antoine, c'est l'image même de son adolescence, de Michèle, avec ses petites robes légères, ses pantalons fuseaux, son sourire, sa peau si douce sur la banquette arrière de la 4 CV et sur le sable des plages amalfitaines. «*Non ho l'età per amarti, non ho l'età per uscire sola con te…*», «Je n'ai pas l'âge pour t'aimer», «Je n'ai pas l'âge pour sortir avec toi…». La salle pleure de nostalgie. L'ancien blouson noir assis à la gauche d'Antoine en a même une quinte de toux ; quant aux deux voisines, elles sont tellement émues qu'elles se confessent mutuellement à mi-voix qu'elles en ont fait pipi dans leur culotte. Alors, pris par une colère soudaine, contre la poupée liftée qui est censée chanter en italien mais n'en a visiblement qu'une connaissance à peine phonétique, Antoine se lève et, mettant ses deux mains en porte-voix, se met à hurler : «*Non hai più l'età, non hai più l'età per farlo !* (Tu n'as plus l'âge, tu n'as plus l'âge pour le faire !)» Ce qui déclenche une hostilité immédiate à l'encontre du perturbateur. Comment ose-t-il interrompre le spectacle ! Le mufle ! Et ne pas respecter la femme du maire ! Car la vieille belle liftée qui singe la pure Gigliola, c'est Bernadette Farge, femme de Lucien Farge, maire communiste de Feuillant-sur-Sarthe depuis plusieurs législatures.

Antoine est invité à sortir. C'est sans doute ce qu'il a de mieux à faire, pense-t-il, devant tant d'hostilité, tant de haine. Dehors, il fait froid et un vent glacial souffle. Quelle apothéose ! Réfugié dans sa voiture, il se met à pleurer de tristesse. Pourquoi est-il seul ici, dans ce coin perdu ? Pourquoi François, Lorenzo, Michèle ne sont pas avec lui ? Peut-être que ça aurait tout changé ? Ou rien du tout ? Avant de repartir en direction de Paris, il entrouvre la fenêtre de sa voiture afin de dissiper la buée. De la salle montent les premiers accords de *Donne tes seize ans* de Dany Logan, Antoine ne sait pas s'il doit rire ou pleurer. Alors il démarre, fait plusieurs kilomètres dans la nuit des petites routes dangereuses de la Sarthe et regagne l'autoroute au rythme des essuie-glaces qui chassent la pluie, maintenant violente, qui s'abat par grands paquets d'eau furieuse sur le pare-brise de la voiture. « Viens, donne tes seize ans au bonheur qui prend forme pour que ton corps d'enfant peu à peu se transforme… »

ONZIÈME PARTIE

2015

1

7 janvier, 13 heures

I wanna hold your hand

Michèle ne parvient pas à décoller ses yeux de l'écran de télévision. Elle passe d'une chaîne à l'autre. Mêmes reportages, mêmes images, mêmes sons. Dix fois, vingt fois revus, entendus, décortiqués, commentés. Une attaque terroriste islamiste vient d'avoir lieu au siège de *Charlie Hebdo.* Deux hommes cagoulés munis de fusils d'assaut ont pénétré rue Nicolas-Appert dans les locaux du journal satirique et ont assassiné onze personnes, dont huit membres de la rédaction, parmi lesquels les dessinateurs Cabu, Charb, Honoré, Tignous et Wolinski. On commence semble-t-il à pouvoir reconstituer l'itinéraire de fuite des tueurs. Empruntant l'allée Verte, une voie à sens unique, ils sont tombés nez à nez avec une voiture de police, qu'ils ont contrainte à faire précipitamment marche arrière en tirant sur ses occupants. Boulevard Richard-Lenoir, ils sont sortis de leur voiture et ont tué de sang-froid d'une balle dans la tête un policier patrouillant à vélo. Ils sont alors remontés dans leur voiture en criant, un doigt levé vers le ciel : « On a vengé le prophète Mohammed ! » puis : « On a tué *Charlie Hebdo* ! », après que l'un des deux tireurs – c'est un témoin qui l'affirme – eut récupéré une de ses chaussures tombée au sol. Ils ont ensuite redémarré en trombe et, pris en chasse par la police, ont percuté un Volkswagen Touran puis, après avoir abandonné leur Citroën à hauteur du 45 rue de Meaux, ont braqué le propriétaire d'une Renault Clio, auquel ils ont demandé de dire à la presse qu'ils appartenaient au groupe Al-Qaïda au Yémen, avant de se diriger vers la porte de Pantin où la police a perdu leurs traces.

Muette, comme hypnotisée par les images, ainsi qu'elle l'avait été par celles de l'attentat du 11 septembre 2001 à New York, Michèle est véritablement aimantée par ce récit qui revient inlassablement et semble ne jamais devoir prendre fin. Après les analyses de spécialistes en balistique, en psychiatrie, en terrorisme, voici venir maintenant celui du micro-trottoir. Une vieille dame, un couple avec enfants, un commerçant, un technicien de surface, un conducteur d'autobus, une caissière de supermarché, et un homme d'une bonne soixantaine d'années, d'abord de dos, qui parle de son parcours, des idées qui sont les siennes. C'est un syndicaliste, un homme engagé qui vient du peuple, qui a une fille de trente-neuf ans, et qui fait part de sa peur. Peur pour sa fille, encore jeune, mais aussi pour ses amis, même ceux qu'il a perdus de vue, qui pourraient tomber un jour ou l'autre sous les balles des terroristes : dans l'autobus, dans le métro, à la terrasse d'un café, dans une salle de concert. « Enfin, on n'est en sécurité nulle part aujourd'hui», dit-il, en se retournant et en regardant la caméra : c'est Antoine…

En le regardant ainsi s'exprimer devant la caméra, en plein écran, Michèle fond en larmes. C'est toute son histoire qui revient. C'est tout son passé. Elle pense : Il faut qu'on se retrouve tous. C'est le moment. Après il sera trop tard… Il y a quelques années déjà, elle avait tenté de revoir ses enfants, de réunir cette famille qui est la sienne, à laquelle elle s'identifie. La peur l'en avait empêchée. Plutôt une certaine forme de peur : celle de devoir affronter la vérité de sa vie. Tous ses échecs. Tous ses remords, depuis les twists joyeux et les madisons des années 60. C'est donc ça, une vie ?

« Il n'y a plus d'État, dit Antoine au journaliste. Ça devait arriver. Ça nous pendait au nez. C'est la guerre. Nous ne sommes plus protégés. »

Après plusieurs heures de cet abrutissement, Michèle est résolue à revoir ses amis, à les chercher partout, à les appeler quelle que que soit l'heure, à réunir ses enfants. Mais au lieu de commencer par Antoine, elle recherche fébrilement le numéro de téléphone de Lorenzo. Il n'est pas dans ses « favoris », mais sans doute, évidemment, dans son vieux carnet recousu de partout, tenant avec des élastiques, enflé comme s'il avait séjourné dans l'eau. Un poste fixe commençant par 01, précédé d'un simple L… majuscule rouge : L… comme Lorenzo.

— Allô ?

— Oui, qui est à l'appareil ?

— C'est moi, répond Michèle, étonnée, émue d'entendre cette voix dès la première sonnerie du téléphone, dans cet appartement qu'elle connaît bien : celui de l'avenue Reille… Ce qui lui permet aussi d'imaginer Lorenzo, assis sur le canapé-lit, à côté de sa table de nuit sur laquelle s'entassent des livres qu'il n'aura jamais le temps de lire.

— Toi ? Michèle ?

— Oui… C'est terrible ce qui se passe.

— Oui. Mais pourquoi m'appelles-tu ?

Michèle ne peut pas vraiment répondre à cette question, hésite…

— Tu as vu Antoine ?

— À la télé ?

— Oui… sur BFMTV…

— Il n'a pas changé !

— J'ai peur, Lorenzo. De tout… de tout ce qui se passe… de la vie qui file… Je voudrais qu'on essaie de se revoir tous…

— On se voit quand on doit se voir. Le hasard plie les feuilles du temps qui passe à sa guise.

— Le hasard n'existe pas, Lorenzo, tu le sais bien !

— Nos chemins n'arrêtent pas de se croiser. On n'a qu'à attendre la prochaine occasion… Tout ça ne dépend pas de nous.

— Il faut forcer le destin.

— Qu'est-ce que tu veux exactement ?

— Tout te dire. Tout t'expliquer. Maintenant !

— Qu'est-ce que tu veux dire par « maintenant » ?

— Maintenant. J'arrive. Tu habites toujours au même endroit ?

— Oui. Enfin, j'ai aussi un petit studio à Dives-sur-Mer…

— Dives-sur-Mer ? Je ne sais pas où ça se trouve.

— Près de Cabourg…

— Mais maintenant, aujourd'hui, tu es bien à Paris, non ?

— Évidemment !

— Alors, je suis chez toi dans une demi-heure.

2

7 janvier, 15 heures

Bye bye love, adieu je m'en vais, il faut se quitter

Lorenzo ne comprend pas pourquoi il met tout ce temps à ouvrir la porte de son appartement. Il sait bien que c'est Michèle qui est là, derrière, sur le palier, à trépigner, à se demander pourquoi il ne lui répond pas. Mais quelque chose le fait hésiter, le fait reculer, inexplicablement. La porte une fois ouverte, entre comme un air intense venu de l'extérieur – d'un autre monde que le sien : une intrusion.

La femme qui se jette dans ses bras est une revenante. Cela fait dix-sept ans qu'ils ne se sont pas vus. Il ne peut s'empêcher de l'observer, rapidement, à la sauvette. Comme malgré lui. Elle a toujours cette petite ride verticale entre les sourcils, qui ne s'est nullement accentuée. Son regard est toujours aussi aigu, toujours aussi capable de changer d'expression en une seconde. Son sourire, ses cheveux, sa douceur, son parfum – tout est là, non pas identique mais exacerbé par les années.

Ils se connaissent depuis plus de cinquante ans et c'est comme si, dans la seconde où elle pénètre dans l'appartement, la seconde la plus dense de leur vie, se concentraient toutes leurs années d'amours intermittentes. Comme s'ils étaient en train de se dire, à mi-voix, qu'ils se sont toujours aimés à l'insu de leur histoire. Aussi leur étreinte n'est-elle pas un geste de consolation, ni une forme d'adieu définitif à leur jeunesse, mais la confirmation de ce que chacun sera toujours pour l'autre : la personne la plus importante de sa vie. Tout est simple, ça veut dire qu'en réalité, ils ne se sont jamais quittés.

Michèle est presque nue sous son polaire. Elle explique qu'elle a passé la matinée devant la télévision, qu'elle n'a pas eu le temps de se laver, de se maquiller, qu'elle a à peine mangé, et que soudain elle a eu un besoin impérieux de le voir, lui, Lorenzo, de le toucher, de le sentir. Elle n'y peut rien, c'est comme ça. Ça a été comme ça toute sa vie et ça le sera encore tout le temps qu'elle vivra. Elle disparaîtra, elle reviendra.

Michèle n'a pas le temps de finir ses explications. Ne veut pas non plus les finir. Ni l'un ni l'autre n'ont envie de se noyer dans les explications, les justifications. Dans les paroles. Une nouvelle fois, ils font l'amour. C'est totalement nouveau et absolument identique. Ils se retrouvent. Retrouvent tout. Reconnaissent les chemins, les voies, les paroles périlleuses, les routes interdites, les bifurcations incertaines. Elle dit : « C'est toujours aussi électrique entre nous, quand tu me touches, quand tu mets tes mains sur moi. » Il dit : « Comment fais-tu pour me connaître aussi bien, malgré toutes ces années, tu n'as donc rien oublié ? » Elle dit aussi que son grand regret, c'est de ne pas avoir vécu avec lui. Il dit encore qu'ils sont peut-être passés à côté de leur vie. Et puis il se ravise, il dit que non, leur vie c'était cet amour intermittent, alternatif. Elle, tout à coup grave, qu'elle est si triste de ne pas avoir eu d'enfant avec lui – mais elle n'a toujours pas la force, le courage de lui avouer qu'elle en a eu avec d'autres hommes que lui, et que ces deux autres hommes sont Antoine et François. Elle pense qu'elle ne le lui dira peut-être jamais. À moins qu'un événement ne l'y pousse.

Et la soirée passe ainsi. Et la nuit. Et les deux jours suivants. Pendant que la tuerie se prolonge. Le 8 janvier au matin, un homme abat Clarissa Jean-Philippe, une policière municipale stagiaire, et blesse grièvement un agent de la voirie dans le sud de Paris, à Montrouge. Le lendemain, le même homme tue plusieurs personnes et en prend plus de dix autres en otages dans une supérette casher porte de Vincennes puis réclame la libération des deux membres du commando qui a attaqué *Charlie Hebdo*, et qui sont retranchés dans une imprimerie à Dammartin-en-Goële. Peu avant 17 heures, ces deux derniers sont abattus par le GIGN alors qu'ils tentaient une sortie. Quelques instants plus tard, c'est au tour du preneur d'otages de l'Hyper Casher d'être abattu par la police, qui retrouve au sol quatre otages baignant dans leur sang.

Durant toutes ces journées et toutes ces nuits, la télévision est restée allumée. Ni Lorenzo ni Michèle ne comprennent comment ils peuvent continuer à faire l'amour alors que l'ombre de l'horreur ne cesse de s'agrandir. Mais c'est comme ça chaque fois qu'ils se retrouvent : le monde extérieur n'existe plus. Comme si le monde vrai, le monde réel n'était plus contenu que dans leurs sensations, dans leur jouissance sans cesse renouvelée et en excès, et que le reste du monde n'était plus qu'un mauvais rêve, un songe inutile. Comme pour contredire tout ce qui se passe. Comme pour nier ce qui a lieu.

Michèle voudrait tout recommencer avec Lorenzo. Revivre tout ce temps, faire renaître leur jeunesse yéyé. Lorenzo l'écoute et la regarde. Et si l'un et l'autre, chacun à sa façon, étaient restés bloqués sur ces années 60 ? Oui, chacun à sa façon. Avec ce qu'il est, ce qu'il aurait pu être, ce qu'il n'est plus. Parfois, la nuit, repus de sexe, ils se réveillent en même temps et se regardent dans un petit miroir placé sur une commode au pied du lit. Et ça fait comme un trompe-l'œil, comme une illusion d'optique, de celles qui hantaient les glaces vénitiennes du XVIIIe siècle. Et tous deux pensent : Nous avons fait l'amour, entourés par les reflets de ce trompe-l'œil et sans doute aussi de bien d'autres illusions.

Parfois, Michèle se réveille tandis que Lorenzo dort. Elle peut alors constater que toutes les feuilles jadis amoncelées sur les étagères ont en partie disparu et que ne restent plus que quelques éléments épars, chemises, papiers quadrillés, blocs entamés, articles de journaux découpés, comme celui consacré à la mort de Virna Lisi, l'italianissime comédienne blonde à la beauté piquante avec laquelle Michèle aurait aimé faire l'amour, surtout après la projection des *Poupées*, le film de Dino Risi que Lorenzo avait programmé en 1967 dans son ciné-club de la Maison pour tous, à Gennevilliers.

Mais ce qui lui plaît le plus, c'est de regarder Lorenzo dormir puis se réveiller doucement. S'étirant, toujours avec les mêmes gestes de chat, de ceux qui étaient les siens quand il était adolescent. Alors, elle est tellement joyeuse qu'elle se met à chantonner à son oreille des airs qui finissent par lui faire ouvrir un œil.

— Tu m'espionnes, ma belle. Tu m'espionnes dans mon sommeil ?

— Non, je pensais…

— À quoi ?

— À ton appartement de Dives.

— Une jolie petite boîte, claire, face au port.

— Tu m'y emmèneras ?

— Tu veux ?

— Oui… Tu as un bateau ?

— Un voilier, répond Lorenzo sans hésiter.

— Un voilier ? Menteur !

— Si, si, je t'assure…

— Tu sais barrer ?

— Oui…

— Vraiment ?

— Oui. Sinon pourquoi aurais-je un voilier ?

— Et si on allait tous à Dives ? Les mousquetaires sur ton bateau… Tu nous imagines, quatre marins d'eau douce…

— D'accord. Mais comment va-t-on retrouver les autres ?

Michèle semble hésiter, tout en se rhabillant car il faut bien qu'elle finisse par partir, encore une fois. De nouveau elle bute sur ses deux enfants, et de nouveau elle s'éclipse, prend la tangente. Ne parle évidemment ni de Mylène ni de Laurent. Elle ne veut pas rompre le charme. Une fois la porte refermée, elle va devoir faire face à la réalité du monde. Maintenant, elle doit partir. « S'il te plaît, Lorenzo, facilite-moi la tâche, laisse-moi partir. »

Elle répond enfin à la question de Lorenzo :

— Pour ceux dont on n'a plus l'adresse ou le téléphone, on peut se mettre sur Facebook. Tu as un portable ?

— Un vieux qui ne marche plus.

— Tu es sûr qu'il ne marche plus ?

— Oui, répond Lorenzo qui lui tend un vieil iPhone 4.

— Mais il marche très bien, ton iPhone ! Il faut seulement parfois le recharger. Tu vois, j'écris « François Duchâteau » dans la barre de recherche… Tu peux ainsi le contacter, et s'il veut te répondre, vous êtes de nouveau en contact en quelques secondes…

— Et s'il n'est pas sur Facebook ?

— Tout le monde est sur Facebook. On retrouve tout le monde sur Facebook. Fini l'intimité, le secret. Toujours repérable. Toujours localisé. Où qu'on soit… Big Brother, dans les choux…

— Quel progrès considérable…

— Alors, c'est d'accord, on se retrouve tous ?

— Pourquoi pas !

Quand Michèle disparaît de nouveau, fermant la porte de l'appartement, Lorenzo se dit : C'est toute mon histoire qui file sous mes yeux, à grandes enjambées fuyantes, impromptues. Alors, sans lui dire, silencieux, il lui emboîte le pas et, sur le seuil du 13 avenue Reille, la suit du regard, ne l'arrête pas, ne l'appelle pas, non, la suit simplement du regard, longuement, tandis qu'elle s'éloigne de cette démarche si caractéristique : celle qui était déjà la sienne lorsqu'elle était lycéenne.

3

11 janvier

On dit que le temps vous emporte

Antoine est au milieu de banderoles «Je suis Charlie», «Je suis policier», «Je suis juif». C'est le plus important rassemblement de l'histoire moderne du pays. On parle d'un million et demi de personnes défilant dans les rues de Paris. De plus de quatre millions dans toutes les villes de France. Dans la capitale, trois cortèges. Le premier partant de la place de la République en direction de la place de la Nation, via le boulevard Voltaire. Le deuxième qui passe par le boulevard de Ménilmontant puis l'avenue Philippe-Auguste. Le troisième empruntant le boulevard des Filles-du-Calvaire pour se diriger vers la place de la Bastille. Antoine est dans le premier.

C'est un jour singulier pour la France : une communion, une catharsis. C'est une journée particulière pour Antoine – plus exactement, dans la vie d'Antoine. Ce 11 janvier, il défile avec ses trois autres amis, enfin retrouvés. Lorenzo l'a recontacté par Facebook, en lui laissant un numéro de téléphone où le joindre. Michèle a appelé François. Et voilà maintenant que cela fait plusieurs heures qu'ils participent avec tant d'autres Parisiens à la grande manifestation du 11 janvier. Je suis Charlie. Je suis policier. Je suis juif…

Bras dessus bras dessous, à présent bloqués rue Oberkampf, et décidant de se replier dans un café, ils se disent que leurs retrouvailles feraient une excellente fin de roman : après tant d'années, un groupe d'amis se reforme et fait comme si le temps n'avait pas passé. Michèle a demandé à Antoine de ne pas parler de leur enfant. Elle a fait de même avec François. Antoine et François détiennent un morceau de la vérité. Lorenzo, aucun. Michèle, elle, est la seule à tout savoir. Elle est la seule au centre du jeu.

C'est la première fois depuis des années-lumière qu'ils se retrouvent les uns contre les autres. Et cela avance par étapes. Par paliers. Après les coups de téléphone, les heures passées à battre le pavé de Paris, voici maintenant les paroles échangées dans l'espace du café. On imagine un peintre fixant la scène comme on en retrouve tant dans l'histoire des mouvements artistiques. Une toile classique, de grandes dimensions, dans laquelle chaque vêtement, chaque attitude seraient saisis avec précision. Et voilà le temps qui file. Les rues qui se vident. Paris qui retrouve peu à peu son rythme avec la réouverture des rues et des boulevards, à mesure que passent les voitures des services de la voirie. Maintenant, François propose à tous de finir la journée chez lui, rue de Turbigo, à deux pas de la République. Enfin, dans son nouveau chez-lui : un grand loft pour célibataire endurci – c'est ce qu'il affirme, en chantonnant *Le vagabond* de Richard Anthony: «Je suis le genre de gars qui ne pense qu'à s'amuser, je cours de fille en fille, je n'en ai jamais assez, je vais de gauche à droite, essayant de les trouver, et oui, je vous l'avoue, c'est ça mon grand péché...»

Une fois dans l'appartement, les mousquetaires entament une nouvelle étape dans leur relation retrouvée. Ils sont un peu gauches. Ce sont des adultes avec chacun la vie qui fut la sienne, qui est la sienne. Mais ce sont aussi les mêmes adolescents qu'autrefois. Pour eux l'adulte n'a pas remplacé l'adolescent qu'il a été. Adultes, ils sont aussi ces adolescents, ils vont l'amble, main dans la main. C'est ce qui rend cet instant si bizarre, celui où ils défont leurs manteaux, les entassent sur un des canapés du salon et s'asseyent autour de la grande table basse. Ils sont chez François mais aussi chez eux. Dans cette adolescence commune qui n'a jamais été abandonnée, qui reprend très vite le dessus. Et cela d'autant plus facilement que l'appartement de François est une sorte de musée à la gloire des sixties. Affiches, meubles, luminaires, tapis, tout est là pour faire comme si le demi-siècle qui les sépare des années 60 n'avait pas existé.

— Si ce n'est, comme le fait remarquer Antoine, qu'aujourd'hui Cohn-Bendit commente le football sur Europe 1 !

— Que le gouvernement est en train de supprimer les options «langues anciennes», que l'histoire de France n'est plus enseignée aux enfants..., ajoute Lorenzo.

— Et que la France de Hollande a pour spécificité

le mensonge, pour cause l'irréalisme élevé au rang des beaux-arts, et pour couleur l'alliance du rose et du noir, celle de la gauche caviar, dit François.

— Et que, messieurs, vous avez tous vieilli, et pris un autre rythme, conclut Michèle.

— Vous savez ce que dit Aragon ?

— Non, répond en chœur le trio.

— « La vie, c'est de changer de café. »

Tandis qu'ils dévorent des pizzas, sorties du congélateur et mises prestement à réchauffer dans le four à micro-ondes, tout revient de ce passé si proche, de leur passé commun.

— Vous vous souvenez du concert de la Nation ? dit Antoine.

— Et du jour des résultats du bac ? dit François.

— Et du voyage en Italie ? dit Lorenzo.

Seule Michèle ne dit rien, toute à ses pensées, à regarder une photo sur laquelle François apparaît aux côtés d'un jeune homme – leur fils Laurent. Calcul rapide dans la tête de Michèle : il a aujourd'hui vingt-neuf ans. Et regard de François qui se dit qu'il aurait dû cacher cette photo à laquelle finalement personne n'a fait attention excepté Michèle...

— À quoi penses-tu ? demande Antoine à celle-ci.

— À cette photo, dit-elle, créant chez François un court instant de panique, avant qu'il comprenne qu'elle en montre une autre posée sur une autre étagère, et qu'elle fait passer de main en main.

Une photo sur laquelle ils figurent tous les quatre. Au dos, une date : 25 mai 1968.

Peu de temps après que j'ai fait l'amour pour la première fois avec Michèle, pense François.

Une semaine avant je faisais l'amour pour la première fois avec Michèle, pense Antoine.

Le lendemain du jour où j'ai fait l'amour pour la première fois avec Michèle, sur la banquette arrière de la 4 CV, pense Lorenzo.

Michèle est la seule à ne rien dire, sachant exactement ce à quoi pensent ses trois copains.

Et la nuit passe ainsi. Une nuit entière, tournée vers leur passé. François, largement aidé par les autres, repassant disque après disque leurs souvenirs. Chacun lui demandant de mettre sur la chaîne ses morceaux préférés. Esquissant même quelques pas de madison et de twist ou se mettant en ligne pour danser le mashed potatoes : pas en arrière tourné vers l'intérieur, plante du pied, talon tourné vers l'extérieur, *Let's dance*, Chris Montez... Et cela jusqu'au petit matin...

C'est Michèle qui donne le signal du départ :

— 7 heures, il faut que je parte, les gars.

À 9 heures, tout le monde est encore là, à boire des cafés. Puis, la fatigue venant, tous s'accordent à penser qu'il est en effet, comme le proposait Michèle, l'heure de rentrer. On s'étreint. On s'embrasse. On se redonne ses coordonnées, les bonnes, cette fois, sans se tromper. Tout le monde est ému. Ému et fourbu. Tout le monde en pleure, de ce bonheur retrouvé, et du temps qui s'est écoulé sans se voir.

François raccompagne la petite bande sur le trottoir, lui demandant de remonter. Et chacun de rire.

Décidément rien n'a changé ! Comme les réflexes reviennent vite. Allez, on va se revoir très vite.

C'est Antoine qui part le premier, attrapant son autobus au vol, leur criant : « Cette fois on ne se quitte plus », laissant François, Michèle et Lorenzo qui lui lancent un adieu collectif en agitant les mains comme les ailes d'un moulin. Dernière discussion. Dernière blague.

— *J'suis d'accord*, dit Michèle.

— *Je veux tout ce que tu veux*, dit Lorenzo.

— *C'est tout comme*, dit Antoine.

Après une dernière embrassade, Michèle et Lorenzo se dirigent vers la station de métro Temple et se retournent eux aussi plusieurs fois pour envoyer des baisers à François.

Une fois dans la rame de métro, c'est une autre histoire qui commence, ou plutôt toujours la même, mais ignorée des deux autres, qui se poursuit : celle de Michèle et Lorenzo. Michèle, pelotonnée dans les bras de Lorenzo qui se demande pourquoi elle a passé tout ce temps sans lui, sans sa douceur, sans la chaleur de ses bras… À Opéra, l'histoire de Michèle et Lorenzo prend une autre direction : celle du songe qui est contraint de composer avec la réalité. L'un se dirige vers le nord de Paris, l'autre vers le sud. Après la houle pacifique des manifestants, l'idée du pouvoir de la rue et de la joie de la rue, la manifestation terminée, l'émotion redescendue, l'élan généreux rangé dans sa boîte, les larmes séchées, la communion éphémère rendormie, l'effusion éteinte, voici revenue la réalité de la France des années Hollande, celle des filles tatouées au bras de garçons au crâne rasé, celle des anciens trotskistes devenus publicitaires, celle des socialistes travaillant à l'avènement du Capital, celle de la libération sexuelle avortée, celle des petits garçons affublés de sacoches « noir Vador » et des fillettes de cartables « rose Barbie », celle des six millions de chômeurs et des neuf millions de Français vivant sous le seuil de pauvreté, celle du Front national à 30 % et de la résurgence de l'antisémitisme.

Lorenzo descend sur le quai. « C'est idiot », dit Michèle. « Non, dit-il, je remonterai dans le suivant », tout en embrassant Michèle une dernière fois, elle qui lui redit qu'elle préfère rentrer seule chez elle, mais qu'ils vont se revoir, très vite, maintenant qu'ils se sont à jamais retrouvés, elle et lui, et les autres mousquetaires. Et lui, l'étreignant comme on étreint sa propre histoire, pensant que l'histoire des autres ne le touche jamais autant que la sienne, l'histoire de Michèle.

En la regardant s'éloigner, il se dit qu'il y a quelques années, l'idée même de parler au nom de sa génération lui aurait paru tout à fait inconvenante. En somme, qu'il n'était pas mûr pour la jeunesse. Mais aujourd'hui, c'est différent. Il va pouvoir ajouter ce chapitre au grand livre qui dort sur les étagères de son appartement de Dives-sur-Mer. Une dernière fois, il regarde en direction de Michèle qui monte les escaliers, se retourne, lui fait un petit signe de la main. Si petit, si tendre. Un signe de la main à taille humaine, au milieu de toute cette foule du métro. Un petit signe comme un papillon – « Un grand paon du jour, parce que le grand paon du jour, c'est moi », dit Michèle – relâché par un enfant qui l'aurait retenu dans ses deux mains fermées, en prenant garde de ne pas abîmer ce papillon si fragile, aux couleurs si délicates, et qui aurait enfin décidé de lui rendre sa liberté. Un petit signe qui est là pour le rassurer et lui dire : « On va se revoir très vite, enfin j'ai compris, comme est triste la vie sans toi près de moi, maintenant, je sais pourquoi, je reviens vers le bonheur. »

4

Juillet

Sag warum

Lorenzo est atterré. Après l'épisode de la manifestation du 11 janvier et leur au revoir sur les marches du métro, Michèle et lui avaient décidé de se revoir – de se revoir tous, mais aussi eux deux en particulier. Dans un premier temps, Michèle avait expliqué que ce n'était pas possible dans l'immédiat, mais que ce n'était l'affaire que de quelques semaines. Un petit contretemps sans importance. Et ils s'étaient écrit de longs mails, dans lesquels ils évoquaient leurs vies à distance qui leur semblaient tellement insensées.

Puis les semaines sont devenues des mois. Et puis un matin, de très bonne heure, à 5 h 30, Lorenzo a reçu un coup de téléphone de François. Au contenu si violent qu'il en a presque perdu l'équilibre, se rattrapant in extremis au rebord de la table, en tremblant.

— Tu es sûr ? Tu l'as vue ?

— Non, je ne l'ai pas vue.

— Alors, comment peux-tu dire qu'elle…

— Lorenzo, c'est l'hôpital qui m'a appelé.

— Mais comment est-ce possible ?

— Cancer foudroyant. Imprévisible. En trois semaines tout était fini.

— Elle n'a rien dit à personne ! À personne ! Elle est morte toute seule ! Elle n'en a parlé à personne !

— Je sais. C'est incompréhensible.

— Peut-être qu'il n'y a rien à comprendre. Que la vie c'est comme ça. Toujours.

— L'enterrement a lieu demain à Saint-Pierre-des-Corps.

— Pourquoi à Saint-Pierre-des-Corps ? Je ne sais même pas où ça se trouve !

— Parce qu'elle était soignée à l'hôpital Trousseau, près de Tours.

Tous sont venus en TGV : Saint-Pierre-des-Corps est à un peu plus d'une heure de Paris. Tous, excepté Lorenzo qui a choisi la voiture. Pour ne pas pleurer devant les autres voyageurs, qui lui auraient tendu un kleenex. Pour ça, une voiture c'est pratique. On peut pleurer tant qu'on veut, on est tout seul. On peut écouter de la musique – *Vive les années 60*, une compilation souvenir de dix CD – et repasser en boucle les chansons les plus tristes : *J'entends siffler le train*, *Le temps de l'amour*, *J'irai pleurer sous la pluie*, *Pour une amourette*, *Capri c'est fini*...

Et maintenant, Lorenzo est seul avec Michèle dans la chambre mortuaire. Il la regarde. Consumée, frêle, la bouche presque ouverte, le menton qu'on dirait tremblant, les yeux fermés, les cheveux plaqués sur le front. Elle est méconnaissable. Si maigre. Il n'aurait jamais dû venir la voir comme ça, sans défense, diminuée, dans sa boîte qui sera bientôt refermée sur elle qui avait si peur de cela justement : une boîte fermée. Il regarde non plus Michèle mais sa beauté volée par la mort. La peau jaunie, les paupières closes – il pense : Elle n'a plus de regard –, les bras squelettiques. Son intelligence, son élégance, sa mémoire, sa culture : la fin l'a dépossédée de tout.

Il la regarde encore une fois. Il se dit qu'en ne vivant pas avec elle, il a perdu – à jamais – tout ce temps d'amour et de joie, mais aussi évité l'horreur des cris et des reproches, les inévitables disputes. Celles qui, parties de rien, d'un grain de sable, mettent au jour des brèches jusqu'alors ignorées. Ou trop enfouies, oubliées. Des brèches volontairement effacées de l'économie du couple. Petites secousses sismiques qui créent un tremblement de terre aux conséquences insoupçonnées, aux interminables répliques que la moindre brise légère alimente. Et qui font que le couple se demande : Et si tout ce bonheur n'était qu'une entente de façade ? Un montage théâtral ? Une légende, celle d'un couple soi-disant uni depuis des décennies, dont on rapporte qu'il a traversé toutes les tempêtes, qu'il a su faire face à tous les cataclysmes ? Alors, dans l'œil du cyclone de la dispute, chacun se demande si la voie qu'il a suivie est la bonne. Alors, chacun est là, sa tasse de café à la main, comprenant peut-être pour la première fois que dans l'amour qui le lie à l'autre se cache plus que du ressentiment : une vraie dose de haine. Une tristesse. Un poids soudain si lourd que tous les muscles de son corps s'en trouvent paralysés, qu'il en a la tête comme prise dans un étau. Alors, sa vie se met à défiler sous ses yeux. La vie avec l'autre, qu'il pensait aimer, parfois la vie avec les enfants qu'ils ont eus ensemble – tous ces moments de bonheur intense qui n'auront donc servi à rien si ce n'est les mener à cette dispute terrible qui laissera des traces indélébiles venant s'ajouter aux autres traces de précédentes disputes. Lorenzo regarde Michèle en son immobilité. Et ces jours passés sans elle, sans donc ces inévitables disputes, ça le rend presque heureux. Il peut la pleurer sans regrets, sans ces zones d'ombre qu'auraient constitué ces rancœurs accumulées.

Michèle n'a pas voulu de cérémonie religieuse. Mais elle a tout prévu, tout payé, jusqu'au pourboire des employés des pompes funèbres. Et tout se fait selon sa volonté. Jusqu'au bout, elle aura mené sa vie – et donc sa mort – comme elle l'entendait. Ainsi a-t-elle demandé que trois morceaux musicaux soient diffusés alors qu'on descendrait le cercueil dans le trou ménagé dans la terre argileuse du cimetière, et cela malgré la pluie battante qui cingle les visages et le vent qui retourne les parapluies. Trois morceaux pour ses trois copains qui pourront y voir comme un dernier message personnel : *Where are all the flowers gone ?*, dans la version chantée par Joan Baez ; *Sur ma plage*, par Dany Logan et les Pirates ; enfin *Torna a Surriento*, chanté par Mario Lanza…

C'est seulement à la fin de la cérémonie que Lorenzo comprend dans quelle pièce il est en train de jouer. Jusque-là, il n'a cessé de se demander quelles pouvaient bien être les deux personnes, l'une tenant la main d'Antoine, l'autre celle de François, qui les accompagnent. La première, une jeune femme d'une quarantaine d'années ; l'autre, un jeune homme d'environ trente ans. Lorenzo arrivé en retard, les présentations n'ont pu être faites. C'est très troublant, la jeune femme ressemble tant à Michèle que Lorenzo en est terriblement bouleversé. Quant au jeune homme, une vague ressemblance avec Michèle fait penser à Lorenzo que la mort de cette dernière doit à ce point le perturber qu'il la voit partout…

— Je te présente Mylène, dit Antoine qui ajoute : Ma fille… la fille que j'ai eue avec Michèle.

Lorenzo a à peine le temps d'assimiler l'information qu'une deuxième lui parvient :

— Et voici Laurent, dit François, mon fils… et le fils de Michèle…

— Le fils que tu as eu avec Michèle, dit Lorenzo, répétant une évidence.

— Oui, c'est ce que je suis en train de te dire…

— Oui, les deux enfants de Michèle, répète Lorenzo, comme pour lui-même.

Visiblement les quatre protagonistes, pères et enfants, ont une longueur d'avance sur Lorenzo. Ils sont au courant de l'existence des uns et des autres, et de ce chassé-croisé amoureux dont Lorenzo ne connaissait nullement l'existence. Demi-frère, demi-sœur, une mère partagée par deux amants. Tous esquissent une forme de sourire gêné. Puis commencent à rire, bientôt pris par une vraie crise de fou rire. Un vrai sketch de comédie italienne. Trois amants, deux enfants – dommage qu'il n'y en ait pas trois – qui découvrent le jour de l'enterrement, qui de leur amante, qui de leur mère, leur véritable histoire. Les deux enfants sont les plus amusés, qui se tiennent le ventre de rire, malgré leur tristesse. Seul Lorenzo ne rit pas du tout. Il ressent comme une douleur terrible, quelque part en lui, et à son tour il se tient le ventre, mais non de rire, plutôt comme s'il avait été transpercé. C'est comme un coup profond, une douleur atroce. Pour la première fois peut-être, il sent qu'il n'est plus dans la course – du moins c'est ce qu'il éprouve –, il se dit qu'il est en train de s'apercevoir que le temps a cessé de jouer – c'est son expression – avec lui.

Il n'a même pas la force de demander des explications. Tout se mélange dans sa tête, comme s'il venait d'ouvrir une boîte à biscuits remplie de toutes ces choses avortées de l'existence. Une boîte de Pandore contenant non pas la nostalgie du passé mais celle du futur. De celle de ces choses non accomplies et qui auraient dû l'être. « Nous voulons que l'espoir né pendant ces jours de manifestation trouve son expression dans un mouvement irréversible », disait un tract de 68. Et aujourd'hui que reste-t-il ? Lorenzo regarde ses copains, se plaçant lui aussi sur la photo : une bande de vieux cons qui votent à droite, l'un avec sa prostate de trois cents grammes, l'autre avec ses problèmes articulaires, le troisième qui attend les dividendes de son épargne vieillesse… « Étudiants, il ne faut pas vous laisser duper une fois de plus, il faut prendre conscience de ce que nous avons tous fait, il faut être lucides et ne pas accepter d'être récupérés… » Foutaises. Un demi-siècle pour rien. Après les années Mitterrand, la France couverte de mosquées salafistes. À quoi bon avoir lutté pour la liberté de la femme, l'égalité homme-femme, si c'est pour se retrouver avec des Françaises portant le voile, un recul extravagant de la mixité homme-femme, le politiquement correct ? Lorenzo dérape. Le coup de grâce. Lorenzo vieillit tout à coup en un jour. Son regard va du cercueil aux deux enfants. Des deux enfants à ses deux copains. Tout ça n'a décidément aucun sens. Ou un sens caché si profond, si enfoui qu'il ne peut l'appréhender. En même temps, il ne peut s'empêcher de regarder la jeune femme : quelle ressemblance troublante avec Michèle. C'est comme si elle était là, vivante, devant lui, cette femme qu'il a tant aimée.

C'est pour toutes ces raisons qu'il décide d'aller à Dives-sur-Mer et de ne pas rentrer à Paris. La petite bande, elle, va passer la nuit sur place à l'auberge de la Treille. Un petit hôtel non loin de là, en pleine campagne, tranquille – une façon de rester un peu avec Michèle.

— Je préfère rentrer ce soir, dit Lorenzo d'une voix qu'ils reconnaissent à peine, sourde, voilée – comme brisée.

Sa voiture est garée à l'entrée du petit cimetière. La pluie redouble. Silencieux, il salue l'assemblée et se met en retrait du monde. Puis il monte dans sa voiture, met le contact, reprend le CD où il l'avait arrêté : *Le Marsupilami* par Danyel Gérard. Il n'a jamais supporté cette chanson. Plage suivante : *Peppermint twist*, les Chaussettes noires et Eddy Mitchell. Puis il enclenche la marche arrière, quelques mètres dans la boue, demi-tour à droite, direction la sortie du parking sous la pluie qui redouble.

C'est à cause de cette pluie battante, après avoir abordé un virage à grande vitesse, alors que le voyage en direction de Dives-sur-Mer s'est passé sans encombre, que la voiture de Lorenzo glisse sur plusieurs dizaines de mètres, vient s'encastrer dans la barrière de sécurité et que son conducteur est emporté inanimé à l'hôpital le plus proche. Sa dernière pensée, juste avant l'accident, est pour Michèle. Une pensée singulière. Il se souvient qu'alors qu'Antoine lui présentait Mylène, l'ayant longuement regardée dans les yeux, il lui a semblé lire un message, lequel, là maintenant, quelques secondes avant de venir s'encastrer dans la barrière de sécurité, devient tout à coup limpide : Maman a attendu toute sa vie que vous veniez la chercher, que vous l'emmeniez avec vous, c'est vous qu'elle aimait. Pourquoi ne l'avez-vous pas fait ?

5

Août

Retiens la nuit

Lorenzo regarde le plafond. Un bleu délavé. Dans l'air, une sale odeur de soupe, de détergent, de produit aseptisant. Lorenzo a toujours été sensible aux odeurs, aux parfums, aux fragrances. Michèle se moque toujours de lui, elle dit : « Tu ne serais pas enceinte par hasard ? » quand il prend un air entendu et demande soudain : « Ça sent une drôle d'odeur dans cette pièce, tu ne trouves pas ? C'est la moquette. C'est la colle. Tu sais que toutes ces émanations nous tuent à petit feu… »

Quelle heure peut-il être ? Il a l'impression d'avoir dormi des journées et des nuits entières. Que le temps a filé sans qu'il s'en aperçoive. Il a mal partout : contusions, hématomes, jambes engourdies, épaules endolories, mal de tête atroce. Pourtant il ne se souvient pas d'avoir bu plus que de coutume. Tout juste quelques coupes de champagne avec ses copains enfin retrouvés et leurs enfants, même si l'idée que Michèle les ait eus avec eux ne le remplit pas de joie. Mais ça a toujours été comme ça entre eux. Des disputes, des heurts, des chamailleries et puis, toujours, au bout : la réconciliation. C'est ça le secret de leur histoire : la réconciliation. Une longue histoire d'amitié. Cinquante ans que ça dure. Leur film préféré : *C'eravamo tanto amati*, *Nous nous sommes tant aimés.* Si ce n'est que dans leur cas, il s'agit d'un éternel long présent – le présent d'une narration toujours recommencée : Nous nous aimons tant, *Tanto amiamo.*

Au début, il n'entendait rien dans cette pièce au plafond bleu délavé. Un drôle de silence. Et puis, lentement, les bruits sont revenus : pas sur le plancher, porte ouverte et fermée, petits bips légers, répétitifs, bruits d'eau dans les canalisations, circulation dans la rue à cause d'une fenêtre laissée entrouverte, et même quelques pépiements d'oiseaux.

Mais maintenant, c'est très distinctement qu'il entend de la musique. Rien que celle qu'il aime. Celle qu'il écoute en boucle dans sa voiture. Celle des dix CD des années yéyé. Bientôt recouverte par une autre. Plus personnelle encore : qu'il écoutait lorsqu'il avait quinze ans – le *protest song*, la chanson contestataire de l'Amérique des sixties. Mais surtout Trini Lopez, reprenant Woody Guthrie : « This land is your land, this land is my land… this land was made for you and me… »

— Tu n'en as pas assez d'écouter toujours les mêmes standards ? lui demande François.

— C'est quoi, ce ringard latino ? dit Antoine.

La seule à aimer vraiment ça, c'est Michèle, qui lui parle avec en toile de fond un arbre de Noël – *If I had a hammer* –, qui lui dit qu'elle aimerait bien danser avec lui. Bien serrée contre lui. Qu'il pourrait quand même se lever. Que ce n'est pas comme ça qu'on fait avec une fille. Il faut se lever et l'inviter à danser. Et ne pas rester le cul sur sa chaise ou pire encore, comme lui, allongé dans son lit.

— Si tu crois qu'on drague en restant couché, tu te trompes ! J'ai envie de danser la bamba avec toi. « Para bailar la bamba, para bailar la bamba, se necesita una poca de gracia, una poca de gracia y otra cosita... »

C'est étrange, Lorenzo doit faire un effort considérable pour se lever. Il y parvient mais à quel prix. Tout de même, il aurait pu s'habiller. Danser avec Michèle pieds nus et en pyjama, c'est pousser l'originalité un peu loin. Trini Lopez continue son tour de chant : « I like to be in America, okay by me in America, everything free in America... » Ça y est, il est debout. Un peu vacillant, mais il est debout. Il a dû forcer légèrement sur le gin-Coca. C'est François qui lui a fait découvrir ça, le gin-Coca. Autour de lui, c'est comme dans un rêve – ou une sorte de cauchemar : gens prostrés sur des chaises en plastique, accidentés de la route sur des brancards, petits vieux moribonds qui se lamentent, beaucoup de têtes couvertes de bandelettes, de jambes plâtrées, de membres soutenus par des broches en métal. On se croirait dans un hôpital, ma parole ! Mais qu'importe, ça y est, il danse avec Michèle – toujours Trini Lopez –, une Michèle dont la poitrine est fort développée. Elle qui a des petits seins, très ronds, très fermes, qu'il aime prendre dans ses mains, embrasser, caresser tendrement, elle à qui il dit doucement à l'oreille : « Tes petits seins me rendent fou. » Mais à présent, le voilà face à une poitrine luxuriante, généreuse, qu'il apprécie mais ne reconnaît pas. Tout comme son parfum capiteux mêlé de sueur. Le parfum de Michèle est citronné et elle ne transpire jamais.

— Qu'est-ce que tu as fait à tes seins ?

— Monsieur Lorenzo, s'il vous plaît, ça suffit maintenant !

— Allez, réponds-moi, c'est quoi ces pastèques ?

— Stop, ça suffit maintenant !

La voix est autoritaire. Comme les bras qui l'empoignent et le reconduisent rapidement mais fermement et délicatement dans la pièce au plafond bleu délavé.

— Regardez-moi ça, vous vous êtes arraché le goutte-à-goutte.

Lorenzo est en train de comprendre. Que fait-il ici ? Ça se confirme : on dirait une chambre d'hôpital. Trini Lopez a soudain disparu. Tout comme François et Antoine, même Michèle qui lui semble encore plus éloignée que ses deux amis. Loin derrière eux, toute petite, en deuxième plan, très en arrière sur la photo, presque invisible, minuscule, perdue dans le temps. Persistent les odeurs : soupe, détergent, produit aseptisant. La femme aux gros seins se tient juste à côté de lui. Reborde son lit. Tapote le traversin, installe l'oreiller. Lui demande de rester tranquille maintenant. Tout à coup, tout est simple, une certitude : il est bien dans une chambre d'hôpital.

— Pourquoi suis-je ici ?

La femme aux gros seins répond et raconte l'accident. Quel accident ? Le sien. En pleine nuit, sur l'A13, quand celle-ci devient l'A132 juste avant Coudray-Rabut, direction Deauville-Trouville. Il pleuvait à seaux. Il a dérapé dans la longue courbe au sortir de l'autoroute et s'est retrouvé dans le fossé. Rien de grave, mais il a besoin de beaucoup de repos et d'une observation journalière. Quand il est arrivé à l'hôpital il était dans le coma. À peine quelques jours. Mais cela suffit pour qu'il y ait peut-être des séquelles résultant de lésions cérébrales. Il vaut mieux rester en observation. IRM, scanner, examens poussés… Rien de grave. De la routine, mais tout de même un traumatisme crânien peut surgir, déclencher des signes neurologiques. Même légers, ils peuvent se révéler dramatiques si les lésions sont profondes – ce qui ne semble pas être le cas mais on ne sait jamais –, et les conséquences de cette pathologie restent aujourd'hui encore assez méconnues. On tâtonne. Alors on préfère prendre des précautions…

Quand la femme a fini son laïus, Lorenzo lui demande si elle danse la rumba !

— Non, dit-elle.

— Et vous connaissez Trini Lopez ?

— Non.

— Quel âge avez-vous ?

— Vingt-cinq ans.

— Et vous ne connaissez pas Trini Lopez ?

— Non. C'est un acteur de cinéma ?

Trois semaines durant Lorenzo se réveille avec au-dessus de la tête le plafond bleu délavé et les odeurs de soupe, et les bruits divers, et les bips intermittents. Aujourd'hui, le goutte-à-goutte lui est retiré. Il reprend une vie presque normale. Réveil à 5 heures pour la prise de température et repas à heures fixes : 6 heures, petit déjeuner ; 11 h 30, déjeuner ; 18 heures, dîner. Une nourriture particulièrement infâme : biscottes, compote de pommes, purée, langue de bœuf en sauce, filet de colin, épinards en boîte, café pisseux… La seule échappatoire lui permettant d'oublier le plafond bleu délavé vers quoi se concentre son ennui : penser à son grand livre qui l'attend sur les étagères de son appartement de Dives-sur-Mer. Ses piles de feuilles de tous formats et de toutes couleurs, son *work in progress* sans fin. Il veut y ajouter un chapitre sur son père et le passage de ce dernier dans les troupes d'occupation françaises en 1945 sur les bords du lac de Constance. Juste quelques lignes sur ces pentes douces chargées de villas charmantes qui descendent vers l'eau, qui penchent vers ce que d'aucuns considèrent comme une petite Côte d'Azur allemande. Il veut aussi écrire une scène sur un cimetière. Pourquoi un cimetière ? C'est une drôle d'idée mais il veut écrire quelques lignes sur un cimetière. En pleine campagne, avec un homme qui jette un bouquet de roses sur la grande plaque de marbre gris, qui change l'eau des plantes en déversant sur le défunt la rancœur de toute une vie. Une scène incompréhensible, venant d'on ne sait quel labyrinthe de sa mémoire. Une scène inutile, diraient certains. Mais en réalité centrale, comme chaque pierre de l'édifice qu'il est en train de construire. L'édifice de toute une vie. Un édifice précaire dont il ajoute le dernier élément. En tout cas, il s'arroge le droit de changer de nouveau la dernière phrase qui, cette fois, sera définitive. Ça y est, il la tient. Il l'écrit sur un petit morceau de papier qu'il glisse dans le livre qu'il lit en ce moment – *Les Rêveries du promeneur solitaire* qu'il avait lu en première au lycée Paul-Lapie. Une phrase qui dit ceci : « Voilà, c'est tout : j'ai eu vingt ans dans un monde de vieillards. » Et qui lui permet de comprendre pourquoi il a écrit ce livre, ce qu'il est, et de quelle matière il est fait. Ce livre n'est pas une confession. Il y parle du monde et de tout le monde. Ce n'est pas un pamphlet contre son époque. Ce n'est pas non plus un inventaire. Ce n'est pas une chose grave comme pourrait l'être une description journalistique. N'étant rien de tout cela, il s'agit donc du seul genre possible restant : la littérature.

Il se rapproche de plus en plus de l'infirmière aux gros seins. C'est elle qui lui annonce qu'on va finalement devoir – au vu des derniers résultats – le garder un peu plus que prévu. Moins d'un mois, c'est sûr, mais il vaut mieux.

— On doit vous faire un scanner.

— Pourquoi ?

— Pour voir si la mémoire n'est pas touchée. On doit absolument passer par l'étape scanner.

— Vous avez des éléments nouveaux ?

— Non… C'est à cause du test.

— Quel test ?

— Celui que vous avez passé hier.

— Il était catastrophique ?

— Non, disons « surréaliste »…

— Je ne me souviens pas…

— Quand je vous ai demandé de me donner le nom

du président de la République, vous m'avez répondu : « Pompidou. »

— Il n'est pas président ?

— Il l'a été mais il est mort depuis longtemps. Aujourd'hui, c'est François Hollande…

— Connais pas… C'est tout ?

— Quand on vous a demandé de citer le nom d'un légume vous avez dit : « Une Peugeot » ; le mois venant après juin, vous avez dit : « Janvier » ; la couleur du cheval blanc d'Henri IV : « Bleu » ; et le nombre de secondes dans une minute : « Trois mille six cents. » La seule réponse juste, c'est quand on vous a demandé quel était l'interprète de *Retiens la nuit* ; vous avez répondu en la chantant : « Johnny Hallyday. » Voilà pourquoi on vous garde encore un petit peu…

Lorenzo écoute en silence. Comme dans une sorte de brume. Puis, se tournant vers l'infirmière :

— Je veux sortir d'ici.

— Je sais, vous dites tous ça. Mais parfois, il faut de la patience. Ne pas vouloir aller trop vite. Brûler les étapes.

— Que voulez-vous dire ?

— Je suis une rescapée du tremblement de terre d'Agadir.

— Vous avez vingt-cinq ans, et vous me dites que vous êtes une…

— Rescapée du tremblement de terre qui a eu lieu il y a plus de cinquante ans ? Oui. Dans la mémoire, dans la vie, tout se mêle… Qui vous dit que le rêve n'est pas la vraie vie et que ce qu'on appelle la « vraie vie » n'est en réalité qu'un rêve ?

— Je voulais simplement…
— Écoutez-moi, c'est tout. Écoutez-moi.
— Oui.
— Voilà, je me souviens, dit la femme, soudain enfermée dans son récit, comme si plus rien ne comptait, n'existait en dehors de lui.
Lorenzo a beaucoup de mal à ne pas parler.
— Agadir, nous étions, comme on dit, aux premières loges, dit-il.
— Aux premières loges ?
— La plupart des ouvriers marocains de mon père venaient d'Agadir.
— C'est bien pour ça qu'on se comprend, qu'on devait se rencontrer. Alors, vous m'écoutez, maintenant ?
— Oui.
— Je me souviens… La veille du 29 février 1960, le vent chaud du sud, le chergui, avait maintenu sur la baie d'Agadir une température constante autour de quarante degrés. Beaucoup de gens avaient passé la journée à la plage. En cette période de ramadan, les habitants de la région étaient descendus des villages avoisinants pour faire la fête en famille. Au coucher du soleil le muezzin avait appelé les fidèles à la prière. Sa voix portait loin dans le calme du soir qui descendait. Les ombres s'allongeaient. Il était temps d'aller dîner. Une semaine avant, à 12 h 15, la terre avait légèrement tremblé. Une deuxième secousse avait eu lieu ce même 29 février, à 11 h 45. Les mauvais augures affirmaient qu'un sillon sismique courait le long de l'oued Tildi qui se jette dans l'océan à l'entrée de la baie d'Agadir,

qu'un jour cela finirait mal, et qu'alors les quartiers de Yachech et Talborjt disparaîtraient de la surface de la Terre. Mais personne ne prenait ça au sérieux. Une blague courait dans les rues de la ville : « On n'est pas au Japon, ici ! »

La femme s'enfonce chaque seconde davantage dans son récit, traverse le temps et l'espace. Lorenzo écoute, ne peut qu'écouter ce récit qui le touche de si près.

— Pourtant, le 29 février 1960, à 23 h 40, la terre trembla, comme au Japon. La secousse, d'une magnitude de 5,7 sur l'échelle de Richter, dura quinze secondes. Elle tua quinze mille personnes et fit vingt-cinq mille blessés. Des quartiers de Founti, de Yachech, de Talborjt, d'Anza et de la Kasbah, il ne resta presque rien. À l'époque, la télévision par satellite n'existait pas, tout comme les téléphones portables et Internet, les nouvelles circulaient moins vite mais pourtant elles nous parvenaient.

— Je sais. Au fil des journées et des nuits, les ouvriers marocains de mon père passaient régulièrement à la villa et nous racontaient le désastre. Je crois que notre écoute les apaisait, les aidait. Ils avaient tous de la famille à Agadir. Qui une sœur qui avait échappé à la mort parce qu'elle avait assisté ce soir-là à la projection d'un film au cinéma Salam. Qui un frère qui lui avait raconté comment un épais nuage jaunâtre s'était élevé des immeubles et des maisons effondrés, mélange de poussière de gravats et de sable poussé par le vent. Qui une mère, femme de chambre à l'hôtel Saada à Talborjt, qui avait été retrouvée morte écrasée sous les dalles de béton des quatre étages empilés les uns sur les autres. Qui un voisin qui avait sauvé sa famille en mettant le feu à un yacht de dix-huit mètres, tout en bois, afin de permettre aux sauveteurs de voir clair dans les décombres qu'ils tentaient vainement de dégager dans la nuit d'encre d'Agadir. Qui une cousine qui avait raconté comment les enfants d'un orphelinat de Founti avaient été miraculeusement sauvés de la mort par le personnel qui les encadrait en leur faisant passer la nuit dans les dunes, leurs petits cartables serrés contre eux, à regarder Agadir qui disparaissait dans les flammes. Sur les huit cents jeunes Juifs de la yeshivah d'Agadir, seuls douze survécurent, tous les autres furent enterrés dans une fosse commune du cimetière juif de Yahchach…

— C'était terrible. La ville était plongée dans l'obscurité totale. Il n'y avait plus ni électricité ni eau. Des klaxons de voitures, bloqués par les gravats tombés sur les carcasses et qui avaient provoqué des courts-circuits, hurlaient sans interruption dans la nuit. Ici et là des incendies rougeoyaient à différents points de la ville, et de temps à autre des explosions provenant de bouteilles de gaz touchées par les flammes secouaient l'air. Des gens s'appelaient, criaient, pleuraient dans l'obscurité. Des enfants seuls couraient dans les rues.

— Des semaines durant, le jardin de la villa de mon père devint un lieu où chacun pouvait raconter son histoire. Parfois, j'avais l'impression d'être un de ces malheureux. Après le séisme beaucoup avaient fui dans le bled, dormant sous la tente, accrochés à la radio, n'ayant comme seul moyen de communiquer avec ce que tous appelaient « l'extérieur » que les appels transmis par la Croix-Rouge…

— Dans les jours qui suivirent, le nivelage des ruines de la Kasbah fut très vite entrepris. Nombre de cadavres furent poussés dans des fosses communes par des bulldozers, le long de la route de Bensergao et du quartier d'Anza, pour éviter qu'une épidémie de peste ou de choléra ne vienne ajouter des morts aux morts. Deux jours après le tremblement de terre, le douar de Yachech fut recouvert de chaux vive.

— Vous vous souvenez du titre du numéro spécial de *Jours de France* qui relatait le drame ?

— Évidemment : « Quinze secondes pour mourir » ! Vous voyez, c'est pour ça que je vous confie mon secret. Vous, vous pouvez l'entendre. Ce n'est pas le cas de tout le monde ici. On me prend pour une folle… La mort, la vie, tout ça, ça me connaît. Comme vous je suppose…

— Alors, vous allez m'aider ?

— Oui. Je suis ici pour ça.

— Vous voulez dire qu'on vous a mise sur ma route pour ça, pour m'aider ?

— Oui.

— Et comment allez-vous m'aider ?

— En vous raccompagnant chez vous en voiture.

— En voiture ?

— Oui !

— À Dives-sur-Mer ?

— Oui. Une demi-heure, à peine…

Lorenzo en pleurerait presque de joie. Il est si heureux qu'il retourne à son livre. À ce livre qui est sa vie. Si étroitement lié à elle. Cette dernière phrase autour de laquelle il tourne depuis plusieurs jours, il en écrit une nouvelle version. La voici : « Les grandes découvertes de l'homme sont des épaves apportées par la vague. » Puis il corrige : « par les vagues ».

Elles se sont mises à deux pour lui permettre de sortir de l'hôpital sans être remarqué. Dans une Opel Astra frappée de la croix bleue à six branches. Confortablement installé sur la banquette arrière. Une infirmière à ses côtés, l'autre au volant. À mesure que défilent les villes qui le rapprochent de Dives – Saint-Arnoult, Gonneville-sur-Mer, Houlgate –, une sorte de panique s'empare de Lorenzo. Et si les deux infirmières étaient des anges de la mort envoyés pour l'accompagner jusqu'à sa dernière demeure ? Car enfin, quelle drôle d'escorte qui le soustrait à l'hôpital, qui semble avoir pris seule la décision d'arrêter l'observation scrupuleuse de son cerveau… En longeant le bord de mer et ses interminables plages de sable entrecoupées de dunes, il songe au film de Murnau *Nosferatu le vampire* et au carton qui apparaît en plein écran alors que le cocher, qui n'est autre que Nosferatu en personne déguisé en valet, pénètre dans la propriété : « Ici commence le pays des fantômes. »

Les deux infirmières ne se contentent pas de l'avoir fait sortir de l'hôpital, elles montent jusqu'à chez lui, pour être sûres disent-elles que tout se passe bien, puis disparaissent. Une fois seul, Lorenzo se retrouve et ainsi retrouve tout de sa vie présente et passée. Là sont ses objets, ses souvenirs, tout ce puzzle qui le constitue. Affamé, il ouvre une boîte de sardines et la déguste sur la petite table du salon, se disant qu'elles sont les meilleures du monde et que cet instant est un des plus heureux de sa vie. Il allume la télévision, zappe d'une chaîne à l'autre, avec le sentiment de renaître, de se raccrocher à la vie quotidienne qu'il avait oubliée et qui lui a tant manqué. Il n'a pas sommeil. Il sait qu'il va rester éveillé une partie de la nuit. Il écoute des vinyles yéyé sur sa platine. Se lève. Se rassied. Marche. Ouvre tous les placards, toutes les penderies, les tiroirs, les commodes. Puis finit par s'asseoir et par mettre le DVD du concert de Woodstock : Ravi Shankar, Joan Baez, Santana, Janis Joplin, Jefferson Airplane, The Who, Joe Cocker, Jimi Hendrix…

Maintenant qu'il est de retour, il faudrait tout de même qu'il appelle Michèle, ne serait-ce que pour la rassurer. François et Antoine peuvent attendre, mais elle, non. Avant de se décider à faire le numéro – tout de même il est un peu tard, trois heures du matin –, il s'avance vers la grande baie vitrée qui donne sur le port, et plus loin la mer, le bras de la Dives, les lumières du Havre à droite, le phare qui balaie la nuit à gauche et éclaire la pièce au passage. Il s'avance vers la grande baie vitrée et regarde la rue qui mène aux embarcadères et aux pontons des voiliers amarrés dans le port. L'ambulance est encore là. Appuyées sur le capot, les deux infirmières fument une cigarette. Comme pour le veiller, se dit-il. Pour le garder. Le protéger. Par la fenêtre entrouverte, il entend le chant des mâts, les gréements qui cognent les uns contre les autres, poussés par le vent, les cris des mouettes et des cormorans. Il se dit que bientôt, dans les jours qui viennent, il pourrait emprunter un bateau – lui qui a toujours voulu en avoir un – et sortir du port, remonter le canal qui mène à la Dives et à la mer. Ça ne doit pas être trop compliqué de dérober un bateau et de se laisser porter vers le large par la marée descendante.

Maintenant, il doit aller se coucher. Mais avant, il se brosse les dents, prend une douche. Les draps du lit n'ont pas été changés depuis un certain temps. Qu'importe, ce qu'il veut c'est oublier puis dormir. Il inscrit une petite phrase sur un morceau de papier, qui pourrait lui servir pour clore son livre. La précédente n'est pas assez forte. Il en a une bien meilleure : « Demain, il fera jour. »

6

Septembre

Au loin là-bas un bateau s'en va

Lorenzo, assis sur sa terrasse, une tasse de Nescafé à la main, observe le port. Un poste d'observation imprenable. Il voit tout sans être vu. Les bateaux entrent et sortent en fonction de l'heure des marées, tout comme la porte-écluse qui s'ouvre et se ferme elle aussi en fonction de ces dernières – tout près du poste de la capitainerie. Un matin, alors qu'il se promenait sur le quai, Lorenzo a entendu un homme dire à un autre : « Un jour, tu te le feras piquer, ton bateau. Remarque, tu n'es pas le seul. Je ne comprends pas pourquoi vous laissez tout ça ouvert. N'importe qui peut monter sur le bateau et se tirer avec ! » C'est ça qui l'a conforté dans son idée qu'une sortie en mer était possible. Même sans savoir barrer. En utilisant le moteur de secours. D'ailleurs, toutes les allées et venues, sorties et autres entrées dans le port se font au moteur, voiles affalées, c'est la capitainerie qui l'exige. Trop de bateaux, trop d'accidents, trop d'erreurs, d'accrochages chez des marins qui ne connaissent pas assez la mer et ses usages.

« Un permis bateau, ça ne suffit pas, lui avait confié un vieux pêcheur à la criée du mercredi matin, il y a tout le reste, et le reste, ça ne s'apprend pas. » Lorenzo a un grand projet. Puisque son livre est fini et que c'est trop compliqué de l'emporter avec lui sur le bateau, il va le faire disparaître. Après tout, la cousine de Cyrano de Bergerac a bien mis le feu à une malle contenant tous ses manuscrits – pour la plupart inédits. Elle voulait sauver l'auteur d'*Histoire comique des États et empires de la Lune et du Soleil* – ou plutôt son âme – des flammes de l'enfer. Elle pensait qu'en brûlant l'œuvre de celui qu'elle considérait comme un hérétique, les portes du paradis s'ouvriraient pour lui. Alors Lorenzo va faire de même. Ce grand livre impubliable, constitué de milliers de pages, il va le détruire. Sa vie est déjà pleine de morts, mais le plus mort d'entre tous, c'est le petit garçon qu'il fut, et plus encore l'adolescent qu'il fut, même si, il s'en rend bien compte tandis qu'il boit sa tasse de Nescafé sur sa terrasse qui fait face au port, il comprend que c'est cet enfant devenu adolescent qui a repris sa place à la tête de sa vie et rassemble toutes ses années dans un vaste geste des deux bras, comme un berger rassemblant ses moutons pour les protéger, jusqu'au dernier, et ainsi les mener sur le pont du navire.

Il se souvient d'avoir volé un livre, il y a très longtemps, alors qu'il était en vacances. Il faisait du camping avec ses parents. C'est ce livre, volé un jour de pluie et caché dans les poches de son grand imperméable, qui lui a donné le goût de la lecture. Son nom : *L'Huile sur le feu*, d'Hervé Bazin. L'histoire d'un village, Saint-Leup du Craonnais, dans lequel la régularité avec laquelle brûlent les fermes, les unes après les autres, exclut tout hasard. Au fil des pages, on apprend qu'un certain Bertrand, contraint par une abominable brûlure de guerre à porter un masque, et combattant depuis le feu avec acharnement et courage, est en réalité l'incendiaire. Sa méthode est simple : allumer une bougie dans un récipient pour partie rempli d'essence, et attendre le moment où, la mèche se consumant, la flamme vacillante va entrer en contact avec le liquide inflammable. L'incendie se déclenchant plusieurs heures après que Bertrand eut allumé la mèche et donc eut quitté les lieux. Cette technique, venue d'une lecture d'enfance, sera celle utilisée par Lorenzo.

Ce livre, *L'Huile sur le feu*, il l'a conservé toute sa vie. Il est devant lui. Sur la table de la terrasse, à côté de la tasse de Nescafé. Couverture ocre, orange, rouge : une grange dévorée par les flammes, avec en premier plan une roue qui se consume. Il le feuillette. Il parcourt les pages qui le concernent. Puis, rentré à l'intérieur de l'appartement, il commence ses essais. Quelques gouttes d'essence dans trois sous-tasses, et trois mèches allumées pratiquement en même temps. La plus rapide se consume en trois heures cinquante, la plus lente en quatre heures dix. Il faut donc une moyenne de quatre heures avant que la flamme ne mette le feu à la sous-tasse. Quatre heures, c'est le temps dont il disposera le jour où il aura décidé de mettre son plan à exécution.

Pourquoi attendre ? Il n'a aucune nouvelle. Ni d'Antoine ni de François. Encore moins de leurs enfants. La seule qui, de temps en temps, semble se préoccuper de lui, c'est Michèle, avec laquelle il dialogue, commente les films qu'il regarde à la télévision, les musiques qu'il écoute. La nuit parfois, elle vient le retrouver dans son lit et ils revivent ensemble des épisodes de leur vie. Parfois encore, elle l'accompagne quand il se promène dans les dunes abritées du vent qui souffle du large. Une après-midi, ils ont même joué à une sorte de cache-cache hygiénique, en marchant à vive allure, le long de la plage, sur la promenade Marcel-Proust, et jusqu'au centre de thalassothérapie bien après Cabourg. Il l'a perdue alors qu'elle entrait en courant dans le Grand Hôtel, s'engouffrant dans le tourniquet pour échapper à l'orage qui s'abattait sur la ville, et finir par se volatiliser dans le vaste hall d'entrée sous les lustres rococo.

Les deux infirmières sont encore là à monter la garde. Ce qui est tout de même étrange. Il les voit du haut de sa terrasse mais, chaque fois qu'il descend pour leur parler et leur demander ce qu'elles attendent, elles ont disparu. Un mirage. Des fantômes. Plus d'ambulance, plus de jolies filles sur le capot flanqué de la croix bleue. De telle sorte que Lorenzo décide de ne plus s'en occuper, de les ignorer. Tout est prêt : dans son sac à dos, un CD de succès yéyé, une bouteille d'eau, un « pain sportif » acheté au boulanger de l'avenue de la Mer, un petit album de photos dont il avait oublié l'existence jusqu'à ce qu'il le retrouve, et bien entendu, mais dans quel but exactement, son iPhone – plus par habitude que par véritable nécessité.

Il lui reste maintenant à choisir un bateau. Il est

18 heures. Dans moins de deux heures, le soleil se couchera. Carnet des marées en main, mais surtout horaires de la porte-écluse sous les yeux, il constate que celle-ci, fermée depuis 16 h 45, ne sera réouverte qu'à 22 h 50 et le restera jusqu'à 5 heures du matin. C'est dans cette tranche horaire qu'il pourra, comme il dit, s'enfuir. Il ne dispose en somme que de quelques heures – quelques heures pour décider d'une vie. Pour s'échapper.

Plusieurs bateaux sont partis. S'il laisse passer sa chance, il devra attendre demain. Ce sera trop tard. Il doit partir le plus vite possible, même à la nuit tombée, même avec une visibilité réduite. Même avec le risque certain d'attirer le regard des curieux qui pourraient se demander pourquoi un bateau quitte le port à cette heure tardive. Il n'a pas le choix…

Lorenzo est un peu comme Louis XVI, le roi marin qui connaissait tout des bateaux mais qui n'avait vu la mer qu'une fois dans sa vie et était incapable de naviguer. Lorenzo connaît tout des bateaux. Se promenant le long du port et observant les voiliers, il peut montrer la tête de mât, le galhauban, l'étai, la ligne de flottaison. Il peut dire où se trouve le faux-étai, décrire un balcon avant, expliquer à quoi servent une bôme, un safran de gouvernail, un aileron. Il peut faire la différence entre la balancine et le pataras. Il peut montrer comment amurer un foc, choquer une écoute, ferler une voile. Il peut donner une définition précise de tous ces verbes qui pour les non-initiés ne signifient rien : « ariser », « adonner », « enfourner », « étarquer », « talonner ». Mais pour autant, il est incapable de barrer un bateau. Ce départ en mer, ce sera sa dernière victoire, son ultime challenge, même si pour ce faire il n'utilise que le moteur... Ce qu'il veut, c'est se retrouver seul en mer. Seul sur un bateau, sans possibilité de retour. Ce qu'il veut, c'est être le capitaine d'une embarcation à la dérive. Un capitaine fantôme sur un bateau fantôme.

Voilà, il a repéré ce qu'il lui faut. Un Comfortina 32. Un quillard suédois qui n'est plus très jeune, semble-t-il, mais que ses propriétaires ont dû entretenir, choyer. Un navire en excellent état. Dix mètres de long pour quatre de large. Il le connaît parfaitement. Durant toutes ces années passées à Port Guillaume, il a pu observer à loisir les allées et venues du navire. Deux cabines, six couchettes, une salle de bains. Et surtout un moteur diesel de 29 CV à propulsion in-bord. Un jour, il a même discuté avec les propriétaires qui lui ont expliqué le maniement du moteur.

Une jeune fille est là sur le quai, jambes nues bronzées, devant le bateau. Dans un premier temps, il pense qu'elle va lui barrer le chemin. Que l'affaire qu'il pensait aisée va devenir un vrai casse-tête. Ce n'est nullement le cas. Au contraire, elle est même prête à lui faire visiter le bateau. Dans sa précipitation, Lorenzo n'a pas vu le panneau *For sale* pourtant bien visible. Elle est même prête à lui faire faire un tour si l'affaire lui plaît, s'il envisage de l'acheter. Oui, dit Lorenzo, il envisage en effet d'acheter un bateau. Il attend un coup de foudre. Demain peut-être ? Oui, demain. En attendant, elle le fait monter à bord, lui montre comment mettre le moteur en marche. Extrêmement facile. On appuie ici et là, on tourne à cet endroit. La visite est agréable. Oui, quel beau bateau. Spacieux. Pour plusieurs passagers ? Oui, dit Lorenzo. Des amis, des enfants. Quand ils se séparent, la nuit est presque tombée. Lorenzo observe l'adolescente qui, comme toutes les adolescentes, est un peu tête en l'air, ne ferme pas toutes les issues, oublie les cadenas, les antivols, les mesures de protection minimales.

Il est 20h30. Il reviendra dans deux heures et disposera de vingt minutes pour atteindre la porte-écluse qui sera de nouveau ouverte. Une seule ombre au projet. Qui n'en est pas vraiment une. Mais tout de même : la jeune fille n'a pas de visage. Ou alors, il l'a oublié, n'y a pas prêté assez attention. Tout de même. C'est troublant une jeune fille « sans visage »... Une jeune fille aux traits du visage « effacés ». Brume épaisse. Flou. Image floutée... Peut-être a-t-il rêvé ?

Une fois dans l'appartement, il regarde autour de lui ce lieu qui fut le sien durant tant d'années où il vécut heureux, retiré de toute vie parisienne, peaufinant son grand œuvre qu'il dispose consciencieusement, telle une construction éphémère artistique, précise. Édifiant autour de la bougie dans sa coupelle remplie d'essence comme une sorte de muraille – feuilles, chemises, collages, manuscrits, tapuscrits, cut up, articles découpés, etc. – au centre de laquelle il disparaît presque, enfermé dans une vie de papier, se ménageant une petite porte par où sortir. Alors il arrose copieusement la muraille de papier et trace au sol des lignes liquides en étoile partant de la soucoupe placée au centre en direction des piles. C'est une véritable cérémonie, émouvante, terrible. Les dernières gouttes d'essence sont pour la soucoupe dans laquelle baigne la bougie qu'il met un certain temps à allumer. Une dernière hésitation. Une dernière frayeur. Faire en sorte que l'allumette n'enflamme que la mèche. Voilà. C'est fait. Au centre du château de papier, la flamme de la bougie vacille. Il s'éloigne, éteint toutes les lumières de l'appartement et, avant de fermer la porte, observe une dernière fois la mèche de la bougie qui se consume lentement, éclairant à peine la pièce plongée dans une obscurité presque religieuse. Dans quatre heures, si tout se déroule comme prévu, vers minuit et demi, le livre de sa vie disparaîtra dans les flammes. Sac à dos à la main, il dévale les marches de l'escalier et se retrouve dans la rue.

Sur le quai, les deux infirmières sont revenues et semblent en grande conversation avec la jeune fille du bateau. C'est à n'y plus rien comprendre. Il pourrait remonter, souffler la bougie, tout arrêter. Impossible. Inutile. Trop tard. Le ponton n° 9 où est amarré le bateau, il peut l'atteindre sans passer devant les trois femmes, en se glissant par-derrière, par la rue qui longe la voie ferrée. Faire démarrer le bateau est un jeu d'enfant. Il est 22 h 30. Dans moins de vingt minutes, la porte-écluse s'ouvrira. Maintenant il a atteint le bateau, enlève les cordages de la bitte d'amarrage, et tente de mettre le moteur en marche. En vain. Une fois, deux fois, trois fois. Le moteur ne démarre pas. Dans l'appartement, la mèche a commencé à attaquer la cire qui doit couler lentement le long de la bougie.

— Attendez, je vais vous aider, dit la jeune fille aux jambes nues bronzées, tout en mettant le moteur en marche, et en sautant sur le ponton quand le bateau commence à sortir lentement de son emplacement.

— Vous ne restez pas avec moi, alors ? demande Lorenzo, tout à la fois inquiet et soulagé.

— Non, non, allez-y. Vous avez bien compris pour effectuer la manœuvre ? Marche avant, marche arrière, pleins gaz, ralentir, dit-elle en faisant les gestes avec la main.

— Oui. Merci.

Sur le quai, les infirmières ont disparu. Il faut dire que la nuit est très noire et le port à peine éclairé par une lune qui se cache derrière d'épais nuages. L'avancée dans le port est maladroite, la manœuvre hésitante. Tantôt Lorenzo met les gaz dans un bouillonnement d'écume et de fumée noire, tantôt il perd de la vitesse et vient mourir contre la coque d'un autre voilier malencontreusement placé sur son chemin. Dans moins de dix minutes, la porte-écluse sera ouverte. Le voilier se dirige lentement vers elle, cognant une première fois un obstacle qui se présente dans la nuit, le bout d'un embarcadère ou un petit bateau de pêcheur, puis une deuxième et une troisième fois. C'est un véritable jeu d'autos-tamponneuses.

L'écluse est maintenant ouverte, dans un grand bruit métallique et une explosion de lumières clignotantes de toutes les couleurs. Il fait très sombre dans cette zone non éclairée du port. Juste avant de passer sous la passerelle qui matérialise l'endroit où l'eau de la Dives rejoint l'eau du port, Lorenzo éperonne une barque qui se trouve sur son passage. Monté à la proue, lampe torche à la main, il repousse l'embarcation qui dérive vers un ponton où elle achève sa course. La porte-écluse est franchie. Cap sur le bras de la Dives et bientôt la pleine mer indiquée par un chenal délimité par des bouées jaune citron surmontées d'une petite lumière verte. Sur la digue, Lorenzo distingue à peine une silhouette, longue, élancée, qui agite les bras dans sa direction, comme pour lui dire au revoir : la jeune fille. Lampe électrique à la main, traçant un arc de cercle lumineux – presque féerique. Qui bientôt s'éteint, laissant place à une obscurité tenace, inquiétante. Devant lui s'étale une mer opaque, vineuse. Une mer épaisse, où l'eau semble une forêt.

Le bateau a pris sa vitesse de croisière. Fendant la houle. Plein ouest. Le sillage traçant dans la masse bleu-noir une écume avide. À tribord, les lumières du Havre. Mais Lorenzo a à peine le temps d'ouvrir le carnet de photos qu'il a emporté avec lui, d'en parcourir les pages, d'y laisser errer sa nostalgie que le moteur semble avoir des ratés, crache comme un vieillard cacochyme. Le bateau commence à plonger lentement, profondément, dans la houle qui danse. De temps à autre, il se redresse, dans une lente torpeur, puis replonge – lourd mouvement d'ascension et de chute qu'accompagne un vent froid assez fort qui vient de se lever. Assis sur l'une des banquettes de poupe, Lorenzo observe Port Guillaume se dessiner derrière le filet protecteur qui enserre le pont du voilier et soudain, dans le lointain, le destin auquel il ne croyait plus : l'immense flamme d'un incendie qui embrase une partie des immeubles de la marina. Il en pleurerait presque de joie. La flamme de la bougie a atteint l'essence contenue dans la petite coupelle de faïence puis le feu s'est propagé à la muraille de papier de son grand livre qui a tout embrasé : la pièce, l'appartement, l'immeuble, et d'autres immeubles autour, faisant exploser les conduites de gaz, imploser les bonbonnes de propane, développant des courts-circuits. Une partie de Port Guillaume est en feu. Un brasier énorme est en train de s'emparer de la ville.

Lorenzo est tellement absorbé par la violence du spectacle qu'il en oublie le moteur arrêté du bateau, panne sèche, panne irréparable pour quelqu'un comme lui qui n'est pas un marin. Qu'il en oublie même la houle qui se lève, la mer qui se gonfle, qui enfle, les vagues qui commencent à se soulever et à prendre de belles proportions. Nouveau Néron jouissant de l'incendie de Rome, il passe des heures perdu dans la contemplation des flammes, perdu à plusieurs milles des côtes normandes sur son voilier qu'il est bien incapable de barrer afin de lui faire prendre une quelconque direction.

Repu par la beauté du spectacle, fatigué, Lorenzo descend dans la cabine, quand un grain glacé commence à tomber sur le bateau dans un bruit d'enfer. La jeune fille aux jambes bronzées est là, entièrement nue, allongée sur une des couchettes du cockpit. Il se dit : Décidément la mort est belle, avant que celle-ci ne se retourne et qu'il discerne enfin son visage : celui de Michèle !

— Tu ne croyais pas que tu allais te débarrasser de moi comme ça !

— Mais…

— Mais quoi ?
— Je croyais que…
— Que j'étais morte ?
— Oui.
— Idiot, c'est toi qui es mort. Moi, je suis vivante !

À l'extérieur, la mer redouble de fureur, comme le vent, comme la pluie. Le bateau tangue et de lourds paquets d'eau tombent sur le poste de pilotage, dévalant à gros bouillons crémeux les marches de l'escalier conduisant à la cabine. Après avoir fermé la porte, Lorenzo se retourne de nouveau vers la couchette où est étendue Michèle, qui n'est plus là, qui a disparu. À sa place, l'album de photos, ouvert à la page où est collée l'une d'entre elles, très intime, que Lorenzo avait faite de Michèle un matin où elle était venue le rejoindre dans son studio de l'avenue Reille, et où elle prenait la pose de *L'Origine du monde*, le fameux tableau de Courbet. Lorenzo l'observe longuement, puis referme l'album tandis que s'en échappe un papillon, un grand paon de jour aux ailes agrémentées de deux ocelles très vifs sur un fond vermeil. Lorenzo n'en est pas à un miracle près. Plus rien ne l'étonne, ne le trouble. Un papillon s'échappant en pleine mer d'un recueil de photos, et pourquoi pas ? Tout en se laissant bercer par le battement régulier de ses ailes, il glisse dans le lecteur de CD l'anthologie yéyé qui ne le quitte jamais, qu'il réécoute toujours avec le même bonheur, pour nourrir sa nostalgie, disent les mauvaises langues : Claude François, Sheila, Richard Anthony, Johnny Hallyday et tant d'autres – éclats de ses tendres années.

Dehors la tempête semble vouloir, momentanément

du moins, se calmer. Lorenzo sort, suivi par le papillon qui se pose sur la bôme, puis descend sur l'écoute de la grand-voile, enfin sur le taquet. C'est quand Lorenzo veut le prendre pour éviter que les embruns ne lui mouillent les ailes qu'il glisse et tombe à l'eau. Alors tout s'éloigne : les flammes de Port Guillaume qui ne laissent plus échapper qu'une fumée noirâtre, le voilier sans voiles hissées glissant vers le large, le bleu roi de la mer et le bleu ténèbre du ciel, et la mer confondue avec la ligne d'horizon, et le grand vide horizontal de la mer.

Les yeux fermés, Lorenzo pense à la vie qui fut la sienne et qui semble tenir toute en une phrase : J'ai toujours menti avec une totale sincérité. Puis il se rétracte, ouvre les yeux, pour que tout dure, que rien ne s'arrête, et se demande – souvenir de lecture, discussion entre amis, réflexion personnelle, qu'importe : Que reste-t-il d'une vie à la fin de la vie ? Une nuit d'été en Italie, quelques notes de musique, un sourire échangé, une page d'un livre, un poème, une faute avouée, un remords ?

Du bateau qui s'éloigne monte une chanson :

Douce violence de nos jeunes amours
Tendre insouciance de nos premiers beaux jours
Quand le temps nous fait face au ciel de nos
seize ans
C'est notre enfance qui meurt doucement…

REMERCIEMENTS

Jorge Luis Borges énonce, à juste titre, qu'un écrivain est avant tout un lecteur. Un livre comme *Laisse tomber les filles* n'aurait pu être écrit sans l'apport de développements intellectuels, d'hypothèses, de démonstrations, d'essais, de romans, de témoignages, de pistes proposés par des auteurs qui ont nourri mon travail. Qu'ils soient ici remerciés :

Michelangelo Antonioni, Raymond Aron, Roland Barthes, Jean Baudrillard, Serge Benhamou, Serge Berstein, Laurence Bertrand Dorléac, Moro Bolognini, Caterina Bonvicini, Annie Bony, Jacques Borgé, Jacques Boudet, Alain Brassart, Olivier Calon, *Les Cahiers du cinéma*, Jean Castarède, Fabienne Casta-Rosaz, Agnès Chauveau, Louis Chauvel, Jean Chalvidant, Louis Chevalier, Laurent Chollet, les comités d'action lycéens, Christine Clerc, Luigi Comencini, Clotilde Cornut, Gérard de Cortanze, Adrien Dansette, Alain Delale, Yves Delmas, Chantal Delsol, François Dosse, Bernard Droz, Serge Dubois, Jacques Duquesne, Jean Duvignaud, Christian Eudeline, Norma Evenson, Christine Fauré, la Fédération française des ciné-clubs, François Fejtö, Paolo T. Fiume, André Fontaine, Milos Forman, Françoise Fourastié, Jean Fourastié, Charles Gancel, Philippe Garner,

Laurent Gervereau, Francis Girod, Matthieu Grimpret, Pierre Hazan, Hervé Hamon, Ernest Hemingway, Dennis Hopper, l'Internationale situationniste, Jean-Noël Jeanneney, Steven Jezo-Vannier, François Jouffa, Elia Kazan, Henri Lefebvre, Bertrand Lemonnier, Armelle Leroy, Evelyne Lever, Joseph Losey, Nanni Loy, *Mademoiselle âge tendre*, Luigi Magni, Henri Mendras, Herbert Marcuse, Gérard Marin, Francis Mark, Margaret Mead, David Mellor, Mario Monicelli, Olivier Néron de Surgy, Richard Neville, Roger Nimier, Bernard Papin, Dominique Pasquier, Georges Perec, Jacques Pessis, *Podium*, Antoine Prost, Alain Pozzuoli, Gilles Ragache, Maurice Rajsfus, Eric Rohmer, Jean-Pierre Rioux, Dino Risi, Patrick Rotman, Eric Roussel, Françoise Sagan, *Salut les copains*, Rainer W. Schlegelmich, Christian Schlatter, Ettore Scola, Maurice Siegel, Jean-François Sirinelli, Anne-Marie Sohn, Antonio Tabucchi, Danielle Tartakowsky, Stéphane Tirard, Marco Tullio Giordana, Alex Tremulis, Hubert Vandepeppersee, Agnès Varda, Dominique Veillon, Pierre Viansson-Ponté, Sarah Wilson, Michel Winock, Paul Yonnet.

La rédaction de ce roman n'aurait pas été possible sans l'écoute attentive du fonds musical sonore qui était celui de ces années. Il constitue la véritable bande-son de ce livre « musical ». Les éditions E.P.M. ont confié à Gérard de Cortanze le choix et la présentation d'une compilation de 52 titres, rassemblés dans un coffret publié sous le même titre que le roman : *Laisse tomber les filles, la bande-son des années yéyé*, CD en deux volumes, Éditions E.P.M. Un vinyle 25 cm collector complète l'ensemble.

www.epm.musique.fr.

DU MÊME AUTEUR :

LE CYCLE DES *ENFANTS S'ENNUIENT LE DIMANCHE*

Les enfants s'ennuient le dimanche, Hachette, 1985 ; Babel/Actes Sud, 1999.

Une chambre à Turin, Éditions du Rocher, 2002 ; Folio/ Gallimard, 2002. Prix Cazes-Lipp 2002.

Spaghetti !, Gallimard, 2005.

Miss Monde, Gallimard, 2007.

Le géorama Montparnasse, in *Paris Portraits*, Folio/ Gallimard, 2007.

De Gaulle en maillot de bain, Plon, 2007.

Gitane sans filtre, Gallimard, 2008.

Giscard en short au bord de la piscine, Plon, 2010.

La Légende des 24 heures du Mans, Albin Michel, 2014. Prix de l'association des écrivains-sportifs 2014.

Je suis Charlie (collectif), Le Livre de Poche Hachette, 2015.

Les 24 Heures du Mans pour les Nuls, First Éditions, 2016.

Le Goût de l'automobile, Mercure de France, 2017.

24 Histoires du Mans (collectif), Éditions Belfond, 2017.

Le cycle des *Vice-rois* (4 tomes)

1. *Assam*, Albin Michel, 2002 ; Le Livre de Poche, 2004. Prix Renaudot 2002.
2. *Aventino*, Albin Michel, 2005 ; Le Livre de Poche, 2007.
3. *Les Vice-Rois*, Actes Sud, 1998 ; Babel/Actes Sud, 2000 ; J'ai lu, 2002 ; Folio/Gallimard, 2011. Prix du roman historique de la ville de Blois 1998. Prix Baie des Anges 1999.
4. *Cyclone*, Actes Sud, 2000 ; Babel/Actes Sud, 2002 ; J'ai lu, 2004 ; Folio/Gallimard, 2010.

Le cycle biographique historique

Le temps revient, L'Avant-scène, 2002.
Banditi, Albin Michel, 2004 ; Le Livre de Poche, 2006.
Laura, Plon, 2006 ; Folio/Gallimard, 2008.
Indigo, Plon, 2009. Prix Paul Féval, 2009.
La Belle Endormie, Éditions du Rocher, 2009 ; J'ai lu, 2011.
Miroirs, Plon, 2011 ; Folio/Gallimard, 2014.
L'An prochain à Grenade, Albin Michel, 2014. Prix Méditerranée 2014 ; Le Livre de Poche Hachette, 2015.
Les Amants de Coyoacán, Albin Michel, 2015 ; Le Livre de Poche Hachette, 2017.
Zazous, Albin Michel, 2016. Prix Jacques-Chabannes 2017.
Femme qui court, Albin Michel, 2019.

Le cycle biographique autobiographique

Le Livre de la morte, Aubier-Montaigne, 1980.
Giuliana, Belfond, 1986 ; Le Livre de Poche, 1987 ; Babel/Actes Sud, 1998.
Elle demande si c'est encore la nuit, Belfond, 1988.
Attention au départ (collectif), Mille-et-une-nuits, 2001.
L'Amour dans la ville, Albin Michel, 1993 ; Le Livre de Poche, 2005.

L'Ange de mer, Flammarion, 1995.
La course de sa vie, in *Va y avoir du sport* (collectif), Gallimard, 2006.
Méli-Mélo a la tête à l'envers, Gallimard, 2007.

LE CYCLE DE L'ESSAI BIOGRAPHIQUE

Dossier Paul Auster, Anagrama, 1996.
Le New York de Paul Auster, Le Chêne, 1996.
La Solitude du labyrinthe. Entretiens avec Paul Auster, Actes Sud, 1997 ; réédition augmentée, Babel/Actes Sud, 2004.
Le Madrid de Jorge Semprun, Le Chêne, 1997.
Hemingway à Cuba, Le Chêne, 1997 ; Folio/Gallimard, 2002.
Jean-Marie Gustave Le Clézio : le nomade immobile, Le Chêne, 1999 ; Folio/Gallimard, 2002.
Philippe Sollers ou la volonté de bonheur, roman, Le Chêne, 2001 ; Folio/Gallimard, 2007.
Jorge Semprun, l'écriture ou la vie, Folio/Gallimard, 2004.
Paul Auster's New York, Le Livre de Poche Hachette, 2004 ; nouvelle édition, revue et corrigée, sous le titre *Le New York de Paul Auster*, Le Livre de Poche Hachette, 2010.
Jean-Marie Gustave Le Clézio, CulturesFrance/Gallimard, 2009.
Le Roman de Hemingway, Le Rocher, 2011.
Pierre Benoit, le romancier paradoxal, Albin Michel, 2011. Prix 2012 de la biographie de la ville d'Hossegor ; Prix 2012 de la biographie de la Forêt des Livres ; Prix Pierre Benoit de l'Académie française 2013.
Dictionnaire amoureux des sixties, Plon, 2018.
La Légende des 24 Heures du Mans, Albin Michel, 2019.

LE CYCLE BIOGRAPHIQUE PICTURAL

Antonio Saura, l'exil biographique, La Différence, 1990.
Tobiasse ou le patient labyrinthe des formes, La Différence, 1992.
Antonio Saura, La Différence, 1994.
Ateliers d'artistes, Le Chêne, 1994.
Richard Texier, la clé du monde, Somogy, 1997.
Zao Wou-Ki, La Différence, 1998.
L'Acier sauvage (avec des photos de Hélène Moulonguet), Actes Sud, 2000.
Lumières (avec des photos de Gilles Martin-Raget), collectif, Actes Sud, 2002.
L'Atelier intime, Éditions du Rocher, 2006.
Richard Texier, la route du Levant, Somogy, 2006.
Frida Kahlo ou la beauté terrible, Albin Michel, 2011 ; Le Livre de Poche Hachette, 2013.
Frida Kahlo par Gisèle Freund, Albin Michel, 2013.

LE CYCLE BIOGRAPHIQUE DU VOYAGE

Le Surréalisme, MA éditions, 1985 ; réédition augmentée : *Le Monde du Surréalisme*, Veyrier, 1991 ; réédition augmentée : *Le Monde du Surréalisme*, éd. Complexe, 2005.
Le Baroque, MA éditions, 1987 ; réédition augmentée : *Promenades baroques*, Éditions de l'Arsenal, 1995.
Long-courrier, Éditions du Rocher, 2005.
Le Goût de Turin, Mercure de France, 2007.
Une gigantesque conversation, Éditions du Rocher, 2008.
Le Goût de Grenade, Mercure de France, 2011.

LE CYCLE AUTOBIOGRAPHIQUE DE LA LANGUE FRANÇAISE

Passion de la langue française, Desclée de Brouwer, 2010.
Passion des livres, Desclée de Brouwer, 2011.
Éloge du mensonge, Éditions du Rocher, 2012.

LE CYCLE BIOGRAPHIQUE DE LA POÉSIE

Au seuil : la fêlure, PJO, 1974.
Altérations, Éditions de l'Atelier, 1973.
U. Cenote, Alain Anseuw éditeur, 1980.
Los Angelitos, Richard Sébastian Imprimeur, 1980.
La Muerte solar, Pre-textos, 1985.
Jours dans l'échancrure de la nuque, La Différence, 1988.
La Porte de Cordoue, La Différence, 1989.
Le Mouvement des choses, La Différence, 1999. Prix SGDL-Charles Vildrac, 1999.

LE CYCLE BIOGRAPHIQUE HISPANIQUE

Huidobro/Altazor/Manifestes, Champ Libre, 1976.
America libre, Seghers, 1976.
Une anthologie de la poésie latino-américaine, Publisud, 1983.
Littératures espagnoles contemporaines, Éditions de l'Université Libre de Bruxelles, 1985.
La Mémoire de Borges, Dominique Bedou, 1987.
Cent ans de littérature espagnole, La Différence, 1990.
Españas y Américas, La Différence, 1994.

PAPIER À BASE DE
FIBRES CERTIFIÉES

Le Livre de Poche s'engage pour
l'environnement en réduisant
l'empreinte carbone de ses livres.
Celle de cet exemplaire est de :
350 g éq. CO_2
Rendez-vous sur
www.livredepoche-durable.fr

Composition réalisée par Soft Office

Achevé d'imprimer en France par
CPI BRODARD & TAUPIN (72200 La Flèche)
en juillet 2019
N° d'impression : 3035015
Dépôt légal 1re publication : août 2019
LIBRAIRIE GÉNÉRALE FRANÇAISE
21, rue du Montparnasse – 75298 Paris Cedex 06

41/5582/1